Guardiana de fuego

LENA VALENTI

Guardiana de fuego

Grijalbo

Papel certificado por el Forest Stewardship Council®

MIXTO
Papel procedente de
fuentes responsables
FSC
www.fsc.org   FSC® C117695

Penguin
Random House
Grupo Editorial

Primera edición: enero de 2023

Printed in Spain – Impreso en España

ISBN: 978-84-253-6475-4
Depósito legal: B-20.347-2022

Compuesto en La Nueva Edimac, S. L.

Impreso en Rotativas de Estella, S. L.
Villatuerta (Navarra)

G R 6 4 7 5 4

ADVERTENCIA

Esta novela contiene escenas de alto contenido sexual que pueden herir la sensibilidad de algunos lectores.

Cuando el fuego viene del corazón, incluso el Infierno se convierte en cenizas.

I

—¿Cómo te encuentras, Ares?

Desde hace tres años, mi terapeuta, Margarita Valls, me hace la misma pregunta el último viernes de cada mes. Y, aunque debería dejar de sentirme incómoda después de tanto tiempo de terapia, aún me resulta extraño e inapropiado hablar de mis cosas con una profesional y no con una amiga.

Eso no quiere decir que no le tenga algo de aprecio, dado que en terapias prolongadas se acaban creando vínculos, pero no es lo mismo que un rostro entrañable que ha vivido contigo muchas experiencias te escuche con una cerveza en la mano que pagar para hablar solo de tu supuesto trauma. Algo que hago entre cuatro paredes blancas, con estanterías del mismo tono repletas de libros, y un orden poderosamente obsesivo por la degradación de los colores. Yo las llamo «lejas Pantone».

Margarita es rubia, de melena lisa y corta, y creo que es de las pocas mujeres a las que esas gafas gatunas de pasta negra le quedan bien. Habla en voz muy sosegada y entre susurros. Por supuesto, es sobria vistiendo, casi siempre con trajes de chaqueta y pantalón de tonos cremas y claros. Pocas veces la he visto con uno oscuro. Le gusta llevar blusitas blancas debajo, y sus uñas siempre están pintadas de rojo.

Su consulta está en Canonge Baranera, una calle del centro de Badalona, que es donde yo vivo. Siempre que voy a verla llevo a cabo el mismo ritual. Justo antes de llamar al timbre para que me abra, me echo un vistazo rápido en el espejo del escaparate lateral de la perfumería que hay justo pegada a su puerta, donde reposan los perfumes más caros. Luego me peino la melena castaña oscura con los dedos, como si fueran las púas de un peine, me remuevo el pelo un poco y me aseguro de que el rímel no se haya corrido en mis ojos extraños.

Sé que es insólito, muchas cosas en mí lo son, pero mi tono de ojos es violeta intenso, como los de Elizabeth Taylor. Mi piel es blanquita, con algún lunar repartido por mi rostro, lo suficientemente llamativo como para que te fijes en ellos y te distraigan. Tengo uno debajo del párpado izquierdo, otro encima de la ceja derecha y dos pegaditos en el pómulo que parece que me los hayan pintado con rotulador.

Me fijo mucho en la estructura física de las personas porque soy ilustradora de cómic y me apasiona la fisionomía y las armonías y cómo todo esto puede influir en la personalidad de cada individuo. Mi rostro tiene forma de triángulo invertido, también llamado «de corazón». Mi barbilla no es nada prominente y es delicada, tengo los pómulos bastante altos, aunque mi frente no es demasiado ancha.

Margarita tiene la cara cuadrada, con rasgos muy marcados, ángulos pronunciados y maxilares prominentes que sabe suavizar con el estilo de su pelo rubio y las lentes. Es una mujer atractiva y se sabe sacar partido.

Cada vez que entro en su consulta, me sonríe, sentada con una pierna encima de la otra, siempre la derecha, y me señala el sillón orejero que hay frente a ella. Es la zona de charla, del *tête à tête*. Este reposa sobre una alfombra circular que crea un efecto tridimensional un tanto sorprendente por las líneas negras y blancas, que parecen absorberte como si te cayeras en el agujero de *Alicia en el País de las Maravillas*. No es relajante, pero sí muy hipnótico.

También me parece hipnótico el modo en que su pie, embutido en un mocasín caro con suela tipo plataforma, palpita siguiendo el ritmo pausado del latido de su corazón.

En su consulta hay silencio, alguna vez interrumpido por el ruido procedente de la calle comercial a la que da su ventanal. Pero incluso eso me gusta, el hecho de que, aunque el tiempo se detenga ahí adentro, fuera todo siga fluyendo.

—Estoy bien, como siempre —contesto.

—¿Duermes bien?

¿Que si duermo bien? Desde el incidente, no hay una sola noche que duerma del tirón.

—Duermo algunas horas. Nunca seguidas, ya lo sabes. Pero lo suficiente como para estar activa durante el día.

—¿Te tomas la medicación que te recetaron?

—No. —No me gusta mentir. De hecho, soy malísima haciéndolo. Posiblemente, ese es uno de los motivos por el que el incidente me afectó tantísimo, porque no tuve forma de demostrar nada y, a ojos de los demás, parecía que me lo hubiese inventado todo.

Margarita asiente y apunta algo en su libretita negra. Esa es solo para mí. Y, como mínimo, tiene treinta y seis capítulos, que son el número de veces que la he visitado desde que empecé a venir. Todo un novelón.

Para mí es complicado explicar por qué estoy yendo a terapia desde hace tres años. Las razones se desdibujan en mi mente y no tengo nada sólido a lo que agarrarme, ni siquiera sé qué me dispara la ansiedad nocturna y no tengo nada ni nadie a quien culpar de ello. Pero lo hay. Que yo no lo vea, no quiere decir que no exista. Si de algo estoy convencida es de que a mí me pasó algo; algo muy malo.

—Tu mente necesita descansar bien, Ares. Por eso es bueno que hagas caso a los profesionales y te tomes lo que te recetan.

Asiento y me dejo distraer por el sonido del segundero del reloj de pared. Mi trabajo hace que sea muy observadora con todo tipo de detalles y me puedo abstraer con facilidad.

—Lo sé. No estoy diciendo que la medicación sea mala. El problema es que es mala para mí. Porque necesito estar muy despierta para trabajar y las pastillas me amuerman. Así que aprovecho el insomnio para avanzar en mi trabajo.

Me encojo de hombros, porque no le puedo dar otra respuesta más fiable que esa.

Sé que Margarita querría ver en mí una mejoría más pronunciada, pero también hemos llegado a un consenso no limitante en el que aceptamos que necesito mis tiempos y mi espacio y que a mí las pastillas no me funcionan, porque mi mente es creativa y si está drogada, no produce.

Y ella no va a presionar más de la cuenta.

—¿Y tus pesadillas? ¿Cómo van?

—Sigo teniéndolas. Y es siempre la misma secuencia cada noche. Me despierto con taquicardias y con el cuerpo envuelto en sudor… Después se me pasa y me vuelvo a dormir.

—¿Y hay algo más trascendente? ¿Algún detalle más que recuerdes?

—No. —Me aclaro la garganta—. Lo mismo de siempre: la tierra húmeda bajo mi cabeza y mi cuerpo, la ropa empapada, la soledad del bosque, la lluvia cayendo sobre mi piel y mis ojos, las copas de los árboles, el dolor de cabeza… —explico, ya sin emoción. Lo he hecho tantas veces que se ha convertido en un automatismo—. Y esas dos hojitas entre mis dedos, en forma de corazón, con motitas amarillentas…

Margarita achica la mirada y asiente meditando sobre ello.

—¿Olores?

—Más allá del de la lluvia y el musgo... —Sacudo la cabeza en una negativa—. Nada más que pueda evocar.

—¿Sensaciones, ruidos, ideas, por muy fugaces que sean?

—No. Sé que seguimos en el mismo punto que empezamos.

—Respecto a esto sí. Es que tenemos tan poco con lo que trabajar... —lamentó—. Yo estoy de tu parte, Ares, pero tenemos que incidir más en ello. Necesitamos más elementos a los que agarrarnos.

—Lo sé. Créeme que no dejo de decirle a mi cabeza que se esfuerce, pero es imposible recordar nada cuando te quedas inconsciente. No es que mi mente esté traumatizada y no sea capaz de revelarme lo que sucedió.

—Bueno, eso lo decidimos los especialistas.

—No. Eso lo sé yo. No me acuerdo porque no estaba consciente —aclaro. Antes repetía esas palabras con más vehemencia, deseosa de que me creyeran. Ahora lo hago con resignación.

—La represión está ligada al trauma. Puedes ser víctima de ese deseo de olvidar, pero es muy complicado eliminar completamente algo que te dejó una herida, aunque no seas consciente de ello.

—A mí no me dejó una herida, Marga —sentencio muy seria—. Me dejó confusa, perdida, vacía, con una disociación galopante y algo que estará conmigo toda la vida que hace que ni siquiera pueda odiar o rememorar con dolor lo que me pasó. Como si no tuviera derecho a hacerlo.

Marga no es la única que insiste en que mi mente oculta aquella experiencia para no hacerme más daño. Se cree, como todos, que no quiero recordar o que prefiero imaginarme lo que sucedió. Pero nadie desearía poder revivir aquello más que yo.

Solo así sabría a lo que sujetarme, sabría qué reprochar,

podría haberme sentido orgullosa por pelear y recordar que intenté, por todos los medios, evitarlo. Pero no se me dio esa oportunidad.

—Está bien. —Remarca algo con el bolígrafo dorado en la hoja de su cuaderno—. ¿Te mencioné que hay otras alternativas para recordar sucesos traumáticos?

—Sí. Nada de eso va a funcionar. Y no quiero probar nada más.

—Ares —me dirige una mirada comprensiva—, entiendo que estés frustrada. Son muchas visitas, es una terapia que está teniendo mucha continuidad en el tiempo y que, aunque no te esté ayudando a resolver qué te pasó, sí lo hace en otros aspectos de tu vida. No ha sido fácil para ti. Estás aprendiendo a confiar de nuevo —me anima sutilmente—, llevas tu vida con muchísima dignidad y valentía y has aceptado dejar de castigarte por algo que no pudiste controlar y tener resiliencia. —Sonríe con la intención de hacerme sentir mejor—. Lo estás haciendo bien.

Si ella lo dice, será que es así. Total, ella es la experta y yo soy solo una paciente más de todas las que tiene.

—¿Qué tal te está yendo con Hugo?

Hugo ha sido, desde que entendí que algo no iba bien en mí, uno de mis mayores apoyos. Fue el único que me tomó en serio cuando fui a denunciar. Él recogió mi declaración, me escuchó y tuvo el tacto que no tuvieron sus compañeros, que me tomaron por una loca inventiva que quería hacerse notar. Nada me dio más vergüenza que eso: que se rieran de un modo sibilino y disimulado pero igual de ofensivo para mí. Incluso habiendo compañeras cerca, que deberían haber sido mucho más comprensivas por ser mujeres y por todo ese tema de la sororidad que tanto valoro, no mostraron nada de empatía hacia mí.

No las culpo, igual se han hartado de ver muchas denuncias de las que un alto porcentaje eran falsas. Pero, del mismo modo, yo podría haberles dicho que, de esas que consideraron falsas, muchas acabaron con una mujer bajo tierra. Sin embargo, no me convenía tenerlos en contra, no creo que les hubiera gustado que les dijera eso.

Hugo fue el báculo humano que me sostuvo. Un báculo humano con el pelo rasurado, rubio y de ojos marrones muy claros que sabía que era muy atractivo y cuyas facciones podrían servir para la construcción de cualquiera de mis personajes.

Pero la atracción no fue lo que hizo mella en mí. Donde otras veían un hombre guapo y atractivo, yo solo veía ojos y orejas. Porque me escuchaba y su mirada no me juzgaba. Y eso, para mí, lo era todo.

Mi caso no trascendió, nadie quería ir tras el hombre invisible. Pero, aunque la investigación no prosiguió, continuamos teniendo contacto.

Con el tiempo, nos fuimos haciendo amigos. Y después de mucho insistir, de años de amistad, acepté que, tal vez, me gustaba más de lo que admitía y accedí a salir con él.

Llevamos dos meses juntos.

Margarita valora mucho que haya dado ese paso para intentar relacionarme de manera íntima con un hombre. Pero ni siquiera en eso tengo derecho a encontrarme mal ni a dudar... porque considero que intimar nunca ha sido un problema para mí. No sé a lo que temer, aunque tal vez le tema a todo, a esa inseguridad permanente que hace que tenga dudas hasta de mí misma.

Solo espero que estas sensaciones desaparezcan de una vez por todas. Pero sé que hasta que no sepa la verdad, no podré vivir la vida con normalidad.

Igual «normalidad» es una palabra que me queda muy grande.

—Bien —contesto finalmente—. Estamos yendo poco a poco.

Asiente sin pretensión alguna.

—¿Qué sientes por él?

—Me siento a salvo cuando está cerca. Y eso es mucho más de lo que podía haber dicho hace unos años.

—¿Es porque es subinspector? ¿Porque es una figura de la autoridad? ¿O es por algo más emocional e íntimo?

—Supongo que confío en él. Y ya está. Con él todo es fácil. Creo que no necesito complicaciones.

Ella vuelve a escribir algo en el cuaderno. Parece orgullosa de oírme hablar así.

—¿Y... habéis intimado?

Me rasco la cabeza un segundo y hago un mohín incómodo.

—Estamos en ello.

—¿Qué significa eso?

—Que mantengo las distancias. No porque no me guste... Las mantengo porque creo que debo hacerlo.

—¿Porque temes que te vuelvan a hacer daño?

—No. Porque temo hacerle daño yo a él. Hugo es bueno y noble... Pero no sé lo que siento por él con exactitud. Me gusta, nos besamos, nos tocamos... Sería muy sencillo quererle. Y me ha apoyado más que cualquier otro a mi alrededor. Pero no quiero estar con él solo por gratitud. Sé que debería interesarme en un hombre así, alguien en quien poder confiar, bueno, guapo, trabajador. Pero hay algo en mí que me dice que sería muy mala si lo eligiera a él solo porque hace que mi zona de confort sea perfecta.

—¿No estás enamorada?

—No.

—¿Necesitas estar enamorada para intimar y tener sexo?

—No. Pero siento que sería injusta con él si accedo a ello sin desearlo plenamente.

—Ares... —Frunció el ceño—. ¿Has tenido sexo con alguien más en este tiempo?

—Si te dijera que sí, creerías que te he estado mintiendo en estos tres años. —A veces, me gusta increparla un poco.

—Nunca he pensado que mintieras.

—No. Solo crees que estoy en negación.

—¿Vas a responderme a la pregunta?

—No he sentido la necesidad de tener sexo. Nadie llamó suficientemente mi atención —resoplo—. Aunque tampoco es que haya tenido demasiada vida social, dada mi situación. Puedo contar con los dedos de una mano las veces que he salido de fiesta o he ido a alguna reunión social que no tuviera que ver con salones del cómic o eventos literarios. En esos lugares conoces gente, pero no ligas.

—¿Sigues sintiendo atracción y deseo sexual?

—Sí. Sigo viendo a hombres por la tele y pienso que sería maravilloso llevármelos a la cama. —Ella se ríe—. ¿Eso es sentir deseo?

—Pues sí —asume mordiéndose el carrillo interno derecho.

—Pero está claro que no voy a intentarlo con el primer hombre bueno que se me cruce. Y sí, a pesar de todo, sigo creyendo que hay hombres muy buenos. Hugo es uno de ellos. Pero no por eso nos iremos a la cama.

—Sigues siendo exigente, entonces.

—¿A qué te refieres?

—A que eres selectiva. Tienes veintisiete años, eres una profesional prolífica y con buena reputación en tu carrera, y muy guapa...

—Gracias.

—Es la verdad, Ares. Tu libido está intacta, eres una ilustradora conocida de cómic, y tu perfil de Instagram tiene muchos seguidores que bombardean tu obra con piropos y te dicen lo guapa que sales en las fotos. ¿Cómo te sientes al respecto? ¿Te incomoda?

—No. No me incomoda. Me siguen por mi trabajo y si

les gusto yo, pues es algo bueno para mí y también para mis ventas. Además, que me sigan por eso no significa que me conozca todo el mundo. Ni siquiera aquí, en Badalona, me conocen. Aquí me hacen *ghosting*. —Ella vuelve a reír y niega con la cabeza—. El mundo del cómic es pequeño, impopular, pero está repleto de grandísimos seguidores. Y yo los disfruto, aunque estén muy lejos.

—¿Y no temes que se obsesionen contigo o que te hagan algo?

—Nunca tuve miedo a que me hicieran algo. Nunca pensé en eso. Hasta que me ocurrió en el lugar y en el momento más inesperado. Que me echen piropos en Instagram es el menor de mis problemas.

Sé que mi manera de contestar, nada tímida ni retraída, puede tomar por sorpresa a mi terapeuta. Pero creo que es un sello de las mujeres de mi familia. Las Parisi decimos la verdad siempre, aunque duela o disturbe.

—A las mujeres que pasan por tu situación les cuesta intimar y se sienten culpables por sentir deseo hacia cualquiera. Se sienten agredidas por los piropos o insinuaciones sexuales y no disfrutan de la compañía de un hombre o de estar en lugares demasiados expuestos o desprotegidos. Tu perfil, Ares, es completamente distinto.

—Yo no me siento culpable por eso —reconozco—. Me siento culpable por no poder recordar.

—Lo sé. Pero estoy hablando de la huella que deja en una mujer una experiencia de ese tipo. No concuerdas con nada de eso. Por eso es más difícil dar con la tecla que pueda desbloquearte.

—Yo no necesito que me desbloqueen. Tengo muchísima memoria, me quedo con muchos datos, no se me olvidarían cosas así a no ser que alguien se hubiese metido en mi cerebro y lo hubiese eliminado. Y estamos de acuerdo en que eso no ha podido suceder, ¿no?

—No.

Exhalo, agotada de discutir por algo que, después de tanto tiempo, sigue sin entender.

—Solo necesito justicia. Y la justicia no me creyó en ningún momento. Pero mi familia tampoco —asumo sin darle más importancia de la que hoy tiene.

—¿Te sientes juzgada? —Apunta un par de palabras nuevas en el cuaderno.

—Tú lo has dicho. Todas las mujeres que pasan por un episodio así se sentirán juzgadas de un modo u otro. Mi madre todavía tiene dudas de que me pasase algo, mi abuela prefiere callar y observar, mi mejor amiga, Lu, aún cree que fue un error de una noche en la que iba demasiado borracha. Yo soy la única que, sin tener pruebas, sabe la verdad, porque es algo que siento e intuyo muy dentro de mí. Todos creen que si me hubiese sucedido algo, tendría pavor por intimar o por tener relaciones con hombres, y no es mi caso. —Tener que dar explicaciones racionales siempre me agota, porque todas me llevan al mismo lugar—. Marga, no me da miedo el sexo. No me da miedo salir a la calle. Solo me siento desorientada porque tengo mucha rabia dentro y no sé contra quién o qué debo dirigirla. Así que, me sucediera lo que me sucediese, ni siquiera puedo sanar el trauma en condiciones para demostrar que sí estoy rota. Que sí me pasó algo. Sé lo contradictorio que suena todo, pero a mí me ocurrió algo que no tiene mucha explicación empírica y que, en cambio, sí ha transformado mi vida de cabo a rabo. Y lo veo todos los días. Y lo peor es que ni siquiera puedo lamentarlo.

Marga juega a darle vueltas al bolígrafo como si fuera una vedete experta. Frunce los labios y arquea las cejas rubias por encima de la montura de pasta negra de sus gafas.

—Ares..., todo pasa por la aceptación. Tienes que aceptar lo que te sucedió. Tu dificultad para admitirlo tiene efectos psicosomáticos incluso en tu cuerpo. Ya te ha pasado otras veces en las que te has negado a creer lo que te pasaba. Y mientras lo sigas haciendo, no podré ayudarte como mereces.

Asumo sus palabras con resignación. Pero no estoy de acuerdo con ella. Margarita me ha ayudado a encontrar un equilibrio en el que poder moverme con seguridad. Eso se lo agradezco. Pero pretende que afirme algo que no sucedió.

Ella baraja dos opciones. La primera: que alguien de mi círculo abusó de mí y que la negación me impide reconocerlo.

La segunda: que cometí un error que me causa mucha vergüenza, hasta el punto de haber querido ocultárselo a todos, y que me llevó a negar lo que estaba sucediendo en mi cuerpo.

Ambos casos reafirman que fui consciente de lo que pasó. Y que soy yo la que no quiere recordar.

En ningún caso nada de eso es cierto.

Puede que este sea el último viernes que la visito.

Aunque, para ser sincera, llevo diciendo lo mismo cada viernes desde que la conocí. No voy a negar que me hace bien desahogarme y hablar con ella, pero sé que nunca, jamás, defenderá mi posición. Porque las terapeutas buscan grietas y heridas para empezar a sanarlas, y las buscan en el pasado, en el recuerdo.

Pero si yo no recuerdo, ¿cómo me va a ayudar?

Una de las cosas que hago los viernes de terapia es ir al lugar donde sucedió el incidente. Me acerco con la moto eléctrica, una Super Soco 125, y me interno hasta el lugar donde desperté.

No voy porque sea masoquista, ni porque me guste sufrir ni porque haya desarrollado algún tipo de dependencia emocional tipo Estocolmo. Lo hago porque necesito saber que puedo volver a caminar por esos lares, sin miedo. Como siempre he hecho.

Sí, también sé que eso no es muy común. La mayoría de las víctimas de un abuso nunca vuelven al lugar de los hechos, se encierran en sí mismas y, muchas veces, tienen miedo a adoptar roles de su vida pasada. Y es normal, porque temen volver a ser quienes eran por miedo a que les vuelva a suceder. Esa es una de las cruces principales con las que cargan las víctimas: con culparse de algo de lo que no fueron responsables.

Yo no me culpo. No le temo al lugar. Ni le temo a la persona que no vi.

Pero no le he mentido a Margarita. Tengo mucha ira en mi interior, demasiada frustración, y temo, ya no por mí, sino por todas las que puedan haber pasado por lo mismo que yo y por todas las que, en un futuro, vayan a pasar por eso. Hoy tengo más razones que nunca para preocuparme.

Por eso intento estar ahí, rodearme del olor, de las vistas, del ambiente para ver si así puedo rememorar algo, por ínfimo que sea, que me ayude a comprender mi presente.

Estoy sentada justo en la piedra en la que desperté casi cuatro años atrás con una brecha en la parte occipital de la cabeza.

Acababa de llegar de mi aventura universitaria en Estados Unidos, donde había estado estudiando gracias a una beca por mi brillante expediente académico del bachillerato artístico y también porque buscaban atletas. Resulta que tengo muy buena condición para correr. No sé qué pesó más, si una cosa o la otra. Pero la cuestión es que me fui a hacer la carrera de Ilustración a San Francisco y me quedé un año más para realizar el Máster en Cómic e Ilustración Editorial.

Cuando regresé a España y volví a Badalona hace cuatro años y medio, quise retomar mis rutinas. Me iba a comer el mundo. Trabajaba para DC Comics en la distancia, hacía lo que más me gustaba y vivía donde quería vivir, con mi familia y mis amigos cerca. Sentía que nada se me podía resistir.

Ojalá pudiera volver a sentirme así. Pero sentada desde donde estoy, con el Turó de l'Home a mi espalda y ese olor tan característico a pinos y a robles que colindan con la sierra de la Marina, sé que no podré sentirme así otra vez. Eso no quiere decir que sea una persona mejor o peor, solo que seré distinta porque hay una pieza que conformaba mi croquis personal en mi mente que ahora ya no está.

Hay cosas que no me cuadran. Tuve que resbalarme en algún sitio y después caer rodando hasta donde me encuentro ahora, desde donde veo también el mar y parte de la ciudad de Badalona.

El día del incidente participaba en la carrera nocturna de la Endemoniada, así se llama. Dieciocho kilómetros con un ochenta y cinco por ciento de tierra, quince de asfalto y una pendiente muy pronunciada. Siempre me ha gustado correr por la montaña y lo hago desde que soy jovencita y entendí que se me daba bien ir deprisa. Era como otra habilidad más. Mi madre, Nieves, siempre me ha dicho que tengo una Génesis de Alejandría muy peculiar, como si eso no fuera peculiar ya de por sí.

Me lo explicó una noche frente a la chimenea del salón mientras mi abuela Clara tejía una colcha para mi cama. Me dijo que había constancia del síndrome de Alejandría en las mujeres ancestrales de las Parisi. Hacía mucho que no se presentaba ese gen recesivo en las descendientes, hasta que nací yo con los ojos grises y piel blanquecina para que, al cabo del año, mi mirada se tornase violeta como por arte de magia. Las personas que lo desarrollamos tenemos los ojos de ese color, pero no solo eso; además, poseemos un sistema inmune a prueba de bombas, somos muy longevos, tenemos la piel clara y sin vello —excepto en la cabeza—, una menstruación muy irregular aunque podemos concebir sin problemas, y algunos, aunque creo que esto es un mito, desarrollamos dones o habilidades especiales.

Si os digo la verdad, acertó en casi todo. Nunca enfermo, me cuesta mucho controlar la regla y cuando me viene, a veces son pequeños sangrados sin durabilidad, y no tengo vello ni siquiera en mis partes íntimas. Acertó en todo, menos en lo de las habilidades. Correr no es una habilidad. Y dibujar es un talento que no creo que tenga que ver con el síndrome de Alejandría. Así que, a no ser que tenga algún don secreto que no me ha sido revelado todavía, diré que los dones y las habilidades son los padres. Sin embargo, el dibujo y el atletismo me facilitaron la beca estadounidense y siempre estaré orgullosa de ellos.

El día que todo cambió era 10 de abril, un sábado. Me había preparado para la carrera, que empezaba a las nueve y media de la noche. Salí sin problemas, iba a muy buen ritmo con la linterna en la frente y las zapatillas de senderismo que me ayudarían a no resbalarme por aquellos tramos del sendero más complicados. Al llegar a la torre de vigilancia Bravo y rodearla, se me apagó la luz de golpe. Como si alguien le hubiese dado a un interruptor y hubiesen fundido la noche.

Según mi reloj, estuve una hora y media inconsciente.

Cuando recobré la conciencia, me levanté con una sensación extraña en el cuerpo además del mareo y el dolor que acompaña a un fuerte traumatismo en la cabeza. Estaba lloviendo, eran las doce de la noche y la carrera se había dado por suspendida por el riesgo de lesión que suponía para los corredores. Yo me sentía extraviada, con un hormigueo inusual en las manos, el culo dolorido del golpe y esa impresión de que algo no estaba bien. Mi cuerpo no me daba ninguna otra señal de alarma excepto por los rasguños de la caída.

Después de aquello, dos chicos de la organización pasaron con su coche buscando a posibles corredores que se hubiesen caído o resbalado dadas las condiciones del terreno. Me encontraron en el mirador cuando acababa de escalar la maleza para salir a flote.

Solo les dije que me caí y que me golpeé la cabeza, pero que estaba bien a pesar de la brecha. Ellos tuvieron la amabilidad de llevarme al hospital, donde me hicieron pruebas y me cosieron. Pero no tenía nada grave. Mi madre y mi abuela se quedaron muy preocupadas al verme llegar. Pude ir a pie hasta casa porque el hospital municipal está a solo cincuenta metros de donde vivo, en plaza de la Font.

Les expliqué lo sucedido, ambas me mimaron mucho y cuidaron de mí toda la noche. Pero el suceso se olvidó pronto. Solo había sido un golpe, una caída.

Aunque mi subconsciente me decía que no había sido solo eso.

La Génesis de Alejandría no es una virtud ni tampoco un milagro. En mí, en todo caso, supuso un hándicap para entender lo que le estaba sucediendo a mi cuerpo.

Tenía pocas reglas al año y nada abundantes, así que no me extrañó manchar muy poco los tres meses siguientes. Porque sangré casi de manera simbólica. Lo único que me notaba era una sensibilidad extraña en los pechos, pero nada fuera de lo habitual. Aun así, por casualidad, quise hacerme un test de embarazo porque sabía que algo no iba bien. Y dio negativo. Eso me tranquilizó. Hasta que al quinto mes me noté el vientre un poco más abultado. A mí me cuesta mucho coger peso. Voy a correr todos los días y como sin preocuparme mucho por lo que ingiero. Fui a la ginecóloga para asegurarme de que todo estaba bien, porque me dolían los pezones y tenía una sensación extraña en los ovarios y eso, añadido a la hinchazón, me preocupó.

La ginecóloga confirmó lo que yo había temido y sospechaba en silencio como si estuviera loca: estaba embarazada de cinco meses. Aquello fue un shock para mí. ¿Cómo iba a estar embarazada si no me había acostado con nadie en mucho tiempo? ¿De quién estaba embarazada? ¿De un ángel?

—Pero me hice un test de embarazo hace dos meses. Estaba de tres meses entonces, debió salir positivo —argumenté en ese momento.

Mi ginecóloga, que estaba tan sorprendida como yo, me contestó:

—A los tres meses las gonadotropinas bajan mucho y ya no se detectan en la orina. Por eso el test te salió negativo. No sabía que tenías pareja, Ares. ¿Quién es?

—No la tengo —respondí mirándola fijamente.

—Oh!

La ginecóloga se quedó tan cortada que no me quiso mirar más a la cara.

Salí de allí con la sensación de estar fuera de mi cuerpo. Sabía que algo no iba bien, pero no sabía lo que era ni por qué después de aquella carrera no dormía bien y estaba tan intranquila.

Cuando me dijeron que estaba embarazada se me cayó el mundo encima, porque ya no podía negar la verdad. Sabía que aquel día, en la Endemoniada, alguien abusó de mí.

Yo no me caí. Alguien me golpeó.

Me violaron mientras estaba inconsciente y me quedé embarazada.

Y siento que no tengo derecho ni a una pataleta porque, de aquel acto tan cobarde y terrible que me ha puesto en una situación delicada con mi familia, que me ha hecho sentir vulnerable, que no pudieron tomarse en serio en mi declaración porque no lo recuerdo y por el que estoy yendo a terapia desde hace tres años, nació la luz de mi vida.

Mi monito: Venus.

II

¿Entendéis ahora por qué estoy tan disociada y por qué no puedo odiar ni condenar lo que me pasó de una manera normal? Porque cuando miro los ojitos preciosos de mi pequeña Venus, no veo maldad ni abuso. Solo la veo a ella, tan buena, tan pizpireta e inocente que me sienta mal pensar en la malévola semilla que sembraron en mí. Porque Venus es toda luz y amor infinito, y he aprendido a amarla con tanta vehemencia que soy capaz de matar por ella. Por ese motivo es por el que quiero descubrir la verdad, por eso no quiero que lo que me pasó quede impune, porque ¿y si en el futuro se lo hacen a ella? No lo soportaría. No permitiría que ella pasase por lo que yo pasé, por las miradas entornadas, las risitas, los comentarios nocivos, los prejuicios de la Ley... No lo soportaría porque yo no mentí en ningún momento y a mí no me preñó un ángel mensajero, a mí me violó un hombre. O puede que más, y la sola idea de que ese hombre ande suelto me amarga la existencia. Un hombre que después de violarme me lavó meticulosamente, de ahí el olor a jabón tan peculiar que noté al abrir los ojos, y se encargó de dejarme en una posición en la que yo no sospechase nada.

Venus se parece a mí cuando era pequeña, pero con tres años no hay rastro de la Génesis de Alejandría en ella, aunque tiene el pelo de mi mismo color y los ojos de un gris alucinante. La tuve muy joven, a los veinticuatro, y, ni mucho menos, estaba preparada para ella ni para los cambios que se avecinaban en mi vida. Y, para colmo, nació el mismo día que yo. Un 10 de enero. Hoy tiene tres años y casi tres meses.

Con el tiempo, he aprendido a sobrellevarlo todo. He aprendido a saber cuáles son sus necesidades y las mías, a tener nuestro espacio cada una, a encontrar un hueco para mí misma y a organizarme con mi trabajo del mejor modo posible. Cierto es que no me ha quedado otra que aprender a pedir ayuda y a dejar que mi madre y mi abuela me echen una mano con ella porque, aunque siempre me gustaron los niños, no era mi momento y hubo instantes en los que me sobrepasó.

Lo que me ocurrió fue una desgracia, una estrategia vilmente orquestada por alguien maquiavélico al que la sucia jugada le salió muy bien. Una violación perfecta, un delito difícilmente rastreable. Y mi único empeño hasta el día de hoy es intentar revivir la secuencia de mi violación, «supuesta» a todas luces para los Mossos, dado que denuncié cuando ya estaba embarazada y nadie se creyó mi versión.

Nadie creyó que no supiera que estaba embarazada hasta los cinco meses, que engordase tan poco, que no recordase nada y que denunciase que ese embarazo venía tras haberme quedado inconsciente en la Endemoniada. Pero así fue, porque no me acosté con nadie ni meses antes ni meses después de aquello. Lo sé, porque lo recordaba todo perfectamente.

Sea como sea, sé que no sanaré del todo hasta que demuestre lo que me sucedió y lo que hicieron conmigo. Pero estoy muy sola en esto.

Me levanto de la piedra y me limpio la parte de atrás de los pantalones. Es 1 de abril y ya hace semanas que el clima es cálido y soleado en Badalona.

Aunque aquí, lo de «abril, aguas mil» se cumple muy a menudo. De hecho, han confirmado que se esperan lluvias a partir de la semana que viene.

Salgo del lugar del incidente y escalo de nuevo entre los arbustos hasta llegar a la planicie donde reposa la torre de vigilancia forestal Bravo, que forma parte del parque de bomberos. Tiene un depósito de agua y está ahí para evitar posibles incendios. Para llegar hasta ella, tienes que estar bastante en forma de por sí. Las vistas desde La Coscollada son muy panorámicas, dado que puedes ver toda Badalona, el río Besós, Santa Coloma, el litoral de Barcelona e incluso, si hay mucha visibilidad, la montaña de Montserrat a lo lejos. Aquel punto de la carrera estaba, aproximadamente, a unos nueve kilómetros y si llegabas hasta allí, la mitad del trayecto casi estaba hecho. La torre se ubica en una especie de rotonda de tierra. En la carrera, la tenía que bordear para hacer un cambio de sentido y regresar al punto de partida por otro sendero distinto al de la ida.

No siento nada al estar aquí. Solo ira y vacío. No me asusta, no le tengo miedo a enfrentarme al lugar. Porque no lo puedo odiar ni temer. Para mí es un sitio en el que perdí el conocimiento por un golpe en la cabeza, y ese golpe en la cabeza, nueve meses después, me trajo a Venus.

He dejado la moto aparcada justo al lado de la torre. Llevo unos tejanos rotos por las rodillas, unas Nike Sportswear Blazer de color blanco, una camiseta holgada de manga larga y mi chupa, que no llega a ser motera, pero como si lo fuera. Me recojo el pelo en un moño desordenado pegado a la nuca, porque los nudos que se me hacen con el viento son peores que los marineros.

Hace nada me compré un casco Momo Jet Fighter de color blanco. Era precioso, hasta que Venus empezó a hacerle garabatos con unos rotuladores permanentes que tuve el error de dejar encima de la mesa baja del salón. Me dijo que había dibujado a mami. Mami es como un pene gigante en el lateral izquierdo. Lo demás digo que son flores, ella dice que no. A saber qué son. Pero si antes mi casco me gustaba, ahora que está personalizado me gusta mucho más.

Este es mi ritual del primer viernes de cada mes. Hablo con Margarita, discutimos sobre mi supuesto diagnóstico mental y después vengo aquí.

Este año, la Endemoniada se celebrará en junio. Y estoy dispuesta a hacerla porque es como mi grito de guerra y una declaración de intenciones contra todos los que abusan y violan. No me dan miedo y ahora, aunque nada se pueda hacer contra ataques tan cobardes, me sé defender.

Una de las cosas que decidí aprender, cuando Venus tenía seis meses, fue krav magá. No había oído hablar nunca de ello hasta que me explicaron que era el sistema de defensa personal que utilizaban las Fuerzas de Defensa y Seguridad israelíes. Me dio igual quiénes lo practicaban. Yo solo quería aprender a defenderme y a dar mamporros. Y eso he hecho. Si alguien me ataca, sé lo que tengo que hacer.

Mi moto no hace ruido, es eléctrica. Desciendo por el camino arenoso hasta llegar al cruce del camino de la Carrerada.

Y justo cuando voy a virar, no veo venir el coche de frente. No, mejor, él no me ve a mí, y tengo que dar un volantazo con la moto que me lleva directamente al suelo.

Más allá de la impresión, me he hecho daño en el codo y en la rodilla del resbalón. Como no iba rápido no ha sido nada, pero me levanto con el mal carácter que se le pone a uno cuando por culpa de un inepto te caes de la moto, y me dirijo con los puños apretados hacia el conductor, que se queda mirándome fijamente con las gafas de sol puestas.

Lleva un Porsche 911 todo negro y con los cristales laterales tintados. ¿Qué hace un coche así por este tipo de terrenos? Qué absurdo.

No le veo bien la cara.

Hasta que abre la puerta y sale de él. El dolor de la rodilla me está matando. Me la miro y me doy cuenta de que me la he desollado y tengo un trozo en carne viva. El codo está bien, la chaqueta ni siquiera se me ha roto, pero tengo un manchurrón lleno de grava de color tierra.

Me quito el casco y abro los brazos como si no entendiera qué ha hecho.

Pero cuando me doy cuenta lo tengo casi encima.

Es un hombre muy alto. Y, sinceramente, no es de esos que pasen desapercibidos. Tiene una complexión muy atlética, de hombros anchos, brazos marcados por valles y curvas musculosas y manos grandes. Lleva unos pantalones desgastados como si los hubieran rociado con lejía. Su cintura no es muy estrecha, pero al tener la espalda tan ancha parece que lo sea. Su camiseta negra de manga corta no disimula la potencia de su pectoral ni, sin duda, el fuerte abdomen que esconde. Lleva el pelo negro y ondulado, bastante largo, de ese modo que ya no se estila y que le puede dar un aire de rebelde *grunge*. Lo sujeta con una goma floja y las puntas le rozan el centro de la nuca.

Sus gafas de cristal reflectante me devuelven mi reflejo y no tengo modo de ver de qué color tiene los ojos. Pero sus facciones son duras, de mandíbula cuadrada, un hoyuelo perfecto que parece hecho con un punzón justo en el centro y una nariz recta más ancha en el tronco superior y puntiaguda que, sin ser muy redondeada, tampoco es demasiado fina. Es bonita. Joder, no sé cómo son sus ojos, pero sus rasgos faciales son pura armonía. Y yo sé mucho de eso.

Sin embargo, su actitud no me gusta nada. Tengo la sensación de que me está juzgando o de que cree que esto ha sido culpa mía, cuando ha sido suya, que no ha mirado. Yo sí he mirado en ambas direcciones y él ha pasado de todo y ha ido en línea recta.

—¿Estás bien? —me pregunta guardando las distancias. Tiene un tono de voz grave y profundo. Y arisco.

—¡No has mirado! —le increpo—. ¡Podría haberme hecho mucho daño!

—Sí he mirado —contesta, me pasa de largo y va a por mi moto.

—No. No has mirado.

Va con sus andares seguros y viriles directo a levantar mi Super Soco sin problemas.

—Ya la levanto yo —le aseguro.

Él me mira de arriba abajo y no mueve ni un músculo de su apuesta cara. Me temo que no me cree capaz de levantarla sola.

—Tienes que mirar en este tipo de cruces —le reprocho limpiándome la grava del codo y volviendo a revisarme la rodilla.

—Sí, lo he hecho. Pero llevas una moto eléctrica, no haces ruido y es como si hubieras aparecido de la nada. —La coloca de pie y le pone el caballete.

—No he aparecido de la nada. Estaba justo ahí. —Señalo la esquina donde he girado—. Te has abierto mucho para girar.

—Mis disculpas —dice solemnemente. Revisa que la moto no tenga ningún rasguño y, por suerte, no tiene—. Tu juguete está bien —contesta torciendo el rostro hacia mí—. ¿Qué velocidad coge esto? ¿Veinte kilómetros por hora?

El tono de menosprecio que usa para hablar me parece soberbio y muy desagradable. Creo que nunca sería amiga de un hombre así.

—No, esa es la velocidad a la que iba para cuidar de que infractores como tú que conducen Porsches de hace cuarenta años no me pasen por encima.

Sé que mi respuesta no le ha hecho mucha gracia por cómo ha alzado la ceja derecha negra y espesa. No me gustan los jactanciosos ni los bravucones, y mucho menos los que me hablan con condescendencia. A lo largo de mi vida me he encontrado con muchos hombres que me han hablado así solo por ser mujer y resultarles atractiva. El mundo del cómic, por ejemplo, también es machista y sé cómo defenderme de esos comentarios que pretenden ser paternalistas pero siempre esconden entre líneas un despotismo velado.

La actitud de este hombre no llega a ser déspota, pero sí arrogante.

—Te pido perdón. Al menos no ha sido grave. —¿Ves? No habla como si realmente le importase.

—No ha sido grave gracias a mis reflejos.

—Tendrás que echarte un poco de alcohol en esa herida de la rodilla.

—Sí, ya me encargaré de eso.

Él se rasca la nuca y veo cómo asoma su bíceps hasta tensar la manga de la camiseta.

—Mira, tengo mucha prisa. Te doy mi teléfono. —Se saca una cartera del bolsillo trasero del pantalón. La abre y extrae una tarjeta de visita de color rojo. Me parece muy llamativa, aunque me temo que a él llamar la atención no le importa—. Y si tienes que pasarme cualquier cosa, mi seguro se hará cargo. No puedo ponerme a rellenar nada ahora.

—No te estoy pidiendo que rellenes nada. —Saco el móvil, grabo el número de teléfono de la tarjeta y lo llamo inmediatamente.

El sonido del móvil es un aullido. El aullido de un lobo. Por Dios, qué hortera.

Ahora mismo mi cara debe reflejar mi pensamiento.

Él frunce el ceño, sorprendido a la par que ligeramente incrédulo. Me mira y dice:

—¿Me estás llamando ahora mismo?

—Sí.

—Vaya… qué desconfiada. —Sé que está deslizando sus ojos por todo mi cuerpo. No sé lo que debo de parecerle, pero con el casco con una polla infantil y mi mirada cabreada debo resultarle un poco cómica.

—Piensa mal y acertarás.

—Hum.

¿Eso ha intentado ser una sonrisa?

Me guardo la tarjeta en el pantalón y el móvil, dentro del bolsillo de la chaqueta. Cierro la cremallera y me doy media vuelta.

—Adiós. Y haz el favor de conducir mejor.

Él no me responde. Noto sus ojos clavados en mi persona. Lo miro por encima del hombro y me lo encuentro observándome, cruzado de brazos, apoyado en la capota de su coche.

—¿Qué? —le pregunto.

—Espero a que arranques eso.

Eso. Miro al frente, me coloco bien el casco y solo tengo que darle al botón de encendido. Diez segundos después ya me he alejado del cruce. Por el retrovisor veo a ese individuo haciéndose pequeñito, todavía vigilándome.

Ni siquiera sé su nombre.

Pero no me importa.

Solo quiero llegar a casa y ver a Venus.

Eso es algo que también me pasa todos los viernes.

Después de estar en el lugar del incidente y pensar en los cientos de miles de cosas que podría haber hecho para que nada de eso me hubiese sucedido, necesito ver a mi monito.

Porque cuando la veo, la furia que me arde en el pecho se me pasa.

Vivo en la plaza de la Font, en Dalt la Vila. En la antigua casa familiar del legado Parisi. Creo que todas las generaciones han pasado por ahí. Mi bisabuela, mi tatarabuela… hasta tiempos remotos. De hecho, hasta tenemos un escudo de armas sobre el marco de la puerta de la entrada.

En el centro de la plaza de la Constitución hay una fuente de dos metros de altura que reposa a la sombra de un platanero, tan común en Badalona, cuyo pedestal es de color blanco y al que han alicatado con mosaicos tipo tablero de ajedrez en tonos azules. En verano suelen posarse las mariposas sobre su grifo.

Mi casa es una de esas antiguas que rodean la plaza. Hace poco pintamos la fachada de color ocre y la reconstruimos porque hacía falta echarle una manita. Es un tríplex, en realidad. Tiene un jardín interior cuyo suelo se cubrió parcialmente de láminas de madera para levantar un porche, dos terrazas en la primera y la segunda planta, que dan a la plaza, y un estudio en la planta de arriba; en la segunda planta están las habitaciones, dos suites y tres individuales. El salón con chimenea, la cocina, el baño, la oficina y el jardín interior están en la planta de abajo.

Ahora ocupo el estudio como mi lugar de trabajo y, a veces, como si fuera una segunda casa. Lo tengo perfectamente adecuado para mis necesidades y me siento muy cómoda en ese espacio.

No es una casa de lujo, pero sí que es bastante señorial, como las que suele haber en el centro de la ciudad, con la diferencia de que Dalt la Vila es un pueblo dentro del centro y todo parece más cuco e íntimo en mi distrito.

Mi padre murió en un accidente de tráfico cuando yo era pequeñita; tenía tres años. Desde entonces, siempre fuimos tres mujeres en casa: mi madre, mi abuela y yo. Bueno, y también se añadió a la familia Lu, mi mejor amiga, a la que adoptamos no formalmente, pero como si fuera de nuestra misma sangre.

Mi madre y mi abuela regentan un negocio de lámparas

de interiores y de exteriores en Barcelona. La tienda se llama Luces Sacras y es uno de esos lugares en los que uno entra y siente la buena energía.

Mi abuela Clara siempre ha sido muy mística. Es de esas señoras que aún llevan el pelo canoso largo y blanco y se hace trenzas como una india. Muchas veces me pone la piel de gallina y le gusta echar las cartas. Recuerdo que, la semana anterior a que muriese mi padre, mi abuela estuvo murmurando por lo bajini, persiguiendo escarabajos con la escoba, que se amontonaban en la puerta de entrada de casa. Decía que eran escarabajos del reloj y que siempre traían malos augurios relacionados con la muerte. Tenía razón. No sé si fue cosa de los escarabajos, lo que sí sé es que el camión que arrolló a mi padre y que acabó con su vida no llevaba escarabajos.

Mi madre, Nieves, es una mujer muy conservadora. Y sigue siendo muy hermosa y joven a sus cincuenta y cinco años. Es morena, de pelo largo y liso del color del ala de un cuervo, tiene los ojos oscuros y un poco rasgados y, cuando se ríe, le salen hoyuelos. Es muy elegante y sé que en el pueblo la adoran, y sus clientes más. Tiene en alta estima las tradiciones y entiende que las reglas sociales se deben seguir siempre. Pero también es una mujer llena de amor por la familia. Por eso sé que hay una grieta entre ella y yo. Porque hubo un conflicto en lo que a mí se refiere relacionado con el amor a la familia y las reglas sociales.

Sé que el que yo apareciese un día diciendo que estaba embarazada de cinco meses y que ni siquiera lo había sabido hasta entonces produjo un sisma en el núcleo familiar. Porque en el fondo, mi madre siempre creyó que fui una irresponsable y que me acosté con el tío que no debía. No la culpo por no creerme, porque nadie lo hizo. Sé que mi relato es inverosímil para muchos menos para mí. Ella nunca me lo dijo abiertamente, pero a mi madre no le hace falta hablarme para que yo la escuche. Con los ojos habla alto y claro, aunque no pronuncie palabra.

Después, Venus nació y toda la casa se llenó de alegría. Y fue como un bálsamo, como una tirita. Mi pequeña ama a su abuela Nieves y adora a yayita, como llama a mi abuela Clara.

Y creo que estamos bien, después de todo. No hay reproches, no hay malas caras y la sangre no llegó al río. Pero eso no quita que yo sepa la verdad y que mi madre sienta que la he decepcionado. Es injusto para mí, pero asumo que no puedo hacer nada para cambiarlo.

¿Se podría decir que somos una familia puramente matriarcal? Pues sí. No hay hombres que pisen nuestra casa, excepto los de Glovo, Amazon y demás... Bueno, y también Hugo, que desde que estamos saliendo ya ha venido a cenar un par de veces. De hecho, esta noche está invitado a fajitas.

La casa de mi madre tiene un garaje propio que va con mando. Allí dejo siempre la moto y la pongo a cargar. Hay espacio suficiente para ella y para el Mini automático que no suelo usar, salvo si llueve.

Entro por la puerta del garaje que da al recibidor y saludo como siempre:

—¡Hola!

Cuento dos segundos mentalmente hasta que oigo:

—¡Mami! ¡Mami!

Sonrío, porque su voz me hace mucha gracia, tan aguda y tan de niña. Aparece por la puerta en arco que da al salón, corriendo como si hiciera footing, con el culillo en pompa y sacando pecho, sonriente, también con sus hoyuelos y su pelo castaño y liso, y me deshago.

Abro los brazos y ella se lanza como una luchadora de *wrestling* contra mí. Siempre nos fundimos en un abrazo sanador que no borrará nunca el pasado, aunque no me acuerde de él.

De Venus me gusta todo. Me gusta cómo le huele el pelo, me gusta cómo me toca la cara para que la mire a los ojos cuando me habla, me gusta cómo me cuenta los cuentos y me encanta el palique que tiene para ser tan pequeñita. Usa palabras que no son propias de una cría de su edad y creo que es porque me escucha hablar en voz alta cuando escribo los diálogos para la novela gráfica que estoy preparando. El otro día, mientras la duchaba y el chorro de agua le dio en la cara, dijo: «Mami, qué agobio». Y otro, que me vio un poco alterada por un dibujo que no me salía, me soltó: «¿Estás en crisis?». Solo tiene tres años. «Agobio» y «crisis» no deberían formar parte de su vocabulario.

—¿Cómo te ha ido la guarde, monito? —le pregunto achuchándola todo lo que puedo.

—Muy bien.

—¿Has merendado?

—Sí, galletas y *goyur*.

—Aaah… galletas y yogur —corrijo con una risita de adoración hacia ella—. ¡Qué suertuda! ¿No has dejado nada para mí?

—No.

—¿Seguro?

Ella se echa a reír.

—No, mami.

—A ver, abre la boca.

Venus abre el buzón que tiene por boca y le veo sus dientecitos de leche perfectos y muy blancos.

—Pues vaya, no me has dejado nada —refunfuño.

—Te lo he dicho —vuelve a reírse.

—Mi gordita que come mogollón. —Le empiezo a hacer cosquillas y ella se muere de la risa.

—Mami, ¿dibujamos?

—Venga. Trae el cuaderno y las ceras y llévalos a la mesita. Ahora voy.

La dejo en el suelo, me quito la chaqueta y compruebo que de verdad no se me haya agujereado por la caída. Está bien. La cuelgo en la percha y me crujo el cuello, que lo tengo contracturado del susto.

—Hola, cariño —me saluda mi abuela desde el sofá que hay de cara a la chimenea.

—Hola, abuela. —Me acerco a ella y le doy un beso en la mejilla.

—¿Qué tal te ha ido con Margarita hoy?

—Como siempre.

El salón es grande y las puertas que dan a la cocina son correderas y de color blanco, como todas. Toda la casa tiene suelo de parqué envejecido muy oscuro y brilla porque, cada pocos meses, mi madre lo barniza.

Hay un cuadro que siempre me llama la atención. Es viejo, de eso no cabe duda. Y era propiedad de la tatarabuela de mi abuela. Es decir, de cuando la época de los dinosaurios.

Es una mujer, con el pelo rizado y recogido, que parece romana y tiene un farolillo en la mano. Tras ella hay dos lobos guardándola y, más allá, a lo lejos, se ve un templo.

Es otro legado familiar, como la casa y el negocio de las luces.

Mi abuela está sentada en el sofá echando las cartas. Las echa a solas todos los días y después se apunta lo que ve en una libreta. Lleva haciéndolo así desde hace años. Siempre que la veo, procuro no orbitarla demasiado porque me acaba pidiendo que corte la baraja y cosas de esas y, cuando lo hago, sus expresiones son circunspectas al voltear los naipes, como si ella pudiera ver algo de mí que yo no veo. Me tira las cartas indirectamente, es una tramposa.

—¿Ares?

—¿Qué?

—¿Te ha pasado algo? —Sus ojos claros están fijos en la hilera de cuatro cartas que hay sobre la superficie de la mesa.

—¿Por qué lo preguntas?

—Te ha pasado algo —asumió—. Estas no mienten. —Señala las cartas.

—Un gilipollas me ha tirado de la moto —contesto sin más.

Ella se da la vuelta de golpe, con la habilidad de una señora de ochenta y cinco años y el horror de una abuela protectora.

—¡Ay, mi niña! ¿Estás bien?

—Sí, sí... No ha sido nada.

—¡¿Cómo que no?! Anda, ven. —Se levanta para acercarse a mí y revisarme la herida de la rodilla—. Mira lo que te ha hecho...

—Estoy bien.

—Calla y siéntate, que te voy a curar.

—Yaya, no hace falta, de verdad, ya me curo yo...

Venus llega corriendo con el cuaderno y el estuche de ceras, pero se detiene en seco cuando ve mi herida.

—¡Mami, te han herido! —grita asombrada. Dios mío, mi hija es muy rica en vocabulario—. ¡Es sangre! —señala la rodilla.

—Sí, pero estoy bien.

—Llama a *Barman* —propone.

Venus sabe que dibujo a superhéroes muchas veces y siente predilección por el hombre murciélago. Pero se cree que pone copas.

—Se llama Batman —le recuerdo.

—A ese, al *murciégalo*. ¡Hay mucha sangre! ¿Te vas a morir?

—No, monito. Es solo una herida. Mami se ha caído de la moto y ya está —carraspeo. Venus es un poco propensa a los dramas y no quiero que se preocupe—. ¿Ayudas a la abuela a curarme?

Venus deja el cuaderno y el estuche encima de la mesa, sobre las cartas, y tira media baraja al suelo.

—¡Sí! ¡Vamos!

Cinco minutos después, tengo a las dos de urgencias inspeccionando mi rodilla y poniéndome agua oxigenada y Betadine.

—¿Y quién ha sido? —pregunta mi abuela con el algodón empapado de sangre.

—Pues un capullo con un Porsche. No me ha visto y he tenido que dar un volantazo para esquivarlo, pero he acabado en el suelo.

—¿Lo habías visto?

—Badalona es gigantesca, yaya. No conozco a nadie que no sea vecino de Dalt la Vila. Lo que sí sé es que creo que tiene dinero.

—¿Y entonces?

—Entonces ¿qué?

—¿No tenéis que hacer el papeleo del seguro y esas cosas?

—No le ha hecho nada a la moto. Yo solo me di un golpe en un codo y me raspé la rodilla. No creo que haga falta hacer nada. Además, no me ha caído nada bien.

—Mami, un hombre malo te ha hecho daño. —Venus me habla como si me regañase—. Hay que hacerle pam pam.

—Tengo una hija de la Camorra.

Mi abuela se ríe por el comentario, pero no deja de mirar de reojo las cartas en el suelo. No pienso preguntarle nada. Le tengo mucho respeto a lo que dicen porque sé que la mayoría de las veces acierta y cuando no, es porque las personas que piden su ayuda la han engañado.

—Ares —mi abuela, que está sentada a mi lado, recoge las gasas y los algodones y, alzando el dedo índice, deja caer todo el poder de su mirada en mí—, tienes que estar alerta. Las cosas van a cambiar.

—Abuela, en serio… —Pongo los ojos en blanco—. No empieces.

—Sí empiezo. Te ronda el zorro y hay algo oculto detrás del sol. Algo cuya oscuridad no se ve porque el sol la esconde. Y no es buena señal. Tú y yo tenemos que hablar.

—No sé a lo que te refieres. No conozco a ningún zorro, solo conozco a Antonio Banderas.

—Deja de bromear, Ares.

—¿Y qué quieres que diga? —Dejo escapar una risita nerviosa.

—El zorro está a la vuelta de la esquina. Y solo el fuego lo mantendrá alejado.

Todo lo que me dice mi abuela me deja como si viera un capítulo de *Expediente X*: entre fascinada y muerta de miedo.

—De verdad, abuela, ojalá te entendiera mejor.

—Lo harás, cariño. —Me golpea la rodilla buena con suavidad—. Cuando sea el momento, me entenderás.

Me la quedo mirando mientras se levanta y va a tirar los apósitos a la basura. Entonces me llaman al móvil. Es Hugo.

—Hola, bellezón.

—Hola, Hugo.

—¿Cómo estás?

—Bien.

—¿Ya has ido a terapia?

—Sí. Te esperamos para cenar, no faltes.

—Por eso te llamaba. —Su voz suena arrepentida—. Me encantaría ir, pero tengo trabajo.

—Oh, qué pena.

—Oh, qué pena —repite el loro de Venus.

—¿Te ha surgido algo de última hora?

—Algo peliagudo, sí. Llevo aquí desde esta mañana.

44

—¿Es grave?

—Es delicado.

—¿Dónde?

—En el Besós.

—El Besós es muy grande, Hugo.

—En la desembocadura de Sant Adrià.

—Vaya —eso está cerca—, pues estaremos atentas, a ver si sale por la tele.

Sé que Hugo está sonriendo. Le gusta que valoren su trabajo.

—Tenía muchas ganas de verte, Ares.

—Bueno, nos veremos mañana o pasado, cuando puedas.

Sé que Hugo intenta que yo sea más cariñosa, que le diga todo lo que él quiere oír, pero voy a mi ritmo. Y espero que lo entienda.

—Está bien. Un beso, guapa.

—Un beso. Adiós.

Cuando cuelgo, me quedo mirando el teléfono con curiosidad. No soy nada morbosa, pero nunca he oído a Hugo hablar así sobre un tema que estuviera investigando.

Me llama la atención.

—Mami, ya estás buena —dice Venus feliz.

—Gracias, monito. Eres la mejor enfermera del mundo. —La siento sobre mis piernas y le lleno los mofletes de besos.

—Ah. —Mi abuela vuelve a aparecer en el salón y se planta delante de mí para decirme—: Lu ha pasado por casa antes y me ha dicho que, si puedes, te acerques a la excavación. Tiene algo que le gustaría enseñarte y sabe que te gustará dibujarlo.

—Ah..., qué bien. Vale, pues ahora voy. —Me levanto del sofá con Venus en brazos—. Yaya, ¿te puedes quedar con Venus un momento?

—Claro que sí. Vete, niña —dice mi abuela y alarga los brazos hacia la pequeña, que no duda en irse con ella.

—Ahora vengo, monito. —Le beso la frente y le pellizco la mejilla a mi yaya—. Qué guapa eres.

—Anda, zalamera. Que eres una zalamera.

Una de las cosas que más me gustan es ver trabajar a mi amiga Lu en la excavación.

Es la jefa, no solo de la excavación, sino en muchos sentidos.

Por eso es mi mejor amiga.

III

Resulta que vivo sobre una ciudad romana muy popular y poderosa de la Antigüedad. Sé que no muchos badalonenses se han interesado por su historia, yo entre ellos. Y si ahora tengo más curiosidad es porque mi mejor amiga, Lu, es la jefa coordinadora de la excavación que hay cerca de casa, aunque ya lo ha sido de otras, y me ha enseñado muchos de los objetos que ha ido encontrando con el paso de los años. El mismo Museo de Badalona se halla sobre las ruinas de la antigua ciudad y en su interior se muestran de manera excelsa los fondos arqueológicos descubiertos.

Baetulo era tierra de élites y de plebeyos, de mucho vino y riqueza... Parte de los yacimientos que son propiedad del museo muestra al mundo alguna de esas casas pudientes como la Casa de los Delfines y el Jardín de Quinto Licino, entre otros. Muchos objetos y figuras se han desenterrado de las entrañas de nuestra tierra, como la Tábula Hospitalis y la Venus de Badalona. Le puse a mi hija ese nombre precisamente por ella.

No soy ninguna experta y me gustaría saber muchísimo más porque creo que uno debe interesarse por el pasado del lugar en el que vive, pero la verdad es que a los humanos nos cuesta mucho entender que para comprender quiénes somos, debemos conocer nuestras raíces. Si nos cuesta vivir en el presente y nos proyectamos continuamente en un futuro que aún no existe, ¿cómo vamos a querer aprender de verdad, tanto los jóvenes como los más adultos, de la vida del pasado cuando eso ya sucedió?

Me gustaría saber más de historia, poder hablar de acontecimientos pasados y que la gente dijera: «Esta mujer es una erudita». Pero no. No es el caso. Creo que cada maestrillo tiene su librillo. Sé de dibujo, de crear personajes y de estudiar y desarrollar sus perfiles. Y soy observadora.

Los historiadores saben del pasado y de cómo contarlo. De ellos es la labor de acercar la antigüedad a la actualidad de un modo lo más lúdico, atractivo y fácil de comprender posible.

Gracias a Dios, también tengo a Lu para ser menos inculta y para que me ilustre. La cuestión es que ella me propuso dibujar algunos de los objetos de cerámica que estaban encontrando en los yacimientos y, como forma parte del grupo que se encarga de desarrollar el proyecto, me van pagando por pieza dibujada. No es algo que se suela hacer, ni mucho menos. Ni tampoco es a lo que me dedico, pero lo hago más como favor personal que como algo de lo que sacar beneficio. Además, no me supone nada de tiempo. Saben que tengo buena visión remota y puedo acabar de dibujar los trozos que faltan de los objetos que encuentran. Después, con ellos y tras estudiar mucho cada pieza y el registro histórico de los hallazgos para compararlas con otras ya expuestas, hacen un molde en tres dimensiones. El mundo de la arqueología es fascinante.

Por supuesto, el de hoy no es el primer yacimiento al que voy.

Fui al que había en la plaza Alcalde Xifré y la calle de Sant Ramon, en el extremo de la plaza Pompeu Fabra.

Si no recuerdo mal, mi abuela me dijo que en esa zona estaban las famosas casas verdes: dieciséis viviendas públicas que, de hecho, fueron las primeras de Badalona de la Segunda República.

Una inmobiliaria compró el terreno, demolió las casas e hizo el estudio arqueológico pertinente hasta que convinieron que, a unos cinco metros de profundidad, podría haber «algo». Y lo hubo. De hecho, tuvieron que rehacer todo el proyecto.

Lu trabajó allí y empezó a enseñarme algunas de las piezas que encontraba, además de llevarme cuidadosamente por todo el terreno. Pude ver cómo se desenterraba un *ustrinum* del siglo I antes de Cristo, donde incineraban a los muertos. Allí encontraron un anillo de oro de un señor pudiente que quiso irse al otro barrio con algo de dinero para comprarse una parcela.

Y donde se encontraba la Vía Augusta, había un mausoleo funerario. Esa imagen sí me impactó. Había catorce cuerpos, siete de ellos de niños. Y tres pertenecían a una familia entera. El hombre sujetaba a la mujer y, entre ellos, el esqueleto de un niño de cinco años, su hijo. Fue muy sobrecogedor verlo.

Voy andando al yacimiento del huerto de Fluvià, en la calle Pujol, donde trabaja hoy Lu. Dicen que, en un futuro, lo que están descubriendo en esa excavación formará parte de dos nuevos yacimientos que albergan un taller de alfarería y un acueducto. Que Lu me enseñe esas cosas hace que me sienta parte de un secreto gigantesco capaz de modificar la historia que conocemos. Y también estimula esa parte curiosa e intrépida de pirata buscatesoros.

Todavía me escuece la rodilla y no dejo de pensar en el chulo del Porsche. Me ha puesto de mal humor con esa actitud arrogante y de machito.

Diviso a Lu entre las ruinas y ella, como si tuviera un sexto sentido y me oliera, alza la cabeza y mira hacia atrás.

Lu tiene cara de romana, nunca mejor dicho. Una romana de rostro redondo muy dulce y avispado, ojos color miel, pelo cobrizo y ondulado y uno cincuenta de altura. Siempre bromeo con ella y le pregunto qué tal por la Comarca, con Frodo y los demás.

Hicimos juntas el bachillerato artístico en el instituto y nos hicimos inseparables, hasta que me fui a Estados Unidós a estudiar y ella se decidió por la carrera de Arqueología. Aun así, nunca perdimos el contacto. Tras el incidente, ella se enfadó un poco conmigo porque creyó que no quería decirle la verdad pero, a pesar de eso, me apoyó durante todo el trámite, parto y primeros meses incluidos. Es la tía Lu, la madrina de Venus y sé que esta la adora.

Ahora no solemos hablar de lo que me sucedió; es como un tema tabú para todos porque, en el fondo, sé que nadie sabe cómo tratarlo ni, lo que es peor, cómo creerlo.

Lu es de las que se toma su tiempo para absolutamente todo lo que tenga que ver con la vida. Le encanta repasar las cosas cien veces antes de dar el visto bueno, es muy metódica, camina despacio e incluso muchas veces tarda bastante en responder a cualquier pregunta que le hagas, porque es muy analítica y no le gusta dar ni malas opiniones ni malos consejos. Al principio de conocerla, llegué a pensar que tenía algún problema de comprensión, hasta que me di cuenta de que no tenía ninguno, solo que no le gustaba dar la razón como a los locos ni responder por responder. Y eso lo valoro.

Sin embargo, cuando está en las excavaciones, sustituye esa pausa y sosiego por la emoción de hacer lo que más le gusta y, entonces, parece que se ha metido una raya.

Cuando me ve, se incorpora y me pide con la mano que entre y me acerque. Es la última hora de la tarde. En el yacimiento solo quedan Lu y el señor de seguridad que, noche tras noche, evita que se cuele nadie a saquear las zanjas. Todo está perfectamente delimitado por cuerdecitas y hay zonas expresamente cubiertas con tablones para que no se pisen.

Al lado de Lu hay una caja. Como he ido otras veces, ya sé lo que es. Todas las piezas que se encuentran se desentierran, se cubren con un plástico y se dejan adecuadamente en esa caja, bien protegidas. Luego la llevarán al museo, donde lavarán las piezas encontradas una a una. Lu me ha asegurado que pueden pasarse horas limpiando cerámicas y objetos con agua y un cepillito. Una vez aclaradas y pulidas y con un programa informático que se llama Autocad, entre otros, se recrea la pieza en tres dimensiones. Pero antes se toman medidas, se datan, se hacen perfiles, ángulos, profundidad, se intenta averiguar de qué parte es, si era una vasija, un ánfora, un plato... y se dibujan a mano alzada. Eso es lo que hago yo para Lu y su equipo. Dibujarlas.

Ellos se encargan después de pasar el dibujo a Autocad para tener todas las piezas bien catalogadas, localizadas y detalladas con un número de serie. Después, los descubrimientos se guardan en el museo para su posible exposición.

Como no me puedo llevar la cerámica a casa, me encargo de hacerle fotografías desde todos los ángulos y también del terreno donde se ha encontrado, y con eso empiezo a trabajar. Al día siguiente, Lu recibe el dibujo en el que, posiblemente, no habré invertido demasiado tiempo, pero sí toda mi ilusión.

—Hola, guapa —la saludo.

Lu y yo siempre nos abrazamos y nos damos un beso cuando nos vemos, como si hiciese mil años de la última vez que quedamos.

—Hola, pibón.

—¿Qué pasa? ¿Has encontrado ya el cofre lleno de monedas?

—Si lo encontrase, no estaría aquí. Lo vendería todo en el mercado negro —asegura moviendo las cejas como una pilla—. Pero tengo algo muy curioso.

—¿Cómo de curioso? —me intereso.

Lu se da la vuelta, introduce las manos en la caja y saca una pieza parecida a un plato cóncavo. En el pasado tendría un color rojizo intenso; hoy luce desgastado y erosionado por el tiempo, roto por los bordes, aunque el centro está bien. Hay un dibujo en relieve en la superficie. Es una mujer de cuerpo entero, una romana.

—Mira.

—Miro.

Lu asiente, esconde muy mal su regocijo. Cuando está entusiasmada, su expresión habla por ella.

—¿No te recuerda a nada?

—Sí, claro que sí —asumo. Se parece mucho a la mujer del cuadro hortera que descansa sobre la chimenea. Me gusta el arte, obviamente. Pero el cuadro de mi salón es demasiado realista. Prefiero otro tipo de líneas—. Se parece a la romana del salón de mi casa.

—Exacto. Estamos sobre un taller de alfarería romana. —Señala el suelo que pisamos—. Hay mucho por sacar. Podríamos extraer piezas como el Vaso de las Naves... Mira... —Extrae otro objeto más de la caja, retira el plástico con cuidado y me enseña una lucerna. Es un utensilio no muy grande hecho de terracota que usaban los romanos para tener luz artificial en interiores. Esta tiene un asa para sujetarla. Disponían de un conjunto de mechas que se rociaban con aceite, así podían durar prendidas durante mucho tiempo. En ella se representa una felación en la que la mujer, de rodillas, está masturbando con la boca a un hombre de miembro gigante que toca una flauta—. En el museo hay una parecida. Es de la primera mitad del siglo I después de Cristo. Es posible que esta sea posterior, pero se vuelve a representar una escena similar. Excepto que aquí la *fellatrix* tiene las manos atadas a la espalda.

—Caray con los romanos badalonenses... —susurro entornando la mirada.

—La tenían gigante —dice Lu riéndose—. Bueno, en realidad, por la flauta el hombre representado en esta es más un demonio o un fauno que un hombre normal. Seguramente refleje una fantasía erótica.

Me quedo mirando las manos maniatadas de la mujer y algo de todo eso me da repelús. ¿Qué tipo de cuerdas eran esas?

—Les gustaban las sujeciones y todas esas cosas... La dominación.

—Roma nunca tuvo ningún tipo de tabúes hacia el sexo ni a cómo debían practicarlo ni con quién —explica Lu dejando la lucerna de nuevo dentro del plástico antes de guardarla en la caja—. Eran muy libertinos. ¿Por qué iba a tener tabúes Baetulo? Algunas de esas prácticas sexuales de la Antigüedad hoy están mal consideradas por los más conservadores. El sexo homosexual, las orgías, el poliamor, la dominación... No le veo nada malo. El problema de los romanos era que, además de libertinos, los que estaban en el poder también eran abusivos. No dudaban en violar reiteradas veces si consideraban que debían hacerlo. Hay muchos casos documentados de abusos: las sabinas, la historia de Lucrecia y Virginia, el primer decenvirato... Todo bastante repugnante. —Continúo con la vasija entre las manos—. Las mujeres debían reflejar *pudicitia*, es decir, virtud o pudor. Y los hombres, *vir*. En el *vir* entra el virtuosismo como expresión de dominación, el saber hacer en el sexo, la virilidad y la masculinidad en cuanto a que debían dar fe de quién mandaba. Hasta que el Imperio decayó. Imágenes como las de la lucerna se han descubierto en multitud de casas romanas, en sus murales, por ejemplo, como en las de Pompeya. Hay una llamada La casa del Fauno cuyo mural es igual de pornográfico que el que te he enseñado.

—Qué interesante todo.

—Es lo más. —Claro, ¿qué iba a decir ella, que vive para

eso?—. En fin, quiero que me dibujes este. —Señala la vasija de la mujer que sujeto entre los dedos—. Quiero saber si se trata de alguna personalidad romana. Revisaré los archivos del museo, a ver si encuentro algo parecido en el banco de imágenes. Si se trata de alguien que tuvo algún tipo de papel protagonista, ya sea en Roma o en Baetulo, me gustaría identificarla. Matronas, meretrices, emperatrices, sacerdotisas…, a todas se las eliminaba de la vida social porque debían ser virtuosas. —Lu hace mucho eso. Piensa en voz alta y se olvida de que alguien lo está escuchando todo—. Solo una emperatriz o una sacerdotisa tendría el honor de ser representada en una vasija. Quiero saber por qué una mujer que, sin duda, parece distinguida y de la élite, está grabada en un plato. Debe tratarse de alguien popular.

—Mientras lo descubres, yo lo dibujaré —la interrumpo—. ¿Has hecho fotos o las hago yo?

—Hazlas tú, que conoces mejor las perspectivas que necesitas para plasmarla.

Asiento y coloco con delicadeza la vasija sobre el suelo, me pongo en cuclillas y empiezo a fotografiarla con el zoom para no perderme ningún detalle.

—¿Qué te ha pasado en la rodilla? —pregunta con curiosidad.

Se lo explico mientras hago el *book* fotográfico del plato.

—Vaya… ¿Y no habéis hecho parte?

—No. Él tenía prisa, pero me ha dado su teléfono.

—¿Y estaba bueno?

—¿Eso qué tiene que ver?

—No es lo mismo un guapo malo que un feo malo. El segundo es más difícil de digerir. Creo que los odio un poco más.

—Para mí los dos son iguales de odiosos.

—¿Y entonces? —Me mira expectante.

Me levanto y sonrío de oreja a oreja.

—Está tan bueno como lo gilipollas que es.

—Entonces debe estarlo mucho.

Me encojo de hombros, no quiero pensar demasiado en eso. Si me cae mal, me da igual como sea.

—Te vienes a cenar fajitas, ¿no? —le pregunto—. Iba a venir Hugo, pero me ha dicho que le ha surgido trabajo y que no va a poder.

—Pues ya hago yo de Hugo... —dice sacando pecho—. No me pierdo las fajitas por nada del mundo. ¿Cuándo crees que tendrás listo el dibujo?

—Mañana mismo te lo puedo dar.

—Perfecto. Siempre tan rápida y eficaz. —Me pellizca la mejilla—. ¿Me ayudas a recoger algunas cositas y nos vamos a tomar algo?

—Claro. Pero vamos a buscar a tu ahijada y vamos con ella —sugiero—. No quiero que esté toda la tarde con la yaya, que últimamente se nos cansa mucho.

Lu aplaude como una niña, porque la segunda cosa que le gusta más a mi amiga, después de excavar, es estar con Venus y hacerle perrerías.

Cenar fajitas me deja siempre hinchada pero feliz.

Me gusta preparar el guacamole, cortar el pollo y las verduras a tiras iguales y hacerlo todo yo, menos los Doritos. Y me encanta porque sé que todos disfrutan de esta comida.

Los viernes por la noche siempre cenamos en mi casa. Una cena de mujeres. Mi abuela, mi madre, Lu, Venus y yo. Hoy faltará Hugo, que últimamente se ha apuntado a estas cenas, pero da igual.

Siempre es muy divertido porque mi madre hace unas sangrías de esas que carga el Diablo y, al final, solemos acabar la velada un poco achispadas mientras hablamos de las mismas cosas: cuántos edificios están construyendo en Badalona, que no queda bien la zona de lujo y portuaria con San Roque al lado, que hay más Mercadonas que bibliotecas, que mi madre sigue alucinando de la cantidad de gente que sigue comprando lámparas en la tienda a pesar de Ikea. También hablamos de política y de que, al final, un buen partido en Badalona sería el que por fin redujera la delincuencia y pusiera la mayor cantidad de coches de los Mossos a patrullar. Lu dice que estos vienen a demanda si les llamas. Y que siempre llegan tarde. Y que los «cacos» saben muy bien dónde tienen que robar porque no hay coches de policía por ahí. Es un paraíso para ellos. La verdad es que no lo sé porque a mí no me han robado nunca. Me han hecho algo muchísimo peor. Pero nada que ver con hurtos materiales. Mi madre insiste en que no deje escapar a Hugo porque es un buen hombre. A mí esas expresiones me recuerdan a un león persiguiendo a una presa. No quiero cazar a nadie ni atar a nadie. Además tener pareja es algo muy secundario en esta etapa de mi vida. Todas me animan porque soy joven y, según ellas, soy un buen partido para cualquiera. Y ¿la verdad?, paso de los partidos y de estar en el mercado. Con Hugo voy muy poco a poco y con él pasará lo que tenga que pasar. Lu se ha abstenido y no ha dicho nada porque sabe lo que pienso al respecto, y mi abuela se ha pasado toda la noche mirándome de un modo inquietante, asintiendo a todo mientras comía fajitas como un primo lejano en una boda, o sea, como si no hubiese un mañana.

A Venus la he acostado en cuanto se ha quedado dormida en la trona. La pobre, a las nueve y media o diez ya está frita.

Después de la velada de chicas, he decidido subir a mi estudio y ponerme a dibujar el plato de cerámica que me ha encargado Lu.

Estoy muy concentrada en la figura de la romana, intentando hacer el dibujo lo más fiel posible y darle suficiente visibilidad y relieve para que quede aún más realista.

Debió de ser una señora de bien. Hay una inscripción que no se distingue mucho; tal vez no hice bien las fotos.

Me gusta dibujar con el Procreate y después perfeccionar el dibujo con la tableta gráfica en el ordenador.

Lleva una túnica con una orla y, en la cabeza, una banda que le oculta el pelo. Sus hombros están cubiertos por un tocado y lleva un broche y un manto sobre el hombro izquierdo.

Sí, por supuesto que se parece en mucho a la mujer del cuadro que regenta la chimenea de casa. Pero son distintas.

La mujer del cuadro lleva una lamparita en una mano. Además, tras ella hay dos lobos que parece que la custodian.

La imagen del plato es mucho más sencilla. Nada que ver con los detalles de la pintura, pero ambas adoptan la misma pose respetuosa y regia. Sus vestimentas, además, son muy parejas.

Intento pasarle todos los filtros que puedo a las fotografías que he tomado con el móvil. Ahora, los teléfonos tienen una calidad alucinante.

Lo que quiero es discernir las letras escritas. No sé latín, pero sí sé copiar bien. Creo que es un nombre. Empieza por «ce» y acaba por «ia». Consta de seis letras. Y le sigue una palabra más larga que parece un apellido. Después, aún rodeando el plato, hay dos palabras más en el lado opuesto.

No sé si puedo distinguirlas bien. Las dibujo tal y como las veo, pero no saco nada en claro de su significado. ¿Puede ser que una de las palabras sea «Maxima»?

Sea como sea, no me voy a acostar hasta que acabe el diseño de la vasija y le pase el archivo a Lu. Es la una de la madrugada y aún me queda una hora más por delante según mis cálculos.

Soy consciente de que estoy soñando.

Sé muy bien que me he acostado y me he ido a dormir. Pero tengo la capacidad de tener sueños lúcidos desde hace muchos años.

Por eso lo sé que, porque aprendí a usar arraigos desde que era niña. Estos consisten en usar objetos en el sueño para que desafíen las leyes físicas. Si no se comportan como esperas, es que estás en el mundo astral.

Ahora estoy en él.

Sé que estoy en el bosque. Es de noche y no distingo demasiado bien los tonos. Eso también sucede en los sueños, algunos son a color y otros, no.

Los senderos y los caminos ocultos entre los árboles y las hierbas permanecen escondidos bajo una niebla densa que se arremolina en las raíces de los troncos y baila sobre las rocas que emergen de la tierra para ser cubiertas de nuevo por el musgo intenso y húmedo.

A lo lejos, oigo el sonido de un instrumento de viento hecho de madera parecido a una flauta travesera. Es una llamada, un aviso…, una advertencia.

Voy corriendo descalza y llevo un vestido blanco cuyos bajos están ardiendo. Las llamas quieren comerse toda la tela.

A lo lejos de la vereda desdibujada hay un edificio de columnas altas y robustas. Están guardando algo, lo protegen de algo… Parece un fuego, pero está apagado. Se está ahogando.

El sonido de la flauta vuelve a resonar en mis oídos hasta que me obliga a detenerme para cubrírmelos. Se me pone la piel de gallina y siento mucho frío.

Nunca había tenido sensaciones térmicas en los sueños.

Se supone que, cuando tienes un sueño consciente, debes observar muy bien lo que te rodea e incluso hacer preguntas a quien se te aparezca porque pueden darte las claves para comprender lo que sucede en tu vida. Pero aquí no hay nadie de quien pueda echar mano. Me están persiguiendo y sé que debo llegar a ese lugar, donde el fuego ya no arde.

Corro, me duelen los pies, mi vestido se quema... Y lo peor es que no quiero apagarlo. ¿Por qué no? ¡Puedo quemarme viva!

Y entonces, una figura oscura y tenebrosa se cruza en mi camino.

Allí, imposibilitando mi avance, hay un ser de espaldas a mí. No muestra la cara, no quiere mirarme, pero yo sí lo veo a él.

Su fisonomía es muy asimétrica, mórbido y también grotesco. Pero es muy alto. Puede que me saque medio cuerpo vertical y horizontalmente.

Me echo a temblar hasta el punto de que siento crujir el suelo bajo mis pies. No quiero seguir avanzando, pero debo hacerlo. Debo llegar a ese lugar mucho antes que ese ser.

Su imagen se desdobla; parece que no es ni de aquí ni de allí, que vaga entre dimensiones, celoso de un lugar al que pertenecer, de una tierra que ocupar.

Su piel es oscura, resbaladiza como la de una sanguijuela y su cabeza dantesca y triangular está cubierta por un matorral de pelo plateado que baña sus hombros espigados, cubiertos solo por un vello blanquecino. De sus omóplatos salen unas lengüetas negras con escamas, como si fueran alas de murciélago plegadas. De sus codos emergen dos cuernos negros, y de cada una de sus vértebras sobresalen unas púas rojizas afiladas que hace que parezca que tiene una sierra desde la nuca hasta el coxis, de donde sale una cola de color negro azulada, como su piel.

Ni siquiera sé si me ve o me oye. Parece que no.

Pero cuando doy un paso, su cuerpo se tensa. Me huele, de eso no hay duda.

Mi vestido continúa prendido, pero no arde como yo

espero que lo haga. Las lenguas de fuego no crecen ni ascienden por mi cuerpo.

Él tuerce el rostro y atisbo un perfil amedrentador, de barbilla muy salida hacia afuera, pómulos obscenamente marcados y frente y cejas prominentes.

No quiero ver más. No estoy cómoda, tengo la sensación de que no controlo mi sueño y lo estoy pasando muy mal.

Además, estoy helada.

Empiezo a contar mentalmente hacia atrás. Cierro los ojos.

—Tres, dos, uno..., despierta —me digo en el sueño.

Pero al abrir los ojos sigo ahí. Al no despertar, una sensación eléctrica angustiosa me invade todo el cuerpo, como si me doliera algo muy dentro de mí. Como si me afectase al alma.

—Tres, dos, uno..., despierta —repito.

Siento el corazón en el pecho galopando como un caballo descontrolado. El ser está dando media vuelta. Suelta el aire por la nariz y el vaho forma una nubecita alrededor de su rostro de ojos amarillos. Me va a ver.

Tengo miedo. Pavor. Es una angustia desconocida para mí.

—Tres, dos, uno..., ¡despierta!

Y entonces... siento un dolor muy fuerte en el vientre y un pinchazo en la cabeza.

Abro los ojos por fin; sé que ya no estoy en el bosque.

Ha amanecido. Mi ropa no arde y no hay ningún ser que me persiga, pero aún persiste en mí esa sensación de desamparo y desprotección.

Siento que tengo el bigote húmedo de sudor. Cuando me lo seco con la manga de algodón del pijama azul claro, me doy cuenta de que no es sudor.

Estoy sangrando por la nariz.

Y no solo eso. Noto humedad entre las piernas y dolor en los ovarios. Después de muchos años sin sentir ningún tipo de cólicos y de no sufrir por mi escasa menstruación, me acaba de bajar la regla sin avisar y he manchado las braguitas y el pijama.

Eso no es normal.

IV

No he pasado una buena noche. Es evidente.

Ha sido muy inquietante y la verdad es que me ha dejado una sensación residual con la que no estoy tranquila. Creo que he pasado tantos nervios que ese ha sido el motivo de que me haya bajado la regla.

Menudo sueño, qué cosa más rara. Suelo analizarlos y, además, me gusta estudiarlos y estar en ellos porque es una fuente incesante para mi creatividad y mi imaginación, pero aquello... No hay por dónde cogerlo.

Tal vez, mi mente estaba influenciada por lo que habíamos estado hablando Lu y yo sobre sus descubrimientos. Tanto hallazgo romano, tanto dibujo... podría haber estado bajo la influencia de la sobreinformación.

No quiero pensar demasiado en ello.

Me ha sangrado la nariz, es cierto. Nunca me ha pasado antes que yo recuerde. Y también sé que jamás he tenido una regla tan repentina y con dolor. Es cierto que, después de que naciera Venus, el periodo se me estabilizó todo lo que se puede con el síndrome de Alejandría. Si a las mujeres normales les viene una vez al mes y el ciclo les dura entre tres y siete días, a mí me empezó a venir cada tres meses en ciclos de tres días como máximo y nunca como un reloj. Las que tenemos esta peculiaridad genética no podemos controlar nuestro cuerpo, pero podría decir que la regla se me ha adelantado un mes.

Tampoco es que tenga demasiado tiempo para preocuparme por la pesadilla, porque un monito de tres años y yo nos vamos a ir al parque a que nos dé un poco el sol.

Los sábados mi abuela acompaña a mi madre a Luces Sacras y le echa una mano. Venus y yo solemos pasarnos por allí para visitarlas e ir a comer con ellas.

Yo me encargo de todo lo que tiene que ver con mi hija. La levanto, la aseo, la cambio, le preparo el desayuno y procuro estar todo el tiempo posible con ella, sobre todo los fines de semana, en los que me obligo a no coger ni un *pen*, ni un lápiz ni un rotulador. Nada que tenga que ver con el trabajo. Y, si los cojo, es porque Venus quiere dibujar; entonces nos ponemos las dos a colorear cuadros.

Mi madre y mi abuela pintan con óleos y les gusta mucho dibujar; supongo que de ahí viene también mi vocación. Ambas van a clases de pintura en Can Boter. Muchas veces nos hemos juntado todas en el salón a dibujar como si no hubiese un mañana. Se nos pasan las horas volando mientras hablamos de nuestras cosas. Y lo mejor es que Venus disfruta mucho de tenernos en plan clan. Tiene mucho sentido de la unidad.

Ya hemos acabado de desayunar unas tostaditas con mantequilla y mermelada, café con leche y zumo. A Venus siempre le preparo un vaso de leche y un bollito pequeño de pan de leche con jamón dulce y un poco de mantequilla. Le gusta mucho el zumo de naranja, así que también se toma un poco. Recuerdo que siempre me dije que, en caso de tener hijos, cuidaría la alimentación al dedillo y sería estricta con todo. Pues me está costando mucho serlo. No le doy guarradas, pero tampoco alimentos excesivamente saludables.

Total, a mí me criaron dándome a probar todo y con caprichos incluidos... Y así he salido: con ojos violeta.

Los fines de semana es cuando más disfruto de Venus y, aunque no soy una madre asfixiante y me gusta que esté en contacto con más gente y pase por más manos, soy celosa a mi manera. Me he obligado mucho a ser independiente y a que ella también lo sea de mí, pero juntas hemos creado un vínculo irrompible y sabemos que, aunque estemos separadas, somos la una de la otra, para siempre.

—Mami, te quiero —me dice abrazándome mientras le ato los cordones de las Vans blancas.

Son esas palabras. Esa verdad en ella es la que me eleva y me destroza. Es eso lo que hace que me olvide de lo que sé que me pasó, aunque no tenga pruebas. Es esa ternura la que me obliga a valorar lo bueno y no lo malo. Y me desarma mental y emocionalmente porque donde debería haber rencor y odio, solo hay amor. Un amor purísimo.

—Y yo te amo de aquí a la luna, monito mío. —Me la como a besos—. ¿Ya has acabado de desayunar?

—Sí.

—Entonces ve a lavarte los dientes como te he enseñado y, cuando estés, nos iremos.

—¿Al parque? —pregunta con los ojos ámbar llenos de esperanza.

—Al parque a dar una vuelta, a comprar una piruleta… —le explico mientras la persigo para que entre en el baño entre risas.

—¡Sí, mami! ¡Sí! —grita como si se hubiese metido un tripi.

Coloco el taburete para que llegue al lavamanos, le destapo la pasta de dientes de sabor a fresa y ella ya sabe muy bien lo que tiene que hacer.

Mientras tanto, pongo la velocidad de crucero para recoger la mesa del salón, colocarlo todo en el lavavajillas y asegurarme de que todo está limpio y que en la mesa no haya ni una miga de pan.

Me quedo mirando un instante el cuadro de la chimenea. Miento si digo que lo veo del mismo modo que antes. Sé que la mujer del plato y la del cuadro no son la misma persona, es algo que va más allá de la intuición y de las formas.

Pero tengo la sensación de que ambas podrían tener algo que ver, porque hay similitudes.

Me voy al baño a acabar de maquillarme mientras Venus termina de cepillarse los dientes y después le hago dos coletitas altas.

Salimos de casa, cierro con llave y cruzamos el diminuto porche cuyas paredes y techos están cubiertos de hortensias trepadoras que cobijan la entrada. A continuación pisamos una de las aceras colindante a la plaza de la Font.

Hace un día espléndido.

Hay que aprovecharlo.

Después de ir al parque de Pompeu Fabra —al de niños pequeños— y perdernos en el barco pirata, nos hemos ido andando hasta la calle del Mar. Me gusta pasear por el centro comercial, ver que aún persisten los pequeños comercios a pesar de las apisonadoras que suponen las grandes cadenas y marcas.

Hacemos una parada en el emblemático Forn Bertrán, compramos cuatro turnemis de crema y nos los ponen para llevar.

Si hay algo que demuestro como ilustradora de cómic en las redes sociales es que soy badalonesa, aunque aquí mi profesión no sea muy conocida y no sea nadie. Por eso, siempre que puedo, cuelgo religiosamente una foto mía comiendo un turnemi, que es el chucho de crema pastelera de toda la vida, con su masa medio de churro, medio de cruasán bañada en medio kilo de azúcar. Aquí hay un dicho que reza: «No eres de Badalona si no sabes lo que es un turnemi». Pues yo soy de Badalona, pero no tienen ni idea de quién soy. Y me va bien así. Con lo que me gusta pasear por todas sus callejuelas del centro, por sus ramblas, sus calles llenas de casitas unifamiliares antiguas y reformadas y sus zonas de edificios tipo enjambre, y hacerlo sin que te miren de más o te señalen. Ya lo hicieron los que me conocían cuando aparecí con un bebé sin tener pareja y cuando apenas se evidenció mi barriga. Y no lo pasé nada bien. Ahora he aprendido a que todo me resbale y a centrarme solo en lo mío: trabajo, familia y Venus.

Badalona es un cóctel molotov, con sus excesos y carencias, sus lujos y zonas marginales, sus playas y montañas… Es única y maravillosa, como una gema extraña y brillante. Hay lugar para todos, para los ricos y los pobres, para los inmigrantes y los nacidos en la tierra, para los que aman lo nuevo y lo viejo y para todos aquellos a los que no les importan los contrastes. Aunque no todos la vayan a tratar todo lo bien que se merece.

Así que me hago la foto de rigor con un minichucho de crema, porque los otros cuatro son para comerlos en Luces Sacras, y en ese momento, mientras Venus me pide que vayamos a la tienda de juguetes y tira de mi mano, me doy cuenta de que tengo una notificación de Instagram sobre los derechos de un vídeo. Dicen que han procedido a eliminarlo porque alguien lo ha denunciado. Lo busco y no lo encuentro porque ya no está. Me lo han bloqueado. No sé ni quién ha denunciado ni qué publicación ha sido.

—Un momento, Venus —le pido antes de que me arranque el brazo—. Deja que mire una cosa.

Así que reviso mi muro y me doy cuenta de que falta lo que subí el miércoles. Justamente fue un *gif* en el que salía comiendo un chucho de una panadería de la calle Cervantes. ¿Por qué me la habrán borrado? ¿Por derechos de imagen o de autor?

Suelo guardar todos los vídeos y fotos que hago en iCloud, así que reviso el archivo y no veo nada por lo que me puedan denunciar. Salgo con una gorra de béisbol, gafas de sol, comiéndome la pasta con cara de felicidad. Lo único que se ve detrás de mí es la entrada de la panadería y, en el mostrador, una chica de pelo rizado con una caja de carga de plástico azul colocando magdalenas en el expositor.

Lo llego a saber y no etiqueto al comercio. Vaya historia. Igual es por un tema de competencias… Badalona está repleta de panaderías y cafeterías, como cualquier gran núcleo urbano. A lo mejor todos son recelosos de lo suyo y de cómo hacen las cosas.

En fin.

—¿Dónde quieres ir?

—Ahí. —Obvio. Señala la juguetería.

—No te voy a comprar nada, Venus —le advierto con el dedo en alto.

—Solo una cosa —me suplica juntando las manos como en una foto de comunión. No sé de quién ha aprendido esos gestos, pero me lo cargaría ahora mismo.

—¿Qué quieres?

—Una cosa, mami.

—¿Qué cosita es? —canturreo entrando en la tienda.

No tengo que avanzar mucho para descubrir lo que quiere. Me señala el escaparate lateral y en un mostrador hay varios instrumentos de música para niños pequeños.

—Una *fluta*.

—¿Una fruta? —repito buscando frutas de plástico por el aparador—. Aquí no hay frutas, cariño.

—Una *fluta*. ¡*Fluta*, mamá! —Paseo la mirada por la tienda hasta encontrar lo que quiere y mi cuerpo reacciona de un modo que me deja fría.

Quiere una flauta. Una flauta de juguete, pero una flauta, al fin y al cabo. Frunzo el ceño y miro a Venus con mucha curiosidad. Es como una cría cualquiera a la que le gusta todo y quiere tocarlo todo y a la que le entusiasman los pianos y las guitarras solo para ignorarlos dos minutos después de trastearlos.

Y ahora dice que quiere una flauta.

—Cariño, ¿por qué quieres una flauta?

—Para la guarde, que hacemos música —contesta con esa vocecita ensimismada con el instrumento.

Bueno, en la guardería hacen como que tocan instrumentos y aprenden canciones… Esto no es nada, solo es una coincidencia. Tal vez estoy demasiado sensible. Pero la sensación no me la quita nadie.

En el sueño escuchaba una flauta, una melodía que no recuerdo, pero que hacía que me entrasen escalofríos. Más o menos es lo que me ha sucedido al escuchar a Venus pedir el juguete.

—¿De verdad quieres la flauta? —pregunto intentando ignorar mi mente.

—Sí.

—Bueno, está bien. Pero si la tocas, tiene que ser en el patio. —Que ahí no se oirá tanto—. Dentro de casa, no —le pido.

—Vale. —Venus asiente y entra dando saltitos a mi lado.

Perfecto. Me han eliminado una foto de Instagram con una advertencia de que, si vuelven a denunciarme el perfil, me bloquearán la cuenta.

Me duelen los ovarios como la primera vez que me bajó la regla.

He dormido bastante mal y he tenido una epistaxis nasal.

Y, para colmo, Venus quiere ser Hammelin.

Qué bonito está quedando el día.

Después de pasar la mañana con Venus por Badalona, nos hemos ido en metro a Barcelona. Nunca me ha importado usar el transporte público, y menos en ciudades en las que conducir es un caos. Por suerte, tiene muy buena comunicación con Badalona y está a veinte minutos del centro.

Además, cuando voy en tren, en metro o en tranvía, me gusta leer algún libro o escuchar música a sabiendas de que otros me llevan y yo solo tengo que relajarme y esperar mi parada. Y, si voy con la niña, para mí es mejor que ir en coche. Porque la tengo más a mano y no detrás, sola, en el sillín de seguridad.

Tengo a Venus sentada sobre mis rodillas, cantándome la tetera y el cucharón, pero me está vibrando el móvil de nuevo, así que hago malabares para cogerlo y ver quién me ha escrito ahora.

Es Lu, felicitándome por el archivo que le he enviado, dándome la enhorabuena por la calidad del dibujo y la reconstrucción que he hecho del plato. Dice que el lunes lo cotejará en el museo e intentará identificar a la romana de la vasija de *terra sigillata*. El lunes pagarán por Bizum por el trabajo y me harán la factura. Soy autónoma y Hacienda es mi mejor amiga.

De repente, me dice: «Te llamo».

No me da tiempo ni a decirle que no. Al segundo bip del teléfono, lo descuelgo.

—Hola, ¿qué pasa? —pregunto.

—¿Dónde estás?

—En el metro, voy a Luces con la niña.

—Ah, muy bien. ¿Comes allí hoy?

—Sí.

—Bueno, te llamo porque te quiero contar algo que me

está dando muy mal rollo y también para decirte que tengo plan para esta noche. Plan para ti y para mí. ¿Qué quieres primero? ¿El mal rollo o el plan?

—El plan, que de mal rollo ya voy servida.

—Créeme, no como este, pero bueno. ¿Primero el plan?

—Sí. —Hace siglos que no me voy de fiesta.

—Creo que debemos celebrar que el lunes vas a firmar tu primera trilogía de novelas gráficas con Random Cómics.

Eso lo dice ella porque sí. En realidad, es cierto que el lunes tengo una reunión con mi director editorial porque quieren que haga más de un libro en exclusiva para ellos. He pensado en una trilogía a la que aún le debo dar un poco de forma, pero más o menos tendría para explicarles una sinopsis argumental. Lu dice que está hecho.

Yo digo que, aunque me quieran, mi idea les tiene que gustar.

—No te adelantes a los acontecimientos.

—Ares, te van a decir que sí porque eres tú. Y vas a tener mucha visibilidad porque tienen que explotar tu cara y tu rollo. ¿Esa que se oye de fondo es Venus cantando el cucharón?

—Sí, es tu ahijada de concierto.

—Me la como. Bueno, ¿salimos esta noche? Ares, ya es hora, en serio —me suplica—. Me tienes en el ostracismo y a mí me gusta salir contigo.

—No. Sé muy bien lo que pasa cuando salimos juntas. Y no.

—¿Y qué pasa? —Suelta una carcajada—. No pasa nada. Somos muy jóvenes aún. Tú has sido mamá por accidente, pero tienes que volver a disfrutar. Y no solo eso, debes acompañarme porque sabes que te necesito. Anda, por favor... ¿O hay algo que tengas que hacer además de ver una de Disney e irte a dormir a las doce?

—Me gusta ese plan —protesto.

—O sea, no. Ares, por favor. Dile a Morfeo que salga de ti. Necesito una buena fiesta y tú también, aunque lo niegues. Solo hoy, por favor…, por favor… —me ruega con voz abatida.

Miro al techo del vagón del metro, exhalo y beso la coronilla de Venus.

—Joder, Lu…

Venus se da la vuelta con expresión estupefacta.

—¡Mamá!

—Sí, perdón, eso no se dice.

—Mira, hay una fiesta en una casa particular —continúa Lu.

—No me gustan las fiestas en casas particulares. La gente se emborracha más que de costumbre.

—Ares, no seas muermo. Vamos a ir.

No quiero decirle que no, porque es verdad que he dejado muy abandonada mi parte más lúdica, tal vez porque tener una niña hace que me sienta obligada a estar en casa y a no disfrutar de mi vida social. Es una noche. Una noche no hace daño a nadie. Y seguro que mi madre y mi abuela se quedarán encantadas al saberlo.

—Si te quedas más tranquila —dice con la boca pequeña—, puedes decirle a Hugo que se venga…

—Hugo no va a venir —contesto—. Ya he hablado con él esta mañana. Ayer estuvo trabajando y hoy le toca más de lo mismo, que está de guardia. Si se pasa, vendrá más tarde si le apetece.

Tengo ganas de verle. Hugo me hace bien, lo sé. Pero este es de esos fines de semana en los que le ha tocado trabajar de verdad. Y aún me tiene que explicar qué es lo que ha investigado.

—Qué pena —dice sin sentirlo.

—Sí, no lo sientas tanto, lista.

—Entonces ¿vamos?

—Sí, vamos. —Sé que no es buena idea, pero iré—. Ahora el mal rollo —le pido.

—De antemano, ya sé que estas cosas así oscuras a ti no te gustan nada… —dice en voz baja—, pero necesito compartir el secreto.

—¿Por qué hablas así? ¿Qué secreto?

—Sabes que Ramón sale a correr muchas veces por el canal del río Besós, ¿verdad? Y que tiene un blog de fotos extrañas y fúnebres…

—Sí. —Ramón es del instituto de Bellas Artes. Muy amigo de Lu.

—Pues ayer salió a correr y se encontró algo en la desembocadura.

—¿El qué?

—A ver, te lo voy a enseñar. Me pasó la foto y me hizo jurar que no se la enseñaría a nadie porque es algo muy delicado y lo pueden denunciar. Los Mossos no pueden saber que él hizo esas fotos.

—¿Los Mossos? ¿Qué tienen que ver los…?

—Ares, hazme caso —me corta abruptamente—. No vamos a meter en un lío a nadie. Y tú te acuestas con Hugo, que es inspector. No puedes contarle nada.

—No me acuesto con nadie —digo entre dientes.

—Me da igual. Él no puede saber que esta foto existe.

—Oye, si es algo de un animal herido o maltratado, o de un maltrato sea del tipo que sea, no me lo enseñes. Esas cosas me dejan mal —le recuerdo en voz baja.

—No. No es eso. Mira, te la voy a pasar porque necesito compartirlo. Tengo la sensación de que cargo con algo maldito.

—Ves demasiadas películas. —El traqueteo del metro hace que no oiga demasiado bien.

—Es en serio. Por favor, no se lo pases a nadie. Esta noche la comentamos, ¿vale? Las maldiciones se pasan mejor entre amigas.

—Está bien, pesada —murmuro—. Pásamela y le echo un vistazo. Hasta la noche.

—¡Besos! ¡Un beso para monito!

—Un tallarín… que viene por aquí… —Venus sigue a lo suyo, ajena al fondo de mi conversación con Lu.

Cuelgo y espero pacientemente a recibir eso tan misterioso y oscuro que dice Lu que tiene en su poder, de lo que fuera que se encontró Ramón mientras corría.

Bip.

Abro el móvil, porque he recibido la notificación de un mensaje entrante.

Lu me ha pasado una imagen.

Y cuando la abro, se me hielan las manos y se me corta la respiración. Lu está en lo cierto. No me gustan las imágenes macabras y esta lo es.

Mi mente empieza a analizar todo lo que ve a su paso y siento incluso pudor de observar algo así, por eso me aseguro de que nadie intente otear la pantalla de mi móvil.

Es siniestro.

La chica está desnuda de cintura para abajo entre el carrizo. Lleva una blusa blanca y fina con los hombros abombados. Tiene el cuello en una mala postura. Sus caderas pálidas presentan rasguños lineales, probablemente de uñas que se le clavaron en la piel. Su pelo está manchado por la arena de la orilla del río y también con ramas de la vegetación fluvial propia de la desembocadura del río, como la osagra y el tamariz.

Tiene el pelo negro y rizado, por encima de los hombros.

Me la quedo mirando unos segundos de más. La cuestión es que algo en ella me parece familiar, pero no sé lo que es.

Sus manos están en cruz sobre el pecho, pero parecía que habían estado atadas con un cordel tan fino que le ha cortado la piel y la ha hecho sangrar.

Amplío la imagen. Tiene los dedos ensangrentados, como si le hubieran arrancado las uñas. En la muñeca derecha lleva una pulserita plateada repleta de hojitas de parra con piedrecitas brillantes. Y no solo eso: hay una hoja, una hoja suelta de esa planta enredadera, al lado de su cadera. Hay que fijarse mucho para advertirla entre la escena grotesca, pero soy observadora y me fijo en todos los detalles.

Empieza a temblarme la mano mientras sujeto el móvil. La foto es macabra porque es un cadáver, una chica muerta a la que han asesinado de manera violenta. Una chica sin vida.

Sigue habiendo algo familiar en ella, pero, además, hay un detalle que me turba demasiado, que hace que vuelva a despertar viejos fantasmas con los que llevo lidiando hace años.

No hay hiedra en el río.

Tampoco la había en la montaña en la que desperté inconsciente, en la misma postura que esa chica, con las manos cruzadas sobre el pecho. Pero muy cerca de mis dedos había dos hojitas que no pasaron desapercibidas para mí.

No lo entiendo, se me pone la piel de gallina. No quiero buscar ni similitudes ni casualidades desagradables, pero desde el momento en que me guardo el móvil en el bolsillo, ya sé que voy a estar alerta casi todo el día.

Y no quiero sentirme así de insegura estando con Venus.

Son episodios que me dan cuando algo me remueve demasiado el recuerdo de ese despertar entre los árboles angustioso y confuso.

Tomo aire por la nariz y abrazo con fuerza a mi pequeña. Le huelo el pelo para sentirme en casa. Saber que la tengo a ella me reconforta.

Es automático: cuando uno contempla la muerte de cerca, inmediatamente se activa en esa persona la búsqueda de la vida. Nos agarramos a cualquier cosa que nos haga sentir bien y un poco inmortales, aunque sepamos que nuestra existencia será efímera.

Si Venus supiera que ha sido la boya en el mar agitado de mi conciencia, tantas veces como la razón por la que nunca dejaré de tener miedo, creería que tiene una madre bipolar.

Y eso ni siquiera sería tan malo porque las personas bipolares tienen su diagnóstico.

Yo, en cambio, nunca sabré lo que me pasó. Y la fotografía que me ha pasado Lu ha sido escalofriantemente familiar y, de algún modo, ha abierto mi armario de los monstruos.

Ya sabía que el día iba a ser largo y que no empezaba bien.

Ahora comienzo a asumir todo lo malo que puede llegar a ser.

Hay lugares en el mundo que son como un oasis en el desierto, teñidos de algo atemporal, de algo que sabes que está ahí, como un espejismo, pero que no se puede tocar. Luces Sacras es todo eso. Ha absorbido la antigüedad de la calle, la historia de sus arcenes, las vidas de sus gentes; la campanilla de la entrada, que mi abuela dice que es el cascabel de un ángel, anuncia la llegada de cada visitante como si se tratase de la trompeta de un querubín. Sus paredes han escuchado demasiadas historias y sus lámparas hoy alumbran una cantidad incontable de hogares.

En cierto modo, dar luz es mágico. Por eso nuestra familia hace tanto que regenta el negocio de las luces.

Cuando mi madre nos ve llegar, arreglando en cuclillas un centro de flores en la base de una lámpara de jardín, me dirige una sonrisa repleta de cariño, pero no se le iluminan los ojos de verdad hasta que ve a Venus. Ahora ella es la niña de sus ojos. Yo dejé de serlo cuando vine con un bombo sin avisar.

—¡Ya está aquí mi princesa! —exclama, incorporándose para abrirle los bracitos a Venus.

La niña me suelta la mano y se va corriendo hacia ella.

—Hola, ya estamos aquí —las saludo. Me acerco a mi madre, que ya ha cogido en brazos a la cría, y ella me abraza y me da un beso en la frente.

—¿Qué tal ha ido el día?

—Bien. Hemos ido al parque, he comprado chuchos y una flauta a Venus. —Me vuelvo hacia mi abuela, que no deja de mirarme desde el mostrador. No sé por qué, pero tengo la sensación de que tiene rayos equis y puede ver hasta lo que pienso—. Hola, yaya. —La beso en la frente y le paso el brazo por encima—. ¿Qué tal las ventas?

—Como siempre, cariño —contesta—. Mientras haya oscuridad, nosotras siempre ofreceremos luz. Trae esos chuchos. —Me arrebata la bolsa y mira en su interior.

—Mamá, ahora no. Son para después de comer —le recuerda mi madre—. Si te los comes ahora, se te disparará el azúcar y no queremos más sustos, que ya hemos tenido muchos contigo últimamente.

Mi abuela tiene una salud de roble, excepto por las subidas de azúcar. Hace dos meses se desmayó en casa y pensamos que se nos moría, pero la llevamos al hospital, pasó un día ingresada y nos la devolvieron totalmente recuperada. Un mes después tuvo una neumonía muy fuerte, pero también se recuperó. Aunque esto último la dejó más debilitada y ahora tanto mi madre como yo la controlamos por el rabillo del ojo.

—¿Y a ti qué te pasa? —pregunta mi abuela haciendo un nudo en la bolsa. Supongo que mejor así, más difícil meter mano.

—Nada —respondo intentando aparentar una normalidad que ni de lejos siento. Hoy no. Hoy no es un buen día.

—Parece que hayas visto a un fantasma —insiste mi abuela—. ¿Pasa algo? ¿Has dormido bien? —Entorna los ojos de ese modo que me provoca un tic ocular.

—¿Tan mala cara tengo? —disimulo.

—Eres guapa estés como estés, pero, Ares... —Me acaricia la barbilla con su manita arrugada—, tienes que dejar que te haga una tirada.

—No. —Me cierro en banda.

—Mamá, ya está bien —la regaña mi madre, al tiempo que le da una lamparita de pilas del mostrador a Venus—. Tienes que parar. Tu abuela lleva toda la mañana con la misma cantinela.

—¿Qué cantinela? —pregunto.

—Que tiene que echarte las cartas para asegurarse, que se acerca algo muy malo... Ya le he dicho que nosotras no creemos y que deje de asustarnos.

—Tú no crees —la increpa mi abuela—. Prefieres vivir así porque eres más feliz. Pero la niña sí cree. —Para mi abuela yo sí sigo siendo su niña—. Por su bien, debería creer.

—No, yaya. Ya sabes que me da yuyu. Respeto mucho lo que haces y cómo ayudas a tus vecinas, pero...

—Lo temes porque crees —sonríe taimadamente—. Si no creyeras, te daría igual que te echaran las cartas.

—Me da igual por lo que sea.

—Al final —dice pellizcándome la barbilla, adoptando una actitud misericordiosa hacia mí—, me pedirás que te las eche. Saldrá de ti.

—No creo.

—Yo sí. Cuando sepas que es el momento y te dé miedo dormir —me asegura—, me lo pedirás. Y ese día, me escucharás, Ares. Hablaremos de... —observa de reojo a mi

77

madre, que le lanza una mirada amenazante y se encoge de hombros—, de la vida.

La contemplo fijamente y parpadeo para salir de mi estupefacción. No es el mejor momento para hablarme en tono críptico ni despertar en mí un interés hacia lo esotérico.

Pero en todos estos años no he dejado de pensar algo vehementemente: que mi abuela es bruja. Bruja de verdad. Nunca lo ha dicho abiertamente porque supongo que no quiere acarrear con estigmas de ningún tipo. No es lo mismo saber leer cartas que ser una bruja real, e imagino que es mejor hacerse pasar por tarotista entre las señoras del pueblo que como pagana.

Además, ¿quién cree en brujas hoy en día?

V

Comer en Barcelona es lo más fácil que hay y también lo más complicado. Con tanta oferta, una nunca sabe qué elegir. Pero como vamos con Venus, siempre escogemos lo seguro, lo que sabemos que nos va a gustar a nosotras y a ella.

Así que hemos comido en El Racó. A la niña le encanta el medio metro de croquetas que hemos compartido entre las cuatro, y le he pedido unas patatas y un pollo rebozado; mientras mi madre y mi abuela han atacado a las pizzas al horno de piedra, yo he pedido los espaguetis a la carbonara «para quedar bien», que es como se llama en la carta, como plato individual. Las raciones son generosas, con lo cual siempre salimos satisfechas de allí.

Qué complejo es intentar estar presente cuando tu mente está metida en divagaciones varias. Me interesa todo lo que me cuentan mi madre y mi abuela, que conste en acta, a pesar de que casi siempre se hable de lo mismo; son sus conversaciones y su compañía las que me gustan. Sin embargo, durante todo el rato que hemos estado juntas, no se me ha ido de la cabeza la cara de esa chica. Y tengo la misma sensación que Lu, a la que odio un poco por hacerme partícipe de algo tan siniestro: es como si ahora mismo acarreásemos una maldición.

Es evidente que Hugo está trabajando en ese caso, porque él mismo me dijo que estaba en el río, que habían encontrado algo. Y yo no puedo decirle ni por asomo que tengo una foto o pondré en un aprieto a Ramón y, colateralmente, a Lu.

Cuando hemos llegado a casa, Venus ha ignorado la flauta y ha sacado sus pinturas para dibujar hasta que se ha quedado frita en el sofá, con la cabecita sobre mis piernas.

Está cansada, la pobre. Venus es un poco nerviosa y le va bien agotarse, por eso intento no llevar el carrito cuando salgo con ella a no ser que realmente lo vaya a necesitar.

Le acaricio el pelo mientras observo el techo del salón. Tiene esas vigas oscuras envejecidas y decorativas que le dan un aire a hogar de montaña. Y con la chimenea, que ya no está encendida, aún lo aparenta más.

Desvío la mirada hacia el cuadro de la romana sobre la repisa. Y después, de manera inconsciente, la víctima de la fotografía me viene otra vez a la mente. Enumero en silencio todo lo que recuerdo: la cara redonda, los rasgos un tanto etruscos, los ojos negros que perdieron la vida en algún punto que solo ella vio. Y después, la mueca de su boca, torcida, habla del terror que sintió, de un grito que nadie oyó, del último aliento que nunca imaginó que no tendría continuación.

Entonces, un chispazo me recorre la mente, una idea vaga que puede conectarlo todo y que saciará la ansiedad de saber que conozco algo que no recuerdo.

Tengo el móvil sobre la mesita de centro del salón, que me he hartado de limpiar cientos de veces y que, aun así, aún refleja los destellos de los colores que dejó Venus la última vez que robó los óleos de mi abuela.

Retiro su cabecita lentamente para no despertarla y me deslizo en el sofá para salir de su cárcel con olor a Nenuco.

La tapo con su mantita de color rosa palo, la dejo bien acurrucada y, a continuación, me levanto para coger el móvil. Abro el álbum de las fotos que tomé durante la semana, hasta que, de repente, encuentro lo que estaba buscando.

Es la foto que subí de la panadería de la calle Cervantes. Del Forn Maria. La misma que me eliminaron de Instagram.

Hago zoom con el índice y el pulgar y miro hacia el interior de la panadería.

Amplío aún más para divisar bien el rostro de la chica que sale de los hornos con una caja llena de magdalenas para rellenar el mostrador.

—No puede ser... —susurro de pie. Siento las rodillas un poco inestables.

Intento buscar algo que me confirme que es quien parece que es, hasta que diviso su muñeca derecha. En ese momento, la veo. Lleva una pulsera plateada con hojitas de parra.

Es ella.

Joder, es ella.

La chica que han encontrado muerta en la desembocadura del río Besós salía por casualidad en la fotografía que saqué del Forn Maria mientras me comía un turnemi.

Por eso tenía la sensación de que me sonaba, de que me parecía familiar.

Ella sale en la foto que alguien denunció para que Instagram la eliminase.

Esto es serio.

Me siento en el sofá, a los pies de Venus, apoyo los codos en las rodillas y la frente en las manos. Es para ponerse nerviosa. El cadáver lleva una pulsera igual. Y no es una pulsera cualquiera, tiene brillantes. No sé si es una baratija o no, pero es la misma mujer, y la misma pulsera.

Mi cabeza elucubra todo tipo de relatos. El principal es que me eliminaron el vídeo por celo profesional. No tiene por qué ser nada rocambolesco.

«Ya, Ares. Pero ¿y si lo fuera?», me dice mi conciencia. ¿Y si hubiera algo oscuro tras esto? ¿Y si quien le hizo eso a esta chica quiso asegurarse de eliminar cualquier dato de ella? No tendría sentido. La reconocerían por la documentación o las huellas dactilares.

Me masajeo las sienes y siento una necesidad acuciante de hablar con Hugo, pero no puedo decirle que tengo la foto del río. Odio mentir u ocultar cosas, y más si es a personas que sé que me cuidan y me respetan.

Pero me gustaría mucho hablar con él y que me explique qué ha descubierto, lo que pasa es que no quiero molestarlo porque cuando está tan ocupado, que en el fondo es pocas veces, desaparece hasta que vuelve a dar señales de vida.

Y como yo hago lo mismo cuando estoy en mis proyectos, pues respetamos mucho el espacio del otro.

¿Qué se supone que debo hacer con lo que sé? Mi madre siempre me ha dicho que serviría para policía, y yo siempre le he contestado que no serviría para llevar un arma porque sería de gatillo fácil con los malos.

En mi casa es fiesta nacional desde que les he dicho que saldré esta noche. Es un milagro. La primera vez desde que dije que estaba embarazada de cinco meses. Llevo tres años y casi tres meses sin pisar una discoteca y sin beber nada que no sea la sangría mortal de mi madre, así que la sorpresa que se han llevado ha sido considerable. Bueno, también les he dicho que Hugo me traerá, con lo que han deducido que él va a estar ahí toda la noche y no va a ser así, dado que salimos solas Lu y yo. En todo caso, igual se anima a venir más tarde.

Después del día tan raro que llevo, creo que me irá hasta bien despejarme, porque me siento mal y confundida.

Vivir con mi madre y mi abuela me ha venido bien con Venus, aunque jamás abusé de ellas. Mi hija es mía y me hago cargo yo. Con el tiempo, he aprendido a pedir ayuda y a aceptarla si me la ofrecen, y sé que ellas están encantadas de quedarse a la pequeña. Así, puedo salir tranquila, o eso espero.

De todos modos, no pienso beber demasiado.

Lu y yo nos hemos ido a cenar al Mexicali, un pequeño restaurante mexicano en la calle Sant Anastassi, y allí le he explicado todo lo del vídeo de Instagram y lo de la foto de Ramón.

La cara de mi amiga ha palidecido. Es todo un poema.

—¿Estás de coña?

Se acerca bien el móvil para fijarse en la foto de la panadería, y después la compara con la del cadáver. Lu toca la mesa por debajo del mantel, porque es de madera y quiere rehuir la mala suerte.

—Qué mal rollo... —musita nerviosa—. Yo ya he borrado la foto del móvil por si las moscas. No quiero maldiciones encima.

—¿Y yo qué hago, Lu?

—Tú, por ahora, te callas —dice agarrándome de la muñeca—. Si tienes que decirle algo a Hugo, se lo dirás cuando la foto de la chica salga en los informativos. Antes, no. Porque sería muy extraño que dijeras que sabes quién es si no han informado de nada por televisión. No menciones jamás lo de la foto de Ramón —me recuerda—. Es extraño que no estén dando parte de esto en los canales autonómicos porque, por ahora, no se ha oído nada.

Lu tiene razón. He puesto el canal 324, que pone en bucle las noticias del día, pero no han emitido nada al respecto.

—¿No se puede saber quién te denunció el vídeo de Instagram?

—No. No lo sé. Es información confidencial. Y no me voy a meter en litigios. Es solo una fotografía en la que la chica muerta del río sale de fondo por casualidad —puntualizo y le doy un sorbo a uno de los deliciosos margaritas que preparan aquí.

El Mexicali es un restaurante mexicano de comida casera. Tiene un reservado en el interior que es como una pequeña sala rodeada de verjas metálicas, a través de las cuales puedes ver a los comensales y estos a los demás.

A nosotras nos han puesto en una mesa para dos, retiradas del jaleo, contra la pared.

Hemos pedido tequeños, jalapeños rellenos de queso y dos burritos. Lu dice que la acidez de mañana la matará, por eso, después del margarita, se toma un Almax en sobre. Es que hace fatal las combinaciones. Mezclar no es bueno.

—Creo que tú también deberías borrar la foto que te he pasado —me sugiere Lu—. Ahora estás maldita tú.

—Mira, esto no es la película de *The Ring* ni *La maldición*. Es solo una fotografía que me has pasado y que puede ayudar a aclarar una investigación policial, en caso de que lo necesitaran.

—Lo único que demuestra esa foto es que esa chica estaba viva el miércoles y que trabajaba en el Forn Maria. Además, no queda claro que sea ella.

—Se ve perfectamente. —Le enseño la foto y le señalo la pulsera de hojas de parra—. Es ella.

Lu se encoge de hombros y me da la razón a regañadientes. A ella todo el tema le hace tan poca gracia como a mí.

—Bueno, ¿podemos centrarnos en disfrutar y pasarlo bien esta noche? —me pide con voz suplicante—. Hace mucho que no te tenía así, amiga. —Me coge de la mano y la aprieta con cariño.

—Sí, vale —accedo con una sonrisa de disculpa. Tiene razón. Esta noche deberíamos disfrutar un poco.

—Sigues siendo una mujer guapa y soltera. Como yo.

—Bueno, con una mochilita de tres años y unos meses a cuestas —señalo mordiendo un jalapeño.

—Y por eso das tanta rabia. Has tenido una niña y ese cuerpo sigue estando perfecto, como si no te hubiese salido una cabeza del tamaño de un melón entre las piernas. Eres una MILF.

—Por favor... —Pongo los ojos en blanco—. No digas eso.

—¿Cómo no lo voy a decir? Es evidente. Todos los hombres de aquí lo piensan. Y apuesto lo que quieras a que alguna mujer también opina lo mismo —me guiña un ojo—, pero con más envidia.

—No exageres.

—Eres tan poco vanidosa... —espeta aburrida—. Pero está bien, lo respeto. Dios reparte injustamente a quienes no lo aprovechan.

No me la tomo en serio. Además, Lu se olvida muchas veces de lo que me pasó, posiblemente porque mi manera de ser ha ayudado a que, a pesar de lo gravísimo de la situación, haya salido adelante con la cabeza bien alta y sin un cuadro de ansiedad o depresión con el que me pueda victimizar o evidenciar que lo pasé realmente mal. Aunque vaya a terapia.

Es lo que sucede con las chicas que son más fuertes, que los demás se creen que no sufrimos.

Doy un sorbo a mi copa y me doy cuenta de que no beberé mucho más.

Con una Coronita y un margarita ya siento que voy un poco en globo.

Es la falta de costumbre.

Mas Ram no es el centro de Badalona. Ese es un detalle que Lu se ha olvidado de contarme.

Mas Ram es el barrio alto más alejado de Badalona.

Está ubicado en la montaña y algunas de sus casas son bastante espectaculares.

Entiendo que vamos a una de esas. Lu, por trabajar en el museo de Badalona y codearse con personalidades del Ayuntamiento por temas de permisos y demás, tiene una gran lista de contactos.

—Me escribieron el otro día para invitarme. Es la casa de un arquitecto importante de la ciudad y, bueno, ya sabes cómo son esas fiestas...

—Bueno, no sé. Hace mucho que no salgo. —Me miro el escote de la camiseta negra de tirantes que llevo. No tengo demasiado pecho. Pensé que al ser mamá ganaría alguna talla, pero no. Tengo una ochenta y cinco. Pero los sujetadores que llevo me levantan el busto. De perfección o no en lo que a mí respecta, no sé demasiado. Creo que todo es a gusto del consumidor.

—Pues son las mismas de siempre —asegura Lu—. Alcohol, música, drogas si las quieres... —Arquea las cejas de color castaño clarito—. Y sexo fácil.

—Paso. Pero ¿conoces a alguien de los que han venido?

—Es como una fiesta cualquiera. Yo voy con mi amiga y punto. Si vemos a alguien conocido y si nos cae bien, lo saludamos. Si hay babosos que te molesten, los apartaré si me lo pides.

—¿Y si te molestan a ti? —digo con una sonrisa maliciosa.

—Yo no soy tan exigente como tú. Mientras escriba sin faltas de ortografía, ya me vale.

—Ya, pero eso no lo puedes comprobar hasta que no te escriba algo. Dudo que alguien vaya a escribir nada esta noche.

—Bueno, entonces me imaginaré que escribe bien.

Suelto una risa y miro a través de la ventana.

Acabamos de llegar.

Hay una verja muy señorial de color negro con un interfono a mano derecha.

Lu llama al timbre y dice:

—Lu Fuentes.

La verja se abre automáticamente.

La propiedad tiene un terreno extenso nada más entrar y una plaza circular alrededor de la cual han ido aparcando todos los coches de todo tipo, pero sobre todo, caros. El Fiat Panda negro de Lu es bastante discretito, y más porque lo va a dejar entre un Tesla y un Jaguar.

Aparca sin más en el primer hueco que ve, y ambas bajamos del coche.

Está claro que la fiesta ya ha empezado.

La casa en la que estamos es muy modernista, de paredes blancas, modular y a cubos. Las ventanas son de marcos oscuros, igual que las vallas de madera de las terrazas superiores, convertidas en miradores amplios. Seguramente, desde ahí se puede ver el mar y buena parte de Badalona.

Oímos que la música viene del interior y también retumba en la parte trasera.

Las puertas de la casa están abiertas, así que entramos. Si la fiesta la hubiese organizado yo, me gustaría recibir a los que asisten para decirles cosas como «las habitaciones no se usan para follar», «prohibido vomitar dentro de los jarrones o en las peceras» y «en la piscina no se mea». Sin embargo, nadie nos da la bienvenida, pero la casa está llena de gente. Hay grupitos ya hechos, parejas que se están enrollando en los sofás y algunos que fingen que les interesan los cuadros que hay en las paredes, con toda probabilidad, muy caros.

Llegamos al salón gigantesco, donde han puesto luces de colores de las que se usan en los puticlubes, pero claro, en una casa de vanguardia como esa, todo parece más *fashion*.

—Tía, qué asco das.

Me quedo mirando a Lu, sin comprender.

—¿Perdona?

—Siempre igual —se ríe—. Entras en algún sitio y ya están los lobos mirándote.

—Eso no es verdad.

—No, claro, me miran a mí, no te jode. Eh, que no me importa. —Saca pecho con orgullo—. Me gusta tener una amiga así de guapa. Soy una roedora. Yo me como lo que tú te dejas en el plato.

Yo no veo lo que ella. Simplemente, son hombres. Todos los tíos miran a las mujeres, estén como estén. Al final, no son tan exigentes. Y seguro que nosotras tampoco lo somos. Si Lu cree que por ser más o menos atractiva se puede ligar más, va equivocada. Muchos ni se atreven a acercarse, eso para empezar.

—¿Te imaginas que alguien te conoce de los cómics?

—No me ha pasado en la vida, solo en las Comic Con y en los eventos. Dudo que, quien haya organizado esta fiesta —asumo observando la carísima decoración *prêt-à-porter* y el lustroso suelo cubierto de alfombras que pisamos que valdrán más que la cocina de mi casa— tenga algún interés por los superhéroes de Marvel.

Un DJ está pinchando la música que suena. Lo sé porque lo veo a él y a la mesa de mezclas ubicada en el porche que da al jardín y a la piscina, donde ya hay algunos en el agua, más bebidos de lo normal. Miro el reloj. Son las doce y media de la noche, no sé cómo puede haber gente que a esta hora ya vaya tan mal.

El DJ acaba de poner «Pepas», muy popular. La gente se anima nada más oír las primeras notas. Hasta que aparece un chico, de gafas delgadas y metálicas, jersey de cuello alto blanco, pantalones de pinzas y mocasines, un poco más alto que yo. Se acerca a nosotras y sonríe con dos copas de cava en la mano.

—Hola, Lu.

—Hola, Albert… —contesta dándole dos besos con mucha simpatía—. Mira, ella es Ares, mi mejor amiga.

Albert me sonríe con timidez, nos damos dos besos y me ofrece una copa; la otra se la da a Lu.

—Gracias —digo.

—Encantado, Ares.

—Albert es el dueño de esta casa —me explica Lu—. Y el cumpleañero.

—Ah, ¿es tu cumpleaños? —No tenía ni idea—. Lu no me ha dicho nada de por qué estamos aquí.

Albert se mira la punta de los mocasines y esconde una sonrisa.

—Sí, cumplo treinta.

—Vaya, felicidades. —Le vuelvo a dar dos besos.

—Gracias.

—Entiendo entonces que eres el arquitecto —asumo sin darle mucha importancia.

—Ese soy yo —dice con falsa modestia.

Albert tiene un ego que le pesa más que la cabeza. Es normal. Estoy convencida de que incluso esta casa la ha diseñado él.

—¿Has diseñado tú la casa? —pregunto. ¿Esta casa que parece un montón de cajas de zapatos amontonadas?, pienso malignamente.

—Sí, así es. ¿Te gusta? —Sus ojos oscuros son pequeños, pero muy inteligentes.

—He visto poco —contesto con sinceridad—. Pero es muy grande.

—¿Quieres que te la enseñe? —pregunta. Se rasca la

nuca y vuelve a sonreír con algo de vergüenza—. La casa, digo.

Arqueo las cejas con mucha incredulidad.

—Sé que ha sonado mal.

—Sí, un poco —contesto.

—¿Os dejo solos? —pregunta Lu bebiéndose hasta la mitad de la copa.

—¿A las dos? Os la puedo enseñar a las dos —corrige inmediatamente—, si queréis. Pero no hay mucho que ver. Solo hay arte, esculturas y mucho…

—Espacio. Hay mucho espacio. Eres minimalista —apunto yo fijándome en lo poco que hay en cada pared. Sin embargo, parece que vive con lo que necesita. Y necesita rodearse de arte y de cosas muy caras. Capitalista y consumista solo de lujo, eso es Albert desde fuera.

Tiene el pelo castaño claro peinado hacia atrás. Como si fuera el lobo de Wall Street.

—No me gustan las decoraciones abundantes ni el mobiliario en exceso.

—Se nota —digo mirando los dos sofás que hacen una ele y que ahora parecen camas. En el hueco frente a ellos, hay una alfombra blanca y, sobre esta, una mesa de cristal, donde hay como diez rayas que van a ser absorbidas por diez narices distintas. Como quienes se toman unos chupitos con amigos, pero con coca.

Un, dos, tres…, ¡adentro!

A mí este rollo no me gusta mucho, la verdad. Y lo digo yo que he ido a eventos editoriales, literarios y audiovisuales donde he visto de todo. Pero nunca he consumido nada.

—A Lu la conozco del museo y de las excavaciones —nos cuenta Albert—. Sobre todo porque el proyecto que han jodido con el enésimo descubrimiento romano en la ciudad lo llevo yo. De ahí nuestra relación.

—Vaya —sonrío con sorpresa—, entonces te han fastidiado parte de la construcción del proyecto. Supongo que no podrás construir sobre el yacimiento.

—Sobre parte de él, no. Pero bueno, todo es negociable.

—Menos mal. —Lu alza la copa vacía y se la enseña a Albert que, como un caballero, la coge para volvérsela a llenar.

—¿No te gusta el cava? —me pregunta Albert.

Doy un sorbo pequeñito y contesto.

—No lo bebo como Lu.

—Ya empezamos... —murmura esta.

Albert me mira fijamente, con más interés del conveniente. Alza la copa vacía y añade:

—Voy a traerle otra a Lu. Ahora vengo.

Le ha faltado decir que no nos moviésemos.

—Gracias, Albert.

Cuando él se va, Lu abre la boca y me mira de reojo.

—Le has gustado.

—Bueno, él a mí no. Es evidente que nada le gusta más que él mismo. Un narcisista.

—Odio cuando haces eso. Cuando te pones a hacer perfiles como si conocieras a las personas de antes de nacer.

—No hago eso. Todos tenemos fachadas. Pero algunos, de esas fachadas han hecho su piel. Y su verdadera cara. No es malo saber ver venir a la gente.

—Algún día te puede sorprender alguien —me advierte.

—No lo dudo.

—Este tío tiene muchísimo dinero y es un solterito de oro de la alta sociedad badalonesa. Podría tener muchísimos contactos para ti, para tu carrera...

—A mí la alta o baja sociedad me trae sin cuidado, Lu —digo aburrida—. Nunca he necesitado padrinos para conseguir mi pequeño hueco en el mundo de la ilustración y nunca voy a tirar de ellos.

—Eres tan rara... —Me mira como si fuese un ser extraño y atípico.

—Vamos al jardín, anda. —Le sujeto la mano y vuelvo a beber de la copa de cava—. Quiero ver lo mal que están los de la piscina.

Lu y yo estuvimos bailando al son del DJ y nos estábamos divirtiendo tanto, las dos en nuestro mundo y a nuestro aire, que el tiempo se pasó volando.

Hasta que le dije que necesitaba beber algo, a poder ser sin alcohol, porque lo poco que había bebido me tenía lo suficientemente contenta como para poder disfrutar en esa fiesta llena de personas con altas pretensiones sobre sí mismas y sobre lo que quieren en la vida.

Ahora estoy en el porche, donde hay una barra libre amplia para todos.

Sé que Albert me ha estado buscando porque lo he visto otear la multitud varias veces, pero tiene que atender a todos los que entran en la casa y, a diferencia de mí, el resto sí quiere sus favores y su atención. Además, creo que ahora van a sacar el pastel para cantarle el cumpleaños feliz y, como sé que Lu está ligando con un chico que acaba de conocer, solo quiero verlo todo en perspectiva.

Me acabo de pedir un Red Bull, sin nada. Son casi las tres de la mañana y no estoy cansada, pero quiero sentarme en algún lugar donde no haya gente a mi alrededor solo para descansar los pies, porque llevo unos botines camperos con tacón que no suelo llevar.

—Gracias. —Me llevo el vaso de cubata lleno de Red Bull y hielo hasta arriba. Paso la piscina de largo y encuentro un pequeño rellano cubierto de césped donde hay un banquito blanco y una *skyline* de la playa sobrecogedora. Con tantas luces abajo es como si el cielo y la tierra hubiesen intercambiado los papeles.

Me quedo mirando el abismo, de espaldas a la fiesta.

Voy a darle el primer sorbo al Red Bull cuando, de repente, una mano aparece por encima de mi hombro, me da un susto de muerte y me arrebata la bebida.

—¡Joder! —exclamo llevándome la mano al corazón.

Me doy la vuelta para ver quién me ha hecho eso y me encuentro con la última persona en el mundo que esperaba encontrarme ahí.

—¿Tú? —digo estupefacta.

Es el tío que ayer me tiró de la moto.

—No. —Es lo único que me dice.

VI

Lo tengo delante de mí. Con mi Red Bull en su manaza. Levanto un poco la mirada para mirarlo a la cara y es la primera vez que le veo los ojos. El otro día llevaba las gafas de sol puestas, pero ahora, al ser de noche, la luz de la lámpara de esta zona del jardín alumbra su rostro.

Ostras, creo que es más impresionante en la oscuridad, como si fuera una criatura nocturna y este fuese su hábitat. Su pelo negro está suelto, volteado hacia un lado.

Siempre pensé que mis ojos iban a ser los más extraños que viera, pero los suyos son como los de un lobo, con el iris amarillo y la pupila muy negra. Son grandes y penetrantes, con unas pestañas curvas y largas y cuadran perfectamente en esa cara con esas facciones masculinas y proporcionadas. Su barbilla es un claro ejemplo de simetría, con ese surco que la divide, acompañada de una mandíbula marcada. Incluso su nariz tiene una hendidura leve en el medio. Tengo que reconocerlo.

Físicamente, su cara es perfecta y él, en conjunto, es muy atractivo.

Carraspeo para salir de la impresión de encontrármelo ahí y me aparto unos centímetros para ganar mi espacio de seguridad.

Tiene un estilo muy señalado. Es el típico tío que lleva

unos tejanos desgastados que le quedan como un guante, camisetas casuales que delinean lo justo su torso y la forma de sus hombros y siempre con calzado deportivo que también le sirve para vestir.

—¿No, qué? ¿Qué estás haciendo? Devuélveme la copa.

—No —repite hundiendo la nariz en el vaso. Acto seguido, tira el Red Bull hacia los matorrales.

—Oye, ¿eres tonto? ¿Qué haces? —No entiendo ese comportamiento.

—Te han echado algo en la copa.

—¿Qué?

—El tío que tenías al lado. El de barbita y aire hípster.

Sí, recuerdo haberlo visto a mi lado. Me sonrió afablemente y me dejó pedir a mí antes.

—Te has despistado un momento y te ha echado algo en la copa. No te la puedes beber.

Mi mirada oscila lentamente hacia el vaso vacío.

—Es mentira.

—No. —Me lo acerca y me enseña el poso. Hay un polvito blanco, no se ve demasiado, pero está ahí—. ¿Lo ves? Es GHB en polvo.

—¿Es en serio? —digo anonadada—. ¿Un tío ha intentado drogarme?

—Sí...

—¿Y tú qué hacías? ¿Vigilarme? ¿Me estás siguiendo? ¿Qué haces aquí?

—No hace falta buscarte para verte. Es fácil que llames la atención. —Probablemente no tendría tanto efecto si detrás de esa percha hubiera una voz de hombre normal y corriente. Pero la suya es ronca y grave y... y tiene un vibrato extraño que da la sensación de que te toca cuando habla. Es incluso invasivo—. Conozco al cumpleañero y no iba a provocar una pelea en su fiesta. Hay asuntos que se pueden tratar de un modo más... silencioso. —Esa palabra provoca que su boca se abra como si sonriese y me muestra el brillo de sus dientes blancos.

Trago saliva compungidamente.

—Bueno, ¿y dónde está ahora el que me ha intentado drogar? —Dirijo mis ojos hacia la multitud, que ya recibe al cumpleañero. El pastel tiene hasta bengalas—. Voy a decirle algunas cosas.

—No hace falta. —Me sujeta por el antebrazo suavemente—. Se va. Ya he hablado yo con él.

—¿Qué le has hecho? ¿Le has pegado?

Miro la mano que me sujeta. Sus nudillos están rojos y magullados. Se ha pegado con alguien, es evidente.

—Le he invitado a irse.

¿Cuánto tiempo lleva sin parpadear?

Entorno los ojos y vuelvo a mirar el poso del vaso.

—¿Seguro que es GHB?

—¿Quieres probarlo? —me tienta—. Sigues siendo muy desconfiada. —Su mirada es seria y parece que me esté echando una regañina.

Libero mi antebrazo.

—¿Cómo no voy a serlo? —repongo cruzándome de brazos—. ¿Cómo no vas a desconfiar si, por ser mujer, puede pasarte cualquier cosa o te pueden hacer lo que sea a la vuelta de la esquina? El mundo está lleno de banderas rojas.

—Ah, ¡aquí estás!

Tras él acaba de aparecer una chica de pelo rojo y ojos azules muy guapa. Se acerca a nosotros y lo sujeta con familiaridad. Debe ser su novia, porque me lanza una mirada desconfiada típica de una alguien muy celoso y loco.

—¿Nos vamos?

—Sí —contesta él sin dejar de mirarme—. Debes estar más alerta. Tener más cuidado.

—Ya, gracias —contesto entre agradecida y ofendida.

Todo al mismo tiempo. Es que no me gusta que me hablen como si fuera tonta.

Y así, sin decir adiós, tal y como ha salido de la nada, se va sin más, acompañado de esa pelirroja.

Sigo sin saber su nombre, pero tengo su número de teléfono grabado en el móvil.

Me quedo ahí sola, de pie, frente al banco y sin bebida. Intento comprender qué ha pasado y después observó a todos los hombres que hay en el jardín, deseando ver al calvo que tenía al lado y que me ha intentado drogar, pero no lo veo porque él le ha pegado y lo ha echado. Increíble.

Lu se está enrollando con un chico, tumbados en una de las hamacas del *chill out* de la piscina, y la verdad es que yo ahí ya no pinto nada, me quiero ir ya.

No quiero estar aquí. Pero no quiero cortarle el rollo a Lu.

En ese momento me llaman al móvil, se me abre el cielo cuando veo que es Hugo. Ojalá se haya decidido a venir.

—¿Sí?

—Hola, guapa. ¿Estáis en la fiesta?

—Sí —suspiro y me froto la frente—, pero yo me quiero ir a casa ya.

—Pues estoy a tres minutos de la entrada. ¿Sales?

—¡Claro! —exclamo aliviada—. Dame cinco minutos y salgo.

Me despido corriendo de Lu. Ella ni siquiera le saca la lengua de la boca al chico mientras me dice adiós con la mano. Espero que se corte un poco y no se lo tire ahí mismo. Ya sé que hay gente follando en la fiesta, pero espero que Lu se acuerde de que ahora todo se graba con móviles.

Recorro la piscina, cruzo el salón y salgo al patio delantero, a esa plaza circular donde hay más coches que al principio.

Paso por al lado de un Jeep Rubicon de color negro mate

que va a salir ya. Quiero aprovechar que se abre la puerta de la propiedad para salir yo también.

Y, cuando me da por mirar al conductor, me encuentro los ojos amarillos de mi desconocido conocido. Pero ¿cuántos coches tiene?

Me está mirando fijamente. A su lado, la pelirroja observa por la ventana, tarareando una canción que yo no oigo, ajena al serio escaneo que él me está prodigando. Yo me enfadaría bastante con mi novio si mirase a otra del modo en que él me mira a mí.

Las puertas se abren y el coche pasa por mi lado a una velocidad muy ralentizada. Él me observa por el retrovisor y yo continúo andando hasta que, a treinta metros, veo llegar el Audi TT plateado de Hugo.

Se detiene para que me suba. Me sonríe y me indica con la mano que entre.

Hugo es como la rueda de los quesitos del Monopoly. Es casa.

Y cuando entro en el coche, le tomo del rostro y le doy un beso en los labios. Tiene una buena boca para besar. Me apetece dárselo. Porque es confiable, un hombre con el que puedo contar y es bueno. No sé qué pasa por la noche, hace mucho que no salgo y puede que no esté tan cómoda como antes, pero no hay demasiados Hugos.

La verdad es que no puede disimular que trabaja en algún cuerpo de seguridad. Se ve a leguas solo con observar su actitud, siempre cautelosa, correcta y vigilante.

Sonríe contra mi boca y profundiza el beso, pero lo corta rápido.

—Eso sí es una bienvenida. ¿Estás bien? —pregunta preocupado.

Asiento. Total, no tengo ganas de contarle nada porque al hípster ya no lo va a pillar y lo único que voy a lograr con eso va a ser que se ponga nervioso.

—¿Y Lu?

—Tiene con quien quedarse.

—¿Ha ligado?

—Sí —digo con una risita.

—¿Y tú?

—Yo también. —Sonrío de oreja a oreja. Vuelvo a besar sus labios.

—¿Ah, sí? ¿Con quién? —pregunta haciéndose el celoso.

—Pues no lo sé, pero estoy en su coche ahora.

Hugo se echa a reír, me lanza una miradita muy suspicaz y me dice:

—Menudo afortunado el del coche.

Le acaricio la mejilla rasposa y me retiro un poco para mirarle la cara. Parece muy cansado.

—Estás agotado, ¿verdad? Tienes ojeras. —Le paso el índice por la parte superior de los pómulos.

—Llevo casi cuarenta y ocho horas sin dormir. Estoy reventado.

—¿Y has venido a buscarme en vez de irte a tu casa a descansar?

Hugo se encoge de hombros.

—Prefiero verte. Necesitaba verte —me aclara.

Me muerdo el labio inferior con compasión y le doy un beso fugaz en los labios.

—Pobrecito...

—Podrías venirte conmigo a mi casa..., podríamos pasar la noche juntos... —Me mira el torso y después su atención vuelve a mi cara.

La proposición me toma por sorpresa. Nunca había sido así de directo, y asumo que es porque de verdad el trabajo lo ha consumido.

—No puedo, Hugo, ya lo sabes...

Él resopla.

—Pero si Venus está en buenas manos con tu madre y tu abuela —replica.

—No. Si hago algo así será porque lo pacte con ellas antes. No sin avisar. Además, tú tienes que descansar.

—Está bien, lo entiendo.

Sé que lo entiende. Pero también entiendo que le frustre.

—¿Cómo ha sido lo del río? ¿Me lo quieres contar?

Llevo todo el día esperando a hablar con él para que me ayude a quitarme el peso de la fotografía que tengo en el móvil. Para que me ayude a aclarar el batiburrillo conspiranoico que tengo en la mente.

—No ha sido nada —contesta con desidia—. El cadáver de una chica. Una yonqui.

—¿Una yonqui? —digo esperando a que él me cuente más, porque la respuesta que me ha dado me ha dejado muy fría.

—Sí. Ha muerto de una sobredosis.

—Ah…, ¿en serio?

—Sí. —Me mira extrañado—. Tenía los brazos llenos de pinchazos. Muchos mueren de sobredosis en plena calle. Por lo visto, fue a consumir, a comprarle a alguien, y el médico forense ha dicho que tuvo relaciones sexuales, pero está por determinar si fue antes de morir o *post mortem…*

—¿Cómo?

—Los yonquis están hechos polvo. Les da igual todo. Lo más probable es que se metiera en una pelea y, quien fuera, la maniató. Le quitaron toda la ropa, le robaron lo que fuera que llevaba encima y ya está.

—Pero ¿no llevaba nada a lo que pudieseis seguir el rastro? —Me estoy quedando a cuadros.

—No llevaba nada encima y, si lo llevaba, los mismos yonquis se lo quitarían para venderlo a cambio de sus dosis. Ya sabes que un adicto no le hace ascos a nada.

—¿Y habéis encontrado el cuerpo en la desembocadura?

—Sí.

—Pero por ahí pasan corredores, familias paseando por el lateral del río…, no sabía que fuera una zona de camellos ni de drogadictos.

—Pues de noche lo es —asegura.

—¿Y hacía mucho que había muerto?

—Posiblemente la noche del jueves.

—¿Y estuvo el cuerpo tanto tiempo oculto sin que nadie lo encontrase?

—Se recibió una llamada anónima el viernes de madrugada, de un señor que paseaba con su perro y olió el cadáver.

No, pienso. Antes lo vio Ramón, y el muy friki y siniestro le hizo una foto y, como es lerdo, no se le ocurrió llamar a la policía. Aunque, según él, escuchó las sirenas acercarse antes y por eso se fue de ahí corriendo, por miedo a que lo identificaran y supieran que hubo una época en la que vendía droga en el instituto y por la que lo ficharon. Ahora se había reformado y era un hombre sano.

—¿A qué vienen tantas preguntas? —Me mira con una risita—. ¿Quieres estudiar criminología?

—No, es solo curiosidad. Nunca he visto un cadáver. Tampoco es que quiera, pero me gusta entender los procedimientos.

—Eres morbosa. —Sonríe como si le gustase la idea.

Para nada lo soy.

—Yo ya he visto unos cuantos. En fin, no hay mucho más que investigar. Se levantó el cuerpo por la tarde, cuando vino el juez, pero como estoy de incidencias, recibimos una llamada de urgencias. Un tío le había cortado la yugular a su mujer con un cuchillo. Un asunto de intento de homicidio y violencia machista… —Bosteza y se cruje el cuello—. Ha sido agotador. Se me ha encadenado una cosa con la otra.

Me está costando entender que no le da importancia a la chica del río cuando la fotografía que tengo es tan explícita y muestra tantas cosas relevantes que él no menciona. Lo único que puedo suponer es que, efectivamente, en el tiempo que Ramón tomó la fotografía y que los Mossos acordonaron la zona, tuvieron que robar a esa mujer sabiendo que ya estaba muerta. Pero es tan insólito. Además, yo sí tengo la manera de demostrar que esa chica tenía una vida y que no era una yonqui de la calle.

—¿Y no la pueden reconocer?

—¿A quién?

—A la chica del río.

Hugo arruga el entrecejo como si no entendiera mi fijación con esa víctima.

—Ares, no te preocupes por esa chica…, no es nadie. Tenía pinchazos en los brazos y en el interior de los muslos. Se metía heroína.

Esto me está sonando cada vez peor y más inverosímil con respecto a lo que me dice la fotografía que nadie sabe que tengo en mi poder.

—Los drogadictos pueden ser muy violentos y retorcidos entre ellos. Son unos colgados. Pueden violar, abusar, matar… solo por un pinchazo más.

—Pero, aunque fuera una drogadicta, seguro que tenía a alguien que se preocupase por ella, ¿no?

—Sí, pero no lo podemos cerciorar —contesta él—. Porque le han arrancado las huellas dactilares. —Se me pone la piel de gallina. Por esa razón tenía los dedos llenos de sangre—. A saber por lo que habría pasado esa chica o con quién estaría enredada. Pero si no la podemos identificar, no se puede relacionar con nada ni con nadie. Por eso digo que es una mujer invisible. No le des más vueltas. Nos preocupa más que la mujer de la herida del cuello se recupere porque a ella sí la pudimos salvar. A la otra mujer del río, no.

—Ya —murmuro agachando la cabeza para no mirarlo de frente. Prefiero guardarme mis pensamientos para mí.

—No seas tan aprensiva. —Me alza la barbilla con dos dedos, me mira con ternura y añade—: Es mi trabajo. Algunas veces podemos ayudar y otras, ya no. Venga, te llevo a tu casa.

—Sí, mejor. Y tú te vas a la tuya a recuperar horas de sueño, por favor —le pido, preocupada por él.

Hugo sonríe, arranca el coche y sale de la entrada de la mansión de los cubos.

—Pensaba que te iba a ver por la tele. Que el caso podría ser importante —digo pensando en voz alta.

—Yo también. Pero no tiene más relevancia. Por eso no ha salido en el informativo. Se encuentra a muchos yonquis muertos en la calle por todo el mundo. No se va a nombrar a todos y darles hueco en las noticias.

No lo llego a comprender porque su versión dista mucho de lo que yo tengo en el móvil.

—¿Y qué tipo de yonqui sería para que le borrasen las huellas dactilares? ¿Qué interés tendrían en eso?

—Ares, no hay que buscar explicación a lo que hacen los drogadictos o los heroinómanos. He visto salvajadas entre unos y otros. —Hugo intenta pormenorizarlo todo.

Y me pone nerviosa no poder hablar de ello. Me incomoda saber algo y callarme.

Hugo no es ningún mentiroso. Lo sé porque lo conozco desde hace años, desde que fui a denunciar, y siempre he podido confiar en él. Y la naturalidad y parsimonia con la que me ha contado las cosas deja a las claras que ha visto lo que ha visto y le ha dado la importancia que le ha dado. Nada que ver con lo que yo opino.

Resulta que no ha estado ocupado con esa investigación. Al parecer, esa ha sido la menor del día y lo gordo ha sido la llamada de violencia machista.

Está claro que, si se puede salvar la vida de una mujer a manos de un hombre violento, se salva. Pero el carpetazo que le han dado a la mujer del río me ha dejado sin sangre en el cuerpo.

Es todo demasiado extraño e inverosímil, al menos, para mí.

Cuando el coche de Hugo se detiene al entrar en la rotonda de la plaza de la Font, sigo pensando en eso.

—¿Nos vemos mañana cuando me levante? —me pregunta Hugo.

—Claro —asiento y le doy un cariñoso beso en los labios—. Llámame cuando ya estés recuperado y hayas hecho tu cura de sueño. Y muchas gracias por venir a recogerme. Me has salvado.

Hugo me sonríe y me mira de arriba abajo.

—Espero a que entres.

Y así es. Hugo cumple sus promesas. Cuando abro la puerta de mi casa, miro por encima del hombro y él sigue ahí, diciéndome adiós y mandándome un beso.

Sonrío agradecida y entro en casa.

Pero no estoy agradecida. Me quito las camperas negras, las cargo en la mano y subo de puntillas las escaleras de madera que reformamos hace poco para no despertar a nadie.

Cuando entro en mi habitación, no es mi estudio, este es solo para trabajar, me siento en la cama y empiezo a desnudarme, con la mente aún más aturullada de lo que ya estaba.

Me desmaquillo, me pongo el pijama y, antes de cerrar los ojos ya en la cama, vuelvo a mirar la foto de la muerta. La hizo desde muy cerca, por eso cuando la amplío puedo ver muchos detalles.

Vamos, es que ni rastro de pinchazos ni jeringas. Tiene marcas en las muñecas que hasta yo veo. Sí tiene efectos personales, como la pulsera de hojas de parra, que parece ser bastante cara. Y arañazos en las caderas, como si le hubiesen hecho daño a nivel sexual.

Lo único que me queda es ir a la panadería mañana y preguntar por ella directamente. No me estoy volviendo loca. Estoy muy sensibilizada con el tema porque ver a esa chica así me ha recordado peligrosamente a mí misma hace cuatro años. Solo que yo aún sigo viva. Ella no.

Ya me trataron de loca una vez y no pienso exponerme de nuevo al mismo juicio.

Antes de tirar de la manta, me aseguraré de que lo que sé es real. Y de que puedo demostrarlo.

No he dormido nada bien.

Se me ha repetido el sueño de la noche anterior, como si de una cinta grabada se tratase.

No ha habido sangrado de nariz, pero sí me han vuelto a doler mucho los ovarios.

Me estoy empezando a asustar, sinceramente. Me siento inquieta y quiero respuestas. Jamás había tenido sueños así. En ellos puedo estar consciente, pero el que se repite desde hace dos noches está justo igual, como si estuviera en un bucle temporal del que no sé salir.

No he dormido más de cinco horas porque la enana ha desoído los consejos de mi madre y de mi abuela y ha venido a buscarme a la habitación.

Me he duchado con ella y después, ya vestidas, la pequeña se ha querido ir con la yaya al parque de Pompeu Fabra y yo he aprovechado para ir a la panadería de la calle Cervantes. Porque no me aguanto. Estoy empezando a tener más ansiedad de la cuenta y quiero aclarar cosas. Las de la panadería no me pueden negar algo que tengo en el móvil.

He ido en moto porque la calle Cervantes está por la zona del Gorg y queda un poco lejos de Dalt la Vila. Me he puesto uno de los tejanos, las Air Max blancas y rojas, una camiseta negra ajustada y la chupa de cuero.

Es domingo y las panaderías están abiertas. Dejo la moto aparcada momentáneamente en la acera y miro qué hay alrededor de la panadería, que hace esquina y tiene cristales por los que mirar por ambos lados y dan a diferentes calles. Hay un cajero de La Caixa y en él, una cámara. También, enfrente hay un bar de esos viejos que huelen a tabaco y a vino.

Entro en la panadería sin quitarme el casco ni las gafas de sol. Hay muchísima cola.

No quiero que me reconozcan. Una de las cosas que pienso es que no han cerrado por defunción. Si esa chica trabajaba aquí y saben que ha desaparecido o muerto, lo normal es que cierren o que pongan algo como CIERRE POR DEFUNCIÓN.

No hay nada de eso.

Hay dos chicas, una trabajando en el interior y otra en el mostrador. Antes eran dos en el mostrador y otra en el interior sacando y horneándolo todo. En este caso, quien se encargaba de esa labor era la víctima.

No parece que ninguna de las dos esté afectada por nada, como si no tuvieran en cuenta que una chica que trabajó con ellas ya no ha vuelto ni volverá más a trabajar.

—Hola. —La del mostrador me saluda porque ya me toca—. ¿Qué vas a querer?

—Una chapata, otra de cereales y una barra de pan sin sal. —Para mi abuela. No sé por qué se lo compro si después come lo que le da la gana. Abro la cartera y les digo—: El otro día pasé por aquí, me llevé un chucho y le dejé a deber diez céntimos a la otra chica que estaba con vosotras. Le dije que pasaría a devolvérselos. —No se me ocurre otra mentira que no sea hacerme pasar por morosa. Tomo una moneda de diez céntimos y se la ofrezco.

La mujer del mostrador frunce el ceño como si no supiera de lo que le hablase.

—¿A qué otra chica? ¿A Montse?

Montse sale con una bandeja de cruasanes recién hechos.

La miro y digo que no. Montse tiene el pelo cortado a lo champiñón. Y sigue viva, por lo tanto, ella no es.

—No, otra chica de pelo negro que estaba en los hornos... Me atendió solo un momento y después volvió a entrar. —Aquí estoy, inventándome tramas.

Montse escucha mis palabras y también parece que piense que hablo en turco o algo parecido.

—Aquí no hay otra chica. Siempre hemos estado nosotras dos solas. Montse y yo, que me llamo Silvia —dice la de pelo rubio y cortito.

Bueno, esto ya está pasando de castaño oscuro. Lo peor es que están muy convencidas de lo que afirman. Vamos a ver, mi móvil no miente. El vídeo es el que es y muestra a otra chica más saliendo del horno y colocando una bandeja de magdalenas en el mostrador.

Mi cara de estupefacción debe ser de chiste, pero disimulo y me hago pasar por una tonta despistada. Me guardo la moneda de diez céntimos y me encojo de hombros.

—Pues igual me he confundido y erais una de vosotras dos.

—Seguro —contesta Silvia con una sonrisa.

Le dejo la moneda de diez céntimos en el cerdito que tienen de hucha y donde muchos dejan el suelto.

—Gracias —dice Montse antes de entrar de nuevo en el interior de la panadería.

Silvia me cobra, me da mi pan y yo salgo de ahí hecha un lío. Me siento inquieta, insegura con lo que me rodea; no entiendo bien qué está pasando. ¿Cómo pueden decir que allí siempre han sido dos si en el vídeo que me eliminaron de Instagram y que aún tengo en el carrete se ve con claridad que hay tres panaderas?

Y lo peor es que no sé por qué me siento con la responsabilidad de hacer algo al respecto. Sé que es porque el cadáver de la chica del río me ha despertado muchas cosas del pasado.

Pero también sé que las pesadillas y la advertencia de mi abuela me alejan bastante de mi estado ideal de calma y que se me está juntando todo.

Creo que tengo que hablar con alguien de esto, porque es inaudito. Porque ya no puedo más.

No duermo bien y lo necesito, además de entender qué está pasando. Y qué me está pasando a mí.

Cuando llego a casa, dejo la chaqueta en la percha de la entrada y el casco sobre el mueble del *hall*. Voy decidida porque sé qué tengo que hacer. Cuando tengo un problema y me siento mal, he aprendido a vomitarlo sin darle demasiadas vueltas. Ya llevo bastante tiempo con la terapeuta y, además, siempre he sido así, de decir las cosas.

Mi abuela y Venus ya han llegado del parque. Entro en la cocina y dejo las tres barras en la bolsa del pan de cuadros rojos y blancos que hay tras la puerta corredera.

Venus viene hacia mí y me abraza la cintura con fuerza, hundiendo su carita en mis muslos.

—Ya estoy aquí. He traído el desayuno, monito.

—Ya he *desoyunado*. La yaya ha comprado *churos*. —Mi abuela está sentada en una de las sillas de la mesa de la cocina.

Mi madre está preparando un buen fricandó para la hora de comer.

Mientras tanto, Venus toma asiento de nuevo sobre las piernas de mi abuela y continúa dibujando algo en un folio. Está pintando con ceras. Es arte abstracto, lo suyo.

Me siento a la mesa blanca de la cocina y me quedo mirando a mi madre, que me sonríe por encima del hombro.

—¿Hace frío?

—No, pero está nublado.

—Dicen que viene un abril de lluvias.

—Pues como siempre —contesto yo. Exhalo y me paso las manos por el pelo.

—¿Qué te pasa, niña? —me pregunta mi abuela mirándome de frente.

De algún modo, sé que espera oír algo de mí y sé lo que es. Tengo esa sensación ansiosa en la boca del estómago y, como no la escupa, voy a estar mal.

—Creo que me está pasando algo.

Esto no se parece en nada a lo que dije hace tres años y medio cuando entré de la misma manera en la cocina y espeté un «estoy embarazada» que aún retumba en las paredes de mi casa. Sin embargo, aunque no se parece, impresiona igual.

Mi madre deja de dar vueltas con la cuchara de madera a la olla en la que acaba de volcar la salsa triturada del fricandó. Se ha tensado como si hubiese recibido un latigazo. Toma aire profundamente por la nariz y se limpia las manos en el delantal.

—Te lo he dicho, hija —le recuerda mi abuela a mi madre—. A la niña le está rondando el que te dije —anuncia crípticamente—. Y te avisé de que iba a pedirnos ayuda.

—¿De qué hablas? —le pregunto.

—Sé que es pronto para decirlo, pero... —mi abuela continúa mirando a mi madre, que no reacciona—. Puede que esté pasando de verdad lo que te conté.

—Mamá —mi madre reprende a mi abuela—. Deja de hablar así y de decir esas cosas.

—Y tú deja de negar algo que es evidente, Nieves. Si la niña me lo pide, se lo voy a dar.

Mi madre apoya las manos en el mármol de la cocina y agacha la cabeza abatida. No sé a qué se refiere, pero me temo que le hubiera gustado no oírlo.

—¿Qué quieres, Ares? —Mi abuela me mira fijamente mientras Venus sigue con su dibujo.

No es algo de lo que me vaya a sentir orgullosa. Pero tampoco creo que sea nada que me haga sentir peor de como me siento ahora.

Quiero lo que nunca pensé que me iba a atrever a pedirle.

—Sé que algo no va bien —sentencio, alzando la barbilla—. No sé lo que es —aclaro—. Pero ayer me dijiste que, tarde o temprano, acudiría a ti. Y aquí estoy. —Abro los brazos—. Quiero que me tires las cartas y que me expliques qué es lo que está pasando.

VII

Tengo dos opciones: les cuento lo de las pesadillas más lo del vídeo de Instagram o les cuento solo lo de las pesadillas. Temo explicarles lo del cadáver porque sé lo que va a pasar. Va a abrir de nuevo heridas que no han cicatrizado en mí y que, por algún motivo, siguen abiertas en mi madre por razones muy distintas a las mías.

Pero me armo de valor y les cuento todo lo que me ha estado ocurriendo desde el viernes. No me dejo nada.

Han sido demasiadas casualidades y todo es demasiado turbio y confuso y, también, demasiado evidente.

Recapitulando: sueño con un ser extraño dos veces seguidas. Sueños calcados. En el sueño, mi vestido arde y quiero llegar a un fuego que parece apagado. Él tiene una flauta y de fondo se oye una melodía. Sé que me está buscando, pero no me puede ver. No me ve. Me cuesta despertarme de ese sueño, despierto con un sangrado de nariz y con una regla bastante fuerte con dolores y calambres, cuando nunca los tengo, como si fuera la primera vez que me bajase la menstruación. Al día siguiente, Venus me pide una flauta. Y me eliminan un vídeo de Instagram. Lu me manda la foto prohibida de un cadáver que el friki de Ramón ha fotografiado en el río Besós y resulta que la chica muerta sale en el vídeo que me han borrado. Y Hugo, que se ha encargado del levantamiento del cadáver, me ha dado un diagnóstico forense que nada tiene que ver con la fotografía que yo tengo en mi poder y que está claro que nadie debe saber que tengo.

Dicho así, tengo motivos para inquietarme. Es como si el mundo astral y el real se estuvieran poniendo de acuerdo para ponerme nerviosa y dejarme en una tesitura delicada sobre la que creo tener alguna responsabilidad.

—Lo primero que vas a hacer —dice mi madre muy amenazante, señalándome con el dedo— es dejar de meter las narices en algo tan turbio como el cadáver de una desconocida que ni te va ni te viene, ¿me has oído? Y ya estás borrando esa foto del móvil que te pasó ese tal Ramón.

—No me la pasó Ramón. Lo hizo Lu. Pero la foto la tomó él.

—Me da igual. Quiero que la borres.

—No voy a borrar nada, mamá —digo muy seria, sin levantarme de la silla.

—¿Cómo que no? Ya lo creo que la vas a borrar. Las cosas suceden por algo y tú no tienes nada que ver con eso. No es tu trabajo. Olvídate de eso, Ares.

—Mamá, tengo veintisiete años. No voy a darle la espalda a algo así porque alguien esté mintiendo y porque a mí me hayan borrado un vídeo que demuestra que no es verdad que esa chica no sea nadie.

—¿Por qué tienes que hacer eso siempre? —pregunta muy decepcionada. Mi madre lleva el pelo negro recogido en un moño y sus ojos grandes y oscuros echan chispas—. ¿Por qué tienes que llevar las cosas siempre a tu terreno?

—Porque está en mi terreno. Porque es posible que le hiciesen algo muy malo. Y porque puede que a esa chica le hicieran lo mismo que a mí, solo que yo sobreviví. —Me encaro con ella alzando la barbilla.

—¿Ya estás con eso otra vez? ¡No te puedes proyectar

en algo así, hija mía! ¡Vas a tener que aceptar de una vez por todas lo que hiciste y lo que te pasó, Ares!

—Y ¿qué me pasó, según tú? Ilumíname. —Sé que lo que va a responder me va a herir.

—¡Te quedaste embarazada por error, como puede pasarle a cualquiera que no use preservativo! ¡Eras joven, te acostaste con alguien y ya está! ¡Tu historia no hay por dónde cogerla! ¡Deja de avergonzarte de eso! ¡Asúmelo y deja de volvernos locas a todas! —La voz se le rompe. Sé, por su expresión, que se arrepiente de lo que acaba de decirme, porque bien sabe que no puede demostrar que eso haya sido así, pero yo tampoco, y está poniendo en entredicho, como siempre, mi palabra.

Ambas nos mantenemos en silencio, mirándonos, hasta que no lo soporto más. Esa es la grieta que hay entre mi madre y yo. Claro que sé que me quiere, pero no aguanta mirarme y darse cuenta de que mi vida no es la que hubiese querido para mí. Ella es muy conservadora, querría a su hija casada con un marido bueno y que Venus tuviera un padre reconocido. No lo que tiene, que soy solo yo. Madre soltera.

Abro y cierro los dedos de las manos, contando hasta diez. Es algo que me ha dicho Margarita que debo hacer para calmar mi temperamento, que puede ser muy volcánico cuando siento que me ofenden.

—Os lo voy a decir a las dos —les suelto desviando los ojos hacia mi abuela, que está muy triste, y hacia mi madre—: Sé que nunca me creísteis. Sé que te he hecho pasar vergüenza, mamá, porque tú tienes muy en cuenta las habladurías y has debido de tragar clavos cada vez que te preguntaban quién era el padre de Venus y tú tenías que contestar que no lo sabías. Seguro que habrán dicho de mí que soy una fresca, una bala perdida, una golfa... —Mi madre mira al suelo, aún afectada por su comentario, pero no lo niega—. Han dicho eso, ¿verdad? —Me río sin ganas—. Ya me lo imagino: «A la hija de las Parisi, de esa familia tan respetada de Dalt la Vila, alguien le ha hecho un bombo...», «¡Vaya por Dios! Con lo buena niña que parecía, tan responsable, tan simpática y educada...». Pues lo siento. —Me acongojo porque odio que tenga eso más en cuenta que lo mal que yo lo haya podido pasar—. Yo tampoco elegí que me pasara esto. Pero desde que nació Venus, no hay un día que no olvide y que no desee demostrar lo que me sucedió. Sé que no lo comprendéis porque no entendéis que haya podido ocurrir como yo creo. Pero sé que pasó. Es algo que siento en mis carnes —gruño entre dientes—. Espero averiguarlo y, si esto de la chica muerta, que se asemeja en mucho a lo mío, es el único hilo por seguir que tengo, voy a tirar de él todo lo que pueda. Y me da igual cómo te pongas.

—Siempre te ha dado igual hacérmelo pasar mal —refunfuña victimizándose.

—Ese es tu problema, que tienes más en cuenta lo que puedan decir de ti como madre que lo que, en realidad, me haya pasado a mí. Estás hecha de prejuicios, mamá.

Mi madre frunce los labios y los ojos se le aguan.

—De acuerdo. —Dirige sus ojos oscuros a mi abuela—. Madre, ahora ya tienes lo que querías. Llénale la cabeza a Ares con todas esas tonterías y esas leyendas que yo nunca quise creer. Te pedí, expresamente, que alejaras a mi hija de todo eso.

—Y lo he hecho, hasta que me ha pedido ayuda. Y es evidente que la necesita. Tal vez la necesitemos todas.

—Pero ¡mírala! —Me señala—. Está tan desesperada por demostrar una verdad que no existe que se va a agarrar a cualquier cosa. Y tú vas a alimentar sus fantasías. Ares es creativa y se abrazará a lo que le digas. Te prohíbo que le cuentes nada de lo que no quiero que le cuentes.

¿Quieres tirarle las cartas? Hazlo —le advierte—. Pero si vas más lejos de eso, no te vuelvo a dirigir la palabra nunca más.

—¡Mamá! —la regaño—. No le hables así a la abuela.

—¿Me amenazas con dejar de hablarme con el poco tiempo que seguro que me queda? —replica mi abuela asombrada.

—Llevas diciéndome lo mismo desde hace diez años. No me hagas chantaje emocional y respétame. Ares es tu nieta, pero es mi hija —le recuerda—. Prométeme que no vas a excederte y que te vas a limitar a tus cartas.

—Pero…

—Madre, prométemelo. No quiero que la vuelvas loca como hiciste conmigo.

—Nieves…

—Que me lo prometas —exige.

A la yaya le cuesta mucho ceder a su orden. Pero, al final, acepta.

—Está bien. —Mi abuela suspira en desacuerdo—. Solo serán las cartas.

—Bien. —Mi madre se quita el delantal con premura y lo lanza encima de la mesa.

—Nieves, que no hayas tenido la capacidad ni el valor de creer no significa que nada de lo que yo diga sea verdad. Sabes que en todos estos años nunca he dicho una sola mentira. Y todo lo que he vaticinado se ha cumplido. Se cumplió que encontrarías un gran amor, se cumplió que nacería una hija con la Génesis de Alejandría, se cumplió que el padre de tu hija moriría, se cumplió que…

—¡Basta! —grita mi madre al borde de un ataque de nervios—. ¡No digas ni una palabra más!

—¿Qué pasa, mami? —pregunta Venus un poco asustada por los gritos.

—Nada, cariño —contesto tomándole la mano—. Que

la abuela, a veces, no quiere oír las cosas y hay que alzarle la voz. Solo eso.

—¿Eso crees? ¿Que no quiero oír las cosas? —repite mi madre mirándome con reproche—. A lo mejor, lo que quiero es que dejes de sufrir y que mires al frente y rehagas tu vida sin que te llenen la cabeza de fantasías y leyendas absurdas. ¿No crees que esa sea mi máxima preocupación?

Me humedezco los labios y respondo:

—Creo que te cuesta creer muchas cosas porque, si son ciertas, tú, que te crees la columna vertebral de cualquier cosa que acontezca a esta familia, te sientes responsable de ellas. Y eso te hace sentir mucho peor. Por eso no crees ni en lo que te haya querido contar la yaya ni tampoco has querido creer en mí. Para no culpabilizarte.

—Ah, muy bien. Perfecto si crees eso. Pues os dejo a solas, entonces. ¡Así os alimentáis con tonterías la una a la otra! —exclama con frustración—. Pero yo no quiero ser partícipe de nada de esto.

Mi madre está tan ofendida que sale de la cocina con su hermoso rictus airado. Oigo cómo toma algo de la percha, su chaqueta, seguramente. Abre la puerta de la casa y se va.

No me gusta que se marche así. No me gusta que salga de casa triste y enfadada. Me levanto y apago la vitro para que no se queme el fricandó. Ya lo acabaré de hacer yo después.

Cuando me doy la vuelta, Venus está haciendo un garabato demasiado negro en la libreta. Ella siente las emociones, las expresa poniéndole colores, y creo que ha sabido plasmar muy bien la discusión entre nosotras. Cuando nos peleamos, es como si la oscuridad hiciese un nudo que después cuesta mucho deshacer. Con el tiempo se afloja, pero nunca desaparece del todo.

—No lo paso bien cuando me peleo con ella —admito muy afectada.

—Ella tampoco. Tu madre es muy cabezota, pero tiene muy buen corazón. Le cuesta gestionar las cosas. Se habrá ido a caminar hasta la playa y a llorar. Las cosas no han sido fáciles para ella desde que murió tu padre.

—Lo sé... —Detengo la manita de mi hija, que no deja de presionar la cera contra el cuaderno—. Ya está, Venus. —Le doy un besito en la cabeza—. No te pongas nerviosa. Los mayores también nos peleamos. Es como cuando te regaño porque te portas mal. Pues la abuela también me regaña a mí.

Venus asiente como si lo hubiese entendido.

—Pero tú no has hecho nada malo —reconoce mi yaya—. En casa de las Parisi somos demasiadas mujeres —resume—. Mucha lengua viperina junta.

—Ya... —Me froto la nuca y observo a mi abuela entre mis espesas pestañas—. Mi madre les tiene mucho miedo a tus cartas... ¿Cuántas cosas has llegado a adivinar, yaya?

—Muchas más de las que puedo recordar, pero muchas menos de las que me hubiese gustado saber. Venga, vamos al salón. —Baja a Venus de sus rodillas y yo tomo la mano de la pequeña—. Vamos a echarte las cartas por primera vez. Te voy a demostrar que hay tiradas que no se pueden prestar a interpretación. Dicen lo que dicen, y esto solo puede ser la verdad.

Y con esa sentencia, sigo a mi abuela, que camina renqueante hasta el salón para que yo pueda participar activamente, por vez primera, en una tirada de cartas.

Las dos estamos sentadas frente a la mesa. Venus está viendo los Cantajuegos en el televisor, y mi abuela y yo tenemos los ojos fijos en la superficie del mueble. He cortado la baraja y yo misma he elegido las cartas en las diez tiradas que me ha hecho.

Para mi completa estupefacción, en las diez han salido las mismas. Mi abuela me ha dejado claro que estas no adivinan, que conversan y sugieren, que de esto se sacan conclusiones.

—Del mismo modo que tú intentas sacar conclusiones de tus sueños, Ares, con las cartas sucede más o menos lo mismo. Tenemos que leer los símbolos, su contenido y los mensajes que podemos extraer de ellas —me dijo.

Me ha hecho diez tiradas de cuatro cartas. Una respondía a qué me estaba pasando, otra a qué podía desencadenar, una tercera a algo que no estaba teniendo en cuenta en todo aquello y la última a cómo podía integrar todo para solucionar lo que sucedía.

Alguien debería explicarme por qué han salido las mismas cartas en todas las tiradas.

El Tarot que ella usa es muy viejo. Dice que tiene más de un siglo y que se lo legó su madre, o sea, mi bisabuela.

—He hecho la misma tirada frente a tu madre cinco veces pensando en ti. ¿Crees que ha variado alguna? —me pregunta esperando la respuesta.

—¿No?

—No ha variado. Te sale El Demonio, La Torre, La Emperatriz y El Sol. Estás imprimada, Ares.

—¿Y eso qué significa?

—Que tienes elementos potentes a tu alrededor. Elementos místicos e invisibles que te han marcado, por eso tus cartas no varían. Lo que está sucediendo es fuerte y también lo son las energías que se están moviendo.

—¿Y qué es?

—Para empezar, ¿qué te está pasando? Te ronda el Diablo —señala el arcano número quince—. Te ronda de verdad, energética o físicamente. En el astral y en la realidad.

Y es cierto. Llevas soñando con él dos noches seguidas. Lo bueno es que, de alguna manera, él no te puede ver. Te cerca, te busca, pero no te encuentra por el motivo que sea. Pero es posible que tú sí puedas encontrarlo a él.

—¿Por qué iba a querer encontrarlo? —digo asustada.

—Tal vez esté en tu sino, Ares. Tu madre me ha hecho prometerte que no puedo contarte más de lo que dicen las cartas. —Me señala la baraja—. Tendrás que averiguar por qué todos los caminos te llevan a él.

—¿Qué pasa si lo encuentro?

—Si lo encuentras, te viene La Torre. Arcano dieciséis. Una con fuego... Puede presagiar el caos y la destrucción de algo. Es parecido a tu sueño, ¿no crees? Quieres llegar a ese lugar, que es como una torre, ¿no?

—Parecido, sí.

—Y quieres ir allí a encender el fuego que se ha apagado. Tu vestido está prendido.

—Sí —digo como si lo viviera de nuevo.

—Habrá un enfrentamiento. Puede que sufras. Pero él, también —musita como si las cartas fueran libros abiertos para ella—. Después está la carta de lo que no estás teniendo en cuenta, Ares. La Emperatriz, arcano mayor número tres. Te ha salido boca abajo. La Emperatriz es un poder oculto en ti. Representa el poder femenino, la fertilidad y la sexualidad. La atracción que vas a despertar por ser quien eres, pero aún no lo sabes. Aún no es momento de saberlo, porque falta la revelación —reconoce—. La Emperatriz habla de posibles amantes a la vista y de algo que estás descuidando, que hay una parte indispensable de ti para que La Emperatriz brille que no estás alimentando. No te olvides de tu feminidad, Ares. Esta carta puede hablar de un desamor, y eso abrirá la puerta a otra cosa que te será esencial para conseguir tu propósito y vencer al Demonio o a lo que sea que tanto te está inquietando. Y la cuarta carta es cómo puedes unificar todo lo que te estoy diciendo para que se resuelva de la mejor manera para ti. Te ha salido El Sol, y siempre trae buenos pronósticos. Pero para llegar a esto, antes tienes que entender estas tres y enfrentarte a ellas. El Sol significa la luz, la transparencia, el alumbre, el fuego. Puedes conseguir todas tus respuestas y lograr lo que deseas, pero vas a tener que luchar por todo ello. No va a ser fácil.

—Es que, a ver, toda esta simbología es complicada de asumir para mí —digo entre susurros, mirando de reojo a Venus para que no sienta curiosidad por nada de esto.

—Ares, hay algo que es imposible negar. Una mujer puede soñar con un hombre cornudo y una flauta una vez. Y ya de por sí es extraño. Pero si una Parisi sueña exactamente lo mismo con él dos noches seguidas, entonces, estás marcando esta casa.

—¿Eso qué quiere decir?

—Que hay que protegerse. Tu cuerpo se protege del Demonio de manera inconsciente, ¿sabes cómo? —Sonríe como una pillina—. Sangrando. —El pelo blanco de mi abuela reposa sobre su hombro derecho y su rostro alumbrado por la claridad que entra del jardín rezuma tanta sabiduría que no puedo no creerla—. Al Demonio le gusta poseer y dejar semillas. Es un colonizador. Si sangras, como sabrás, su semilla no sirve de nada. Tu cuerpo cuida de ti, es tu mayor protector.

—Dios mío, yaya… —Todo lo que me está contando me deja sin palabras—. ¿Cómo sabes tantas cosas? Sé que eres bruja y que…

—No soy bruja —asevera—. Solo un poco. A las que son como yo nos llaman de otras maneras desde la antigüedad. Las mujeres de nuestra familia son sabias. Sabían de quién debían protegerse. Tengo sus conocimientos, que han pasado de generación en generación. —Toma mi mano y me da unos golpecitos leves—. Tal vez, algún día, toda esa información te sea legada. Y espero que sea pronto. Lo único que puedo decirte es que no es la primera vez que en esta tierra, en nuestra ciudad, un demonio quiere a una Parisi. Hay muchas historias de nuestros ancestros que hablan de algunos episodios y de enfrentamientos con él.

—Cuéntamelas. ¿Por qué va en busca de una Parisi?

—No. Tienes cuatro cartas. —Señala la mesa con los naipes boca arriba—. Debes saber darles un sentido. La Emperatriz dice que sigas tu intuición y que hagas lo que creas que debes hacer. Y, con el tiempo —señala la carta del Sol—, este arrojará luz en tu camino.

—Me aterra todo lo que me cuentas —reconozco tan nerviosa que casi me echo a temblar.

—Porque lo crees. Porque eres una Parisi y algo en ti sabe que digo la verdad. Escúchame, por ahora no tienes nada que temer. Yo te ayudaré. Pero, cariño, no siempre voy a estar a tu lado y tendrás que hacer parte del camino sola.

Se me seca la garganta y poso la mano libre sobre las de mi abuela.

—Abuela, tú... ¿tú tampoco me creíste? —Me humedezco los labios—. ¿No me creíste cuando dije que me habían violado?

Las cejas de mi abuela se inclinan hacia abajo y contemplo cómo los ojos se le llenan de lágrimas.

—Mi niña... Recuerdo como si fuera ayer la noche que llegaste de la carrera Endemoniada. Días antes de que te pasase eso, le dije a tu madre que estaba a punto de acontecer algo terrible. En las tiradas se aparecía la Muerte —me explica recogiendo las cartas de la mesa, atribulada por el recuerdo del pasado— y solo te me venías tú a la cabeza. Se lo conté y ella se enfadó tanto conmigo que me dejó de hablar unos días. La pobre no dormía por las noches pensando en que pudiera pasarte algo. El día de la carrera, por la tarde, oí un gallo cantar a deshoras. Eso anuncia la muerte inminente de alguien cercano. La verdad, Ares, es que ese día yo tenía mis dudas de que volvieras a casa. —Chasquea la lengua—. Las cartas y el gallo me dijeron que la muerte venía a por ti. Cuando llegaste a casa malherida, ¿recuerdas que tu madre estaba con ansiedad y no podía dejar de llorar por mucho que le dijeras que te encontrabas bien?

No me acordaba de ese detalle, pero ahora que mi abuela lo menciona, es verdad que lo recuerdo. Le tuve que repetir a mi madre unas veinte veces que ya estaba recuperada del traumatismo. Entonces yo no sabía que no lo estaba ni tampoco las consecuencias de proporciones inimaginables que me traería el incidente nueve meses después.

—Sí, me acuerdo.

—Ese día regresaste de la muerte, Ares. Tu madre vino hacia mí toda enfadada y me dijo que, a partir de ese momento, no quería oír ni un augurio mío más en esa casa. Que estaba comprobado que mis cartas se podían equivocar. Pero no se equivocaron —jura uniendo todas las cartas en un taco y guardándolo en una bolsita de terciopelo azul oscuro—. Esa misma noche, volví a hacer una tirada pensando en ti y me salió el arcano número veinte. La Resurrección. Era como si hubieses muerto y resucitado.

—Biológicamente pude haber muerto cuando me quedé inconsciente. Estuve en coma. Y después reviví al recuperar la consciencia —intento darle una explicación a eso.

—Fuera lo que fuese lo que te sucedió, la muerte era tu destino. Pero está claro que la esquivaste —asume feliz—. Nunca más volvió a salir La Resurrección en ninguna de tus tiradas. Como te he dicho, tu madre y yo volvimos a discutir al día siguiente y me obligó a no echar más las cartas en casa; estuve una larga temporada sin hacerlo. Hasta que nació Venus... Cariño —suspira con mucho pesar—, yo sé que te pasó algo. No sé quién hay detrás, no sé qué fue lo que sucedió exactamente, porque las tiradas no dicen tanto. Anuncian peligros, visitas de muerte, traiciones, amores..., lo que tú quieras, pero no son un oráculo ni una bola de cristal donde ver con todo lujo de detalles el porvenir. Tu madre no querrá creérselo nunca, porque le destrozaría descubrir que sí te pasó algo realmente feo, que ella lo sabía porque yo se lo dije y que, por no creer en ello, no te retuvo en casa. Le pasó lo mismo que con su marido. Ella podría haberle dicho que no cogiera la bicicleta ese día. Pero no lo hizo. Lo que no entiende, y eso es lo único que la puede liberar, es que hay cosas que no se pueden detener ni remediar. Todo lo que le pasa a tu madre es que se culpa de su pasividad ante todo lo que yo le decía. No puede ser la salvadora de nadie. Y tú también tienes que comprender eso. Porque tú y ella sois muy parecidas y os sentís responsables de todo.

Ese reconocimiento de mi abuela me deja un tanto tocada emocionalmente.

Según ella, debí morir el día de la carrera, pero sigo viva. Eso refuerza mi decisión de seguir adelante con lo del tema de la chica muerta. No quiero dejarlo ahí.

—Está bien, yaya. Lo entiendo.

—¿Y me crees?

Por muy sorprendente que sea todo esto, me doy cuenta de que la creo a ciegas. Porque pienso que hay personas que sostienen una verdad más allá de análisis empíricos, de pruebas físicas, del ver para creer. Y mi abuela es ese tipo de verdad que te eriza la nuca, que hace que te pique la nariz y se te enfríen los pies. Por eso estoy tan asustada, porque no sé cómo negar esto que estoy sintiendo y puede que, en el fondo, no pueda ni deba hacerlo.

—Está bien, yaya. Te creo. Me sirve lo que me cuentas

porque es mejor que no tener nada a lo que aferrarse —asumo—. ¿Y qué debo hacer ahora?

—Solo te puedo decir lo que has visto en la tirada: luz —repite—. Necesitas verter luz para esclarecer los hechos. Hay que alumbrar zanjas e iluminar lo que permanece en las sombras para saber enfrentarte a ello. —Me acaricia el rostro—. Desenterrar secretos. Quienes fuimos una vez no es muy distinto de quienes somos hoy, solo tenemos que desenterrar las ruinas para descubrirlo. Y tienes que empezar a hacerlo ya.

—¿Vas a ayudarme con los sueños? Son muy desagradables, es como si estuviera presa en mi propia cabeza.

—Lo sé, ya te he dicho que no eres la primera Parisi a la que le sucede eso. Voy a hacer lo posible para que el Demonio te deje dormir tranquila. A ti y a todas las mujeres de esta casa. Voy a tener que desempolvar algunas cosas que funcionaron mucho antes. Antes, incluso, de que esta tierra fuese la que es hoy —confirma con vehemencia. Cuando mi abuela habla así, sé que no debo dudar de ella.

—¿Qué crees que debo hacer con lo de la fotografía? ¿Sigo adelante? ¿Busco ayuda?

—Eso solo lo sabes tú. Ahí ya no me meto.

—¿Me ayudarás?

—Tengo ochenta y cinco años, niña. Hay cosas que no puedo hacer porque me faltan ganas y juventud. Es evidente que esto es algo que te va a movilizar y que te afecta a nivel personal. No te voy a prohibir nada porque está claro que debes hacerlo, lo dicen los naipes. Pero sí puede que sepa cómo orientarte. Creo que sé por dónde puedes empezar a buscar.

—¿Por dónde?

—Las cartas hablan claro. El Demonio no solo está en tus sueños, como has visto, también está involucrado en lo que te preocupa. No solo ronda tu cabeza y tu mundo astral. Está ahí, aunque no lo puedas ver.

—¿En qué sentido?

—La hiedra es la planta del Demonio, Ares. Esa hoja inconexa que me has enseñado al lado del cuerpo sin vida de esa chica se llama hiedra del Diablo. Y tú dices que también tenías un par de ellas al despertarte después del incidente. No vas a poder enfrentarte a tu diablo si no conoces sus mismas armas. Hay un dicho entre las Parisi que reza: «Solo un demonio puede vencer a otro. Solo un demonio puede quemar a otro fuera del Infierno». Por ahí debes empezar.

Cuando estoy muy nerviosa me da por estirarme las mangas de las camisetas hasta cubrirme las manos, que se quedan frías. Como ahora.

—¿Sugieres que busque a un demonio? ¿Que invoque a un demonio? —digo horrorizada—. ¡¿Cómo voy a hacer eso?!

—No, tonta, no vas a invocar a nadie; es una manera de hablar. Puedes ver al Diablo en sueños, pero en la vida real se camufla muy bien entre las personas. Puede actuar a través de la malicia de los demás, ellos son sus brazos ejecutores. Gracias a ellos nunca asoma su patita de cabrío. Así que vas a tener que ir un paso más allá. No pienses en brujos, brujas ni hechiceros. Piensa —se señala la sien repetidas veces— racionalmente, pero no dejes nunca de lado la oscuridad que sabes que existe. Sé taimada como él. ¿Quién crees puede saber mucho sobre el Diablo?

Medito durante unos segundos.

—¿Sus enemigos? ¿Un cura? ¿Un exorcista?

Mi abuela entorna los ojos.

—No importa lo que sea ni a qué se dedique mientras sea un demonólogo versado que conozca el Infierno. Creo que debes buscar a alguien experto en rituales paganos, un teólogo que sepa de la naturaleza de los demonios. Si quieres continuar con lo de la chica para remover tu pasado, hazlo. No seré yo quien te prohíba nada. Para eso ya está tu madre. —Sonríe a sabiendas de que es algo que no se puede remediar—. Pero sé consciente de que ya no se trata de un asunto baladí, Ares. El mal existe y está ahí, entre la hiedra.

VIII

Un demonólogo versado, pienso mientras observo, tumbada en mi cama, el símbolo que me ha dado mi abuela para poner sobre las puertas de la terraza de mi habitación y de mi estudio. Venus se está echando la siesta en mi cama. Es mi Trankimazin.

Nos comimos el fricandó que terminé de hacer. Mi madre volvió a la hora de almorzar con los ojos hinchados y rojos. Siempre hace lo mismo. Después de una discusión así, intenta hacer como si nada hubiese pasado al cabo de unas horas. Han sido muchas veces las que me he acercado para suavizar las cosas y hablar con ella, pero con el tiempo he aprendido que debo dejar que su fuego amaine. No vamos a hablar de lo sucedido otra vez. Ya lo sé. Cada una tiene su manera de lidiar con los conflictos, y ella es así. De manera que no voy a tensar más la cuerda.

Continúo mirando la tablilla de madera con ese símbolo grabado en un mosaico. Parece antiguo, porque los colores están muy desgastados. Es un ojo, como el de la mano de Fátima, pero esto no tiene mano, sino un pene apuntando al iris. Sí, tal cual. Un falo gigante. Mi abuela dice que me protegerá del mal de ojo y también de la mirada del Diablo.

En realidad, la tablilla la he puesto yo, porque no quería que ella se subiese a las escaleras. He clavado un clavo en la pared, cinco dedos por encima del marco blanco de la puerta de la terraza, y he dejado el protector recto y listo.

Y no es lo único que me ha dado —es que me muero de miedo solo de pensarlo—, además, me ha hecho entrega de un artilugio que se llama *fascinus*. Y es un falo de metal, alado. Uno muy grande. Al principio pensé que era el Satisfyer romano, pero no. Resulta que en Baetulo estaban obsesionados con los falos. Mi abuela me ha dicho que se ponían en las casas y en edificios contra la mala fe y las miradas malignas, pero que también era un símbolo de fertilidad.

Me da mucha vergüenza tenerlo en la cama, pero mi abuela me ha pedido que lo deje sobre el cabecero para alejar al Demonio de los sueños.

Se parece bastante al dibujo de mí que hizo Venus en mi casco. Pero la niña me ha preguntado antes qué era eso y le he dicho que era un pájaro cabezón. La respuesta le ha parecido bien.

Para mí es inaudito estar pensando en buscar a un investigador demonólogo, la verdad. No creo ni que eso exista. Además, ¿qué tengo que considerar exactamente? ¿Un investigador especializado en cosas paranormales? ¿Por qué? ¿Debería acudir directamente a alguien relacionado con la Iglesia? Si no sé aún qué hay de paranormal en todo esto, excepto que la chica muerta no existe y parece que alguien no quiere que exista, pero yo sé que era así. Y que lo que le pasó tiene connotaciones muy similares a lo que me sucedió a mí en la Endemoniada. Vamos a ver, que yo no soy policía. No sé qué pasos hay que dar en estos casos ni cómo pasar desapercibida.

No sé, igual es una exageración. Pero si todo tiene que ver con un posible carácter ritual de los acontecimientos, entonces sí debería buscar a alguien especializado.

—Solo un demonio puede vencer a otro —repito en voz baja acariciando el pelo sedoso de Venus. Cubro sus piernecitas con la manta de croché de color violeta y rojo intenso y hunde la cara en mi pecho—. Solo un demonio puede quemar a otro fuera del Infierno.

Estos momentos son impagables para mí. Son puro amor y cuando me sujeta de esta manera, tengo la sensación de que sería capaz de matar por mantenerla a salvo.

Tiene el pelo castaño oscuro, muy suave y liso. Así lo tenía yo cuando era niña. Ahora lo tengo mucho más largo y oscuro.

Me pongo a buscar con el móvil investigadores privados que me puedan echar una mano. ¿Cómo voy a involucrar a la policía? No quiero meter en problemas a Hugo ni a nadie. Debo hacerlo de otro modo. Sí, un investigador puede que sea lo mejor.

Pero ¿cómo lo busco? Hay un montón de detectives privados en internet. Necesito a Scully o al equipo de *Fringe*. Esos me irían de lujo.

La cuestión es que, al final, meto en el buscador «investigación parapsicológica y rituales Barcelona y Badalona». No pensaba que fuera a obtener algo. Pero lo hago.

Me salen muchos enlaces y me cuesta encontrar entre la paja al alfiler que necesito. Hasta que, al cabo de media hora, doy con uno que me interesa mucho y que es sobrio y serio. Nada de ovnis, fantasmas o vampiros en la presentación. Se trata de una web con el fondo negro, el logo en rojo y en el centro, unas letras en blanco y en versalitas que rezan:

«¿Está pasando algo raro a tu alrededor o en tu ciudad que no tiene explicación racional? Llámanos, te ayudaremos a averiguar qué demonio está operando».

Hago clic sobre la frase y me sale un número de teléfono. Es todo muy secreto.

No hay un «quiénes somos» ni información sobre el dominio. No hay fotografías de quiénes están trabajando allí ni nada por el estilo. Todo muy anónimo.

Dios... Dejo caer la cabeza sobre la almohada y me quedo mirando el techo. Soy una pringada. ¿De verdad estoy haciendo esto? Pues sí. Además, ¿qué puedo perder? Mi abuela dice que me persigue el Diablo. ¿Qué puede haber más increíble que eso?

Registro el número móvil en la agenda y aprieto los ojos con fuerza porque pienso que, si le doy a llamar, lo habré hecho sin querer.

Pero le he dado de verdad. El teléfono da la señal de llamada tres veces y a la cuarta, descuelgan y una voz de hombre contesta:

—¿Sí?

—Ho-hola... —Me incorporo en la cama. Qué poco corporativa ha sido esa respuesta. Debe ser un solo investigador. De esos que hablan en plural para dárselas de empresa, pero luego es solo un matado—. Le llamo porque he encontrado su número de teléfono en una web. Estoy buscando un investigador privado.

—¿Para qué lo necesitas?

—En la web pone que si está pasando algo raro a mi alrededor o en mi ciudad que no tiene mucha explicación, puedo contar con vosotros para cazar al..., bueno, al Demonio que hay detrás de todo el misterio.

—Sí.

—Solo para asegurarme: esto no es un juego de rol, ¿verdad?

—No.

—¿Y un *escape room*?

—Tampoco.

—Ni una broma de mal gusto para pirados, ¿a que no?

—Somos serios, señorita.

—Tenía que asegurarme —rio muy nerviosa—. ¿Son investigadores privados titulados?

—Sí. Si tenemos la posibilidad de acordar una visita, le enseñaré la Tarjeta de Identidad Profesional.

—Ah, muy bien.

—¿Quiere una cita?

—Quiero saber los honorarios.

Hay un silencio muy largo en la línea.

—Se los diré si tenemos una cita oficial.

—¿Y no quiere que le cuente qué está pasando antes?

—Esas cosas no se explican por teléfono —dice cortante.

—Sí, me parece bien. —Tiene lógica—. Eh…, sí, me gustaría citarme con usted.

—Dígame dónde y allí estaré.

Bueno, eso está mucho mejor. Más cómodo para mí y me sentiré más segura.

—Está bien.

—¿De dónde es?

—De Badalona.

—Qué casualidad. Yo estoy cerca. ¿Dónde quiere que quedemos?

—Vaya, mejor. ¿Le parece bien en el Antillana de la Rambla?

—Sí, lo conozco. ¿Mañana le va bien?

—Por la tarde, sí. Sobre las seis.

—De acuerdo. ¿En la terraza o adentro?

—Dentro mejor.

—Perfecto. Hasta mañana.

—Hasta mañana.

Bueno, ya está. Ya lo he hecho.

Mañana hablaré con alguien más sobre lo que está pasando, a nivel de investigación, y espero que me ayude a esclarecer los hechos.

Estoy como un flan.

A las ocho he recibido la visita sorpresa de Hugo. Se nota que ha dormido y ha descansado porque ya tiene mucha mejor cara que durante la madrugada.

Viste con un polo Lacoste azul oscuro, unos pantalones de pinza claros y unas deportivas blancas.

Hugo siempre será un hombre de buen ver, con un aspecto atractivo. Eso lo reconozco. Es amable y considerado, y es mucho más de lo que vi ayer por la noche en la fiesta, donde la mayoría eran una copia de *Élite* pero treintañeros.

Excepto por el desconocido, que me tiró de la moto y me salvó de acabar drogada, todos me parecieron unos salidos pasados de rosca.

Por cierto, debería llamarlo para volver a darle las gracias, pero estará con su novia de pelo rojo, seguro.

No sé ni por qué pienso en eso.

Cuando abro la puerta de casa y Hugo entra, me abraza y me da un beso en los labios. Yo se lo devuelvo y me animo a abrir más la boca para que nuestras lenguas se toquen, solo para probarme. Me fuerzo a ofrecer un poco más porque pienso que, al final, me acabará gustando.

Y sé cuánto le encanta eso porque se ha tensado, sorprendido por mi atrevimiento fugaz. Me cuesta mucho abrirme después de lo que me pasó y creo que tengo la libido por los suelos. En ese instante, la carta de La Emperatriz invertida me cruza la mente. Dice, entre otras muchas cosas, que debo abrazar mi feminidad y dejar salir mis deseos, mostrar quien realmente soy.

Hugo me rodea con más fuerza y profundiza el beso, hasta que al final me aparto y acabamos los dos intercambiando nuestros alientos. Lo miro a los ojos marrón claro, que me sonríen con complicidad.

Lo único que pienso es en que el forense le ha mentido con la chica. Y en que puedo demostrar quién es, pero no si las de la panadería siguen negando que allí hubiese alguien más trabajando con ellas. No quiero sentir que le miento, pero no puedo evitarlo.

—Ares... —susurra contra mi boca—. Me están empezando a gustar mucho estos recibimientos.

Yo asiento sin darle más importancia que la que tiene. Ojalá sintiera su excitación, sus ganas, su ímpetu..., pero no es así. Y eso me hace sentir miserable.

—Ven, entra a saludar a todas.

Hugo es de esos hombres con los que mi madre es un amor y se deshace en cuidados. Es un tío viril, nada amenazante, confiable y con cara de no romper nunca un plato. A ella la tiene fascinada. Mi abuela, en cambio, pasa de todo, pero lo saluda con respeto.

Hugo se queda a cenar, pero antes me acompaña a acostar a Venus, que ya ha comido y se va a dormir, porque mañana tiene que levantarse temprano para ir a la guardería.

La meto en la cama y le doy su Bebé Llorón, con el que duerme desde hace un año.

También he puesto otro ojo protector en el marco de las puertas de su terraza. Es la misma que la mía, dado que nuestras habitaciones están pegadas por si acaso; es más, tienen una puerta que conecta la una con la otra. Mi abuela me ha dicho que va a montar un atrapasueños para Venus con un falo. Y le he contestado que ni de coña va a poner una polla gigante sobre la cabeza de una niña de tres años. No voy a pasar por ahí.

Me he quedado sorprendida con la cantidad de ojos y de objetos de falos con alas que no había visto en mi vida que tiene mi abuela, legado de las Parisi. Eso hace que piense mucho en el pasado y en por qué mis ancestros requerían todos esos protectores. Por el Demonio, vale, eso lo he entendido. Y más a sabiendas que Baetulo era una ciudad romana donde también coexistía la brujería. Pero ¿por qué? ¿Por qué el Demonio tenía fijación con las Parisi? ¿Qué somos nosotras para él?

De algún modo, todo eso todavía me suena a leyenda. Creo que aún no soy consciente de que, en este caso, las leyendas pueden ser muy reales.

—Ese bebé tiene cuernos —señala Hugo, apoyado en la pared, a un metro de la cama.

—Es un Bebé Llorón… —digo cayendo en la cuenta del tipo de animal que es—. Es un bebé disfrazado de cabra.

—Un bebé llorón cabrito.

—Es Drimi —anuncia Venus hundiendo la naricita en el pelo rosa del muñeco.

—Ah, Drimi…, qué bonita. —Hugo pone voz dulce, pero con Venus no acaba de congeniar. Ella no lo ve bien. Y es extraño porque, en general, es simpática. Excepto con los hombres. Con los hombres no lo es mucho.

Venus me mira, me pone morritos para que le dé un beso de buenas noches y me abraza con fuerza por el cuello.

—Buenas noches, mi amor. —Le peino el flequillo largo con los dedos—. Que duermas muy bien y te acompañen las hadas.

—Te quiero, mami.

—Te quiero, corazón. —Beso su frente y me espero a que cierre los ojitos.

Me quedo con ella cinco minutos, que son los que necesita, por suerte, para quedarse frita. Venus nunca ha tenido problemas para dormir y sé que eso es un regalo divino.

La acabo de arropar, le dejo la luz de la mesa tenue y rosada encendida, y Hugo y yo nos vamos en silencio de la habitación.

Entonces Hugo vuelve a abrazarme por la espalda y a llenarme el cuello de besos.

—Hugo… —digo incómoda.

—Ares… —susurra para que no nos oiga nadie—. Dime cuándo.

—¿Cuándo qué?

—Cuándo haremos el amor tú y yo. Lo estoy deseando desde hace tanto tiempo… —Sus manos se deslizan por mi vientre y ascienden hasta cubrirme los pechos.

Este grado de intimidad, en mi casa, para mí es demasiado. Pero no porque no quiera ese contacto, sino porque me temo que no lo quiero con él. Y eso hace que me sienta un ser deleznable porque Hugo siempre ha sido muy bueno conmigo y me ha ayudado en muchas cosas. Pero no quiero agradecérselo con sexo. No quiero sentirme en deuda con él por eso. Sé que cualquiera querría darse un revolcón con él, para una noche o más de una vez. Pero no es mi caso. Debo asumir que me equivoqué al aceptar su proposición de salir juntos.

Sigo siendo una mujer. Soy joven. No soy frígida, aunque tenga miedos más que justificados. Pero el sexo me sigue apeteciendo, solo que la libido no se me despierta con él. El problema es que necesito sentirme muy atraída y no probar por probar. No quiero sacarme un desbloqueo sexual solo por confiar en un hombre. No quiero hacerlo solo porque él es bueno. No quiero conformarme con eso, porque no es justo para Hugo.

Él está enamorado de mí. Lo sé, es evidente.

Pero, aunque lo he intentado, yo no estoy enamorada de él. He tratado de abrirme, besarlo, tocarlo…, quería enamorarme. Pero me cuesta hacer todo eso solo por conveniencia y por acostumbrarme a estar con alguien que no suponga ningún tipo de amenaza, pero tampoco ningún tipo de estímulo.

Quiero que seamos amigos, solo eso. No debo alargarlo más. Antes del incidente, siempre sentí deseo hacia los hombres. Y me niego a que eso también me condicione y me cambie ahora. Quiero volver a ser quien era. Lo estoy consiguiendo en muchos ámbitos, pero pretendo conseguirlo en todos.

Y, no voy a mentir, algo de todo lo que ha pasado estos últimos días también ha hecho que tome esta decisión, pero aún me gustaría averiguar qué es exactamente. Sé que él siempre ha hecho lo que considera correcto y es muy diplomático, pero a mí la diplomacia, en las personas, me parece bien hasta cierto punto.

A Margarita esto no le va a gustar.

A Hugo tampoco.

Pero yo me voy a quitar un peso de encima ahora mismo.

—Hugo. —Tomo sus manos y las retiro poco a poco de mis pechos—. Tenemos que hablar.

Hugo se queda muy quieto tras de mí. Puedo percibir cómo se ha tensado ante esas palabras.

—¿De qué quieres hablar, preciosa?

Me doy la vuelta y le dirijo una mirada que le transmita seguridad y no condescendencia o pena.

—Creo que lo nuestro, como pareja, no está funcionando.

Hugo no se esperaba nada así. Esa es otra: siempre está muy seguro de lo que hace y cree que, si hace el bien, nada malo le puede pasar. Supongo que es una consecuencia de ser políticamente correcto, que nadie te desaprueba.

Lo mío es que no me atrae como debería. Es genial que sea tan bueno y que me quiera como amigo. Pero no puedo darle más, porque no lo siento.

—¿Por qué no? Yo creo que estamos muy bien. Sé que te gusto. —Intenta acercarse a mí para sujetarme por la cintura, pero yo le pongo la mano en el pecho para detenerlo.

—Me gustas como amigo. Eres un hombre guapo, es

evidente —admito—. Pero no siento lo suficiente como para ir a más.

—Pero te gusta besarme.

—Te beso porque he intentado sentir cosas por ti —reconozco—, pero no me sale. Siento muchísimo decírtelo, Hugo. —Su cara es un poema. Se mueve inquieto y no sabe qué hacer.

—Date tiempo. Tal vez si seguimos...

—Podría intentarlo y el resultado sería el mismo. Has sido mi amigo todo este tiempo y yo he querido darnos esta oportunidad porque pensaba que podías ser lo mejor para mí. Pero quiero volver a sentir cosas —admito—. Y no percibir que sigo dañada solo porque no me siento cómoda con que me toquen. Al principio, pensaba que era por mis miedos y por lo que me pasó, cosa que tú nunca negaste por mucho que se rieran de mí. —Aunque tampoco le dio continuidad a la investigación, y no lo culpé, porque no había nada que seguir—. Solo por eso valías la pena. Pero es que no siento nada, y no es honesto por mi parte continuar con esto. No es retributivo para ti.

—No sabía que el amor y las muestras de cariño se daban esperando una retribución —dice avergonzado.

—No. Pero sí debe haber caricias y muestras de cariño de vuelta, en el mismo lenguaje. De lo contrario, hay un fallo de comunicación y no se habla el mismo idioma. Llevamos dos meses, somos adultos, y no quiero ir a más contigo.

Hugo resopla en desacuerdo.

—No tomes una decisión todavía.

—Ya la he tomado —digo, esta vez más condescendiente.

—Bueno, pues no la acepto. A mí me gustas mucho, Ares. Desde hace mucho tiempo. Estoy enamorado de ti y no me importa esperar a que estés preparada —sentencia con sus ojos fijos en los míos, con más carácter que nunca—. Sé que estamos hechos el uno para el otro, aunque tú no lo veas aún.

Uf, eso sí que no me lo esperaba. No esperaba esa profundidad emocional ni esa promesa fugaz en sus palabras. Y digo «fugaz» porque estoy muy lejos de pensar lo mismo que él.

—¿No la aceptas? —Arqueo las cejas y se me escapa una risa nerviosa—. ¿Cómo que no la aceptas?

—Pues que no. Yo voy a seguir ahí.

—Hugo, estoy cortando contigo como pareja.

—Bien, perfecto —añade conforme, como si no fuera importante—. Pero voy a seguir contigo, a tu lado y siendo tu amigo, hasta que entiendas que soy el hombre adecuado para ti.

—Hugo, no me lo pongas difícil. —Esto está siendo embarazoso.

—No te lo estoy poniendo difícil. —Se encoge de hombros—. Vale, ahora no estamos saliendo. Pero vamos a seguir viéndonos igualmente.

—Claro, eres mi amigo. Pero solo si a ti no te incomoda... —convengo.

—Perfecto. Con eso me basta por ahora. Aunque no te voy a mentir, voy a seguir queriendo besarte cada vez que te vea. Estoy loco por ti, casi desde el primer momento en que entraste a la comisaría para poner la denuncia. Y eso no va a cambiar jamás. Aquí estaré para ti.

Bueno, es mejor que nada. Al menos, no lo veo destrozado ni abatido. Tiene esperanzas de recuperarme, pero eso no va a suceder. No obstante, sí quiero que sigamos siendo amigos porque lo aprecio mucho.

Lu y él son mis pilares.

—¿Nos damos un abrazo? —me pregunta abriendo los brazos.

Yo asiento. No me importa, porque para mí es como abrazar a un peluche. Él no lo percibe así, estoy convencida, pero ni puede darme más ni quiere entender más.

Está bien. Me hace sentir cómoda. Huele bien, él siempre huele a colonia.

—¿Quieres quedarte a cenar? —pregunto contra su hombro—. ¿O es inapropiado?

—A la tortilla de patatas con cebolla de tu madre no se le dice que no.

Sonrío porque estoy de acuerdo con él. Es la más rica de Badalona. Seguro.

—Vamos a estar bien, Ares. Tranquila. —Me acaricia la espalda y yo me relajo.

—No sé si darte las gracias —contesto. Me aparto de él y tiro de su muñeca para bajar a cenar—. No me ha quedado claro que lo hayas entendido.

—Ah —mira al techo—, pero sí lo he entendido. Vuelvo a estar en la zona amigos. Vuelvo a ser un pagafantas. Solo —alza el dedo como un sabiondo— hasta que deje de estarlo.

Lo miro de soslayo y digo que no con la cabeza.

No. No lo ha entendido.

Hemos cenado los cuatro en armonía.

Hugo ha estado hablando de las incidencias de este fin de semana y, como me imaginaba, no le ha dado ninguna importancia al cadáver del río. Ha vuelto a reportar que se trataba de una yonqui y ha confirmado que la van a incinerar, dado que nadie ha reclamado el cuerpo y no se puede identificar.

Siento que voy tarde en esto, que aun teniendo información privilegiada, poco o nada podré hacer, y menos si ya no hay cuerpo que comparar.

Es desesperante.

Después se han puesto a hablar de relaciones. Mal tema, porque acabo de romper con él.

Sé que mi abuela amó profundamente y mi madre también. Y me gusta oírlas hablar de cómo eran mi abuelo y mi padre.

—¿Estáis enamorados? —pregunta mi abuela con su franqueza característica.

—Yo sí —dice Hugo provocando que me sonroje—. ¿Quién no va a estar enamorado de Ares, con esa carita que tiene?

—Hugo, para —le pido por lo bajini.

—Pero ella aún no me quiere como yo la quiero. Así que esperaré —dice con deje de humor, provocando la risita conciliadora de la yaya.

Ella me observa y me dice con la mirada: «Va a tener que esperar sentado, ¿verdad, niña?». Y tengo ganas de reírme, pero no lo hago por respeto.

Mi madre, en cambio, no deja de mirarme, porque sé que se siente mal por nuestra discusión. Y yo odio saber que ella no está bien y que soy responsable indirectamente. Ojalá todo fuese más sencillo entre nosotras.

Pero no puedo pedirle peras al olmo. Mi abuela ya me ha dejado claro que incluso con ella la relación tampoco es fácil, porque es una mujer rota.

Rota, precisamente, por la pérdida de su gran amor. No sé qué se siente y tampoco creo que quiera ese tipo de vinculación, ya que cuando uno ama y quiere tanto como ella a mi padre, puede perderse en el otro y no volver a ser el mismo. Y eso es aterrador.

Nunca he estado enamorada. Mi madre sí. Mi abuela también.

¿Cómo de necesario es el amor en una persona? Siento pasión por mi trabajo y por mi hija. Y siento pasión por la vida, a pesar de que me la haya jugado más de una vez, pero ese amor romántico, apasionado y visceral que ellas han sentido, no lo he experimentado. Dicen que tiene que ver con la condición de las Parisi, que son de sangre muy caliente.

Yo sé que también lo soy, porque hago las cosas y discuto con pasión. Soy así. Pero no sé muy bien a qué se refieren.

Sea como sea, en la actualidad hay mucha confusión al respecto, como si por querer un amor intenso nos perdiésemos como mujeres libres. Hay miles de mensajes sobre relaciones tóxicas y dependientes y, en cierto modo, estoy de acuerdo con ellos. Con los evidentes.

Pero también sé que hay pasiones arrolladoras, necesidades químicas y fisiológicas que, cuando son correspondidas, pueden convertirse en un volcán en erupción. ¿Cómo se le pone freno a eso? ¿Cómo se le pone nombre? Al deseo, a la necesidad, al llenarse de endorfinas con lo narcóticas y lo adictivas que son… ¿Cómo una persona, total y absolutamente enamorada de otra a todos los niveles, sabe de qué color es la bandera de su relación si incluso para algunos el sexo es desenfrenado, pasionalmente hardcore y muy lícito, y para otros eso es sinónimo de ser excesivamente dominante y animal. Unos viven su sexualidad y sus necesidades con naturalidad, y otros las temen.

Siempre he creído que el amor es dual: maravilloso y también doloroso. Porque una persona enamorada y que quiere, no está feliz todo el día. Porque descubre que hay cosas que le duelen y le molestan, y es normal, porque lo que siente es indetenible. El amor destruye lo que una vez creímos que era amar y nos reconstruye todos los días al convivir con él, al adaptarnos a las necesidades de uno y de otro.

El amor no duele, escuché una vez.

Sí duele muchas veces. Que se lo digan a mi madre o a mi abuela. Que se lo digan a alguien que ha perdido al amor de su vida. Claro que duele, porque era amor y el vacío de la pérdida duele.

Lo que no hace es cortarte las alas y ponerte cadenas. Las mujeres somos suficientemente inteligentes como para saber que si tu novio, ese hombre de quien estás enamorada por lo que sea, en quien debes confiar y con quien tienes una relación, te pega, te tienes que alejar. Que si te insulta continuamente y te hace de menos, te tienes que alejar. Que si te controla y no te deja hacer tu vida, te tienes que alejar. Que si dice que está celoso hasta el punto de ser violento porque te quiere, te tienes que alejar. Que si todo te duele con él, incluso en la cama, y te lo sigue haciendo a propósito, tienes que cortar. Todo eso lo sabemos. Yo, al menos, lo sé. Lamentablemente, muchas no saben ni pueden cortarlo a tiempo y se ponen en manos del monstruo, que será así toda su vida.

Pero ¿qué hay de todo lo demás? Cuando una relación se calienta, cuando hay discusiones y luego reconciliaciones, cuando se ponen sobre la mesa los deseos y los caracteres sin miedo a ser prejuzgados ni juzgados... ¿Qué pasa, entonces? ¿Qué pasa cuando te expones y te abres tanto a una persona, con plena confianza, que muestras tus aristas, tus cicatrices y de qué están hechos tus sueños?

Eso sí es amor. Uno pasional. Y con el tiempo podrá evolucionar en algo mejor o peor dependiendo de los involucrados. Pero ese amor existe.

Y es el que siempre he rehuido porque de todos es el que me haría más vulnerable. Y es tan normal temerlo como cobarde no vivirlo.

No sé qué pasa con las Parisi de mi familia, ni sé qué leyenda negra hay sobre ellas. Lo que sí sé es que han amado con todo su corazón y el fuego de sus entrañas, y que también saben lo que es perderlo.

Y yo sé que no quiero ganar una vida cómoda al lado de

un hombre solo porque sea bueno, pero tampoco quiero ese fuego por miedo a las quemaduras.

Cuando Hugo se ha ido, mi madre y yo nos hemos quedado en el porche de la entrada. Yo apoyada en la pared, cruzada de brazos. Ella ha salido para darle un trozo de bizcocho para que lo desayune mañana. Es que lo trata como si fuera su hijo o mi marido.

Al final, nos quedamos las dos en la entrada para despedirlo. El Audi TT se aleja y mi madre dice:

—Hugo es un buen hombre. Sería perfecto para ti, Ares. No lo dejes escapar.

Yo sonrío con desidia, la miro taimadamente y digo:

—Pues lo acabo de dejar.

Mi madre entreabre la boca, sin saber qué contestar.

Yo sonrío con satisfacción y entro en casa con un peso menos sobre los hombros.

Haré lo que sea mejor para mí, no lo que crean los demás que debo hacer.

IX

Esta noche no he tenido pesadillas. He dormido bien y no me duelen los ovarios ni he sangrado por la nariz.

Por lo visto, los objetos de mi abuela sí sirven para ese tipo de acechanzas astrales. El *fascinus* y el ojo son protectores, y si se usaban en la antigua Baetulo, era porque había peligros místicos y reales. No los pienso quitar y se van a quedar ahí de por vida. No descarto dejar que mi abuela haga un atrapasueños especial para Venus, como dijo, aunque tenga penes.

Hoy es un día de acontecimientos.

Tengo la comida con Random Cómics y una cita por la tarde con un investigador privado que cree en los demonios.

Mi madre se ha ido la primera a trabajar a Luces Sacras, pero antes nos ha dado un beso a todas, no sin desearme suerte con la cita editorial. En eso nunca falla. Tiene en cuenta todo lo que le explico y se acuerda de todo lo que le digo. Además, se preocupa. En eso nunca tendremos problemas de comunicación. Sobre lo de mi cita con el investigador, no le he dicho nada. Pero ni a ella ni a mi abuela. Mientras no tenga nada que contarles, no quiero preocuparlas.

Estoy preparando el desayuno para Venus, y mi abuela ya está atacando sus tostadas con mermelada de melocotón.

A Venus le preparo un vasito de cereales para que lo coma de buena mañana en casa, pero no mucho, porque sé que desayuna en la guarde. Por si acaso, siempre le pongo un zumo y un bocadillito de brioche con jamón dulce y queso en la mochilita que tiene de *Ladybug*. En carnaval hizo que me disfrazara de Ladybug y la verdad es que la niña alucinó.

Mi abuela lleva hoy su moño incorruptible. No hay una mujer que se lo haga mejor que ella. Además, no suele vestir como una señora mayor. Mi madre tampoco, que quede claro.

Mi abuela lleva tejanos, botas Panama y jerséis de punto anchos. Siempre le digo que parece una montañera. Además, cuando sale a la calle, va con su parca verde oscura. Nadie diría que tiene ochenta y cinco años.

Y mi madre, a sus cincuenta y cinco, es una especie de reina criogenizada. Tiene un cutis perfecto, sin apenas arruguitas, excepto las de expresión, que con todo y con eso no están muy marcadas. Siempre hemos bromeado porque a las dos nos gusta una película que se titula *El último mohicano*, y ella nos recuerda a la actriz. Es así. Con su pelo negro un poco ondulado y sin canas, porque se las cubre.

Siempre va de punta en blanco. Todavía se atreve con ropas ajustadas y vestidos, y le encantan las botas altas. Es como una amazona.

La verdad es que puedo presumir de la genética maravillosa de la familia Parisi.

—Cariño —mi abuela me mira de arriba abajo—, tendrían que contratarte solo por guapa.

Me echo a reír y le digo que no. Llevo un pantalón ajustado de cuero sintético, unos zapatos de tacón que no suelo ponerme y que me van a doler mucho después, pero como voy a ir en coche, no me importa. Completo el look con una blusa blanca y me pondré una blazer también de color negro.

No deja de ser una comida de trabajo y no quiero ir casual. Aunque tampoco es que vaya excesivamente arreglada.

—Espero que no sea solo por eso —contesto a mi abuela.

—Has dormido mejor. —No es una pregunta.

—Sí, muchas gracias por tu ayuda. No sé por qué funciona —aclaro—, pero está claro que lo hace.

—Hay tantas cosas que no sabes... —murmura en voz baja—. Pero ya te enterarás, Ares.

—Odio cuando haces eso —gruño—. Es como dejar una serie a medias.

—¿Has encontrado a alguien que pueda ayudarte en tu tema? —Me mira por encima de la taza de café con leche. Siempre que hace eso pienso que ya sabe la respuesta.

—Algo tengo —digo haciéndole las coletas a Venus, que se está comiendo los cereales. Hay que ahorrar tiempo como sea.

—Si no te sirviera, tengo un contacto en el monasterio.

—¿Un contacto en el monasterio? —Me siento al lado de Venus y apoyo sus Nike blancas sobre mi muslo derecho. Le estoy atando bien los cordones—. ¿En cuál?

—En el de San Jerónimo de la Murtra.

—¿Qué contacto tienes tú ahí?

Ella se encoge de hombros, pero no me responde.

—Tengo muchos años y muy buenas amigas —contesta—. Algunas todavía viven, como yo. Pero San Jerónimo es su casa.

—¿Tu contacto misterioso vive en el claustro? —pregunto concentrada en el nudo—. ¿Quién es? ¿Una monja?

—Bueno, una antigua religiosa que vive allí en retiro permanente. Si la necesitas, házmelo saber, que acordaré una cita con ella. Se llama madre Mariagna.

Bueno, está bien, me haré un apunte mental con su nombre. Nunca se sabe de quién más tendré que tirar para continuar con mi investigación paralela a la de la policía.

Hago que Venus se lave los dientes, le cojo la mochilita, le pongo el abrigo y antes de irme, le digo a mi abuela:

—Yaya, hoy Venus se queda a comer. No estaré para recogerla. Ahora tengo que ir a hacer un par de recados con el coche y después comeré con el director del sello de cómic. Pero cuando salga, he quedado con alguien que me puede ayudar con todo lo que os conté ayer. No volveré hasta la tarde. ¿Pasarás a recogerla?

—No, la dejaré allí para que se la lleve el mejor postor.

—No bromees con eso —le advierto con una medio sonrisa.

Ella asiente, tomando nota de todo. Es increíble que sea partícipe de todo esto y que de verdad apruebe lo que hago.

—Solo ten cuidado.

—¿Me dices eso porque has vuelto a echarme las cartas?

—Te lo digo por lo que te lo digo. Ten cuidado, Ares. Nada de lo que está pasando es un juego. Es serio.

—¿Crees que no lo sé? Yaya, en mi vida he tenido tanto respeto por nada.

—Bueno, ya me entiendes. No eres una chica que vaya a pasar desapercibida, precisamente.

—No te preocupes. Si veo que todo se enturbia demasiado, daré un paso atrás.

—No. Eso no lo vas a hacer. Si te metes de lleno en lo que sea que sucede, no saldrás hasta averiguar lo que pasa en realidad. Lo sé. Eres obsesiva.

—¿Y por qué crees eso? ¿Porque soy una Parisi?

—No. Porque eres hija de tu madre, y ella era como tú. No atendía a razones cuando se le metía algo entre ceja y ceja.

—Sea como sea, no me va a pasar nada. Todo va a estar bien.

—Si el Demonio te ha buscado en sueños, es porque quiere llevarte al Infierno, Ares, y simbólicamente puede significar muchas cosas.

Mi abuela y sus tonos, que me dejan con el corazón helado.

—Te prometo que no haré nada que me pueda poner en peligro.

—Eso espero.

Sonrío, le doy un beso en la frente, Venus le da otro y salimos las dos cogidas de la mano.

La llevo a la guardería El Patufet, que está al lado de nuestra casa y no tardo más que dos minutos en ir y volver.

Después de dejarla allí a las ocho de la mañana, cojo el coche y me voy a la imprenta para imprimir unos bocetos en DIN A3 que creé ayer por la noche. Quería ir a la reunión con algo, no solo mostrar la idea que tenía pensada. No suelo tener problemas en hablar y desarrollar el proyecto durante una comida, pero pensé que lo mejor sería enseñarles lo que había estado ideando. Y ayer, antes de acostarme, me entró un arrebato creativo y estuve dibujando hasta las dos de la mañana.

He creado un personaje. No sé de dónde viene, no sé quién es, pero sí sé lo que hace.

Se llamará Dana, tendrá una línea parecida a las mujeres Marvel, a las que adoro dibujar. He hecho una mezcla entre la Viuda Negra y Jessica Jones. Me he inspirado en Scarlett Johansson, pero le he añadido el estilo un poco *dark* de Jessica.

Les llevaré algunas escenas y he preparado una pequeña sinopsis argumental de lo que va a ser una trilogía.

Por ahora, lo único que sé de ella es que se llama Dana, que tiene una estrecha relación con el fuego y venga a mujeres que han sufrido maltrato a manos de los hombres.

Esa es la base. Creo que las ilustraciones transmiten muy

bien la fuerza del personaje y lo cabrona que puede llegar a ser.

Me encanta dibujar mujeres, imprimirles carácter y fuerza y dotarlas de algo más que un buen cuerpo y unas buenas tetas. Lo bueno de haber dibujado para grandes como DC y Marvel es que aprendes de los mejores. Y lo bueno de ser mujer en ese mundo es que le das tu propio toque, uno menos sexual y mucho más femenino.

Con todo y con eso, ponme a Batman o a Superman y los voy a dibujar todo lo sexis que son, pero con mala leche. Me gustan los personajes así, más duros, más oscuros. Héroes, sí, pero con su lado villano. Al fin y al cabo, las personas podemos ser héroes o villanos según nuestro comportamiento a lo largo del día.

Después de eso, he ido a ver al gestor para que esté al día de todas las facturas que he ingresado en el último trimestre. Es lo que tiene ser autónoma.

Me gano la vida como ilustradora. ¿Me hago millonaria? Por ahora no, pero ya empiezo a tener muy buenos ahorros y, además, un buen fondo de pensiones, que nunca se sabe. Cobro muy bien porque empiezo a tener un caché y, al ser tan joven, con el currículum que me estoy forjando, no me falta trabajo.

Además, puedo hacer muchas cosas y no solo gano dinero de los cómics, sino también de mi arte. En Estados Unidos los cuadros personalizados y únicos de superhéroes se pagan excesivamente bien, así que los sigo haciendo. Me han pagado desde cinco mil a treinta mil dólares. Allí se pirran por este tipo de arte; además, siempre hay millonarios excéntricos que quieren exclusividad.

Pero no puedo enseñar esos dibujos por las redes por tema de derechos y porque no quiero que nadie los copie y haga lo mismo, o mis clientes se sentirán estafados.

Una vez, un californiano que luego descubrí que era un

actor famoso, me pidió que hiciese un cuadro de dos por dos metros de Wonder Woman sentada en el Trono de Hierro, con Superman haciéndole de hombre mesa y ella con los pies apoyados en su espalda, como una reina de los universos.

Pero también me pidieron otras muchas cosas, algunas muy eróticas. Esos dibujos se pagan más caros. Así que he descubierto que a los ricos les pone tener murales y obras de arte con sexo a lo bestia en sus salones y oficinas, y les gusta que yo se los haga, porque el boca a boca funciona muy bien en esos lares.

Por eso voy a comer con Random Cómics. Soy española, soy de Barcelona y tengo un buen cartel. Eso es bueno.

En el trayecto hasta la Diagonal, me llama Lu por el manos libres, así que se lo cojo.

—Pero ¡¿qué ven mis ojos?! —bromeo—. ¡Por fin das señales de vida!

Lu se echa a reír.

—Qué mal —asegura—. Parecía un buen tío, treinta y dos años, más o menos guapo, con piso propio, CEO de una empresa de ahora no recuerdo qué… —enumera—, hasta que me levanto el domingo por la mañana y me encuentro a su madre en la cocina preguntándome qué quiero para desayunar. Y no solo eso, después va y le lleva los calzoncillos dobladitos y recién lavados a la habitación y ¡se los guarda ella en el cajón! ¡Es un mamitis!

Me da un ataque de risa. Pobre Lu. Le suelen pasar estas cosas.

—Y ¿entonces?

—Entonces, *bella ciao.*

—¿Ya no lo verás más?

—No. Pero el sexo estaba bien. Bueno, escucha, es que tampoco te llamo por eso…

—Un momento. —Miro por el retrovisor y veo que tengo

el coche de atrás muy pegado—. ¿Qué haces, tonto? —pregunto en voz alta—. ¿Te quieres meter en el maletero?

—Estás conduciendo, ¿verdad?

—Sí.

—Te pones así cuando conduces.

—Barcelona para conducir es como Esparta. Y algunos conducen fatal.

—Sí, y tú eres una histérica. En fin... He estado cotejando el plato que encontré y que has dibujado. Ha sido como jugar al ahorcado.

—Y ¿qué has descubierto? —Encima uno me pita ahora cuando no es a mí a quien tiene que pitar.

—Bueno, es algo realmente fascinante. Y no es para nada habitual.

—Qué intriga...

—Mucha. Creemos que hace referencia a Coelia Concordia. Una *Vestalis Maxima*.

—¿Quién?

—Coelia Concordia era la vestal más conocida de Roma. Dimitió en el año 384.

—Vestal... —susurro, pensativa—. ¿Qué es una vestal, exactamente?

—Eran sacerdotisas. Tenían que ver con la protección de los hogares. Ellas guardaban el fuego sagrado, la llama de la ciudad de Roma. Si se apagaba, esta dejaría de ser próspera y sucumbiría a la oscuridad.

—¿En serio?

Recuerdo mi sueño. No puedo evitar relacionar lo que me ha dicho con él. Es curioso que tengan tanto en común. Mi vestido estaba prendido, y el fuego se había apagado. Pero ese ser no me dejaba llegar a aquel lugar...

—¿Me oyes, Ares?

—Perdón, ¿qué?

—Que es muy interesante haber encontrado algo así en

Baetulo. La ciudad fue fundada por los romanos en el 300 antes de Cristo. Intentaban expandir su conquista por toda Europa. En España estaban los íberos, y después vinieron los layetanos... Pero los romanos querían frenar a los cartagineses y ocuparon toda la península ibérica. De ese modo, entre el siglo I y II antes de Cristo, España ya era de ellos. Entonces, alrededor del año 100 antes de Cristo, los romanos, con ayuda de los autóctonos, decidieron crear fundaciones de tipo urbano como Baetulo, que se convirtió en la más importante, próspera y poderosa de la Vía Layetana. Ahora bien, aunque parece que sepamos mucho, tampoco conocemos demasiado de Baetulo. ¿Te estoy aburriendo?

—Para nada. —Me encanta oírla hablar.

—Bien. Lo normal es que haya cerámica o monedas dedicadas a Vesta, pero no a una vestal. Esto lo que nos dice es que la sociedad baetuliana de entonces podría haber adoptado los mismos comportamientos que la romana, donde las vestales eran importantes, se oraba a otros dioses, no a los cristianos, y donde había una serie de tradiciones paganas que regían las creencias sociales. Siempre he creído que Baetulo estaba plagada de paganismo y brujería. Hemos encontrado muchísimos objetos que nos lo confirman y siempre he defendido que era una mini-Roma —conozco esos objetos porque mi abuela tiene muchos de ellos—, igual de abierta, perversa y decadente que la original. Encontrar un plato en el yacimiento de la alfarería es lo más común del mundo, pero uno de estas características dedicado a una personalidad mujer, no. Y menos a una vestal.

Lu está tan eufórica y le apasiona tanto el tema del que está hablando, que me transmite su energía.

Es muy inquietante la información que me acaba de pasar.

—Coelia Concordia... Siglo IV —repito lentamente—. ¿Qué has dicho que era?

—La Suma Vestal. Para que lo entiendas, fue la última conocida en Roma porque se cerraron todos los templos de oración a otros dioses tras su caída, ya que se abolió la religión tradicional romana y llegó el cristianismo. Y chao, *pescao*.

—Muy interesante todo, Lu.

—Seguiremos trabajando en el yacimiento y sacando todo lo que podamos. El *domus* que hay es muy grande y de características parecidas a la Casa de los Delfines. Ojalá podamos encontrar algún mosaico romano. Me encantan. Representan mucho sus vidas y aquello en lo que creían.

—Pues me alegra mucho que estés disfrutando tanto de ello.

—Sí. ¿Vas a la reunión de trabajo?

—Sí. Voy a ver qué me ofrecen y si les gusta lo que tengo pensado.

—A ti te dirían que sí, aunque pintaras un pepino con patas.

Sonrío y niego con la cabeza.

—Espero que se centren más en cómo dibujo, que ya lo saben. No son tontos, antes de quedar con alguien, estudian su progresión.

—Me imagino. ¿Nos vemos esta tarde?

—No puedo. Tengo algo que hacer. —A Lu no le he dicho nada del investigador privado, ni siquiera de lo que sé. De repente, es como si no quisiera hacer partícipe de esto a nadie más porque, si es verdad que me estoy metiendo en boca de lobos, prefiero saber hasta qué punto lo estoy haciendo y lo que va a implicar—. Pero te llamo para vernos uno de estos días o si quieres que te dibuje algo más.

—Vale, *amore*. Un besote y mucha suerte.

—Un beso. Adiós.

Subo la música que suena en la radio. «Bad Habits», de Ed Sheeran.

Y me gusta.

—*My bad habits lead to late nights endin'alone...* —Tamborileo los dedos contra el volante.

Coelia Concordia, pienso. Suma Vestal.

Toda una celebridad.

Badalona está a un tiro de piedra de Barcelona; están pegadas. En metro se llega en nada, unos veinte minutos. En coche puedes llegar a tardar una hora por los atascos.

Hemos quedado para comer en el Antigua, en la calle Marià Cubí.

La cocina es de diseño y los platos no son muy abundantes, pero están muy ricos.

Nos han reservado una mesa un poco retirada solo para nosotros: el director del sello, Rodolfo; su editor, Carlos, y yo. Son dos hombres de unos cuarenta y tantos. Los conozco porque en el mundillo, al final, nos conocemos todos. Tienen un trato fácil y saben lo que quieren. Rodolfo tiene el pelo rasurado, ojos negros y perilla blanca. Carlos es más *grunge*, con el pelo espeso y algo largo y gafas de ver de pasta negra. Ambos son interesantes y me gusta conversar con ellos porque hablamos de lo que nos apasiona: la ilustración.

En la esquinita donde estamos, la luz es muy tenue, pero lo suficiente como para vernos y apreciar el ambiente íntimo del lugar. Las paredes son de piedra y la decoración es muy acogedora; da la sensación de que estás en una casona clásica con tintes románticos, como las típicas masías señoriales de montaña.

Me agrada estar ahí.

Quieren pedir vino para mí, pero lo declino.

—No, gracias. No voy a beber. —Además, el vino en sí no me gusta demasiado—. Una Pepsi Zero, gracias.

—Eres de cafeína —asume Rodolfo cuando el camarero se va con nuestro pedido.

He optado por un canelón trufado de ricota y salmón que me ha recomendado el mismo camarero, y también pulpo. Ellos se han pedido de primero un arroz meloso con rabo de buey y steak tartar de segundo.

—Soy de cafeína. —Sonrío y me coloco la servilleta sobre las piernas—. Sube menos que el vino.

Han querido saber muchas cosas sobre mí. Qué tal fue mi experiencia en Estados Unidos, cómo eran los editores allí, si he ido a convenciones, si me han invitado a estrenos de películas de *Los Vengadores* y demás... Les he tenido que decir que sí a todo.

Se han quedado de piedra cuando les he dicho que tengo una hija de tres años, pero han sido discretos y no han preguntado más. Mejor, porque mi vida privada es mía.

Y, después, la pregunta estrella:

—Tienes los ojos más alucinantes que he visto en mi vida. ¿Son lentillas?

—No —contesto echándome a reír.

—¿Quién tenía los ojos de ese tono violeta?

—¿Audrey Hepburn? —pregunta Carlos mirando con detenimiento los dibujos que le he traído perfectamente encuadernados.

—Elizabeth Taylor —contesto yo.

—Son muy bonitos, espero que no te ofenda —sugiere Rodolfo con mucha educación—. Que ahora con todo el tema del *me too*, uno ya no sabe si se propasa, es poco ético o no es adecuado decir estas cosas.

—Bueno —rio un poco incómoda—. Creo que la campaña no iba por ese tipo de observaciones. Pero no me ofende, gracias. —Sonrío.

El camarero trae el vino y la bebida. Me sirven a mí la Pepsi y, después, a ellos el vino tinto que se han pedido. Uno caro, porque allí no hay Don Simón.

—A ver, Ares. —Se nota que está adoptando el tono de director y que vamos a hablar de mi proyecto—. Eres una ilustradora con muchísima proyección internacional.

—Aunque aquí no me conozca nadie —añado, provocando sus risas.

—Nosotros sí, que es lo más importante —contesta Carlos—. Y hemos sido los más rápidos.

—Hemos seguido tu trabajo —añade Rodolfo—; hemos visto el tipo de línea que dibujas y que tienes un estilo muy tuyo, de fríos y cálidos. Y te queremos en nuestro sello.

—Tienes una línea muy elegante y se nota tu influencia de Marvel y DC. Tus dibujos —reconoce Carlos con mucha sinceridad— son impecables. Y me encantan.

—Muchas gracias —contesto.

—No es adulación, es sinceridad —aclara Carlos—. Creo que Dana puede encajar mucho y muy bien en la línea editorial que más vende ahora en novela gráfica comercial. Una heroína, una mujer empoderada, crítica social, la venganza y la justicia de fondo… ¿Sabes más o menos por dónde vas a querer ir?

—Todo empezará con el asesinato de una mujer que está relacionada con Dana. Ella se tomará la venganza por su mano y descubrirá que tiene una habilidad especial que pondrá al servicio de todas las mujeres que le pidan ayuda.

—¿Un don paranormal?

—Sí, relacionado con el fuego —digo mirando los dibujos que aún están abiertos sobre la mesa.

—De ahí sus manos con llamas.

—Exacto.

Carlos asiente varias veces. Se sube las gafas por el puente de la nariz regordeta y hace un mohín de conformidad.

—¿Y Dana tendrá un amor, un héroe o un villano?

—Dana puede tenerlo todo si quiere —contesto—. Pero tendrá un compañero inesperado del que no puede enamorarse.

—¿Cómo va a ser ese compañero?

—Lo estoy meditando. Aún debo darle la forma adecuada.

—La desgracia del héroe y su camino solitario —conviene encogiéndose de hombros—. Me gusta mucho, Ares. Yo digo sí. Quiero esto. —Señala el pequeño dosier DIN A3 que les he entregado—. Estaríamos hablando de tres novelas gráficas que saldrían a partir de junio del año que viene, con una diferencia de seis meses entre ellas.

—¿Cuándo debería entregar el primero? —quiero saber.

—No tengo las fechas aquí, pero posiblemente a finales de este año. ¿Lo ves bien de tiempo? Puedes modificar tú el calendario si lo prefieres. Prepárame uno a tu medida y nos adaptamos a los tiempos.

—El que me has dicho no me parece mal. Pero cuando me adjuntes el calendario y la hoja de ruta, si tuviera que modificar algo, te lo diría. —Tengo tiempo de sobra para ir preparando las novelas, estructurar tramas y trabajar en los diálogos y hacer los dibujos. Además, también me permitiría continuar realizando trabajos particulares para otros.

—Lo que tú digas. También hablaremos de cómo vamos a promocionarte a ti y a las novelas y demás. Te mandaremos en un email todo lo que tenemos pensado para ti, promociones y lanzamientos en Comic Con. Esta comida es para conocernos mejor y cerrar nuestra colaboración de cara a un futuro inmediato.

—Sí, lo entiendo. Cuando lo tengáis todo, ya me lo pasaréis —contesto tomando un sorbo de mi bebida.

—Entonces ¿te haría ilusión trabajar con nosotros?

—Sí —reconozco—. Hasta ahora, todo mi trabajo ha

sido internacional. Pero me encantaría estar en una casa grande, en mi país, donde me cuiden y sepan venderme, y donde pueda trabajar cómoda. Porque tengo miles de ideas y conozco mucho a los consumidores de cómics y sé lo que quieren; al menos, los que me siguen.

—Tienes cien mil seguidores. Son muchos —dice Rodolfo admirado.

—Y muy fieles —aseguro.

—Entonces te pasaré hoy mismo el contrato que estoy preparando para ti. Léetelo todo y, si te parece bien, cuando puedas, nos lo firmas. Y si hubiera alguna cláusula que quisieras modificar, también nos lo dices y te lo reenviaremos con los cambios solicitados.

Sí, menos mal. No quería hablar de cifras comiendo. Los números se me atragantan. Prefiero leer las remuneraciones en papel y decidir si es un buen contrato o no.

—De acuerdo —convengo.

—Bien. —Rodolfo sonríe con mucho orgullo—. Entonces ¿podemos brindar por el nuevo fichaje?

Alzo la Pepsi con una disculpa, porque sé que hay que brindar con vino.

—Brindemos.

—Por Ares y por una relación que espero que dure muchos años.

—Por nosotros —digo yo.

Carlos bebe de su copa y dice:

—¿Qué hay de cierto en que te propusieron hacer un cameo en *Wonder Woman*?

Yo me echo a reír e inmediatamente corto el tema. En redes se dicen tonterías y lo peor es que la gente que las lee, las lee mal, se repiten y cuando esto ocurre, parece que muchos se lo toman como verdad. Es ridículo.

—Es una leyenda urbana —contesto—. Soy ilustradora, no actriz.

Al final, hemos estado muy a gusto conversando del sector y de otros muchos rumores sobre mí, algunos de los cuales no sabía ni que existían, y sobre el metaverso Comic Con.

Sé que mi mundo, el que me apasiona y que también es mi profesión, es pequeño y raro, pero es fascinante la cantidad de chismorreos que también se originan alrededor.

Carlos se ha quedado los bocetos y he salido con el tiempo justo para llegar a la hora concertada con el investigador, cuyo nombre desconozco.

Por cierto, la comida deliciosa y el pulpo muy jugoso.

Aparcar por el centro de Badalona es una misión imposible. Pero he tenido suerte y he encontrado aparcamiento en una de las calles perpendiculares a la calle del Prim. He dejado el Mini ahí y me he ido andando hasta el Antillana, que hace esquina con Prim y la Rambla.

Es un restaurante que ocupa parte de la Rambla con su terraza y, por la noche, ponen copas y música.

Entro y me siento en una mesa que hay pegada a la pared, en un pequeño altillo. Me quito la americana y ojalá pudiera descalzarme y quitarme los tacones. Pero no puedo.

Dejo el móvil sobre la mesa y me paso las manos por el pelo.

Está siendo un día movidito y no he parado desde que me he despertado. Pero mentiría si dijese que no he estado pensando continuamente en esta reunión.

Porque de todas las cosas que he hecho en mi vida conscientemente, esta es la más extraña.

X

Me estoy tomando un agua, porque hoy voy servida ya de cafeína, como ha dicho Rodolfo.

Estoy nerviosa y no sé muy bien cómo actuar.

Tampoco sé qué aspecto tiene el investigador. Debería habérselo preguntado.

Sea como sea, ya le he escrito y le he dicho que estoy sentada en una de las mesas que hay contra la pared.

Empiezo a mirar el móvil, nerviosa. Abro la fotografía del cadáver de la chica y dudo si enseñárselo o no. Porque lo único que tengo es la explicación de Hugo de cómo la encontró él supuestamente.

Me he hecho una lista mental de lo que le quiero explicar y cómo quiero contárselo.

Solo espero que me entienda y no me tome por...

—¿Hola?

La voz me resulta muy familiar, pero cuando levanto la mirada del móvil, enmudezco, porque no entiendo lo que está pasando ni qué hace aquí y por qué hemos vuelto a encontrarnos. Me tiró de la moto el viernes, me salvó de beber droga el sábado y hoy lunes me lo encuentro en el Antillana cuando voy a quedar con el investigador. Se me queda la boca seca al verle y un sutil estremecimiento me recorre la columna vertebral.

No puede ser. Miro hacia la puerta esperando a que entre el hombre con el que he quedado.

—Hola —contesto con educación—. Ya te lo dije el sábado, pero de verdad que parece que me estés siguiendo. ¿Eres un *stalker*?

Mueve la cabeza ligeramente, inclinándola hacia abajo y entorna los ojos amarillos. Me gusta mucho cómo viste. Lleva un pantalón tejano ajustado de los que marcan pierna y cortos de abajo, unas deportiva negras y un jersey gris oscuro de manga larga. Cuanto más lo miro, más alto y corpulento me parece. En el cuello lleva una especie de chal gris oscuro enrollado, como si fuera una bufanda.

—¿Ares? —pregunta con las cejas alzadas.

Eso me pone en guardia.

—¿Cómo sabes mi nombre?

—Creo que me has llamado. Y aquí adentro no hay nadie más, excepto tú.

—¿A ti? No. Yo no te he llamado.

—Yo creo que sí. Dices que te han pasado cosas extrañas...

Durante varios segundos no reacciono, ni siquiera parpadeo. Hasta que mis pestañas titilan y me aclaro la garganta al comprender quién es. ¡Venga ya! ¡No me fastidies!

—Esto tiene que ser una broma.

—No —contesta con el rictus solemne.

Lo miro de arriba abajo, más impresionada que nunca.

¿Se está quedando conmigo? ¿Cómo va a ser él el investigador?

—A ver, que me aclare —digo moviendo las manos sin ocultar mi nerviosismo—. ¿Tú eres el de la web?

—Sí. —Toma asiento, disfrutando mucho de mi estupefacción absoluta—. Me llamo Adonis.

—¿Adonis? ¿Ese es tu nombre? —repito sin saber si tomármelo en serio.

Adonis, el joven amante de Afrodita, sumamente hermoso. El nombre le complementa, aunque este tiene un atractivo más salvaje y menos dulce, excepto que es bello de un modo insultante.

—Sí, me llamo Adonis. ¿Pasa algo? —pregunta observándome detenidamente—. Tú te llamas Ares. Dios de la guerra. Afrodita era tu amante favorita, ¿verdad? Parece ser que nos acostamos con la misma mujer.

Frunzo el ceño y pienso que es rápido de mente y ocurrente, pero con la gracia de los que tienen un palo metido en el recto anal. Avisa a la camarera y, con gesto muy educado, pide una botella de agua.

Apoya su inmensa espalda en la silla y vuelve a mirarme de un modo que parece muy intimidante.

—¿Cómo tienes la rodilla?

—Bien. —Me aclaro la garganta y, por fin, vuelve a llegarme el riego a las extremidades y al cerebro.

—No me has llamado para que nuestros seguros se pongan de acuerdo —señala.

—Todo está bien. No ha hecho falta.

La chica le trae el agua y una copa, y él le da las gracias sin mirarla, porque solo me atiende a mí.

—¿Y tu moto está bien?

—Sí. No tiene ningún rasguño. —Sacudo la cabeza sin entender muy bien la situación.

—¿Y llegaste bien a casa la noche del sábado? Te vi salir a pie de la fiesta.

—Sí, todo bien.

—¿Te pasaron a buscar?

—Sí. ¿Podemos centrarnos un momento? —Me presiono el puente de la nariz y elevo las cejas—. ¿Eres investigador privado de verdad?

Adonis desvía la mirada a su alrededor, muy disimuladamente. Los mechones de pelo negro que le caen por delante juegan a acariciar sus pómulos. Solo hay dos camareros en la barra.

—Me gustaría que siguiera siendo privado, así que baja la voz.

—Por favor —digo.

—¿Cómo?

—Baja la voz, por favor —repito.

Él cuida mucho las expresiones. No es para nada expresivo y mide mucho sus gestos y los temblores de sus músculos faciales. Su lenguaje no verbal es hermético.

—¿Sabías que era yo? —le pregunto.

—No. Tengo otro móvil para estos... menesteres.

—Menesteres —repito sin poder evitar reírme—. Has debido de recibir una muy buena educación —apruebo.

—No estamos aquí para hablar de mí. Cuando te caíste de la moto...

—Cuando me tiraste, querrás decir.

—Sí. Hiciste la llamada perdida a mi móvil personal, no a este. No sabía que se trataba de ti.

—¿Y si lo hubieras sabido?

—Habría venido igual —contesta—. Si hay un problema, hay un problema —dice sin más.

—No sé —resoplo sin creérmelo mucho—. Esto parece cosa de brujas —intento bromear.

—O de demonios. —En ese momento entrelaza los dedos de las manos y las apoya sobre la mesa.

Sí, sin duda es mucho más adecuado el tema de los demonios.

Sonrío sin estar nada convencida. Esto es muy tenso.

—Ahora, en serio. ¿Eres investigador de verdad?

—Sí.

—¿Vives de esto?

Adonis entreabre la boca y se muerde suavemente la lengua con los dientes.

—No vivo de esto —contesta como si le hubiese preguntado una estupidez—. Pero mis honorarios no son baratos. Además, las preguntas las debería hacer yo. ¿Todavía quieres seguir adelante o, ahora que sabes que soy yo, prefieres dar marcha atrás?

—Esto es muy extraño —reconozco en voz baja—. Tienes aspecto de cualquier cosa menos de investigador.

—Es una vocación a la que le dedico algo de mi tiempo, ni mucho menos todo —explica moviendo los hombros como si estuviera contracturado—. La gente de mi círculo no sabe que hago esto como hobby. Y así debe ser.

—Entiendo que, si es una afición, no te lo tomarás muy en serio —asiento, absorbiendo cada palabra.

Se mira el reloj fugazmente, aburrido.

—¿Quieres mi ayuda o no?

—Aún no lo sé.

Él exhala y se lleva la mano a la cartera del bolsillo del pantalón.

—No quiero incomodarte, Ares. Puedo darte el contacto de otro investigador para que te eche una mano con lo que sea que te pasa. Si no quieres hablar conmigo y quieres que me vaya, me voy. No me gusta perder el tiempo.

Eso último ya lo sé. Es como si tuviera prisa para todo.

Está a punto de levantarse, pero yo lo evito rápidamente.

—No, no —le pido—. Por favor, no te vayas.

—Bien. Entonces dejemos los aspectos personales a un lado y empecemos por el principio. —Vaya, directo a la cuestión—. He venido porque me has pedido ayuda. ¿Cierto?

—Cierto.

—Quieres saber qué soy. Soy investigador privado y estoy especializado en ritos paganos y demonología. Licenciado en Criminología y con un grado en Teología.

—Pues sí que tienes estudios… —susurro—. Así que ¿querías ser policía y no te cogieron?

—No. Nunca he querido trabajar para nadie. No quiero placas ni símbolos. Me gusta hacer las cosas solo, a mi manera.

—Pero has dicho que no te dedicas a esto, que no es tu profesión.

—No lo es —me repite—. Si has entrado en mi *landing page* —su inglés es perfecto—, has leído lo de los demonios y, aun así, has seguido adelante y te has puesto en contacto conmigo, es porque… —mueve la mano, esperando a que yo empiece a hablar.

—Es porque… —En cuanto lo diga ya no habrá vuelta atrás para mí—. Porque creo que está pasando algo a lo que no le sé dar explicación.

—Relacionado con qué.

—No estoy segura.

—¿Muertos?

—¿A qué tipo de muertos te refieres? ¿A los vivientes?

—No. A los de verdad.

—Hay un cadáver, sí.

Adonis asiente satisfecho, se pasa la mano por el pelo y toma su vaso de agua.

—Cuéntame en qué crees que puedo ayudarte.

Al final, me armo de valor y le explico lo que está sucediendo tal y como lo he visualizado mil veces en mi cabeza, en el mismo orden.

Para mí el tema del incidente es muy delicado y no quiero hablarle de ello todavía, pero sí le menciono lo de las fotografías, aunque no se las enseñe. Quiero que sepa que las tengo en mi poder y que es más que evidente que se trata de la misma chica, la misma que niegan las panaderas y que, además, Hugo cree que no se puede identificar.

Adonis me ha escuchado con mucho interés y concentración, y mentiría si dijese que no me ha puesto nerviosa tener esos ojos grandes y lobunos fijos en mí.

—¿Y ese vídeo en el que dices que sale la víctima del río Besós, lo tienes en el carrete? ¿El que te eliminaron de Instagram?

—Sí.

—¿Y cuándo te lo eliminaron?

—La notificación me llegó este sábado pasado. El vídeo lo subí el miércoles.

—¿Cuál es tu Instagram? —pregunta de repente, apuntándose las cosas en una libretita con cubiertas de cuero.

—Ares Avenger.

—Ares Avenger —repite alzando esa mirada de bronce deshecho en mí—. ¿Como *Los Vengadores*?

—Sí.

Parece alzar un poco la comisura del labio, o tal vez soy yo que me lo estoy imaginando.

—¿Quién te envió la foto del cadáver del río?

—Eso… no lo puedo decir —contesto.

—¿Y quién te ha filtrado lo del forense?

—Tampoco lo puedo decir.

Adonis asiente sin estar muy conforme.

—Información clasificada —digo. Todavía no estoy cómoda.

—Dices que la chica tenía marcas en las muñecas, como si la hubiesen atado, y que en sus brazos no había pinchazos ni jeringas alrededor, pero la información que manejas del forense menciona todo lo contrario.

—Sí.

—Hablas de una pulsera de plata con hojas de vid en su muñeca y que desapareció según el forense.

—Sí. La tengo, quiero decir… —corrijo rápidamente—, la víctima la tenía puesta en la panadería y también en la foto inicial que me mandaron. Después, según mi contacto, ya no tenía nada en las muñecas. Dijo que, probablemente, se las habrían robado los yonquis.

—De acuerdo. —Apunta las palabras rápidamente en la libreta—. Y hablas de hiedra natural en... —Vuelve a alzar los ojos, como si me desafiara.

—Sí. Una hoja de hiedra, como si se le hubiese caído de entre los dedos. La tiene pegada a la cadera. Pero en el informe tampoco se menciona. ¿Quién se iba a fijar en eso?

—Tú, por ejemplo. Y cualquiera podría si fuese observador e hiciera bien su trabajo.

—No sé si has estado por esa parte del río... No hay hiedra. —Me retuerzo las manos, nerviosa—. A mí me parece extraño. Tampoco sé quién eliminó el vídeo de Instagram.

—Instagram no facilita esos datos. Te dicen por qué te han suspendido la cuenta, pero no quién hace la denuncia. Por privacidad y seguridad.

—Ya...

—Necesito que me enseñes los archivos audiovisuales de los que dispones.

—No te los voy a pasar —aclaro.

—Vale. Pero si los tienes en tu teléfono, quiero verlos. Solo para cerciorarme de que hay un caso real y no es un mundo imaginario.

—Créeme que tengo mucha imaginación, pero no tanta.

Tomo mi iPhone 13. Busco la foto, ocultando la galería para que él no vea nada, y cuando la encuentro, se la enseño.

—Esta es la foto del cadáver que tomó la persona que encontró a la chica.

Adonis lo estudia todo con esos ojos animales e inteligentes.

—¿Qué te parece?

—No tiene mucho parecido al panorama que te describió tu contacto de la policía.

Asiento y abro el vídeo que grabé el miércoles pasado. Se lo enseño y le doy al play.

—¿La ves? La chica del mostrador. ¿Le ves la pulsera? ¿La cara? —Adonis asiente a todo—. Es ella.

—Sí, es ella.

Que él me lo confirme hace que libere un peso que no sabía que llevaba a la espalda. Es como si alguien me hubiese dado un golpecito cariñoso entre los omóplatos para decirme: «No estás loca».

Me guardo el móvil y, por fin, me relajo.

Adonis suspira, cierra la libretita de apuntes y apoya las manos sobre ella. Después, con mucha lentitud, saca un paquete de caramelos de menta y se mete uno en la boca.

—¿Quieres? —me ofrece.

—No, gracias.

Continúa observándome, valorando todo lo que le he contado y pasándose el caramelo de carrillo a carrillo. Es un caramelo muy fuerte porque el olor mentolado llega hasta mí.

—Ahora, la pregunta más inquietante de todas: ¿por qué te interesa esto? No conoces a esa chica, no tenías relación con ella, ¿no?

—No.

—Entonces ¿qué interés tienes? Si es verdad que nadie ha denunciado su desaparición, ¿qué relevancia tiene para ti?

—Me puede la curiosidad. Solo eso —miento.

—No. —También sabe que miento—. No es por eso.

—¿Importa el motivo si te voy a pagar igual? —respondo, tan desafiante como él.

—La verdad es que no. Debo reconocer que es un caso extraño. —Sin más dilación, se guarda la libreta en la cazadora.

—¿No te importa que no tenga que ver con demonios?

Adonis sonríe. Tiene una sonrisa perfecta. Hasta le salen hoyuelos.

—Todos tenemos demonios, y todo lo malo tiene que

ver con ellos. Lo difícil es saber en qué forma se presentan. Los exorcistas continúan existiendo y haciendo su trabajo por algo.

—No creo en los exorcistas. La verdad es que me está costando creer en todas estas cosas.

—Y, sin embargo, has llamado a un investigador formado en demonología, ¿por qué?

—Me has parecido el más serio de todos —contesto.

—¿Hay algo más que no me cuentas? ¿Algo raro que... te esté pasando a ti?

¿Como que sueño con flautas, seres diabólicos y fuego?, pienso amargamente.

—No.

—¿Vas a decirme la verdad o vas a seguir dando rodeos? Si me has buscado es porque crees que todo esto tiene que ver con algo paranormal, ¿por qué?

Bebo de mi vaso de agua, sin apartar la mirada, y asumo que espera que se lo revele todo, aunque no tengo intención de hacerlo.

—Eres demonólogo. Dímelo tú.

Está meditando qué decirme. Conoce la respuesta perfectamente, pero por algún motivo, desconfiamos el uno del otro.

—Es por la hiedra. —Capta mi atención inmediatamente. Dispara con bala—. Te llama la atención, has puesto mucho énfasis en la hoja y en la pulsera. ¿Es porque es el pothos? ¿Porque es el ivy del Diablo? —Que me hable así ya me deja ver que conoce las plantas—. No será por eso, ¿no? —¿Se está burlando de mí? Me lo parece—. Porque es una obviedad. El Demonio tiene muchas plantas, no solo esa.

—Tú solo dime si te interesa o no lo que te he contado.

—Todavía tengo que valorarlo. Tienes que darme todos los datos posibles. Me atrevería a decir que algo de todo esto te toca muy de cerca.

Se me ha ido la sonrisa de los labios, porque que se acerquen tanto a tu talón de Aquiles siempre da miedo. Él no sabe ni quién soy ni qué me pasó, pero por un momento me ha dado la sensación de que podría averiguarlo sin problemas. Me siento violentada y tengo ganas de irme.

—No es asunto mío —rectifica él al percibir mi nerviosismo—. Te lo he preguntado solo porque me gusta entender qué mueve a la gente a querer buscar ayuda para alguien que ya no la necesita porque está bajo tierra y a la que, además, no le une ninguna relación.

—Quiero saber qué está pasando —digo sin más—. Y no quiero tener problemas, porque sea quien sea quien me eliminó ese vídeo, sabe que yo sé quién es la chica muerta y dónde obtener información sobre ella.

—Es decir, crees que quien borró tu vídeo está detrás de la muerte de esa mujer y temes que te pueda hacer algo a ti solo porque tienes más información de la que dispone la policía. Por eso lo quieres descubrir antes.

—Sí. —Omito decirle que, si sé quién está detrás del vídeo y quién le hizo eso a la chica, podría conducirme hasta quien abusó de mí hace cuatro años por la similitud de lo que nos sucedió a ambas—. ¿Te vale esa respuesta?

—Por ahora sí. —Tamborilea los dedos de la mano derecha sobre la mesa—. Te informaré casi todos los días de lo que vaya descubriendo.

—¿Eso quiere decir que sí vas a ayudarme?

—Si aceptas mis honorarios, sí.

—¿Y cuáles son?

—Seiscientos euros a la semana.

Abro los ojos como platos y se me desencaja la boca.

—¡Menudo robo! ¡¿Es en serio?!

Adonis se muestra absolutamente inflexible.

—Sí.

—¿Eres Sherlock Holmes?

—No. Soy Adonis Russo.

¿Russo? Incluso su apellido es muy masculino y viril.

—Eres insultantemente caro. No tiene sentido.

—Dame una semana y verás lo que puedo hacer por ti. Soy caro porque soy bueno —asevera con una seguridad en sí mismo que parece hasta fría.

—No creo que seas tan bueno como para valer seiscientos euros semanales —señalo, desaprobando su precio.

—¿Eso crees? —Es impasible.

Me encojo de hombros.

—Con razón tienes los coches que tienes si sableas así a todo el mundo...

—No me gano la vida con esto, ya te lo he dicho. Pero soy muy bueno leyendo las sombras e identificando la oscuridad. Muchos lo llaman «intuición».

—Creo que eres un charlatán —digo empezando a perder la paciencia.

—No soy ningún charlatán. —Eso sí parece ofenderle.

—No lo tengo claro.

—¿Quieres ver lo bueno que soy? Hagamos una prueba —me desafía de modo soberbio—. Por un lado, la persona que te ha facilitado los datos del forense y ha compartido contigo esa información es alguien muy cercano a ti a quien no quieres perjudicar, alguien que ocupa un lugar de poder dentro de la policía, y al que tampoco le has dicho que ibas a investigar su caso por tu cuenta porque no quieres que crea que no te fías de él. Por otro lado, la persona que te ha facilitado esa foto es alguien a quien quieres, por el modo en que has dicho que su identidad no la ibas a revelar. Se te han suavizado los rasgos al pensar en ella. Posiblemente sea una hermana o... —Me señala como si pudiera ver a través de mí. No me creo esta inspección ni el descaro con el que me está descubriendo, así, en un abrir y cerrar de ojos—. No, una amiga. Es una chica. Tal vez sea tu... ¿mejor amiga?

—Hostia, que es un mentalista—. Pareces alguien muy independiente y fuerte, y si esto se tratase solo de ti, no estarías tan preocupada. Pero tienes miedo porque hay alguien más de quien debes hacerte cargo, alguien a quien quieres proteger por encima de todas las cosas... Puede ser una persona mayor, tu madre... —Entorna los ojos—. No. Por el modo en que te brillan los ojos ahora debe ser alguien más pequeño. Tu hermana pequeña, ¿tal vez? —Su mirada oscila y me mira de reojo con gesto impertérrito—. Es muy pequeña todavía. Mucho. Tu casco de la moto... —recuerda achicando la mirada—, debes de quererla mucho para llevar un casco tan caro garabateado con un dibujo infantil hecho con rotulador. Estás emocionalmente atada a ella. Y es una niña, por los colores del dibujo y las florecitas. —Enumera con la precisión de un cirujano—. Y tú, además de ese perfume afrutado que llevas con toques a nube de azúcar, hueles a algo más. —Se inclina sobre la mesa para mirarme fijamente a la cara, como si fuera un animal—. Hueles a Nenuco y a polvos de talco. ¿Tienes una hija, Ares?

Me levanto de la mesa de golpe porque sus suposiciones son tan certeras que hacen que me ponga a la defensiva. Lo hago con tanto brío que casi se cae la botella de agua. ¿Cómo puede ser que un hombre así, de repente, me haya hecho una radiografía? ¿Por qué me ofende que haya nombrado a mi hija?

Porque no me gusta que nadie meta el hocico en mi vida, porque soy celosa de nuestra privacidad. Podría decirle que se equivoca en todo, pero ya sé que con él eso no va a colar.

Me cuelgo el bolso al hombro y estoy dispuesta a irme como la maleducada que no soy, pero me ha puesto los nervios de punta.

—He acertado, ¿verdad? —dice sin mostrar ni un poco de reparo.

—Eso ha sido invasivo —admito sin querer fijarme en su mirada—. No he venido aquí para que me investigues. Solo quiero que me ayudes con...

—No ha sido mi intención ofenderte. —Adonis se levanta y me sujeta la muñeca para que no me vaya—. No pretendía hacerte sentir amenazada. Pero me has pedido una demostración —se explica—, y a veces soy muy impetuoso con mi... habilidad.

—Eso no es una habilidad. Es pura brujería, joder.

—No es brujería. Es psicología. Ares, todo lo que me cuentes, todo lo que averigüe, no saldrá de aquí. Yo no voy a decir nada a nadie sobre ti. Tranquilízate. Ni a mí me interesa que sepan lo que hago ni a ti las cosas que sabes.

Deslizo los ojos hacia sus dedos, que rodean mi piel, y él capta mi tensión. Me suelta suavemente.

—Perdona —se disculpa con la solemnidad con la que habla y se mueve.

Lo que no sabe Adonis es que yo también sé crear perfiles. Y ya me estoy haciendo a la idea del suyo. Me froto la muñeca, aún asombrada por su capacidad.

—No pasa nada. Me has tomado por sorpresa.

—Eres muy honesta. Podrías haberme dicho que no a todo, y no lo has hecho.

—Me has dejado tan en shock que he pensado que no servía de nada no decirte la verdad.

—Quiero ayudarte —reconoce con más humildad que toda la que ha tenido desde que lo vi por primera vez—. Me interesan los enigmas. Dame esta semana —me pide—, y veré lo que puedo averiguar. No te la cobraré por haber sido descortés.

Aún estoy de pie, pero él se ha sentado. Me señala la silla vacía para que tome asiento de nuevo, pero creo que lo más apropiado es irme. Tengo ganas de estar en casa con

Venus, como si la quisiera proteger de algo malo que ni yo sé lo que es.

—Creo que me voy a ir —prefiero ser sincera.

Adonis asiente sin más, aceptando el hecho de que si me largo así es por su culpa.

—Esta semana trabajaré para ti gratis.

—No hace falta —convengo un poco más tensa que al principio—. Te pagaré. No quiero favores.

—No. No me vas a pagar. Esta semana no. Pero tienes que hacerme caso en un par de cosas.

—¿En cuáles?

—Que tu actividad en Instagram siga siendo la misma de siempre, que no hagas preguntas de más a tu contacto de la policía, tiene que parecer que lo has olvidado. Y no le menciones a nadie que me has contratado. No me nombres ni nada por el estilo. No le digas a nadie quién soy. Ah, y no se te ocurra volver a pasar por esa panadería ni volver a preguntar nada a nadie. Dile a la persona que te envió la foto que la elimine de su móvil. Y lo que tienes que hacer es guardar el vídeo y la foto en un disco duro. Esas imágenes no pueden seguir en tu teléfono. ¿De acuerdo?

Asiento, concentrada en sus directrices.

—Eso es más de un par de cosas.

—Pero debes tenerlas en cuenta. ¿Trato? —Me ofrece la mano.

Cuando se la estrecho, tengo la sensación de estar pactando con un lobo.

—Trato. Bueno…, pues seguimos en contacto.

Adonis asiente y vuelve a mirarme de arriba abajo, de esa manera tan suya que hace que me ponga muy nerviosa.

—Adiós, Ares.

—Adiós —respondo y doy media vuelta.

No me había dado cuenta del poco oxígeno que había

ahí adentro hasta que salgo a la calle y respiro aire profundamente otra vez.

Adonis Russo ya no me parece un gilipollas.

Me parece un misterio peligroso, con un magnetismo muy difícil de ignorar y con cartelitos de advertencias por todas partes, de esos que me atraen como la luz a las polillas.

Y es increíble porque sigo sin saber apenas nada de él, pero sin yo decirle nada, ha descubierto a lo más bonito de mi vida: Venus.

XI

Cuando ayer llegué a casa, achuché a Venus todo lo que pude y le pedí perdón en silencio por exponerla así. Adonis la descubrió, y yo me quedé helada. No me gustó.

Ella estaba feliz, muy contenta de tenerme. Dibujamos, jugamos a hacer galletas y luchamos. Sí, es una niña a la que le encanta ensuciarse, pelear y hacer cosas supuestamente de niños y, como yo era así, pues me encanta que ella también lo sea. Además, le enseño cosas de krav magá, pero no tiene ni idea de hacerlas, como es normal. La niña es un poco salvaje y le gusta tirarse por el suelo, hacer volteretas y jugar a la pelota. Jugamos al fútbol en el jardín y eso pone de los nervios a mi abuela, que siempre teme que, de un pelotazo, se pueda romper alguna de las ánforas romanas de cerámica llenas de flores que decoran las esquinas secretas de nuestro patio interior. O que les demos golpes a las hortensias trepadoras que cubren de arriba abajo y de lado a lado el muro que delimita nuestro jardín.

Después la bañé y le hice la cena. A mi monito le encantan los guisantes con un poco de jamón. Se los come a cucharones. Con un añito los cogía uno a uno y se echaba a reír diciendo: «¡*Bustan*!».

Después de cenar la acosté, le di a su inseparable Drimi cabrito y dejé la luz rosa encendida.

Cuando bajé a cenar con mi madre y mi abuela, estuvieron preguntándome sobre la reunión de trabajo. Y les dije que todo había ido bien, que querían mi trilogía y que me tenían que mandar el contrato con los adelantos y demás que querían pagarme.

También les hablé de la vasija que dibujé. Que se trataba de Coelia Concordia y, mientras mi madre guardó silencio, mi abuela insistió en preguntarme si las pesadillas empezaron antes o después de tocar la extraña vasija.

Sé que para ella esa pregunta tiene un sentido metafísico y espiritual al que yo no llego.

Le respondí que antes, y sus ojos avispados titilaron como si viera el futuro. Pero no me dijo nada más. Tampoco he querido que me tirase las cartas de nuevo porque ya tuve suficiente con la última tanda y creo que me estoy haciendo cargo de lo que me dijeron.

Lo místico y lo mágico o demoniaco me viene bastante grande y me da el respeto suficiente como para no querer ahondar más o, al final, me meteré en un agujero profundo y oscuro que tengo la sensación de que estoy muy lejos de comprender.

Por ahora, ya me va bien que alguien indague por mí. Aunque esa persona sea Adonis. Esta noche no ha venido el Diablo a visitarme en sueños.

Pero ha venido un demonio igualmente: él.

Es en lo que pienso ahora, después de haber dejado a Venus en la guardería, mientras me tomo algo en la cafetería que hace esquina frente a Pompeu Fabra.

Me he traído el iPad y estoy dibujando a Dana, la protagonista, realizando sus WIP con varias expresiones y poses, mientras pienso en el sueño.

Sí que oía la flauta y algo parecido a unos tambores.

Y estaba él, Adonis. Yo corría por el bosque; bajo los pies notaba los pinchos de los pinos que aguijoneaban las plantas y la humedad de la hierba. La noche caía sobre nosotros y ocultaba todo lo que sucedía bajo las copas de los árboles, como un velo a otro mundo que privase de acceso a los incrédulos.

Y él corría tras de mí. Me sentía como un cervatillo a punto de ser cazado por un depredador. No estaba asustada. No tenía miedo. Era como un juego maldito y siniestro que se acabaría cuando él me cazase. Y solo sé que me sujetaba por la espalda, me inmovilizaba y decía: «Mía».

—Hola, bonita.

Alzo la cabeza y me encuentro con Hugo, que lleva las gafas de sol puestas, pantalones oscuros y una chaqueta tejana. Estoy en la planta de debajo de la cafetería y no le ha sido difícil encontrarme, dado que me suelo poner en el mismo lugar, frente al gran ventanal que da a la plaza, en la mesa que hace esquina una vez bajas las escaleras y has pasado por todo el mostrador.

Me ha llamado y me ha propuesto vernos.

No sé nada de él desde el domingo y no quiero perder su amistad. Así que le he dicho que sí.

—Hola, *bonic*.

Me da un beso en la mejilla y se sienta frente a mí. Se quita las gafas de sol y me mira de frente.

—¿Qué tal todo?

—Muy bien. Aquí estoy, trabajando y dibujando a mi chica.

Hugo se queda mirando la pantalla y dice:

—Caray... qué sexy y ardiente con tanto fuego...

—Lo es —asumo con orgullo.

—¿Qué hiciste ayer?

—Tuve una reunión editorial y después, ya sabes, con

Venus para arriba y para abajo. —Omito absolutamente mi cita con Adonis.

—¿Ah, sí? —pregunta con curiosidad.

—Sí.

—¿Y qué tal la reunión?

—Muy bien. Muy fructífera. —Asiento feliz—. ¿Y tú? ¿Has podido descansar de todo el finde?

—La verdad es que no —contesta un poco triste—. No he dejado de pensar en ti. —Se encoge de hombros.

Dejo el *pen* imantado al iPad y lo miro de frente.

—Hugo... —No quiero esto. No quiero ni verlo mal ni que me haga sentir mal a mí. Es un grandísimo amigo y me ha ayudado mucho. Pero que nuestra aventura como proyecto de pareja se haya acabado no implica que deba acabarse lo demás.

—No he venido a agobiarte. Tranquila que, aunque me hayas roto el corazón —adopta un tono cómico para quitarle fuerza a la verdad de sus palabras—, aquí estoy, vivo y fuerte, como Belén Esteban.

Me hace sonreír. A veces es un poco payaso. Lo prefiero así a que esté deprimido.

—En realidad, venía a invitarte a una fiesta.

—¿Una fiesta? —pregunto con interés.

—Sí.

—¿Cuándo?

—Hoy. Bueno, en realidad no es una fiesta como tal...

—¿Entre semana?

—Así es. —Me roba un cuerno del cruasán y yo tengo ganas de arrancarle la mano, porque me gusta comérmelos—. Hoy por la noche se celebra un evento en la parte alta de Badalona. Me han invitado porque le hice un favor a uno de los organizadores. ¿Te gustaría venir conmigo? Como amigos —aclara.

—¿Qué tipo de evento es?

—Uno al que no estoy muy acostumbrado a ir. Por eso necesito que me acompañes. El que lo organiza es un coco de Badalona y ha cerrado el Molino de Cal Dimoni para los invitados. Se va a hacer una puja de obras de arte y los beneficios irán a parar a obras benéficas.

Arte. Eso me gusta. No todo, obvio, pero todo lo que sean cuadros y lienzos me llaman mucho la atención.

—Qué altruistas son los ricos.

—Eso mismo pienso yo. —Se echa a reír—. Sé que no me va a dar para comprar ningún cuadro, pero tú sabes de arte y seguro que me explicarás qué estamos viendo.

—Sé lo justo para diferenciar un Rembrandt de un Velázquez.

—Pues ya sabes muchísimo más que yo —reconoce sonriendo tímidamente—. Quiero estar cómodo, no conoceré a demasiada gente y he pensado que podrías venir conmigo. Nos tomamos algo, disfrutamos del paisaje de la masía... y nos despejamos un poco.

—¿Hay código de vestimenta?

—Tú sabes vestir. Ponte lo que quieras. Y de paso, me dices cómo debo ir yo, porque no tengo ni idea.

Alzo la mano y le acaricio la mejilla rasposa...

—Pobrecito, Hugo. Camisa y americana, combínalo con lo que quieras.

—A la orden. ¿Eso es un sí?

—Vale, sí. —Entorno los ojos—. Te acompañaré.

No es que me apasione. Solo pensar en que me tengo que poner algo elegante me estresa porque mi cabeza se pone a hacer combinaciones. Con lo cómoda que voy yo con mis zapatillas, mis chaquetitas y mis tejanos rotos.

—Te pasaré a buscar sobre las ocho.

—Es pronto.

—Lo sé, pero no volveremos demasiado tarde. Lo prometo.

—Vale.

—Perfecto. —Se apoya en la mesa y me da un beso en la mejilla—. Ahora te dejo trabajar, que sé que no te gusta que te molesten.

—¿Dónde vas a ir?

—A mirarme una americana para estrenar. —Me sonríe por encima del hombro—. A las ocho.

—Sí.

—Nos vemos.

Cuando sale de la cafetería, me quedo mirando la puerta de la calle. Hugo no tiene por qué confundirse por estas cosas. No estamos saliendo y hemos retomado nuestra amistad donde la dejamos.

Yo lo tengo muy claro.

Espero que él también.

Al mediodía he comido con mi madre y con Venus. Solo la dejo a comer en la guardería los viernes.

Mi abuela se ha ido a tomar un café a la cafetería de la plaza con sus amigas. Siempre que queda con ellas le digo que son «el aquelarre», o las viejas nornas de la mitología escandinava. Así que hemos comido nosotras tres juntas.

Y he tenido que cambiar a Venus porque ella y el arroz a la cubana son amor a primera vista y ha acabado con granitos por toda la ropa.

La relación que tengo con mi madre nunca ha sido mala. Ahora no lo es, pero está tensa y han pasado tantas cosas que ninguna esperaba de la otra que me temo que, aunque nuestro vínculo y nuestro amor es incondicional, nos hemos desengañado. Y, con todo y con eso, nos miramos y seguimos sabiendo lo mucho que nos queremos.

—Esta noche voy a asistir a un evento de arte en la Masía del Demonio.

—¿Por trabajo?

—Bueno, le estoy haciendo un favor a Hugo. Me ha pedido que lo acompañe y le dije que sí.

—Tenía entendido que lo habías dejado.

—Y así es —confirmo.

—Entonces ¿por qué vas con él como su acompañante? ¿Sabes que los hombres se confunden con estas cosas?

—Creo que todo está muy claro entre los dos. No se va a confundir.

—Ares —mi madre niega con la cabeza—, se va a hacer ilusiones. Cuando le dices a un hombre que no quieres nada con él, tiene que aprender a recuperar su espacio y tú a dárselo. Si volvéis a estar juntos y a salir casi al día siguiente, él se va a pensar cosas que no son. Porque el amor es así. Uno no deja de sentir de la noche a la mañana.

—Pues espero que no me incomode.

—¿Por qué lo has dejado con Hugo, a ver? —quiere saber mientras corta una rodaja de pan.

A mí la pregunta no me toma desprevenida. Siempre quiere saber las cosas y luego se monta sus películas al respecto, decide creerlas o no.

—Porque con Hugo, a pesar de tener muchas cosas, me falta algo.

—¿Qué te falta?

—El deseo de estar con él —le dije dándole el Petit Suisse a Venus. Le gustan los de fresa y plátano.

—¿El deseo de estar con él... físicamente?

—Sí.

—Ares, cariño, tienes veintisiete años. Eres bonita y talentosa. Pero no siempre serás joven. Una mujer como tú debe tener alguien que la cuide.

—Hoy por hoy, me sé cuidar sola. No necesito a nadie para eso —contesto dirigiendo mis ojos hacia ella.

—Pero no tienes por qué hacerlo todo sola. ¿Por qué no

le das otra oportunidad a Hugo? El amor puede aparecer si se le insiste. ¿No era así tu dicho? ¿Ese que tenías de pequeña sobre tu cama en letras grandes?

Me da la risa al recordarlo porque, además, es que mi madre se inventa los refranes.

—No decía eso. Decía: «Insiste, el amor existe». Es muy diferente.

Mi madre suelta una carcajada y yo me la quedo mirando embobada porque cuando se ríe así, es como si tuviera treinta años.

—No sé, me da pena Hugo… Se le ve tan buen chico y te ayudó tanto.

—Va a estar bien.

—No todos son tan buenos, Ares. Y se te acercarán muchos lobos con piel de cordero.

—Mamá, tienes cincuenta y cinco años y eres guapísima y nunca has vuelto a estar con otro hombre después de lo de papá. Han pasado veinticuatro años. ¿Es porque crees más en los lobos que en los hombres?

—No. Es porque —suspira, pelando la naranja— cuando una conoce el amor y este se va, el siguiente ya no es igual.

—Pero, al menos, lo has sentido, ¿verdad? —incido—. Pues yo no.

—Es mejor estar con un hombre del que no te enamores locamente. Créeme, con las Parisi es mejor así. —Le da un mordisco a la hogaza de pan—. Acabamos todas viudas antes de tiempo.

—Joder, mamá —murmuro.

—Es verdad. Tu abuela me llenó la cabeza de tantas cosas y leyendas de las Parisi… —reprueba con tristeza—. He crecido con tanto miedo e historias… —Me quedo sorprendida porque nunca me habló de nada de eso.

—¿Qué historias?

—Dice que estamos malditas y que el hombre que nos

deja embarazadas, que siempre es nuestro primer amor, o desaparece o muere. Sin más. Y así es... Mira a tu abuelo, se le cayó una maceta en la cabeza. A tu padre lo arrolló un camión. Al bisabuelo, lo embistió una cabra y se rompió el cuello al caer de espaldas... Y el padre de Venus desapareció —se calla de golpe.

Es que no es consciente. No se da cuenta de que dice lo que piensa en voz alta ni de que mi caso no es, ni de lejos, el suyo. Todavía cree que me quedé embarazada del amor de mi vida o que tuve un desliz con un hombre del que estaba enamorada y este se escapó y me dejó tirada. Porque pensar cualquier otra cosa es mejor que saber que alguien me violó y abusó de mí.

—Venus no tiene padre, eso para empezar —digo hablando entre dientes, queriendo zanjar la conversación ahí—. Y espero de verdad que esté muerto y que esa supuesta maldición Parisi, en mi caso, se cumpla. —Cojo en brazos a Venus, que ya se ha acabado el Petit Suisse.

—Ares, no hables así —me ordena mi madre, agraviada por mi beligerancia—. No se le desea la muerte a nadie.

—Mamá, en vuestro caso tuvisteis hijos de vuestro primer amor y la mala suerte quiso que se fueran mucho antes que vosotras. En mi caso, lo más bonito que tengo no me lo dio mi primer amor —le recuerdo ofendida—. Soy la excepción que rompe la regla. Haz el favor de eliminar esa película que tienes montada en la cabeza, porque ya me estoy cansando. Venga, cariño —le digo a Venus mientras ignoro a mi madre—, hay que llevarte a la guardería.

Prefiero salir de la cocina antes que continuar escuchando el negacionismo de mi madre y volver a discutir con ella.

En realidad, mis días son de rutinas.

Hago krav magá tres veces a la semana. Lo necesito para

quitarme el estrés. Algunas veces salgo a correr por el centro, llego hasta la Rambla y vuelvo. Tardo treinta minutos en hacer ese itinerario.

Me gusta ver el mar y contemplar los diamantes de luz que se crean en su superficie al titilar por los rayos de sol y el movimiento de la marea. Y, además, me sirve para meditar y para renovar mi creatividad.

Después de eso, he vuelto, he recogido a Venus, y he estado toda la tarde con ella, hasta que me ha tocado prepararme para asistir a esa cena.

He mirado el móvil para ver si tenía alguna noticia de Adonis y si ha avanzado en algo de la investigación. Pero aún no me ha dicho nada.

Acabo de echarme un último vistazo en el espejo.

Los eventos con venta de arte de por medio están frecuentados por las élites y por personas de gustos muy caros y pudientes.

Elijo un vestido corto de color crema que se me ajusta a los muslos y por encima llevo una blazer Polo de color negro con los botones dorados. Esta vez no pienso ponerme taconazos, que aún me duelen los pies de ayer. Así que opto por unos botines negros hasta el tobillo, que no tienen un tacón excesivo.

Me he dejado el pelo suelto. Miro el móvil de nuevo y sigo sin recibir noticias de Adonis. En cambio, Hugo me escribe para pedirme que salga, que está abajo ya.

Está bien. Me muevo el pelo a un lado y al otro, me pongo unas gotas de perfume estratégicamente detrás de los lóbulos, entre el escote y en el interior de las muñecas y dejo mi habitación.

Cuando salgo de casa no tengo que dar ninguna directriz. Siempre les digo que me llamen para cualquier cosa que tenga que ver con Venus.

Hugo está en el coche y, cuando me ve llegar, me hace

un barrido de pies a cabeza, y sonríe como si viera algo muy bonito.

Una vez dentro me dice:

—Esta noche te van a querer comprar. Tú sí eres una obra de arte.

Dejo escapar una risita y pongo los ojos en blanco.

—Eso ha sido muy fácil.

Hugo se encoge de hombros, no parece para nada avergonzado.

—Podría decirte cosas más burdas, pero soy un caballero. ¿Nos vamos?

—Nos vamos. —Coloco mi bolsito tipo bandolera negro de Karl Lagerfeld sobre mis muslos y bajamos por la calle del hospital municipal hasta Vía Augusta.

Un evento mezclado con pujas de arte y con cariz benéfico no es algo que hubiera pensado hacer un martes por la noche. Pero, aunque me gustan mis rutinas, también me adapto a las sorpresas.

Badalona tiene mar y montaña, un centro neurálgico muy dinámico, y la plaza del ayuntamiento es la sede de muchos eventos, pero no del tipo al que voy a asistir.

En la Rambla hay un sinfín de restaurantes y bares de copas, por donde la gente pasea y corre, delimita los municipios costeros y abarca toda la costa badalonesa. Podrías llegar de Badalona a Empuria Brava recorriendo el paseo marítimo. Eso sí, tardarías unos días.

A lo que me refiero es que Badalona tiene de todo, y ya lo decía Serrat: es muy bonita. Por un lado, tenemos la zona costera y, por otro, la zona de montaña.

Pues bien, Cal Dimoni o la Masía del Demonio está en la parte alta de la montaña. Ciertamente, es un lugar perfecto para todo tipo de celebraciones como bodas y comuniones, porque tiene muchas terrazas y jardines y un aparcamiento para más de doscientos coches.

Cuando llegamos, no hay un solo vehículo que no cueste menos de sesenta mil euros.

Hugo ha dicho esta mañana que alguien está muy agradecido con él por sus servicios y que ha querido invitarlo al acontecimiento.

—Tu contacto debe tener mucho dinero y ser alguien poderoso. ¿Político, tal vez?

—Sí. No le falta dinero. Pero él no es el que ha organizado esto. Solo otro invitado más que, a su vez, podía invitar a alguien de su elección.

—Ah, ya…, invitaciones piramidales.

Él se ríe, pero no lo niega.

—Pero, al menos, ¿tienes idea de qué tipo de obras de arte se van a pujar?

—Sinceramente, no. Solo estoy aquí por compromiso.

Hugo sale del coche.

Me ha hecho caso y va vestido como le he dicho. La americana le queda muy bien.

—¿Puedes ir de mi brazo, por favor? —me pide—. ¿O prefieres que te estén molestando toda la noche?

—Creo que exageras.

—No, no exagero —reafirma—. Cógete a mí.

—Está bien —contesto y paso la mano por el hueco de su codo.

Nos adentramos en los jardines por el caminito de arena. La masía es una casa típica de montaña de fachada blanca, muy grande, con buganvillas que salpican sus muros y abetos circunvalando su manzana. El terreno de la propiedad es muy grande, de varias alturas, terrazas cubiertas por domos, sobre todo las cimentadas, y jardines con vistas espectaculares al mar y a la montaña.

Es en uno de esos jardines donde se ha dispuesto un cáterin para todos los invitados. En una mesa hay una cascada de copas con champán y en otro lado, un barman ofrece una cata de vinos exclusiva.

Todavía no están sirviendo la cena, solo las bebidas. Hay unas cincuenta sillas dispuestas en dos líneas frente a un atril, colocado sobre una tarima de madera a ras de césped.

Hay mucha gente alrededor, unos se saludan con más euforia que otros, pero Hugo no va a hablar con nadie. Eso sí, los saluda de lejos con un gesto de su barbilla.

—Los conoces —asumo.

—No de un trato personal, pero a algunos de vista sí.

Aquí hay personas que no he visto en mi vida. Políticos y personalidades del mundo del espectáculo, asiduos a este tipo de eventos… Los invitados son muy distinguidos y las mujeres, sin duda, son hermosas, elegidas como si respondieran a un tipo de patrón. Después veo a otras parejas más consolidadas, más maduras, que disfrutan de comprar arte juntos y también de pasar un buen rato en compañía de los suyos, de los que entienden sus excentricidades y saben que el mundo es como ellos quieren que sea.

Muchos de los asistentes son extranjeros: italianos, ingleses y alemanes. Por supuesto, también hay españoles, pero me llama la atención la poliglotía del grupo. Además, me he dado cuenta de otra cosa: hay pequeños dispositivos de grabación, sujetos a trípodes, que enfocan el atril.

—¿Puede ser que esta puja también se emita en *streaming*? —pegunto en voz baja.

—Puede ser —contesta Hugo mirando lo mismo que yo.

—Oye…, no sé mucho de esto —susurro—, pero ¿qué tipo de cuadros se van a vender aquí? Parece una puja extraña y clandestina. Dudo que estés metido en algo relacionado con el mercado negro.

Hugo suelta una risotada.

—Si esto tuviera tintes delictivos, yo no estaría aquí, ¿no crees? —Me mira con condescendencia—. Sé que se exponen cuadros nunca vistos de autores de renombre. Pertenecen a colecciones privadas de personalidades que, cada vez que parpadean, ingresan un millón de euros en sus cuentas.

—Entonces debo suponer que las obras que se expongan se comprarán por cantidades indecentes de dinero.

—Sí. Ese es el espectáculo. Por eso quería traerte. Sé que tú has estado en fiestas en Estados Unidos y que has visto mundo, Ares —dice hablándome cerca del oído—, pero los que hoy están aquí, esos hablan su propio idioma.

Creo que es atractivo e insultante ver cómo otros se gastan millones de euros, que una no tiene y no va a tener en su vida, en cuadros inéditos. Pero sé que el arte se paga muy caro. Sin embargo, estar aquí me hace sentir mejor con lo que hago. Los cuadros que dibujo nada tienen que ver con líneas clásicas ni frescos al óleo... Y si en algún momento creo que los cobro caro, solo tendré que recordar lo que voy a ver hoy aquí. Nada es lo suficientemente caro para quien está dispuesto a pagarlo.

Hay música en directo. Un pianista y una chica rubia que viste como una helénica y toca la flauta travesera están versionando grandes hits actuales, desde el «Shallow», de Lady Gaga, al «Grenade», de Bruno Mars, y también temas de Rihanna... Me llaman la atención esas versiones. Creo que las edades de los integrantes son dispares, pero todos disfrutan de esas canciones. Nadie se va a poner a bailar, y menos en un cónclave de este calibre. Pero la melodía que emana de la flauta travesera acompañada de las notas del piano es realmente evocadora e invita a que te relajes entre tanto poder y dinero.

El jardín se llena de invitados y no puedo evitar observar todo cuanto me rodea. ¿Quiénes son? ¿Qué historia hay detrás de cada acompañante? ¿Qué piensan pagar por un lienzo? ¿Y de qué son los cuadros?

Un hombre de pelo blanco peinado hacia atrás sube a la tarima y se coloca detrás del atril para hablar. La subasta va a empezar. Muchos de ellos ya tienen sus números para alzar la mano en caso de querer proponer una oferta.

No sé qué se debe sentir al ser capaz de comprar cualquier cosa, tenga el precio que tenga.

—Buenas noches, bienvenidos a todos —empieza diciendo el martillero—. Como sabéis, la subasta de hoy es de la colección de tipo Lucifer Renascens, que cuenta con diez cuadros renacentistas de autores que representaban al Demonio.

Se me pone el vello de punta, como a los gatos.

Cuando mi abuela me dijo que me perseguía el Diablo, lo decía con mucha razón. Sin quererlo, estoy involucrada en cosas que tienen que ver con él. Y no me gusta nada.

—Empezamos con la subasta.

Ciertamente, estoy hipnotizada. Los lienzos se presentan en marcos dorados de molduras artesanales muy ostentosas.

Me fijo en los dibujos, en los frescos, que me parecen inquietantes y obscenos. No entiendo qué tipo de persona querría coleccionar esas escenas tan lúgubres y pervertidas.

En los lienzos aparecen representaciones varias del Diablo, cada uno distinto según lo veían los artistas, involucrado en diferentes escenas de la vida cotidiana. Uno tentador y que sale vencedor en los conflictos; otro que altera y estimula a las masas. Uno que anima en las orgías, rodeado de mujeres bellas y de vino... El Diablo en la representación del génesis y, después, mucho vino por todas partes, cuernos y colas.

Ante mí, los pujadores levantan los números obra tras obra, esperando ofrecer la cantidad definitiva.

El más barato de todos ha costado un millón de euros, y ha sido el primero. De los demás no recuerdo las cifras, para ser sincera. Es todo tan escandaloso para mí que solo me fijo en lo que dice el martillero: «Adjudicado al número sesenta por dos millones de euros; adjudicado al setenta y tres..., adjudicado al diez...».

—La última obra —dice el martillero al presentar la joya de la corona— se titula *El hijo del Demonio*. Su precio de salida es de dos millones de euros.

Los brazos empiezan a levantarse uno tras otro y la cifra comienza a subir ostensiblemente. Todo es tan mareante.

Me fijo en el cuadro y no puedo evitar pensar que hay algo en esa imagen que me parece incluso tierna.

Es un niño sentado en un trono. Un trono con cornamentas y pinchos por todas partes, como si fuera un erizo.

Él está ahí sentado, solo, con una túnica blanca y una corona de hojas de parra en la cabeza. Tiene dos cuernos y cola. Mira aburrido, desde su trono, a las mujeres que le llevan ofrendas de todo tipo. Los ojos dorados de ese niño tienen vida, su pelo es negro y con rizos, sus mofletes mullidos y tiene una copa en la mano, parecida a un grial de ceremonia. Una copa de vino.

—Tres millones a la una. Tres millones a las dos... ¡Tres millones a las tres! ¡Adjudicado al número sesenta y nueve!

¡Plas!

El martillazo me saca de la imagen del cuadro y busco con la mirada al número sesenta y nueve, que se mueve entre la multitud lentamente para saludar al martillero y cerrar la compra detrás de bambalinas.

Va vestido con un traje de chaqueta negro de corte italiano y una camisa blanca debajo. Va acompañado de una mujer de pelo rojo y rizado que acapara también la atención de los asistentes. Cualquiera con el pelo del color del vino tinto llamaría la atención.

Él le da la mano al maestro de ceremonias y, solo por unos segundos, se gira hacia los asistentes.

Sé quién es antes de verle la cara. Lo sé por su complexión, su estatura, su manera de caminar... Su pelo negro y brillante, recogido de ese modo que ya casi no se estila, con la mitad suelto y la otra sujeta a una coleta.

Me está mirando, pero su gesto no dice nada. Como si no me reconociera.

En cambio, yo sí estoy sorprendida e incómoda de encontrármelo en un lugar así.

Es Adonis.

XII

Quince minutos después del cierre de la subasta, Hugo y yo nos retiramos a tomarnos una copa de cava y a recibir las atenciones de los del cáterin. Están sirviendo todo tipo de entrantes y canapés, han sacado además una fuente de chocolate muy grande con un variado de frutas... No se privan de nada.

El pianista y la flautista están interpretando ahora un tema de Backstreet Boys. Qué surrealista. «The Shape of my Heart».

Hugo se comporta como si estuviera incómodo y adopta una actitud muy protectora conmigo. Y yo no dejo de pensar en quién se va a tragar que un investigador privado, como dice Adonis que es, tenga la capacidad de gastarse semejante dineral en una obra de arte que habla del Diablo. Una obra que me ha dado la sensación de que era la joya de la corona de la exposición. ¿Me está tomando el pelo? ¿A qué está jugando?

—Buenas noches, Hugo. —Ambos nos damos la vuelta para ver a quién pertenece esa voz de hombre—. Me alegra ver que has venido.

Es un señor vestido elegantemente con un esmoquin. Sujeta una copa de vino en la mano y tiene un sello de oro en el anular cuyo símbolo no logro distinguir, pero intuyo que el anillo pesa varios quilates.

—Hola, señor Masdeu. Sí, al final he podido venir.

—Y muy bien acompañado, por lo que veo.

El hombre me mira con mucho interés. Sea quien sea, no es el tipo de persona con las que yo trato. Tiene el pelo corto y rizado, de color castaño pero con canas, y los ojos negros.

—Ella es Ares —me presenta.

—Señorita. —El señor Masdeu toma mi mano. La noto muy delicada y fría. Me besa el dorso y lo primero que pienso es en que eso es totalmente inapropiado y de otra época—. Es usted un encanto para la vista.

Mis cejas negras se arquean levemente, me humedezco los labios con incomodidad.

—Gracias.

—¿Le gusta el arte?

—Ares estudió Bellas Artes y es ilustradora —interviene Hugo. No me gusta que diga las cosas por mí.

—Sí, me gusta el arte. No soy una experta —aclaro—. Como dice Hugo, me dedico a la ilustración.

—Si es ilustradora, entonces es artista; y si es artista, le gusta el arte. Y, por supuesto, debe ser culta.

Me obligo a sonreír.

—¿Qué le han parecido las obras expuestas?

—Inquietantemente demoniacas. Pero hermosas.

El señor Masdeu sonríe y muestra una paleta torcida sin ningún pudor. ¿Cuántos años tendrá? ¿Cincuenta?

—He comprado la obra número dos. *La sobremesa del Demonio*. Me gustará ponerla en mi salón, sobre la mesa del comedor. —Se le hincha el pecho al presumir de su dinero.

—Ah, sí —murmuro—. El lienzo donde un apuesto demonio sujeta una copa de vino y ante él hay una bandeja con uvas.

—Qué observadora, señorita Ares. —Sin ningún tipo de

apuro, se lleva la mano al bolsillo de su americana y me da una tarjeta de visita—. Aquí está mi número de teléfono. Tengo varias galerías de arte. Si alguna vez desea exponer su trabajo, no dude en contactar conmigo.

—¿Así? ¿Sin más? ¿Sin ver mis obras? —Tomo la tarjeta con algo de vergüenza.

—Se sabe mucho del artista solo por ver cómo habla y cómo interactúa. No dudo de que su arte debe ser exquisito.

—Muchas gracias —contesto.

Él me sonríe una última vez, desvía la mirada hacia Hugo y este asiente como si se despidiese de él.

—Hugo, seguimos en contacto.

—Gracias por la invitación.

Cuando el señor Masdeu se aleja de nosotros, hay dos o tres hombres acompañados de sus mujeres que también nos rodean. Ni ellos ni ellas sienten reparo alguno en observarme. Me pongo tan nerviosa que le digo a Hugo:

—Oye, ¿es que voy manchada o algo? —le susurro.

—No —contesta él tan normal.

—Tengo la sensación de que me están mirando.

—No es una sensación. Es una realidad —asegura muy congratulado por ello.

—El señor Masdeu tiene mujer, esposa o...

—La tiene. Como la mayoría.

—No veo a muchas esposas por aquí.

—Es que la mayoría no lo son.

Desvío la mirada hacia las chicas jóvenes que acompañan a algunos de los hombres que hay presentes. Algunos parece que son de su edad, pero a otros se los ve mucho más mayores.

—Que tengan mujer no les prohíbe tener amantes o amigas.

—La barra libre de siempre —digo disgustada.

—Le has gustado. Al señor Masdeu. Ese hombre puede...

—Paso. No me interesa nada que tenga que ver con favores a cambio de otros —espeto tomando un sorbo a la copa y buscando a Adonis entre la multitud—. Y, además, no busco ese tipo de publicidad. No la quiero.

Las chicas parecen modelos, pero otras, las más jovencitas, son más terrenales, más reales y, en cambio, tienen una actitud increíblemente pasmosa y segura de sí mismas, como si se creyeran emperatrices. Claro que sí, empoderamiento al poder, pero espero que los hombres que las acompañan sean sus padres y no sus *daddys*.

—¿Qué te une al señor Masdeu?

—Le hice un favor con un tema de seguridad de una de sus galerías. Quedó muy agradecido.

—¿Y me has querido invitar a este evento para ampliar mis contactos? ¿Para hacerme un favor a mí?

—Créeme, Ares, en el mundo todo son contactos y es mejor tenerlos que no tenerlos.

—Está bien. Lo que tú digas —suspiro oteando entre las cabezas de todo el bullicio—. Necesito ir al baño, Hugo.
—Le doy mi copa.

—¿Te acompaño? —pregunta, solícito.

—No hace falta. Ya lo encuentro yo. Vuelvo en diez minutos.

Dicho esto, salgo del jardín y busco el camino de acceso al interior de la masía. Tiene tantas salas que doy gracias a que haya un cartelito de indicación de acceso a los baños.

Entro en la casona y veo una puerta a mano derecha. Es el baño de chicas. Cuando me interno no hay nadie, solo yo. Me miro al espejo y me quedo pensando no en el señor Masdeu ni en Hugo, sino en Adonis. En cómo me ha dejado de bloqueada el verlo allí. Y ¿cómo se habrá quedado él al encontrarme en ese lugar exclusivo para un tipo de élite que ni siquiera conoce la élite? Abro mi bolsito de mano y me pongo un poco de pintalabios porque se me ha ido con el cava.

Una de las puertas que estaban cerradas del baño se abre y sale una chica con un vestidazo de noche negro y precioso. Rubia y de piel muy blanquita, con mucho maquillaje pero bien distribuido por toda la cara, me mira de reojo y se queda contemplando mis muñecas. Por ese gesto, yo me obligo a mirar las suyas disimuladamente.

Un fulgor atrae mi atención hasta que identifico la pulsera que ha titilado por el reflejo de la luz.

Doy gracias a Dios de tener buena vista, a veces cansada desde que trabajo tanto en el iPad, pero buena. Esa pulsera es tan familiar que me estremezco y se me acelera el corazón. No puede ser... Es una pulsera de hojitas de vid diminutas, toda plateada y con brillantes. La misma que llevaba la víctima.

Trago saliva y hago algo que no hago nunca: entablar una conversación con una chica desconocida en el baño, excepto cuando he ido borracha, hace muchos años.

—Qué lienzos más interesantes, ¿verdad? —La miro a través del espejo.

Ella me sonríe y se afana en lavarse las manos.

—Qué pulsera más bonita. ¿Dónde la has comprado? —insisto.

Me mira de frente y se encoge de hombros:

—*Scusa. Non parlo spagnolo.* —Se seca las manos con la toallita del dispensador y lo tira a la basura.

Hablo inglés, pero chapurreo algo de italiano. Lo justo para seguir conversaciones sin vocabulario demasiado técnico.

—*Mi piace il tuo braccialetto. Dove lo hai comprato?*

Ella me mira con más interés todavía, observa cómo me lavo las manos, mis muñecas, pero no oculta su inquietud.

—*È un regalo. Ciao.*

Cuando me quedo sola en el baño, tengo un sentido de la ubicuidad erróneo. Estoy en el lugar incorrecto en el momento menos apropiado, o puede que sea justo lo contrario. Esa chica lleva la misma pulsera, exacta, que la víctima del río.

Sea como sea, tengo que hablar con Adonis y hacérselo saber.

Pero esa es otra: investiga por hobby, probablemente porque podría ser quien quisiera y hacer lo que le diera la gana, con tanto dinero como tiene.

Me seco las manos con otra toallita del dispensador y salgo del baño cabizbaja, sumida en mis propios pensamientos, más inquieta de lo que me gustaría.

Y entonces choco con un cuerpo muy duro y antes de levantar la cabeza, ya sé que es él por cómo huele. A menta, a limpio, a fresco.

Adonis me agarra de la muñeca y me aparta de la zona del baño para arrastrarnos a los dos hasta un recoveco, que parece un pasillo sin salida, donde están almacenando cajas de vino. No puedo negar que es muy dominante y que algo de todo esto me parece muy provocador.

—Explícame qué estás haciendo aquí —dice hablando entre dientes. Parece enfadado y ni siquiera sé por qué lo está.

—Pues no lo sé muy bien. Me invitó un amigo.

—¿El hombre rubio que está a tu lado como si fuera un apósito?

Frunzo el ceño, enfadada con su tono.

—La pregunta no es esa, Adonis. La pregunta es: ¿qué haces tú aquí? ¿Y quién...? ¿Quién eres tú, eh? —Abro los brazos frustrada—. Has comprado un cuadro por tres millones de euros... ¿Qué eres? ¿Un jeque? ¿Un príncipe? Lo que estoy segura es que no eres un investigador. La mayoría de los investigadores no tienen ni para chicles. Es muy raro que...

Adonis me cubre la boca con la mano y me aplasta contra la pared.

Sé que es extraño, pero no me siento amenazada ni asustada. Es un hombre repleto de fuerza, muy masculino, muy viril, y con una clara tendencia a la dominación.

Sus ojos salvajes y claros me están lanzando una advertencia, como su lenguaje no verbal. Pero no me asusta. Me siento espoleada de un modo inaudito y extraño.

—Habla en voz baja —me ordena—. Sigo siendo investigador y más vale que no lo digas en voz alta. No sé qué estás haciendo aquí esta noche, pero te han hecho un flaquísimo favor.

Le retiro la mano de mi boca con un gesto brusco.

—¿Sabes que podría denunciarte por esto? Estás siendo un poco agresivo. Apártate y toma distancia de mí, gracias.

Adonis pega más su cuerpo contra el mío, solo unos segundos; estamos tan juntos que es como si me robase el aire para respirar. En este momento, con nuestros torsos tan imantados, tengo la sensación de que quiere jugar conmigo. Y todo me desconcierta porque mi cuerpo parece que lo reconozca y que no le importe la cercanía piel con piel. Estas sensaciones me asustan. Me está provocando para ver cómo reacciono; nos miramos sin decirnos nada hasta que se retira sin más, como si nada de eso hubiese pasado. Se estira la americana y se recoloca el cuello de la camisa.

—Disculpa.

Observo que mi ropa esté toda en su lugar. Me bajo un poco la falda ajustada del vestido. Eso ha tenido un punto o dos más de intensidad de la esperada.

—¿Cómo se llama tu amigo?

—¿Qué importa eso?

—¿Cómo se llama, Ares? —repite.

—Hugo.

—¿Hugo qué más?

—Hugo Simó.

—¿Es tu novio? ¿Tu pareja?

—¿Puedes dejar de usar ese tono tan exigente?

—Ares, contéstame. ¿Lo es? —Sus cejas negras se elevan esperando una contestación.

—No. No lo es.

—¿Tienes algún tipo de relación íntima con él?

—Somos amigos. Además, ¿a ti qué te importa? —le increpo.

—Necesito manejar todos los datos posibles.

—Los de él y los míos no te hacen falta. Te estás desviando.

—¿Y cómo ha recibido una invitación para la puja?

—¿No vas a parar? —lo miro decepcionada.

—Esto es importante.

—Y dale... Un propietario de una galería le debía un favor, ¿contento?

Él encaja esa información en su cerebro y parece relajarse, como si saberlo le gustase más.

—Estas subastas no son accesibles para personas que no puedan comprar. Debió de ser un muy buen favor para hacerle partícipe de este evento.

—¿Qué más da eso? —No sé si mirarlo a la cara—. Este lugar es muy bonito, pero el evento y la gente que hay me da grima. Y tú formas parte de esto. No lo entiendo.

—Lo que haga con mi tiempo y mi dinero tampoco te debe importar. Soy el hombre que has contratado para investigar lo que me pediste.

—¿Y has descubierto algo?

—Han cerrado la panadería.

Trago saliva y las manos se me quedan heladas.

—¿Cerrado? ¿Para siempre? ¿Ha pasado algo?

—Dicen que en una semana volverán a abrir. Estoy investigando qué ha podido pasar y me he metido en los datos de la Seguridad Social para saber si ha habido alguien más trabajando con ellas estas últimas semanas. No hay nadie más dada de alta, Ares.

—¿Y si la contrataron en negro?

—Podría ser. Por ahora quiero saber sobre las chicas, las panaderas. Y también estoy averiguando por si hay algún registro de cámaras que puedan verificar que la joven estuvo entrando y saliendo de ese lugar en los últimos días.

—Mi vídeo no miente, Adonis —le aclaro—. ¿Qué más pruebas necesitas? No tengo ningún interés en inventarme nada...

—Lo sé. Pero quiero saber si la llevaba alguien en coche, si iba andando o si tenía su propio vehículo. Pero, Ares, tienes que distanciarte de esto y dejarme a mí. Verte aquí hoy, en este lugar, no es bueno.

—¿Bueno? ¿Qué quieres decir con eso? Estoy aquí por pura casualidad.

—La casualidad existe, pero, a veces, no conviene.

Él me mira de ese modo que aún no sé descifrar. Es complicado porque cuando alguien está modelado en granito, una no sabe en qué está pensando.

—Vámonos. —Me sujeta del codo suavemente.

—No me voy. —Me cruzo de brazos.

—¿No?

—No. He coincidido con una chica en el baño, era italiana. ¿Y sabes qué? Llevaba una pulsera exactamente igual a la víctima del río. La misma, joder.

Él se humedece los labios y acto seguido aprieta la mandíbula. Creo que no le ha gustado lo que le he dicho.

—¿Me has oído?

—Sí.

—La misma pulsera —repito con obviedad—. ¿Qué probabilidades hay de que eso pase?

—Te estoy dando una semana de investigación gratis, déjame todos esos detalles a mí. Tú no llames demasiado la atención —vuelve a mirarme de arriba abajo—, y vete a casa con tu amigo. —Dice «amigo» como si Hugo fuese solo un niño—. Créeme, es mejor.

—No, lo que es mejor es que sigas el rastro de esa maldita pulsera.

—Eres irritante.

—¿Perdona?

—No te metas, ya te lo he...

—Hola.

Los dos volteamos la cara y la dirigimos a la mujer que ha aparecido en aquel recoveco. Es la mujer antorcha, la de pelo rojo, su acompañante y, seguramente, novia, y está echando fuego por sus ojos azules. Creo que le molesta muchísimo ver a Adonis en ese rincón conmigo.

Normal. Si yo fuera su novia, eso me haría sospechar mucho y, posiblemente, haría que me pusiera así. Pero no querría arrancarle la cabeza a la chica, querría arrancársela a mi novio, que es el que me debe dar todas las explicaciones.

—Tania.

Ah, ya tenemos un nombre. Se llama Tania. Perfecto.

—¿Qué haces aquí, vir?

—Solo estaba hablando con una amiga.

—¿Con ella? —Me contempla con ojos penetrantes—. La miras mucho últimamente.

Abro un poco los ojos, sorprendida por esa información. ¿Qué ha querido decir?

—Tania, solo son negocios.

¿Negocios?, pienso.

—Es la misma chica del Instagram. Te he visto husmeando en su perfil. Te vi ayer, varias veces, cuando... cuando descansábamos de nuestras sesión...

—No seas imprudente —le advierte. Su tono es como un azote, seco y certero.

¿Cuando descansaban? ¿Ha dicho eso? No me imagino que haga referencia a cuando descansaban entre series de burpees y abdominales, la verdad. Me lo he llevado todo al plano más sexual y crudo.

Tania se obliga a morderse la lengua y, de repente, se le llenan los ojos de lágrimas. Me siento fatal porque no quiero que piense cosas que no son. No soy nada competitiva y creo que no soy celosa en absoluto, pero eso no me impide que empatice con el dolor de otras.

—Me llamo... —me quiero presentar para rebajar la tensión, pero Adonis me lo prohíbe tajantemente.

—No —niega sin mirarme—. No tienes que darle explicaciones. —Observa a Tania, que tiene una actitud un tanto infantil y caprichosa, pero se nota que está dolida. Me sabe fatal—. Tania, tu comportamiento está siendo muy irreverente y eso va a traer consecuencias.

—¿Es que te gusta? —Le tiembla la barbilla. Entrelaza sus dedos por delante de su vestido rojo y mira hacia abajo—. ¿No soy suficiente para ti, vir?

—Creo que me voy a ir. —Casi siento la necesidad de disculparme.

Tania me dirige una mirada velada entre sus espesos rizos rojos y juraría que me está asesinando de maneras muy retorcidas en su cabeza.

—Tania —la regaña Adonis—, ve al coche y me esperas ahí.

—Pero...

—He dicho que vayas. No tolero este comportamiento, ¿me has entendido? —Es inflexible.

¿Qué tipo de relación tienen estos dos?

Tania agacha la mirada de nuevo.

Y es justo en ese momento cuando adopta una actitud

sumisa. Le miro los dedos entrelazados pintados de rojo y veo el accesorio que cubre su muñeca y que se está convirtiendo en una obsesión para mí.

Lleva la misma pulsera plateada con hojas de hiedra. Maldita sea, ¿qué está pasando?

Cuando lo advierto, intento no mostrar ni un ápice de emoción, pero creo que no me sale. Levanto el rostro para enfrentarme a Adonis, el cual, esta vez sí, focaliza toda su intimidación en mí. Sabe que me he dado cuenta, sabe por qué le estoy mirando así. Los músculos de su mandíbula tiemblan ostensiblemente, porque está apretando los dientes.

Yo también los aprieto, pero es porque estoy asustada.

—Me voy. Disculpa. —Me deslizo entre la pared y el musculoso cuerpo de Adonis, que tiene sus ojos clavados en mí, y después esquivo a Tania, que no me da facilidades para que me retire. Todo muy amistoso.

Solo quiero correr, alejarme de la Masía del Demonio. Me siento en inferioridad de condiciones, como si estuviera atrapada en una tela de araña con la que me he topado sin querer. Pero aún no veo a la araña en cuestión.

Salgo al jardín y encuentro a Hugo, que continúa apartado de todo el mundo mientras se come una croqueta, con su aspecto relajado y sujetando mi copa y la suya con una mano.

—Hugo, vámonos —le pido al llegar hasta él.

—¿Te quieres ir ya? —Se traga lo que le queda de la croqueta—. Ahora es cuando viene el DJ y esto se convierte en Pachá —bromea.

—Ya, pero me duele un poco la cabeza.

—Mira, han traído unos canapés de...

—Hugo, vámonos —insisto, comportándome de un modo del que no me siento orgullosa.

—¿Estás bien? —Mira a mi alrededor como un lobo al

acecho—. ¿Ha pasado algo? ¿Alguien te ha hecho sentir incómoda?

—No, todo está bien. Solo es la migraña ocular —miento.

Hugo alza la cabeza y se queda mirando un punto fijo en el horizonte. Volteo los ojos y por encima del hombro atisbo que está mirando a Adonis; él no se corta y también le devuelve la mirada.

Tania ya no está con él. Seguramente, esté esperándolo en el coche.

Adonis va a decirle algo a alguien que no identifico y ambos se retiran, pero continúa mirándome de reojo.

—¿Seguro que estás bien?

—Sí —digo, todavía sin saber cómo me siento—. Llévame a casa, por favor.

Hugo asiente, deja las copas sobre una de las mesitas circulares y altas de color blanco que han colocado por todo el jardín para dejar las bandejas del cáterin. Me toma de la mano de manera posesiva. Adonis no deja de mirarme. Veo cómo sus ojos se dirigen a nuestras manos entrelazadas y, después de eso, retira su atención y se centra en el señor con el que se ha encontrado.

No me gusta esta sensación. Hace que me sienta insegura.

Este evento me ha dejado más dudas de las que ya tenía y, aunque no soy muy dada a las intrigas, sé que, como dice Adonis, las casualidades pueden ser fatales.

Una siempre cree que estas vienen marcadas por el destino. Nada de esto estaba planeado. Pero mi abuela siempre me ha dicho que si quieres hacer reír a Dios, que le hables de tus planes.

Es su modo místico de decir que las cartas están echadas desde hace tiempo.

Pero uno siempre decide cómo quiere jugarlas.

Y me temo que yo no las estoy jugando bien, porque esto cada vez va de mal en peor.

Una vez en el aparcamiento, me doy cuenta de que hay un vehículo encendido con las luces puestas; es el Rubicon de Adonis. En su interior, Tania está llorando desconsoladamente.

Me siento mal por ella, pero cuando se da cuenta de que soy yo la que pasa por delante, sus ojos azules, con el rímel corrido hasta los pómulos, me desafían y veo cómo sus labios pronuncian una palabra: «Zorra».

Hugo no se da cuenta, pero yo sí.

Cuando nos metemos en el TT, me pasa un brazo por encima y hace que voltee la cara y lo mire directamente a los ojos.

—¿No me vas a contar lo que ha pasado?

—No hay nada que contar, Hugo.

—¿Seguro? Te conozco. Sé cómo eres. ¿Conocías a alguien ahí adentro y te ha hecho algo?

—¿Qué? No. Estás exagerando. —Me obligo a suavizar los gestos y a relajarme como puedo.

—Tengo la impresión de que me estás ocultando algo.

—Hugo —le paso la mano por la mejilla y digo que no con la cabeza—, gracias por preocuparte por mí, pero de verdad que es solo la migraña.

Está frustrado. Une su frente a la mía y dice:

—Nunca dejaré de estar preocupado por ti. Te quiero, Ares. —Me sujeta la cara sin mucha fuerza y me besa en los labios.

No. ¿Qué hace? Me aparto y lo empujo un poco por el pecho.

—Hugo, ya te lo he dicho. No quiero esto. Entre nosotros, no.

—No puedo evitar sentir lo que siento. —Se agarra al volante y mira al frente muy enfadado consigo mismo.

—Entonces será mejor que no nos veamos tanto, ¿no crees?

—No puedo no verte —contesta alzando un poco la voz—. No sé hacerlo.

Me muerdo el labio inferior porque no quiero tanta intimidad con él. Sé que me ha dicho que me quiere en el sentido romántico y no en el de amistad. Posiblemente, deba mantener las distancias un poco con él, hasta que sus sentimientos se enfríen.

—Pero yo no quiero estar contigo, Hugo. Te quiero como amigo. Ya está. Y si no lo entiendes y vas a sufrir, va a ser mejor que…

—No lo digas —me corta encendiendo el motor del coche de malas maneras—. Te voy a llevar a casa. Dejemos la conversación aquí.

No digo nada más. Prefiero mantenerme en silencio porque ahora sí que está empezando a dolerme la cabeza.

Hoy he llevado a mi pequeña a la guarde y he decidido trabajar en el personaje masculino de la trilogía, el compañero de Dana. Pero hay algo que me ronda la cabeza y necesito respuestas. ¿Qué suelo hacer cuando no sé de algo? Me meto en Google. Y ahora estoy buscando pulseras plateadas con hojas de hiedra. Quiero saber si se venden y dónde se pueden encontrar. Pero no veo ni una igual, no con esos detalles ni esos brillantitos que parece tener en las puntas de sus hojas. Debe ser cara. No es una baratija cualquiera.

Dejo lo de la pulsera a un lado y me centro en Adonis.

Si es verdad que ha mirado mi Instagram como dijo Tania, si es verdad que estuvo observando mis fotos varias veces, será que él tiene una cuenta. Mientras me tomo un café bien cargado para trabajar, indago en los perfiles que me han dado a «me gusta» desde el lunes. Hay muchos. Subo contenido casi cada día, y hoy he subido una imagen de mi mano dibujando la de Dana… Mis seguidores quieren saber en qué ando metida, pero aún no puedo decir nada y todo debe permanecer bajo secreto y con confidencialidad editorial.

Lo mejor del día es que me ha llegado un nuevo pedido a mi email. Un encargo. Es algo extraño, pero me gustará mucho dibujarlo. Me ha dicho que me pagará lo que le pida. Es estadounidense.

Quiere que dibuje a Mefisto, el Diablo de Marvel, sexualmente sometido por la Bruja Escarlata. Me he tenido que reír en cuanto lo he leído, pero pronto me han empezado a surgir imágenes de la escena y ya estoy deseando ponerme con ella. Mi cliente se llama señor Landon y es de Los Ángeles. El lienzo que me pide es de los caros. Perfecto para mis arcas, y algo sin importancia para las suyas. Es caro por el tipo de dibujo y porque tendrá muchos detalles. Me gustan las imágenes sórdidas y desafiantes. Suelo ser muy atrevida en mis interpretaciones y en mis dibujos y no me da miedo lo obsceno en todo lo que tenga que ver con el arte y la creatividad.

En la vida real, lo obsceno me asusta.

Tengo la sensación de que no me puedo quedar quieta. Y no solo eso: de que no puedo confiar en nadie. Adonis sabía lo que era esa pulsera, la había reconocido y no me dijo nada. ¿Por qué en el evento de arte la llevaban dos chicas más? Y una de ellas era su novia.

Estoy poniéndome otro café abajo en la cocina. Mi abuela está en el jardín, acicalando las flores o, como dice ella, poniéndolas guapas.

En ese momento recibo un mensaje.

Miro el móvil. Es un wasap de Adonis.

No lo abro. Lo de ayer me hizo sentir muy violenta y despertó mucha desconfianza en mí, y ahora me siento atrapada porque sé algo gordo y turbio y él sabe que lo sé y, para colmo, creo que está metido en el ajo.

—Ares, veo la nube negra en tu cabeza, desde aquí —musita mi abuela, que acaba de entrar en la cocina—. ¿Sigues durmiendo bien?

—Psé…

—Estás indagando en el tema de la chica, ¿verdad? Te afecta —dice preocupada.

—Me afecta, me preocupa… Siento que me toca de lleno —respondo mirando de reojo el móvil. Le doy vueltas al café.

—¿Hay algo que debamos saber? ¿Has descubierto algo más?

En realidad, sí lo hay, pero para qué las voy a preocupar. ¿Para qué les voy a decir todo lo que sé si ellas no pueden hacer nada al respecto y yo tampoco?

—No. Nada. ¿Por qué? ¿Hay algo que quieras decirme?

Mi abuela tiene las manos llenas de hierbajos que va a tirar a la basura. Me mira con ojos sabios y sonríe con tristeza.

—Siempre hay cosas que quiero decirte. Pero no puedo poner todas las cartas boca arriba todavía. Solo te pido que abras bien los ojos y tengas cuidado.

—Yaya, no te preocupes. —La abrazo para tranquilizarla, aunque ella no puede hacerlo por tener los guantes manchados de tierra—. Cuando vea al señor con cuernos y rabo, me alejaré.

—Eso es lo que me preocupa. Que te aceche el Diablo no significa que venga él mismo. Porque puede tener muchas máscaras y tratarse solo de energías, de personalidades, de ascendencias… Puede que ya esté en tu círculo y tú no lo sepas.

La abrazo con fuerza y me quedo mirando el jardín.

—Tendré cuidado. Lo prometo. ¿Es verdad lo que me dijo mamá?

—¿El qué?

—Que las Parisi estamos malditas. Que los padres de nuestros hijos acaban muriendo —digo oliendo su pelo blanco, esta vez, recogido en dos trenzas.

Mi abuela se aparta para mirarme a la cara.

—Hay cuatro generaciones de Parisi bajo este techo. Y bajo él vivieron y murieron muchas más. Y también sus maridos. Muchos antes de tiempo y otros más tarde de lo deseado —sonríe un poco mezquina—. Pero si es verdad que a ti te pasó algo terrible hace cuatro años, entonces, nada deseo más que él esté muerto.

Sonrío de oreja a oreja y la achucho con fuerza.

—Eres de las mías. Siempre serás de las mías.

—Siempre, niña. No lo olvides.

El móvil empieza a sonar. Lo agarro solo para darme cuenta de que es Adonis.

Qué insistente.

Me grabé los dos números, el de su supuesto trabajo y el suyo personal. Me está llamando desde el del trabajo, así que sale en el móvil como «Sherlock».

—¿Quién es? —pregunta mi abuela.

—Nadie.

—¿No le vas a coger el teléfono a nadie?

—No. —Le quito el sonido y me lo guardo en el bolsillo trasero del pantalón.

Mi abuela se va al jardín de nuevo, pasa por el salón y se detiene de golpe, llevándose la mano al pecho para mirar el reloj de cuco que canta las horas.

Adonis no deja de llamarme, así que al final le cojo el teléfono.

—Qué quieres.

—Esta tarde, tú y yo. Te envío ubicación.

—No pienso quedar contigo.

—Tienes que quedar conmigo. Hay algo que tengo que decirte.

—No. Creo que voy a hablar con Hugo y…

—Ni se te ocurra —me advierte—. Ares, no puedes hablar con nadie. No debes hacerlo.

—A mí no me puedes prohibir las cosas como a esa chica, a Tania.

—No tiene nada que ver una cosa con la otra. Sé que estás contrariada por lo de anoche. Vamos a quedar y a hablar.

—Te he dicho que no. Creo que me voy a mantener alejada de ti y de todo esto.

—No. Ya no puedes.

—¿Qué quieres decir?

—Si quedamos, te lo explico. Además, no creo que seas de las que deja nada a medias. Y esto es delicado. Has enseñado la patita y la has metido hasta el fondo. Pero si quieres más información, yo te la daré. Solo acabas de empezar, así que ven y te diré lo que sé hasta ahora.

Le cuelgo, porque me da rabia que tenga el poder de hacerme cambiar de opinión. Sin embargo, lo que me dice siempre me pone en guardia y me deja con ganas de saber más.

Recibo la ubicación.

Está en Canyet. En la montaña.

—Capullo. —Me guardo el teléfono en el pantalón bastante malhumorada.

Pero no sé por qué me enfado, dado que, conociéndome, no pienso dejar esto así y voy a ir para ver qué me cuenta.

XIII

Me iba a llevar a Venus, pero después he pensado que no quiero que algo tan puro se mezcle con algo tan turbio y oscuro, así que le he pedido a mi abuela que se quede con ella esta tarde. Que volvería en un par de horas para darle el bañito, hacerle la cena y acostarla.

He cogido la moto porque me apetece que me dé el aire en el cuerpo y hace que me sienta un poco más libre. Sigo la dirección de la ubicación mientras circulo por el interior de la montaña, hasta que me encuentro la entrada de una propiedad que parece sacada de una revista de casas de millonarios. No tendría que sorprenderme, porque ayer vi cómo Adonis compraba un cuadro por tres millones de euros sin despeinarse, pero lo hago, porque es un caserón en medio de la montaña de Badalona, oculto entre sus bosques y pinos.

Canyet dispone de varias masías típicas de la zona, la Masía del Demonio es una de ellas. Algunas están en mejor estado que otras, pero hay doce que forman parte del patrimonio histórico de Badalona. También cuenta con zonas más urbanas en las que se han construido complejos urbanísticos y casitas de veraneo. Es un buen lugar para vivir si te gusta estar alejado del mundanal ruido.

Recorro el caminito de arena hasta la entrada de la casa,

que dispone de una verja con timbre electrónico, cámara y micrófono.

No tengo ni que llamar. La puerta se abre sin más. La moto circula mucho mejor por el pavimento de piedra lisa y grisácea, rodeada de un césped raso y verde eléctrico que ya quisiera un campo de fútbol. El sendero me guía hasta el interior de la propiedad de Adonis y, mientras avanzo, encuentro abetos que ayudan a delimitar sus muros, erigidos en piedra y madera, imposibles de rebasar a no ser que se hiciera una torre humana, como los castellers.

El caminito acaba donde empieza la plaza central, en la que hay una fuente con una mujer sentada sobre un ánfora y con un rodillo de lana entre las manos. Sujeta el extremo de ese hilo con gracia y sonríe, como si te estuviera tomando el pelo. Le sale agua de los pezones. Muy ocurrente.

Sin embargo, hay algo más que me deja enmudecida. La casa es como un castillito escocés, hecha con un gusto exquisito. Una la ve y puede imaginarse a los *highlanders* subiéndose a las torres para fornicar con las señoras del castillo. Pero no estamos en Escocia. Estamos en Badalona y presenciar algo así en la montaña, algo que nunca había visto, me demuestra que una no sabe nunca dónde vive realmente ni lo que tiene alrededor. Conozco muchas masías de la zona y como Canyet es el barrio más grande del municipio, pues una sabe que en la zona hay casas grandes y elegantes, pero aquello me deja sin palabras.

Las puertas del castillo se abren y tras ellas aparece la silueta de un lobo gigante, enorme, que me convierte en piedra.

Me quito el casco con mucho cuidado y cierro los ojos para asegurarme de que no es un espejismo. Y no lo es. Es un lobo, un lobo enorme del tamaño de un poni con una cabeza gigantesca. En mi vida había visto un animal así.

Pero el hombre que lo sigue también es digno de admirar. Adonis parece vivir ajeno a todo lo que inspira, a su poder, a su dinero, a su porte entre angélico y demoniaco. Es como si el mundo no fuera con él y, con todo y con eso, parece que se lo tome todo demasiado en serio como para fingir que nada le importa. Va vestido con un pantalón negro y una camisa blanca arremangada hasta los antebrazos y con los dos primeros botones abiertos. De ese modo se le ve la poderosa clavícula y el pecho marcado. Es imponente.

El lobo es su protector, su escudero, se nota en cómo le ronda y da vueltas a su alrededor como si fuera un cachorro. Tal vez lo sea, aunque no lo parezca por las patas que tiene y esas pezuñitas gruesas y gordas que miden como una de mis manos. Parece un animal de un mundo de fantasía donde el invierno está llegando. Pero su aspecto es tan intimidante que, aunque sea aún una cría de lobo, hay que ser precavido. Su pelaje es negro y muy frondoso y tiene los ojos amarillos. Porque no es posible, si no, pensaría que Adonis y él son hermanos gemelos.

—Dime que eso no muerde —le ruego sujetando el casco contra mí.

—Lobo es el ser más inofensivo que hay en toda la tierra —contesta Adonis y se mete las manos en los bolsillos—. Bienvenida, Ares.

Lobo se acerca a mí y me huele las piernas y las deportivas blancas que acaba de babear, hasta que empieza a lamerme la mano. Pienso que, si le diera por morderme, me arrancaría el brazo de cuajo.

—Hola, bonito —susurro un poco nerviosa—. Es casi tan alto como yo. Da un poco de respeto.

—Es un perro lobo checoslovaco. Si se pone de pie, mide dos metros.

—Como los perros de *Juego de Tronos*.

—Exacto. Es de esa raza —contesta.

—¿No me va a morder, entonces?

—No —contesta, tenso.

Asiento y le dirijo una mirada desconfiada.

—¿Y tú?

—¿Quieres saber si yo te voy a morder? —Entrecierra los ojos; cuando hace eso, se ven más amarillos y salvajes que nunca, porque quedan enmarcados por sus espesas pestañas, largas y oscuras. La luz siempre resalta entre la oscuridad.

—No, quiero saber si estoy a salvo contigo —respondo con mucha seriedad—. Lo de ayer no me gustó nada y me ha dejado muy desequilibrada. Necesito respuestas, Adonis, y que me expliques de qué va todo esto. ¿Qué eres? —Miro su castillito en medio de Canyet y me imagino lo que esconderá el terreno que lo rodea. Piscina, piscina climatizada interior, sauna, sala de cine, un aparcamiento con más de un coche... Todos los lujos habidos y por haber están ahí, con toda seguridad—. ¿Quién eres?

—¿Quieres entrar y tomar algo? —sugiere con un ademán principesco.

—No sé si quiero entrar —admito—. Te he dicho que me siento un poco insegura.

—No es de mí de quien te tienes que sentir insegura.

—No lo puedo evitar. Tú sabías que la pulsera que llevaba la víctima la llevaba también Tania. ¿Por qué te callaste cuando te lo dije? Me estás ocultando información. ¿Tienes que ver algo en todo esto?

Lobo se acaba de tumbar entre nosotros, como si supiera que no pienso moverme de ahí.

—Me callé porque nunca imaginé que te involucrarías en nada de esto. Nunca pensé que coincidiría contigo en... ese tipo de eventos. Sí, le regalé la pulsera a Tania. Pero solo a ella. No tengo nada que ver con la chica del río.

—Pero... ¿ella tiene que ver con algo en lo que tú estés

relacionado? —No entiendo nada—. Adonis, no soy tonta. Sé que está pasando algo. Y sé que ayer más de una chica llevaba esa pulsera y, entre ellas, tu novia.

—Tania no es mi novia —asegura con vehemencia.

Me río un poco de él.

—No, claro. Te va a montar ese numerito celoso y posesivo solo porque sois amigos… Esa chica me miró como si quisiera matarme. Y no solo eso. Me la encontré llorando en el coche cuando me fui y me llamó zorra. Parecía atacada de los nervios.

—Es muy… intensa. Mis disculpas.

Ese tonito de estirado me pone de los nervios.

—No, eso no es ser intenso, eso es estar superado por las emociones.

—Como sea. Tania es complicada y esto es difícil de contar.

—Cuéntamelo. A eso he venido.

—Ayer por la noche entraste en escena y llamaste la atención de gente que no te interesa que se fijen en ti. Que estuvieras ahí me puso en un serio aprieto.

—Pues tú estabas allí. ¿Qué dice eso de ti?

—No dice nada bueno. Pero yo no soy como ellos. Ares, es posible que ya te estén siguiendo.

—¿A mí? ¿Quién me va a seguir y por qué? ¿Por lo del vídeo que subí y me borraron?

Dejo el casco sobre el sillín de la moto y me dirijo a la fuente para sentarme sobre la piedra.

—Por eso y por presentarte en sociedad anoche. Había cámaras grabando el evento y gente interesada en ver lo que había y quiénes asistieron a la subasta.

—Eso son chorradas. No le intereso a nadie…

—Ni te lo imaginas —susurra ocultando demasiada verdad.

—Nadie me sigue. ¿Qué son esas pulseras?

—Parece que quieres creer que estoy implicado en el asunto, y no es así. Tengo relación, pero no por lo que tú te crees.

—Ya no sé en lo que creer —digo un poco rebasada por todo.

—No puedo contarte todo lo que sé porque puede ser peligroso para ti.

—Mira, estoy un poco cansada de que todos queráis protegerme. Me sobra. —Acaricio un resorte de la piedra de la fuente. Eso no tendría que haberlo dicho, pero a veces, cuando estoy frustrada, me cuesta bastante morderme la lengua. Debería hacer más ejercicios de contención—. Si no me cuentas ahora mismo todo lo que sabes, te juro que me voy con todo lo que tengo a los Mossos, se lo enseño a Hugo y...

—¿Hugo? —Levanta la cabeza y esconde una sonrisa impertinente—. Ese es tu contacto de los Mossos. Hugo Simó, ¿verdad? Así me dijiste que se llamaba. ¿El indiscreto que te habló del cadáver? ¿Qué es? ¿Inspector? ¿Subinspector?

—Déjalo en paz. Él no sabe nada.

—Mientes. Ya sé que es él. Ares, hay mundos que deben permanecer cerrados para muchas personas. Pero si los abres, debes aprender la primera norma: «En los círculos, todos saben de todo».

—No sé a lo que te refieres...

—Claro que no. Solo mantén los ojos abiertos y no te fíes de nadie.

—¿Sabes? Ese mismo mensaje me lo ha dado hoy otra persona.

—Una que te querrá mucho, supongo. —Se cruza de brazos y se sienta a mi lado. Yo me aparto un poco—. ¿Tienes miedo de que te ahogue en la fuente? —Alza una ceja negra y me mira de reojo—. ¿Tanto te asusto ahora? No soy ningún asesino. Soy de los buenos.

—Hay asesinos que se creen que son buenos. Como Dexter.

—Yo no mato. —Las comisuras de sus labios se elevan y tengo la sensación de que le gusta marear la perdiz—. Pero está bien que no te fíes de nadie. Ni siquiera de mí.

—Hugo es mi mejor amigo. De él sí me puedo fiar, aunque digas que no.

—Hugo ayer te agarraba de la mano y te sacó de allí porque quería dejar claro a todo el mundo que eras suya —me contesta con un tono uniforme y principesco.

Lo sabía. Sabía que se había fijado en ese detalle.

—Eso es una memez. Yo no soy de nadie —repongo ofendida—. Él y yo teníamos una relación, pero ya no. Lo dejé hace unos días.

Adonis deja caer la cabeza hacia atrás, su pelo negro baila sobre sus hombros y mira al cielo jactándose de mis palabras.

—Ese hombre nunca va a aceptar que no le quieres. Siempre va a hacer todo lo posible para que volváis a estar juntos.

—¿Y tú qué sabes? No lo conoces.

—No me hace falta. Lo que sé es que él nunca debió invitarte a ese evento. Y si lo hizo, fue por una razón, porque ahí se va siempre por un motivo, además de por el arte.

—Cuando quieras puedes empezar a explicarme las cosas sin tanta adivinanza —lo animo como si nada.

—Prométeme que nunca dirás lo que hablemos tú y yo. Es muy importante —me advierte.

—No se lo voy a contar, pero como me enredes y descubra que hay algo mucho más gordo detrás de todo esto, te juro que me voy con la documentación que tengo a una comisaría y hago que monten una investigación aquí a lo grande. Puede que eso no te guste tanto —lo amenazo.

—Si lo hicieras, no vas a conseguir nada, no te imaginas la de hilos que son capaces de mover.

—¿Quiénes son capaces de mover hilos? ¿De qué estás hablando?

—Nada —dice frustrado—. Lo que tienes que saber es lo siguiente: el cadáver del río, la chica que encontraron, se movía en estos círculos. Ella podría haber estado ayer noche entre los presentes. Las chicas con esa pulsera son las mujeres de un vir, a quien pertenecen.

—¿Que pertenecen? ¿Qué quiere decir eso? ¿Que son esclavas?

—No. No son esclavas —me explica frotándose la nuca—. Son mujeres educadas para complacer la voluntad de un vir. Voluntades sociales y también… carnales. —Vuelve a mirarme de soslayo.

Frunzo el ceño y me miro la punta de las deportivas, sobre las que Lobo ha decidido reposar su enorme morro. ¿De qué estamos hablando? ¿Un vir? ¿Eso qué es?

—Te refieres a sexo.

—Es sexo, sí. Pero es mucho más que eso. Forman parte de un círculo selecto de personas que buscan mujeres a medida para sus juegos y sus… filias. No eligen las mujeres al azar. Algunas tienen pedigrí y otras… otras no.

—Tú tienes a Tania —asumo—. ¿Eso es lo que haces con ella? ¿Sexo? ¿La… la instruyes?

—Es más que eso… no solo sexo. Es difícil de explicar. Pero nada de eso te importa. Lo que yo hago aquí es solo asunto mío. Lo único que a ti te conviene saber es que el cadáver pertenecía a alguien del círculo virtuoso.

—Del círculo virtuoso… Es que me suena a magia, hechicería y sociedades secretas —espeto con desagrado—. Es de locos.

—Es que puede serlo perfectamente. Pero no te puedo contar mucho más porque es confidencial y, para ello, tienes que estar dentro. Eso es lo que menos debe importarte ahora. Además, tú estás buscando respuestas a tu vídeo y a la foto que tienes. Y yo te las estoy dando. Esa chica no es una mujer invisible. Tenía un trabajo, venía de un lugar, con una familia, y pertenecía a un vir.

—¿A qué vir?

—Eso es lo que sigo indagando. No los conozco a todos. Hay eventos en los que se encuentran con sus chicas, pero aún no conozco a todos los miembros y no todos asisten a todos los eventos.

—Y son chicas de todas partes del mundo. —Entiendo. Debe ser así porque en el de anoche había una italiana.

—Sí. Porque ellos también pueden ser de todas partes. Pero en este lugar —confiesa crípticamente—... Aquí fue donde empezó. Es como un centro neurálgico.

—¿El qué empezó?

—Todo. Nació aquí.

—¿A qué te refieres con que nació aquí?

—No puedo contarte nada más, Ares —sentencia.

—Vale. —Lo voy a respetar por ahora—. Entonces ¿es como un club?

—Sí. Muy grande. De membresía selecta.

—¿Ideales sectarios?

Adonis hace un movimiento con los hombros que me indica que podría ser así.

—La cuestión es que he estado investigando más cosas. Te eliminaron el vídeo de Instagram y te lo denunciaron desde una cuenta anónima. Estoy intentando que me den la dirección IP desde la que fue denunciada. Porque es muy difícil seguir el rastro de Instagram. Sé el día que te lo vetaron y la hora. Pero con la IP puedo encontrar la ubicación desde la que lo hicieron.

—¿Puedes hacer eso? —No salgo de mi estupefacción—. Pareces un pulpo. Tienes tentáculos por todos los lados.

—Puedo hacer muchas cosas. Pero tampoco necesitas saberlas. No es necesario, dado que lo que nos atañe y nos une es un pacto laboral. Tú me pediste ayuda y yo te la estoy ofreciendo.

Vuelvo a otear a mi alrededor. Obvio que puede hacer muchas cosas. Alguien con tanto poderío puede acceder a muchas informaciones vetadas para los mundanos.

—Ya...

—En la Seguridad Social no consta que hubiera nadie trabajando en la panadería, aparte de las dos chicas que conoces. Sin embargo, me han asegurado que el archivo ha sido modificado hace seis días.

—Eso fue el viernes, cuando mi conocido hizo la foto. Por la mañana. La habían matado ya y entraron en la Seguridad Social para borrar los historiales.

—Sí —dice admirado por mi agilidad mental.

—¿No sabes nada más? ¿Quién lo modificó?

—Mi contacto lo está investigando desde dentro.

Resoplo sin ocultar mi admiración.

—Debes de pagar mucho...

—O, tal vez, me deban muchos favores.

—Pero sigo sin comprender... Las chicas del Forn Maria aseguraron que allí no había trabajado nadie más. ¿Por qué? Yo sé que eso no es verdad y ahora tú también. Pero ellas parecían tan convencidas... ¿Cómo es posible?

—Ares, hay cosas a las que no podrás darle explicación. Muchas. Algunas superan nuestro entendimiento porque se acercan mucho a lo que no comprendemos. A lo que muchos temen o a cosas que no creen. Pero yo estoy aquí para buscar respuestas desde las pruebas y el empirismo.

—Pero ahora ya sé que habrá cosas que no me querrás contar, porque formas parte de ese mundo...

—Estoy dentro, pero no como tú crees. Vas a tener que confiar en mí. Y yo también querría confiar en ti. Quiero saber por qué estás tan interesada en esto, por qué no eres capaz de dejarlo pasar. Este mundo no te pertenece.

¿Y él qué sabrá de mi mundo y de adónde pertenezco? Él no sabe nada de mí.

—Me interesa. Y ya está. Ya no lo puedo dejar pasar. ¿Crees que a esa chica la mató alguien de ese círculo virtuoso del que formas parte?

—Dices círculo virtuoso como si te burlaras de él.

—Me parece pedantesco y envanecido. Parece que os creáis dioses.

Adonis asiente y tensa la mandíbula. Sé que lo que le estoy diciendo y cómo se lo estoy diciendo le ofende y le sienta mal, como si tuviera que ver con él más de lo que desearía.

—Entonces ¿lo crees? ¿Alguno de esos hombres pudo matarla?

—Puede ser. Seguiré investigando y si descubro la identidad de la chica y qué fue lo que pasó realmente con ella, te lo diré. De todas formas, te informaré en cuanto tenga algo más.

Creo que Adonis sabe demasiado. No puedo confiar en él como me gustaría porque no me cuenta toda la verdad. Pero yo tampoco se la digo a él. Así que estamos en paz.

—Tus dibujos son increíbles. Tienes un talento superlativo. Y eres muy fotogénica —reconoce sin pudor, mirando al frente. Acaricia a Lobo detrás de las orejas, con todo el amor y el cariño que estoy segura de que no expresa a ningún otro ser humano del planeta—, Ares Avenger. —Entorna los ojos lo suficiente para parecer un diablo taimado.

Es su manera de hablar. Es difícil encontrar a personas cuya cadencia y cuyo tono puedan afectarte sin necesidad de ser expresivos. Pero a veces le brillan los ojos; en ocasiones parece que sonría y en otras parece que marca sin tocarte… Adonis es brujería.

—Entonces Tania tenía razón. Se enfadó porque estuviste viendo mi perfil.

—Tania es posesiva, celosa y exagerada. Ya entró en cólera cuando nos encontró hablando en la fiesta del Mas Ram.

—Y ¿puede hablarte así si eres un vir de esos? ¿Qué es ser un vir?

—No voy a hablarte más de lo que soy ni de lo que hago. No trasciende —dice cortante.

—¿Eres consciente de que ahora voy a buscar toda la información posible sobre el tema?

—No vas a encontrar nada que explique qué es el círculo virtuoso. Por eso es una sociedad secreta. Además, debes mantenerte muy lejos de ese mundo… —Nuestros brazos están en contacto el uno con el otro y parece que él se esté apoyando en mí—. ¿Me has entendido?

—Por suerte —digo alzando la mirada para encontrarme con sus penetrantes ojos amarillos—, no tengo mucho que ver con Tania y a mí no me puedes ordenar lo que debo hacer.

—Lo digo por tu bien —conviene. Su mirada se desliza por mis pómulos, mi nariz, hasta llegar a mis labios, donde se imanta—. Y por el mío. Esto es serio. No puedo ni quiero decirte más. Pero confía en mí, por favor. Mi objetivo es seguir ahondando y descubrir la IP desde donde se denunció tu foto. Tal vez así lleguemos hasta alguien relacionado con la muerte de la joven.

Asiento y me conformo con eso.

—Tendré paciencia.

—Tengo una duda —dice Adonis—. ¿Qué harás cuando sepas quién fue?

—Aún no estoy segura. Pero quiero saber quién está detrás de esto. Ya decidiré qué hago con la información.

Él inspira profundamente y mira hacia el cielo del atardecer.

Me quedo mirando su perfil y me descubro admirándolo. Hay una corriente entre nosotros, una calma extraña que encuentro incluso en su mirada turbulenta, en su constante estado de alerta, en el viento que nos mece como quien sopla sobre una herida para lograr que deje de doler, que enfríe la quemadura.

Me siento así a su lado. No me fío. No puedo confiar, porque es obvio que conoce mucho más de lo que yo podría llegar a imaginar siquiera. Su mundo es extraño, hermético, de lujos y lienzos únicamente al alcance de la sangre más azul y dorada. Todo él es un misterio, es un fulgor constante, pero no sabes si detrás hay sol o solo una ilusión fatídica propia del destello de un foco. El viento mece las hojas de los árboles y su baile se convierte en un rumor, como si hablasen entre ellas para burlarse de nosotros.

O solo de mí, porque en el fondo, no sé con quién estoy ni de parte de quién está él. Y tal vez solo me está engañando.

—Tu tono de llamada —digo acariciando a Lobo. Él se deja; es tan manso y dócil que me encanta.

—¿Qué pasa con él? —quiere saber intrigado.

—Es el aullido de tu lobo, ¿verdad? —En un principio había pensado que se las daba de animal y me pareció ridículo. Pero ahora he entendido que solo grabó el aullido de su querido perro lobo. Y hubiera preferido no saberlo, porque me parece enternecedor.

—Sí.

—Tu perro es precioso y muy bueno.

—Gracias.

Paso los dedos por debajo de su morro, le rasco el cuello y, por un momento, Adonis pasa su mano por la zona que yo acaricio, y me roza a mí también, pintando un sueño en mi piel que siento por todo el cuerpo. Madre mía, es como si me encendiera cuando me toca. Retiro la mano rápidamente y juraría que él oculta un gesto auténtico parecido a una sonrisa.

—No hay fotos de tu hija en tu perfil de Instagram.

Es como un pistoletazo de salida que hace que quiera irme de ahí inmediatamente. Pero me aguanto, aunque me pongo nerviosa porque no quiero hablar de Venus con él. Ni con nadie.

—No. Uso las redes sociales solo por mi trabajo, a nivel profesional. No a modo personal.

Él parece comprenderlo.

—¿Cuántos años tiene?

—¿Tenemos que hablar de ella? No hemos llegado a ese grado de intimidad.

Adonis retira la mano del cuello de Lobo y apoya su puño cerrado sobre el muslo. De repente, ya no está tranquilo. Lo veo tenso.

—Es solo una pregunta.

Exhalo enfadada conmigo misma. No sé si debería dejar de estar tan a la defensiva.

—Tres. Los cumplió el... el 10 de enero.

—Tres... —repite meditabundo—. Es muy pequeña.

—Sí. —Me levanto y me limpio las palmas algo frías en los tejanos.

—Y tú muy joven, Ares —observa—. Tienes veintisiete ahora, ¿me equivoco? No me mires así —murmura un poco incómodo—. Lo he leído en Wikipedia. Parafraseando lo que dicen de ti, de las pocas mujeres ilustradoras junto a Belén Ortega, del mundo Marvel y DC, con un éxito rotundo y una legión de admiradores.

—Pues sí que me has investigado.

—Es mi trabajo.

—De ti, en cambio, no hay nada en absoluto en internet. Adonis Russo no existe. Pero tienes redes sociales, de lo contrario, no habrías visto mi perfil.

—Las tengo. Pero son secretas —sonríe, y se le marcan unos hoyuelos que me matan y me parecen de delito. Sin embargo, la sonrisa no llega a sus ojos. Le cuesta—. ¿Tenías veintitrés cuando te quedaste embarazada?

—Sí. ¿Cuántos años tienes tú?

—Treinta. ¿Cómo se llama tu hija? —me lanza una mirada de consternación—. Es solo su nombre. No voy a averiguar nada sobre ella, relájate, señorita Parisi.

—Venus. —Levanto la mano para que se detenga—. Y no voy a decir ni una palabra más, porque haces juegos de mentalista que no me gustan ni un pelo. Tú no me cuentas nada sobre ti y yo tampoco voy a hacerlo.

—Está bien —se disculpa y se levanta para que pueda comprobar, por enésima vez, que es altísimo—. Te invitaría a entrar —su brazo se extiende con la palma de la mano hacia arriba y señala la impresionante puerta de entrada de su hermoso castillito—, pero no estás lista para ver mi castillo.

El comentario me hace gracia.

—¿Acaso tienes mazmorras y salas de tortura?

—Tengo eso y mucho más. Incluso altares y mesas de sacrificio.

Trago saliva, pero disimulo que su respuesta me ha puesto nerviosa. ¿Lo ha dicho en serio?

—No entro, no porque no esté lista, sino porque no quiero hacerlo. —Alzo la barbilla.

—Algún día querrás.

—¿Es una amenaza? —Lo oteo sin demasiado respeto.

—No. Es una afirmación. El único modo de conocer a un hombre es cruzando las puertas de su fortaleza.

—Lo poco que sé de ti me inquieta bastante como para estrechar más lazos.

—Y yo creo que tú te equivocas si crees que no soy de fiar.

—Tengo un esbozo mental de ti y creo que serías como una especie de Loki.

—¿De Loki?

—Sí, el dios timador de la mitología nórdica.

—¿Ah, sí? ¿Crees que me conoces? —Al mismo tiempo, parece divertido y seducido por la idea de que yo sienta curiosidad y, además, me haya hecho una idea de su persona.

—Posiblemente no sea tan buena como tú haciendo perfiles. No sé meterme en la cabeza de los demás, pero soy observadora.

—Con eso ya tienes mucho ganado. A ver, prueba —dice sin creer ni un ápice en mí—. Dime cómo eres de buena creando a personajes.

—De acuerdo —digo envalentonada, acercándome ligeramente a él—. Tienes mucho poder adquisitivo y te viene de herencia o por trabajo personal, eso no lo sé. Lo que sí sé es que la mayoría de las personas que son como tú nunca hacen las cosas gratis. Podrías hacer lo que quisieras, vivir la vida a lo loco, pero no eres un derrochador. Al contrario; tus gestos, tu comportamiento, tu manera de hablar, denota un autocontrol envidiable, porque eres meticuloso y te gusta supervisar hasta el último detalle de lo que emprendes. Pero no eres frío, no como pretendes aparentar. Escondes muchas cosas a los demás, pero sobre todo, te escondes a ti mismo. Tienes un conflicto con tus propios demonios. Posiblemente, uno que venga del pasado. Por eso estudiaste Teología y eres demonólogo, porque eres culto e inteligente; te apasiona porque crees firmemente en ello, en esas energías y en esa oscuridad, en las sombras de los seres humanos, dado que convives con ellas a un nivel personal y emocional, y eso te contraría, porque crea un conflicto contencioso en ti y da lugar a una batalla constante en tu interior entre el bien y el mal. No obstante, siempre gana el mal, porque no te importa rebasar los límites si con ello consigues tu objetivo. Porque eres poderoso y llegas hasta donde quieres y juegas con quien quieres. Vienes, absolutamente, de vuelta de todo. Te gusta desafiar a los demás y tras tu manera de ser arrogante y altiva, hay rabia, despecho y desprecio hacia algo que solo tú conoces y también un poco hacia ti mismo; hay irreverencia y rebeldía hacia el poder más abusivo, venático y funambulesco, y lo has convertido en una lucha personal. Sin embargo, formas parte de ello, no solo porque a una parte muy tuya de ti le guste y se sienta identificado, sino porque es tu medio para conseguir algo más. Por eso participas de ese círculo de virtuosos que, en el fondo, sabes que es decadente y peligroso. Los perfiles como el tuyo pueden ser rebeldes o villanos, pero nunca héroes, porque hace muchísimo que dejaste la inocencia atrás y porque la mayoría de los rebeldes y villanos están movidos por la venganza. A ambos los separa una línea fina. La verdad es que —asumo rindiéndome a la evidencia— no sé quién eres. Pero he entendido que tú no estás aquí por casualidad o porque, de repente, te hayas enamorado del Maresme o de las montañas de Badalona. Debes tener casas infinitamente más grandes que esta repartidas por todo el mundo. Pero te has asentado aquí, a tus treinta años. La edad perfecta. Estás aquí por algo más, algo muy grande y a lo que le das una importancia casi divina. Por eso tienes una página web, porque quieres advertir cualquier anomalía en esta ciudad, porque la quieres tener controlada. Tú, Adonis Russo, estás aquí con un objetivo. Y ese objetivo no es salvar a nadie de los demonios que dices que existen. Estás aquí para jugar a tu propio juego y para imponer tus propias normas, aunque tengas las cartas marcadas, taimadamente, como haría un sátiro —concluyo dibujando una sonrisa conforme en mis labios— o un dios del engaño.

Adonis no mueve ni un solo músculo de su cuerpo. Sus ojos refulgen como si empezaran a verme de verdad, como si hasta ahora solo hubieran visto de mí la punta del iceberg. Sé que está sorprendido, pero desconozco cuánto de mi construcción del personaje es real o no. No obstante, por su postura corporal, creo que me he acercado bastante.

—Señorita Parisi. —Me hace una reverencia falsa e insultantemente perfecta—. Encantado de conocerte, por fin.

—Aún no me conoces.

—Tú a mí un poco más, por lo que veo, pero has errado en alguna de tus observaciones.

—¿En cuál?

Se acerca a mí, hasta eliminar la distancia entre nosotros, alza su mano y me acaricia las puntas de mis mechones con los dedos. Después, como si se hubiera quemado, deja de tocarlos.

—No estoy aquí para jugar a ningún juego. Pero estoy disfrutando de la partida —dice en voz baja.

Sé que lo hace adrede. Me desafía, me turba y quiere desorientarme, y así es imposible que me pueda fiar de él como quiero. Pero lo hace a propósito y quisiera saber por qué.

Carraspeo y me aparto de su cercanía dando un paso hacia atrás.

—¿Hoy no tienes a Tania para… educarla a tratar contigo?

Adonis no sonríe, solo aletea un poco las pestañas.

—No. ¿Por qué? ¿Quieres sustituirla?

Niego lentamente.

—No creo que me haga falta educación, gracias.

—Depende de para qué te instruyan, señorita Parisi.

No tengo ganas de seguir tensando la cuerda. Ni siquiera sé por qué me molesta que un hombre con el poderío y la personalidad abrumadora de Adonis esté con una mujer con un comportamiento tan infantil como Tania.

—¿Quién es? —señalo a la mujer de la fuente, solo para cambiar de conversación y aflojar el trato.

—Es Ariadna. Con su hilo —añade sin dejar de mirarme incisivamente—. ¿Sabes quién es? ¿Conoces la leyenda del hilo de Ariadna?

—Sí. La conozco.

No soy investigadora, pero puedo documentarme muy bien y, de hecho, es lo que suelo hacer para realizar mis ilustraciones. Y lo que tendré que hacer para la novela gráfica.

Quiero saber más cosas sobre Adonis. Y voy a tirar del hilo, como Ariadna, todo lo que pueda, para comprender cuál es el nexo entre él y todo lo que está sucediendo a mi alrededor, porque sé que no ha llegado a mi vida por casualidad.

Nada de lo que dice o hace Adonis es casual, y tengo la sensación de que está deseando que lo descubra por mí misma. Necesito saber quién es.

Un hombre como él no puede pasar desapercibido y menos en un municipio como Badalona. Puede ser un ermitaño millonario que adora estar escondido en las entrañas de Canyet y que solo es accesible para los de su misma clase.

O puede ocultarse para no llamar la atención y actuar desde las sombras, no como un héroe, pero sí como un demonio justiciero. Pero ¿por qué querría hacer justicia?

Al fin y al cabo, Loki también es el héroe en algún momento de su historia.

Me pongo el casco, me agacho para acariciar a Lobo y despedirme de él. Cuando miro a Adonis, no sé muy bien qué hacer, así que me monto en la moto y le digo:

—Seguimos en contacto. Avísame si tienes cualquier novedad. —Voy a arrancar, pero él me detiene.

—Señorita Parisi.

—¿Qué? —Apoyo un pie en el suelo para no caerme y perder el equilibrio.

—No hables de esto con nadie. Y esto sí es una orden.

—No me gusta que me hables así —lo censuro.

—Me da igual. Hazme caso, por el bien de los dos. Y otra cosa: no es normal que alguien como Hugo asista a un evento como el de ayer. Pregúntate qué tipo de favor le haría al dueño de las galerías. Y pregúntate —insiste con algo de malhumor— por qué te llevó.

Frunzo el ceño, sin comprender la insinuación, pero esa fijación que tiene con él empieza a molestarme.

—No.

—Entonces pregúntaselo a él.

—Tú eres el investigador. Si quieres saberlo, averígualo tú. Yo no voy a poner en tela de juicio a nadie de mi entorno —le advierto.

—Deberías hacerlo. Yo puedo hacer mi trabajo, pero tú también deberías hacer el tuyo.

—Y eso haré. —Y tanto que lo voy a hacer. Para empezar, si tengo que buscar información sobre alguien, será sobre él, no sobre Hugo.

Dicho esto, esta vez sí, pongo en marcha mi Super Soco y me voy sin hacer ruido. Las puertas de la casa se abren sin más y, cuando miro por el retrovisor, ni Adonis ni Lobo aparecen en el reflejo.

XIV

Al bajar por el camino de arena me ha pasado algo muy incómodo. Debo tener cuidado porque mi moto tiene ciento veinticinco cilindradas pero las ruedas no son de trial y podría resbalar, y más viendo cómo están los senderos en Canyet, que algunos son estrechos, empinados y desiguales.

Subía al mismo tiempo un Volkswagen escarabajo descapotable negro. Y cuando he visto quién lo conducía y hacia dónde se dirigía, he notado una desazón inaudita en la boca del estómago.

Era Tania. Me ha mirado con curiosidad, pero no ha podido saber que era yo, dado que llevaba el casco y la visera oscura delantera. Sin embargo, sí se ha fijado en que era una chica y ha puesto cara de arpía. Creo que no se fía nada de Adonis. O es una celosa patológica y repleta de inseguridades que, sencillamente, odia que el viento roce el cuerpo de ese hombre.

Ese tipo de personas son muy peligrosas y tóxicas y cuanto más lejos, mejor.

Pero no la culpo. ¿Por qué iba a fiarse de él? Una vez más, me acaba de demostrar que es un mentiroso. Porque me ha dicho que hoy no iba a ver a Tania y es falso. Ha ido a visitarlo, seguramente para hacer lo que sea, para acostarse, tener sexo salvaje o no... e instruirla. Cuando pienso en ello, se me vienen imágenes incómodas a la cabeza que no quiero imaginar, pero me salen solas.

Por eso, al llegar a casa, me he quedado con Venus y nos hemos dado un bañito. He llenado la bañera, le he puesto jabón, burbujas que no falten, y he metido un par de muñecos.

Las dos disfrutamos de ese instante y hablamos mucho de todo lo importante en el mundo como, por ejemplo, el nuevo juguete de Diana, la diadema de Tasia, la *Patrulla Canina* y la película *Encanto*.

—La casa es mágica —me dice, enjabonándome el pelo. Le encanta.

—Sí, es mágica.

—La yayita hace magia.

—¿La de *Encanto*?

—No, la mía —se ríe como si yo dijera tonterías.

—¿Por qué dices eso? ¿La has visto hacer magia? —Paso la esponja lila claro por su cuerpecito, atenta a su respuesta.

La niña se encoge de hombros, pero no me responde.

—Pone pájaros por la casa.

Me da un ataque de risa que no me aguanto. Que la niña llama pájaros a los *fascinus*, a los falos con alas.

Venus es un soplo de aire fresco, es pura luz.

—Y *tambén* ojos. Muchos. Sí —asume tomando mi cara entre sus manos. Está a punto de meterme el jabón en los ojos, pero me da igual—. ¿*Po* qué?

—¿Por qué pone pájaros y ojos? —digo mordiéndome el labio inferior para no echarme a reír otra vez.

—Sí. No me gustan.

—Porque ella cree que nos ayudan a estar protegidas para que nada malo nos pase. Como la casa de *Encanto*, que ayuda a que todos estén bien. ¿Lo entiendes?

Venus asiente y me pasa la manita por la mejilla.

—¿Y esos pájaros echarán al hombre malo?

El agua de la bañera está caliente, pero la siento fría de golpe, como mis hombros, que se quedan helados. Mi sonrisa me desaparece de golpe del rostro.

—¿El hombre malo? ¿Qué hombre malo, cariño? —La tomo de la cintura y me entra una sensación devastadora de desamparo y de terror que no sabría definir, pero si fuera un dibujo, sería un borrón negro como los que hace Venus.

—El hombre malo. Del balcón —añade en voz baja.

—Venus —se me rompe la voz por el miedo. Sujeto el rostro diminuto de mi hija, le retiro el pelo de la frente y le digo preocupada—: ¿Ves a un hombre malo? ¿Cuándo lo ves?

—Por la noche.

¡Por el amor de Dios!

—¿Cuando estás durmiendo lo ves, monito? —A lo mejor tiene pesadillas y piensa que lo ve, pero en realidad es un sueño. Aun así, es inquietante y no me gusta nada.

—Sí, me despierto y está ahí, en el balcón.

—¿Cuándo lo has visto?

—Mañana.

—¿Mañana? —Mi hija confunde ayer y mañana, así que supongo que se refiere a ayer—. ¿Ayer?

—Sí.

—¿Y qué hace ese hombre que ves?

—Nada. Está ahí. Mira adentro. Pero no *pede* entrar.

Madre mía. Es que se me para el corazón y me muero de angustia. Es difícil escalar la casa y llegar al balcón, así que lo que dice no puede ser verdad. Debe ser una pesadilla, pero me preocupo igual.

—¿Y lo has visto algún día más?

—El *divendres*, mamá. —Venus también habla catalán y, a veces, lo hablamos entre nosotras cuando surge. Dice que el viernes. Pero no sé si lo dice porque es su día favorito de la semana o porque es verdad. El viernes tuve la primera pesadilla con el ser oscuro de la flauta.

—El viernes... ¿Y cómo es ese hombre que ves?

—Es negro.

—¿Negro? ¿Negro como quién? —Mi hija es pequeña y no sabe explicar si el color de piel es claro u oscuro—. ¿Como Tiana? —La princesa Disney afroamericana, pienso.

—No. Es negro como la Bagheera.

—¿Como la pantera de *El libro de la selva*?

—Sí, mamá. Así.

Eso es ser muy negro. Muy oscuro. Se me pone la piel de gallina. Como el de mi sueño.

—¿Y qué más? ¿Cómo es?

—No sé, mamá. No me gusta. *Cerro* los ojos y *muermo*.

Inhalo profundamente y la abrazo con fuerza contra mi cuerpo.

—No pasa nada, cariño. Todos tenemos sueños malos. Pero cuando vuelvas a tenerlo, vendrás corriendo a mi cama y me despertarás, ¿vale?

Venus no dice nada, pero parece que me da la razón como si no quisiera no dármela. Está resignada.

—Vale —dice sin más, para centrarse de nuevo en las burbujas que pueblan la superficie del agua—. Mira, mamá, ¡*bombollas*!

Me quedo en silencio, observándola con atención y sumamente afectada por lo que me ha contado.

Este viernes no tengo sesión con Margarita, pero tal vez le pida hora para hablar con ella. No sobre mí, sino sobre Venus.

La pequeña empieza a reventar las burbujas y, tal y como las va petando, empieza a entonar una melodía que sume mi mente en pensamientos sombríos y atenazan mi quietud, acechándome como un eco lejano del que no me puedo desprender.

No tengo explicación para eso, y todo lo que no tiene explicación me sobrecoge.

—Venus..., ¿dónde has oído esa canción? —le pregunto con la mirada perdida en mis propias fobias.

—No sé, mamá.

Hundo mi cuerpo en el agua y solo dejo media cara en la superficie.

Yo sí sé dónde la he oído.

Y no sé la respuesta, me da un pavor terrible saberla, pero no entiendo cómo Venus puede canturrear con su vocecita angelical y un poco siniestra ahora mismo, la música exacta que escuché en el sueño recurrente.

El sonido de la flauta travesera.

¿Acaso ella también la ha oído?

¿Qué significa eso?

—Esta noche —digo en la cena— Venus y yo vamos a dormir juntas, ¿verdad, monito?

—¡Sí! —exclama contenta mientras se come la crema de verduras.

Mi madre ha tenido mucho trabajo y viene agotada de Luces Sacras. Y mi abuela está un poco más callada de lo normal, como si estuviese sumida en su propio mundo. Pero me gusta que cenemos juntas, como siempre, y que hablemos, aunque sea en este corto espacio de tiempo y de cosas banales. Sin embargo, lo que acontece no es nada banal para mí.

—¿Y eso? —pregunta mi madre con desaprobación. A ella no le gusta nada que los niños duerman con los padres, eso crea dependencia y también cansancio.

—Creo que la niña tiene terrores nocturnos.

Mi abuela levanta la cabeza alertada.

—¿Qué ve? —quiere saber.

No me gusta hablar de eso estando mi madre delante, pero si está pasando y es una realidad, quiero que ambas tengan constancia.

—Dice que ve un señor en el balcón. Un señor oscuro.

—Madre de Dios… —susurra mi madre santiguándose—. A ver si va a ser que han querido entrar en casa y no nos hemos enterado.

—Esta casa es grande, tiene tres pisos —contesto—. No han podido escalar la fachada tan fácilmente.

—Entonces pondremos cámaras como las que tengo en la tienda. Y dentro de casa también… —dice muy nerviosa—. Por si acaso. Las podemos controlar con el móvil y envían notificaciones si entra alguien indebido.

—Me parece bien —respondo.

—¿Las puedes pedir tú por Amazon? —me pregunta.

—Sí. Esta noche mismo las compraré para que lleguen mañana.

A mi madre es mejor no incomodarla más de la cuenta. Ya sé que no va a creer en nada que tenga que ver con cosas que no se pueden ver. Yo tampoco creía hasta hace unos días, pero los acontecimientos me dicen que debo empezar a cambiar de parecer o podría llevarme alguna que otra sorpresa.

Es de inteligentes querer comprender el entorno, los sucesos y todo lo que no tiene explicación.

—Esto me ha aflojado el estómago. Voy a ir al baño —dice disculpándose.

Me quedo mirando cómo mi madre sale de la cocina y en cuanto desaparece de la escena, me inclino sobre el oído de mi abuela que, como es de esperar, necesita más información.

—Venus tararea una melodía —le digo en voz baja a mi abuela—. La de mi sueño, con el ser extraño y la flauta, que yo no he cantado en absoluto.

237

La yaya asiente consternada y toma mi mano. Siento sus dedos fríos y su gesto cansado, y me preocupo por ella inmediatamente.

—Yaya, ¿estás bien?

—Sí, solo estoy cansada. Ares, Venus es muy sensible. Los niños pueden percibir todo tipo de emociones, incluso conectarse con sueños que crees que son solo tuyos. Los niños pueden ver más allá del velo. No sé si es un terror nocturno o algo más real que solo ella puede ver y que tú solo puedes soñar. Está conectada contigo.

—Estoy harta de esto. Todo me afecta, todo me hace dudar, y todo es muy ambiguo. ¿Es o no es? Todo parece real pero también subjetivo, y me harta que lo que sucede en mi vida, en mi cuerpo o en mi mundo astral tenga que estar relacionado con lo mismo, con algo en lo que se puede creer o no. ¿Demonios? —digo en voz alta—. ¿En serio van a ser demonios de verdad? Hace que me sienta como una loca.

—Pero está pasando, Ares. No tienen por qué ser demonios con cuernos y rabos que vienen del Infierno. Hay humanos que son demonios de por sí, y es de ellos de los que te tienes que cuidar. Ya te lo he dicho. Mira —busca mis ojos con los suyos—, en la vida hay que tomar decisiones impopulares y, a veces, si quieres ver las fauces del lobo, tienes que atreverte a meterte en el bosque. Debes ser osada y no hacerte un ovillo. Porque del Demonio no se huye. Hay que hacerle frente. Pero no puedes hacerlo sola, ya te lo dije. Todo está relacionado. Todo. —Mi abuela me habla más alto y claro que nunca, como si tuviera prisa por darme esa información—. Lo que te pase en tu día a día, lo que ves en tus sueños, lo que experimentas en tu cuerpo… forma parte del mismo ovillo de lana, aunque ahora esté enredado. Te he dado amuletos de protección para que esta casa esté libre de influencias y aquí no entre nadie indebido. Le daré un brazalete a Venus. Uno especial. Lo tengo que buscar, pero en cuanto se lo ponga, que no se lo quite hasta que soluciones el conflicto que se avecina con tu demonio. ¿Queda claro?

No sé por qué, pero se me llenan los ojos de lágrimas, porque me la creo.

—No lo entiendo. No entiendo por qué están pasándome estas cosas. No entiendo por qué siento que es real, que es verdad, aunque no pueda verlo, aunque no lo pueda demostrar.

—Hay velos que nos separan de un mundo y de otro. No los vemos, pero están ahí. No creer en ellos solo te hace más vulnerable ante su virulencia. Porque siempre tendrán ventaja sobre ti. En cambio, si te adentras en la boca de tu lobo, entonces tendrás más poder, podrás conocer sus puntos débiles y lo verás venir. Aprenderás a percibirlo, aunque seas la única. Recuerda, Ares: el conocimiento es poder. Y necesitas conocerte, saber quién eres y qué papel juegas en esta casa, en esta familia…, en este lugar. ¿Cómo vas con tu investigación? ¿Cómo vas con eso? —insiste tosiendo levemente—. ¿Qué estás descubriendo?

—Cosas nada buenas. Que me turban.

—Pero ¿les estás encontrando el sentido?

—No lo sé… No lo tengo claro.

—Tienes que atar lo que te sucede, tienes que vincular los acontecimientos, los hechos, las pruebas, las sensaciones… Todo importa. Debes ser como Ariadna.

—¿Cómo dices? —Que me nombre a Ariadna después del encuentro con Adonis y saber que la mujer de su fuente es ella vuelve a romperme los esquemas y a demostrarme que sí, que hay cosas que son invisibles y que nunca comprenderé, pero pasan.

—Como Ariadna —repite—. Hílalo todo bien y recuerda dejar un señuelo en el laberinto que te viene para que no

239

te pierdas entre las brumas, entre la niebla y la distracción. Vamos a estar aquí, de tu parte, siempre. Incluso tu madre lo está, aunque aún no lo entienda. Sigue adelante con lo que estás haciendo, Ares. Ahora no te detengas.

Sus palabras me dan tanto aliento que lo que me parecía muy grave hace un momento, ahora no me lo parece tanto. Aunque hay algo que no puedo evitar sentir.

—Pero es que no sé hacia dónde voy —admito muy perdida—. No sé si puedo demostrar lo que quiero, porque no sé si lo que sospecho es contundente o no.

—Olvida las pruebas y las evidencias. Muchas no serán reales. Vas hacia un lugar donde solo se adentran las valientes. A conquistar tu destino —sonríe apretándome las manos con sus fríos dedos—. A descubrir la verdad y la de muchas otras. No te eches atrás, por mucho miedo que te dé, Ares. Es tu momento, y el de todas. ¿Has encontrado a tu demonio ya?

—¿Cómo?

Ella sonríe, pero está perdiendo la paciencia.

—Que si has encontrado a tu demonio, niña. Ya te lo dije. Necesitas a un demonio de tu parte, alguien que te ayude. Porque...

—Solo un Demonio puede vencer a otro. Solo un Demonio puede quemar a otro fuera del Infierno —susurro recordando lo que me dijo.

Me señala con el dedo.

—Vas a tener que elegir bien. Porque, Ares —me da dos golpecitos sobre la palma de la mano—, de lo que no hay duda es de que vas a tener que elegir. Es inevitable. Que Venus duerma esta noche contigo. Vais a estar bien. Yo os prometo que vais a estar bien. Ahora y más adelante.

—¿Cómo estás tan segura de eso?

—Porque la yaya siempre estará con vosotras, y no dejaré que ninguna energía negativa entre en nuestro hogar.

—No me gusta que me hables así. Tengo la sensación de que te vas a esfumar entre mis dedos, como el humo —admito con preocupación—. Y últimamente lo haces mucho.

—Te prometo que jamás me iré sin despedirme. Que, cuando me vaya, lo sabrás, niña de ojos lilas —musita con cariño—. Además, no puedo irme sin legarte lo más importante.

—¿Qué? ¿Otro amuleto? ¿Otro pene? ¿Algo que acabe con lo malo que merodea sin ser visto?

—No. Hay algo apagado en ti, Ares. Nunca me iré sin prenderlo antes. Porque ya ha empezado. Y te tienes que preparar.

—¿Qué ha empezado?

—La guerra antigua —susurra.

Toma mi rostro y me besa la frente y, después, le da otro beso a Venus.

—Me voy a acostar, niñas, pero antes, a ver si encuentro el brazalete. Creo que he cogido frío.

—Buenas noches, abuela —digo, todavía montando el rompecabezas de frases estilo Gandalf que me ha soltado.

—*Nanit*, yayita —dice Venus.

—El reloj del comedor va lento —le dice mi abuela a mi madre cuando se cruzan en la puerta.

—Entonces mañana le cambiaré la pila —le contesta mi madre dándole un beso en la frente—. Buenas noches, mamá.

—Buenas noches, hija.

Mi madre se sienta, aún con el susto en el cuerpo, y me mira expectante.

—¿Has pedido las cámaras?

—No.

—Pues pídelas —me ordena—. Vamos a tener seguridad aquí en casa… —Se cruza de brazos y apoya la espalda en el respaldo de la silla, disconforme—. No quiero que nada ni nadie nos ronde, y menos que asuste a mi pequeña. —Pasa la mano por el pelo de Venus y esta le sonríe, y después mi madre me sonríe a mí—. No quiero que nada ni nadie nos aceche a ninguna.

Demasiado tarde, pienso.

Sé que me he acostado en mi cama con Venus. Sé que la he abrazado y ella se ha dormido en un suspiro, y yo también. Que me encanta oler su pelo con ese olor a limpio y a champú, que en nuestra cama también está Drimi apretada contra mi pecho y el de ella. Y adoro saber que todo lo bueno y todo lo que está bien se encuentra aquí, conmigo, bajo la manta.

Sin embargo, aun sabiendo eso, también sé que estoy escuchando una canción que me gusta y que, a veces, me pongo para dibujar. Es «Nuvole Bianche».

Estoy soñando, pero estoy consciente. Sigo la melodía y mis pies bajan las escaleras de casa hasta la planta inferior, donde el fuego de la chimenea del salón está encendido. Y ante el fuego, se encuentra él. Adonis.

Me detengo en el último escalón y deslizo mi mano por el guardamanos hasta sujetarme en el final.

Su rostro percibe el alumbre de la llama controlada y así, con ese fulgor, es aún más arrebatador que bajo la luz del sol. Parece que le sienta bien el fuego.

—Estoy soñando —digo sin más, activando todo el protocolo de sueños lúcidos—. Hola.

Él inclina la cabeza a un lado y me mira de pies a cabeza con una lentitud lánguida y seductora que me enciende.

—¿Qué haces en mi sueño?

—Vengo a asegurarme de que hay leña dentro.

—¿Leña dentro?

—Para que haya fuego, la leña debe arder. —Tiene las manos en los bolsillos delanteros de los pantalones negros y lleva una camisa oscura de corte italiano. Junto con el pelo y los ojos, cada vez se me asemeja más a una pantera.

Adonis estira el brazo con la palma de su manaza hacia arriba.

—Ven.

Miro a mi alrededor. Es mi casa, mi terreno, mi hogar. Aquí controlo yo el sueño. Nadie más, pienso, mientras mis pies se arrastran hasta él.

Cuando mi mano se posa sobre la suya, noto la misma sensación que sentí por la tarde cuando nuestros dedos se rozaron. Es como un escalofrío.

Adonis tira de mí hasta que mi torso queda pegado al suyo y, suavemente, me rodea con sus brazos.

Siento calor, alivio y también una extraña necesidad que mancha mi alma.

El piano de Ludovico parece que toque mi piel, pero no es eso, son los dedos de Adonis que se mueven como los de un pianista a lo largo de mi columna vertebral.

—Bailas conmigo —me dice Adonis al oído— porque aquí no me tienes miedo. Aquí, bajo la morada guardiana de las mujeres como tú, ni los sátiros ni los faunos pueden entrar —susurra pasando sus labios por el lóbulo de mi oreja.

Cierro los ojos, mecida por la melodía y por sus palabras. Siento su carne caliente y tan real que necesito apretarle los hombros y comprobar que hay vida en el sueño, que la materia es sólida y responde a la física. No lo puedo oler, porque me cuesta evocar los olores en los sueños, a diferencia de los colores, el recuerdo de las palabras, la cadencia de la música o el tacto de piel con piel. Eso lo tengo más que asimilado.

—¿Tocas el piano, Adonis? —pregunto. Puedo preguntar en mis sueños y, en muchas ocasiones, descubrir cosas a las que no puedo acceder en la vida real. ¿Cuánto hay de mi mente y cuánto hay de verdad? No lo sabría decir.

Adonis sonríe y pasa los labios por el lateral de mi garganta hasta que noto su lengua y también un leve mordisco de sus dientes blancos y rectos que pellizcan mi piel estremecida. Siento. Lo siento a él. Y el vello se me eriza.

—Vas a tener que elegir —parafrasea las palabras de mi abuela—. Vas a tener que elegir a tu acompañante demonio, señorita Parisi. —Desliza su boca por mi mandíbula, por mi barbilla, hasta mordérmela también. Abro los ojos para observarlo entre las pestañas, que se entrecierran como abanicos, solo para contemplar el lienzo hermoso de mi sueño.

Es él. Él es hermoso.

—No sé de quién me debo fiar —digo con voz débil.

—Pero sí sabes a quién debes alejar y a quién quieres atraer. —Sus manos ascienden por mi columna vertebral hasta colarse por debajo de mi espesa melena oscura—. Y yo quiero atraerte a mi reino —admite posando sus labios sobre los míos.

El beso parece tan certero que me quedo quieta al principio, hasta que disfruto de la experiencia. Me sujeta la cabeza con dominancia y me la inclina para encajar la boca como desea en la mía. Nuestras lenguas se saludan y ambas empiezan a frotarse suavemente hasta que la suya se vuelve más exigente. Mi gemido llega a su garganta, pero reverbera en mi pecho. Él sonríe contra mis labios.

—Sí —dice satisfecho, pasando la lengua por ellos, para después sujetarme el inferior con sus dientes—. Esta es la Ares que quiero.

—¿Y cuál es tu reino, Adonis? —pregunto temblando de deseo entre sus brazos.

—Mi reino es el Infierno.

Cuando me vuelve a besar, no hay nada suave en él.

Todo es ardor, todo es virulencia. Me entrego a él, a sus necesidades y a su propuesta. Su boca me posee, se apodera de mí, de mi voluntad. Sus manos se vuelven exigentes y, cuando sus dedos se enredan en mi pelo, yo también me embrollo en él, con mis brazos, con mis manos, besándolo como él me besa, tirando de su pelo como él tira del mío.

Es un beso demencial. Tengo la necesidad de frotarme contra él, de liberar mi cuerpo de la insignificante protección de las ropas. Quiero tocarle y deslizo mis manos por su ancha espalda hasta posarlas en ese culo tan duro que tiene. Es que todo él parece hecho de piedra. Deslizo mi mano entre nuestros cuerpos hasta que la detengo en su paquete.

Adonis gime contra mi boca y, a toda prisa, me obliga a retroceder hasta que mi espalda choca contra la repisa de la chimenea y el cuadro de la romana se cae.

Lo miro arrepentida y pienso que es una antigüedad de la familia. Pero menos mal que es un sueño, pienso.

Sin embargo, cuando voy a besar de nuevo a Adonis para continuar con lo que estamos haciendo, él ya no me atiende a mí.

Sus ojos ámbar y claros, amarillos como los de un animal fantástico, observan con curiosidad el lienzo del suelo, boca abajo.

—La emperatriz boca abajo —dice Adonis.

Me recuerda a la tirada de cartas de mi abuela. A lo que me advirtió. Me retiro un poco para ver el cuadro por atrás. Él levanta la mirada, que se asoma entre sus mechones negros y la fija en la mía.

—Eso es lo que no tienes en cuenta.

—¿Qué? ¿El qué? —pregunto.

—El detalle que se te escapa. El que te va a completar para que decidas qué tienes que hacer. —Adonis sonríe y me da un beso tranquilizador en la mejilla—. Ya empieza, Ares. —Frunzo el ceño—. Ya empieza la guerra antigua.

XV

Mi abuela está en el sofá del salón.

Le he puesto una mantita por encima porque se siente destemplada. Con la lista de sustos que nos ha dado últimamente, voy a trabajar en el salón con ella. Es la gran ventaja de hacer muchas cosas en digital, que puedo trabajar desde donde quiera con mi iPad.

Antes de llevar a Venus a la guardería, mi abuela la ha llamado. La niña ha ido feliz, como siempre que va con su yayita.

—Bebé mío —le ha dicho—. Esta pulserita es para ti. Era mía cuando era como tú. Y antes de ser mía, perteneció a otras. —Yo la escuchaba atentamente, observándolas desde la puerta de la entrada. Siempre me ha fascinado el vínculo que se crea entre los más mayores y los más pequeños, como si se entendieran a la perfección, aunque estuvieran en líneas de tiempo completamente distintas—. No te la puedes quitar nunca. Así llevarás a la yayita contigo siempre.

—¿Aquí dentro? —había preguntado mi hija mirando el abalorio.

Mi abuela le había devuelto una sonrisa afable y llena de amor y le respondió:

—Aquí. —Tocó el único abalorio de la pulsera, que era una campanita—. Y aquí —le puso su mano en el pecho.

Después, Venus la abrazó con mucha fuerza—. Te quiero mucho —dijo mi abuela. Murmuró algo en voz muy baja en su oído, durante muchos segundos, que yo no pude oír.

Venus asintió.

—Te quiero, yayita —le había contestado.

Dejé a la niña en la guarde y ahora ya he vuelto a casa. Mi abuela está mirando el patio interior de la propiedad, tumbada en la parte de la *chaise longue*, contemplativa y serena, como una emperatriz anciana.

Tomo el iPad, y me siento a su lado.

—Yaya, ¿necesitas algo? ¿Te encuentras bien?

Ella inspira profundamente, observa el reloj de cuco del comedor con mucho detalle. Hoy no ha salido el gallo a cantar a deshoras. Efectivamente, hay que cambiar la pila.

—Hazme un favor —dice mirándome agotada. Es como si le costase respirar—. Ven aquí, a mi vera.

—Me estás preocupando. —Pongo la mano en su frente—. ¿Te encuentras mal? ¿Quieres que llame a un médico?

—No, nena. No va a hacer falta que llames a nadie. Yo estaré bien. Es solo un día malo, de dolor de huesos y cansancio. Es normal, tengo ochenta y cinco años. Ya no soy una jovenzuela.

—Tú siempre serás una jovenzuela —bromeo—. Al menos, en espíritu. —Me siento a su lado y le tomo la mano, que sigue teniéndola muy fría.

—¿Has dormido bien esta noche? ¿Hay algo que deba saber? —incide.

No sé qué quiere que le cuente. El sueño que he tenido con Adonis no se lo voy a contar, porque ha sido medio erótico y aún estoy analizando el porqué y lo que me ha dicho.

—La verdad es que he dormido bien. Y Venus también. Ha dormido del tirón.

—Porque ha dormido contigo, y tú te estás protegiendo.

—Pues no lo sé. Pero, tal vez, solo ha sido algo puntual, tanto lo mío como lo de la niña.

—No —niega mi abuela—, tienes que dejar de pensar así, Ares. Ya nada es puntual ni casual. Y cuanto antes se te meta en la cabecita, mejor. Te lo dije ayer. Ha empezado.

«Ha empezado», también me lo repitió Adonis en el sueño.

—¿Qué te pasa? —le pregunto—. Te noto intranquila.

—No lo puedo demorar más.

—¿El qué?

—Creo que no puedo mantener la promesa que le hice a tu madre. La de no contarte nada más —parpadea sin vergüenza ni remordimientos—. Tengo que hacerlo porque, si no lo hago, no sabrás cuál será tu camino ni sabrás cómo tienes que proceder. Las cosas que están pasando no son fruto del azar y es momento de que sepas la verdad, antes de que sea demasiado tarde.

—Ya me estás poniendo nerviosa otra vez.

—La noche que sangraste por la nariz y que te bajó la regla...

—¿Sí?

—Esa noche no pudo suceder sin más. Sufriste un despertar. Es un acontecimiento antiguo, conocido entre las mujeres Parisi desde hace muchas generaciones.

—¿Un despertar?

—Sí. En nuestra familia, como sabes, hay un gen recesivo. Una mutación que provoca la Génesis de Alejandría. Muy pocas lo desarrollaron a lo largo de los siglos. Y las que lo hicieron, fueron consideradas brujas y perseguidas. Dice la leyenda Parisi que una mujer de ojos lilas volvería a prender la llama para alejar al Demonio de nuestra gente y de nuestras tierras. Es una profecía, un cuento de hadas, una leyenda, llámalo como quieras —enumera—. Pero ha sido transmitida oralmente de generación en generación entre las descendientes, porque estaban seguras de que esa elegida nacería en nuestro seno. Y esto es lo último que tengo que contarte. Ares, venimos —asegura vehementemente— de unas mujeres protectoras de la tierra y del lugar en el que viven. En nuestras venas corre sangre de vestal.

—¿Una mujer...? ¿Qué...? —Frunzo el ceño y sacudo la cabeza—. ¿Vestales...?

—Las vestales eran sagradas para el pueblo romano. Ellas guardaban la llama de Roma y procuraban que esta no se apagase, porque, si eso sucedía —alza el dedo manteniendo la pausa perfectamente. Mi abuela siempre ha sido una excelente cuentacuentos—, Roma caería y sería engullida por la oscuridad. Las vestales eran muy respetadas por el pueblo, pero también eran objetivos de los demonios, de los humanos y de los que poseían a los humanos. Y eran su manjar favorito, precisamente, porque eran virginales, poderosas, independientes, sacerdotisas... Ellas representaban la pureza y la luz. El fuego redentor. No el fuego infernal. Eran mujeres que estaban en contacto con la diosa Vesta. Cuando se fundó Baetulo, aquí había mucho poder, pero también muchos excesos y abusos y se temía que la ciudad cayera presa de la oscuridad por todo lo que parecía convivir con nosotros. Había cacerías, persecuciones, desapariciones, orgías, bacanales, sacrificios, asesinatos, violaciones... Pero todo se celebraba fuera de los muros de la ciudad, aunque las víctimas eran de dentro. Se empezó a extender una corriente oscura que las *sagaes*, que es lo que yo soy, y que eran las antiguas sanadoras y hechiceras romanas, querían contrarrestar como fuera. Así que, junto con el pueblo, decidieron elegir a sus propias vestales, dado que los terratenientes y los *dominus* no tenían intención de nombrar a nadie como protector del templo de Baetulo porque, de algún modo, condenarían y vetarían sus excesos. Si había mujeres protectoras, entonces, todo lo que ellos deseaban hacer, todos sus excesos bizarros, serían condenados —explica dándole todo el sentido a su conclusión—. Así nacieron las vestales de Baetulo. Mujeres destinadas a cuidar las llamas de sus hogares y la del templo, ubicado bajo las ruinas de la iglesia de Santa María. Las vestales protegerían la ciudad de las incursiones del Demonio, de sus violaciones, de sus vejaciones, de todo lo que mueve en los instintos más bajos de los demás. Y así fue durante un tiempo, hasta que acabaron desapareciendo. Porque cuando el Imperio romano cayó Baetulo también lo hizo y se empobreció, y la ciudad, sus cultos populares y sus excesos, de algún modo, quedaron sepultados por las ruinas. El culto a los dioses, a las vestales, a los demonios... a los que aquí supuestamente se oraba, las huellas de todo eso, de esa época de esplendor, pero también de oscuridad y hermetismo, las ha borrado el tiempo. A pesar de eso, aunque no se sepa ni se entienda el pasado como fue realmente, no quiere decir que toda esa oscuridad no siga presente ahora. Lo está. Vuelve cada poco. Y tú, Ares, mi nieta rebelde y salvaje, eres el claro ejemplo de que la noche oscura se acerca, la guerra antigua, ambigua, taimada, secreta y temeraria, pero cruel y sanguinaria, como la de siglos atrás.

Estoy sudando de los nervios. Se me ha secado la boca y tengo los pies y las manos fríos. No quiero interrumpirla porque se me vienen barbaridades y todo tipo de tacos a la boca.

—La leyenda dice —continúa con su relato— que para que una vestal despierte, debe ser aprobada antes por otra vestal.

—Pero si dices que ya no hay vestales y que las descendientes están en nuestra familia y que yo... que yo puedo ser una de ellas, ¿qué vestal me va a tocar? —Sacudo la cabeza. Estoy en negación.

—No lo entiendas todo de un modo físico y figurado. Es todo más sutil y, al mismo tiempo, evidente. Piensa...

Estoy pensando en ello. Lo juro.

—Piensa, Ares... —repite mi abuela—. ¿Te pasó algo el viernes? ¿Algo que tuviera que ver con el pasado, con una posible vestal? Nos lo contaste.

—Un momento —digo abriendo mucho los ojos—. Sí, claro. El viernes, Lu me dejó tocar una vasija. Me dijo que era especial, porque era la primera que se encontraba en Baetulo y que hacía referencia a una mujer vestal. Era una vasija con una representación de... de Coelia Concordia.

Mi abuela cierra los ojos y exhala como si acabase de sacarse una tonelada de peso de los hombros. Da la sensación de que, durante mucho tiempo, se ha estado guardando todo lo que me quería decir, en parte, cohibida por mi madre, pero supongo que también por mi reticencia a escuchar sus historias. Cuando los abre de nuevo, parece estar emocionada y se muerde el labio inferior.

—La última vestal de Roma —susurra—. Celia. La última vestal reconocida. ¿No lo entiendes, Ares? ¿Aún no lo ves?

—¿Qué quieres que vea? —Apenas me sale la voz y me retuerzo los dedos entre mis manos.

—Es tu bautismo. Tú eres el relevo.

—No, yaya. No soy relevo de nada —digo levantándome de golpe, angustiada. Se me llenan los ojos de lágrimas al pensar siquiera en que algo de eso sea cierto—. Esto es solo...

—Ni se te ocurra decir que es una coincidencia. Sabes que no lo es. Ares, siéntate —me ordena alzándome la voz.

Me quedo callada, sorprendida por su tono, pero no me siento. No sé estar quieta, porque soy un manojo de nervios.

—En la antigüedad, las familias que trabajaban en la

alfarería podían hacer todo tipo de cosas. Esto es algo que no se puede demostrar y, para descubrirlo, deben cavar mucho más allá de donde lo están haciendo en Badalona, mucho más profundo. Una de las familias de las alfarerías de Baetulo era Parisi, y esa es una información que solo transmitimos oralmente entre familias, entre nuestros ancestros y las descendientes. Por tanto, sí puede ser que esa vasija exista y tal vez haya muchas más. Aunque, por esa época, se sabe que era muy difícil que se representase el rostro o el busto de una mujer sola, a no ser que tuviera muchísimo dinero y mandara hacerlas.

—Esto es una locura… Es solo una vasija.

—¡No! ¡No es solo una vasija! Estás rodeada de vestales, Ares. Ellas te hablan. Tu sueño —incide como si de repente estuviera llena de energía—. Tu sueño con el vestido prendido en llamas. ¡Recuérdalo! ¡Tienes que darte cuenta! Buscas como sea encender el fuego…, pero te persigue el Demonio. ¿No lo ves? ¿Tanto te cuesta comprenderlo? Cariño…

—Es que no sé qué quieres que diga. —Me dejo caer en el sofá y me cubro la cara con las manos.

—Mírame. —Mi abuela me las retira para que la vea—. La vestal Emilia se quedó dormida mientras cuidaba que el fuego de Vesta no se apagase. Despertó histérica y llorando, rezando y suplicando a la diosa que lo encendiese de nuevo. Pero vio que la parte de debajo de su túnica estaba prendida por los rescoldos del fuego del templo, así que lo usó para reavivar la llama. Ella lo tomó como una señal divina de Vesta, y le dio las gracias por escucharla. Si el fuego se apagaba mientras lo cuidaba una vestal, esta era castigada con la muerte. ¡Tu sueño! ¡Es tu sueño! Y, después, está ella… —Señala el cuadro que hay encima de la chimenea—. Esta no es una mujer romana cualquiera. Siempre has mirado este cuadro sin ningún interés. Sin ninguna curiosidad.

Pero siempre ha tenido que ver con nosotras. Llevo esperando años a que me preguntes de corazón por ella, con una curiosidad auténtica y pura. Pero esta jamás despertó. Hasta ahora, que te están pasando tantas cosas. ¿Quieres saber quién es? —pregunta esperanzada.

Asiento, compungida y temblorosa por las revelaciones.

—¿Quién es? —quiero saber sin dejar de sentir miedo y respeto.

—Es Rea Silvia, la primera vestal. Y este cuadro es una herencia de hace generaciones, parte del legado de las Parisi, junto con esta casa y todos los objetos paganos que guardo en el jardín, en la vinoteca y también en el cofre de mi habitación. Y que serán tuyos, de Venus y de tu madre cuando yo ya no esté.

—Yaya…

—Eso no importa. Atiende. Sucede que, en realidad, Rea Silvia era una sacerdotisa consagrada a Vesta. Las vestales debían ser vírgenes y célibes durante al menos treinta años. Pero Rea no pudo cumplir su misión porque la violaron. Unos dicen que fue Marte; otros, que fue Hércules, y muchos otros la adjudican a un ser desconocido y oscuro, un sátiro o un demonio. En cambio, Rea siempre decía que se quedó embarazada por concepción divina, como la Virgen María. Lamentablemente, no fue así —me mira con evidencia, como si tuviera que sonarme la historia, y lo único que hace es remover mi pasado más traumático. Si eso es lo que me tiene que provocar, entonces, lo está haciendo bien—. ¿Y qué hijos tuvo? Rómulo y Remo —señala el lienzo—, los dos lobos que la acompañan. Que no son otros que los fundadores de Roma. Con Rea empezó todo. —Tose y se pone la mano en el pecho. Creo que está muy acatarrada. Ella dice que no, pero yo llamaré al médico por si las moscas, que no será la primera neumonía que coge—. Sé que es demasiado, Ares. Sé que no sabes por dónde empezar. Y no te estoy diciendo que tengas que hacer nada. Simplemente que sigas adelante con lo que estás haciendo —me ruega—, pero sabiendo quién eres. Te has metido en algo y sé que tiene que ver con nosotras y con el Demonio. Lo que no sé es cómo nos relaciona, no sé qué ficha eres en todo esto. Y tendrás que descubrirlo. Porque eres tú. Has despertado ahora. El Demonio te busca y las vestales te invocan para que protejas al pueblo, a sus mujeres, y para que ilumines los senderos más oscuros. —Se encoge de hombros, como si para ella todo eso fuera más que evidente—. Esto tiene que ver con el fuego y con la llama que cuida de todos nosotros. No hay más ciego que el que no quiere ver.

—No soy ninguna heroína, yaya. No tengo nada especial. No soy virginal ni pura, he tenido una hija de un acto aberrante que no puedo demostrar. No tengo poderes mágicos, no... ¡Y sigo sin saber qué pasos debo dar ni qué tengo que hacer! Estoy confundida. Pero claro que sé que algo está pasando a mi alrededor, no soy tan necia como para negarlo. No estoy ciega. No soy como mamá.

Mi abuela me atrae entre sus brazos y me obliga a apoyar la cabeza sobre sus piernas.

—Ay, tu madre, pobrecita... Ella también se dará cuenta. No le quedará otra. Yo ya sé que no eres una superheroína, aunque sepas dibujarlas de maravilla —sonríe con ternura—. Pero eres mi nieta valiente, mi niña de ojos lilas, con un fuego en su interior que cuando se encienda, arderá Baetulo con todos sus demonios. —Me acaricia el pelo con la mano—. No puedes darle la espalda a esto, Ares. Está pasando de verdad. Al final, los héroes se distinguen de los humanos normales porque sí aceptan los desafíos y se enfrentan al mal, aunque crean que no tengan nada con lo que vencerle. ¿Qué es lo que crees y lo que sientes que tienes que hacer? ¿Qué te dice la intuición?

—Que me prepare. Eso me dice. Y que no estoy equivocada. El cadáver del río sí tiene relación conmigo y hay muchas cosas detrás que no sé adónde me van a llevar. Pero siento el caso como mío y no tengo más explicación que esa. Pienso que sí puede abrirme la puerta de mi pasado, de lo que me ocurrió.

—Entonces, ve con todo, Ares. Si lo crees y lo sientes, es porque es así. Averigua y adéntrate para descubrir todo lo que puedas.

—Es todo extraño y oscuro. He pedido ayuda a un demonólogo, como me dijiste. Lo encontré por internet —digo nerviosa—. Ya sé que es ridículo, pero es así. Y resulta que lo conozco, que es el hombre que me tiró de la moto y me lo he encontrado tantas veces que me confunde; doy con él donde no debo encontrármelo y me ayuda cuando creo que no puede hacerlo... —digo irritada—, sabe tantas cosas y es tan poderoso... Aparece en los lugares más insospechados. —Como en mi sueño de anoche—. Y está haciendo que me cuestione muchas cosas. No sé si fiarme de él. No sé de quién debo fiarme.

—Pones un tono extraño cuando hablas de él. Nunca te lo había oído antes...

—Es... inquietante —No sé aún cómo describir a Adonis.

—¿Quieres hablarme de esas cosas? ¿Quieres hablarme de... de él? —me pregunta con la mano temblorosa. Está débil.

—No. Pero ayer fui a verlo a su casa. Vive en Canyet. Tenía una figura de Ariadna en una fuente. Y después, tú me hablaste de ella... y me quedé loca. Y... —resoplo—, están pasando muchas cosas, y todas parecen estar conectadas.

—Comprendo —musita sin dejar de acariciarme el pelo—. Creo que estás aprendiendo a ver el hilo...

—¿Y eso qué quiere decir?

—Que no cierres los ojos. Recuerda, Ares, que tienes una decisión que tomar en breve. Lo dicen las cartas. Es una elección. ¿Podría tener ese hombre misterioso algo que ver con eso?

—No lo sé. Estoy... un poco nerviosa y agitada —me incorporo y la miro con atención—. No sé cómo actuar o cómo vivir con esto que me has explicado, yaya. Me supera. ¿Mi madre conoce la historia?

—Sí, pero ella siempre la ha negado y la ha ridiculizado. Actúa así por el dolor. Ya te lo dije. Hay que comprenderla. Pero sé que cambiará...

—Pues espero que no sea demasiado tarde, porque no somos inmortales y el tiempo pasa.

—Dímelo a mí —lanza una mirada disimulada al reloj de madera—. Ares..., yo creo en ti. Todas vamos a estar contigo, para que hagas lo que sea que tienes que hacer... —Mira el cuadro y asiente—. ¿Verdad, Rea? —Hace un gesto de dolor.

—Ay, abuela... —murmuro acariciándole la cabeza de pelo blanco—. Te encuentras mal, ¿verdad? ¿Es un bajón de azúcar? ¿Te duele algo? ¿Qué te traigo?

—No. No es un bajón. Solo me duele la espalda un poco. Si quieres, ve a la farmacia y me compras paracetamol, por favor, que en casa no hay. Y naranjas. Me apetece zumo de naranja.

—Está bien. —Me levanto inmediatamente—. Voy ahora mismo.

—Espera, antes de que te vayas, prométeme que vas a abrazar el fuego, Ares. Prométemelo. Y prométeme que saldrás del laberinto. Que correrás todo lo que puedas...

Eso no lo entiendo. Por un momento, parece ida.

—¿Abuela? ¿Qué dices?

Me mira de nuevo, como si acabase de aterrizar en la realidad.

—Escúchame bien —me sujeta de la muñeca—, si algún día falto, Ares, y te sientes muy perdida, prométeme que irás a Sant Jeroni. Allí hay una mujer llamada Mariagna.

—La madre Mariagna, me hablaste de ella, sí.

—Dile que eres una Parisi. Pregúntale lo que sea que te inquiete. —Suspira agotada—. Sabe muchas cosas de Baetulo. Podrá ayudarte.

—Abuela, te tengo a ti para eso. —Le doy un beso en la cabeza y le digo—: Ahora descansa. Que me estás preocupando. Te quiero mucho, ¿lo sabes?

—Y yo a ti más, no lo olvides —me contesta sonriéndome melancólica.

—Jamás. Voy a comprarte el paracetamol. Vuelvo en diez minutos.

Me afano en salir de casa para traerle a mi adorada abuela lo que me ha pedido. La leyenda de las vestales y de las Parisi retumba en mi cabeza y pienso que nos irá bien que compre un analgésico, porque yo también quiero tomarme uno.

Vestales, repito mentalmente.

¿Será verdad? Y, si lo es…, si yo fuera una, que desciendo de ellas, ¿en qué me convierte?

¿Cómo debo actuar a partir de ahora?

¿Qué rol tengo en todo esto?

Voy a la farmacia de Martí Pujol, que me queda un poco más cerca. El centro, como en cualquier ciudad, está repleto de farmacias.

Cuando entro, pido la tanda, porque hay cola.

Tengo a tres personas delante de mí. Y eso me da tiempo para rememorar la charla con mi abuela de principio a fin.

Tengo nombres en la cabeza, imágenes, retazos de mis sueños, retazos de Adonis, de su figura de Ariadna, de las fotografías del cadáver, de las pulseras de las chicas de la puja, de la pulsera de Tania, de las hojas de hiedra, la flauta de Venus, la melodía del Demonio… Dios mío, estoy muy saturada y en mi interior se arremolinan emociones tormentosas y ansiedades que sé que me van a acompañar por mucho tiempo. No es como cuando me dijeron que tenía la Génesis de Alejandría y que por eso era rarita. Ni se parece a que te digan: «Te gusta pintar porque en la familia había pintores». No. Mi descendencia y mi peculiaridad genética conllevan traumas y responsabilidades. Al Demonio, siempre lo he querido bien lejos. Porque es malo, asusta, da miedo y tiene poderes, y yo no tengo nada de eso.

Pero hoy descubro que hay una leyenda en las Parisi sobre una chica de ojos violeta que va haciendo fueguitos para ahuyentar a la oscuridad de su casa y de su ciudad natal. No entiendo nada.

Recibo una llamada de móvil y cuando la atiendo, descubro que es mi madre. Descuelgo el teléfono para ver qué quiere.

—Hola, mamá.

—Ares. —Ya sé que está enfadada por el tono que usa conmigo.

—¿Qué pasa ahora? —refunfuño.

—La abuela no se encontraba bien hoy. ¿Cómo has permitido que venga sola a Barcelona para venir a verme?

Frunzo el ceño y sujeto el móvil con más fuerza.

—Perdona, ¿qué estás diciendo? —digo pasmada.

—La abuela acaba de salir de Luces Sacras. Ha venido, estaba rara —me explica disgustada—. Me ha dicho que le gustaría que encendiera el altar del jardín a partir de ahora. Que ella procurará que nunca se apague. Y me acaba de decir que hay que llevar a arreglar el reloj —estoy escuchándola, atentamente, y tengo la sensación de que mi cuerpo se está cargando de electricidad— porque se acerca una nueva era. Me ha dado un beso y me ha dicho que me quería. Que solo quería pasar a saludarme y que nos veríamos en casa. No he podido ir tras ella porque tengo la tienda llena con un autocar de jubilados alemanes. ¿Me puedes decir qué está pasando?

—Mamá... —Trago saliva y se me para el corazón—. Eso es imposible. La abuela no ha podido estar ahí.

—Oye, te digo que me acaba de decir adiós y que nos vemos en casa. ¿Dónde estás tú?

—Mamá... —Noto que se me hace un nudo en el pecho y que se me para un poquito el corazón. Se me rompe la voz y una vaga sensación de desamparo me abraza—. Hace cinco minutos he dejado a la abuela en el sofá, se encontraba mal y estoy ahora en la farmacia.

Las dos nos quedamos en silencio. Son solo unos segundos. Pero es el tiempo suficiente como para que reaccionemos igual.

—¡Ay, no! ¡No! —Se pone a llorar—. ¡Corre, Ares! ¡Corre! —dice mi madre gritando. Le sale un sollozo de la garganta que me rompe el alma.

Pero cuando ella me da la orden, ya hace varios segundos que he salido escopeteada de la farmacia, dejando a todo el mundo anonadado por mi abrupta salida.

Nunca había corrido tan rápido. Me salto los semáforos en rojo, los coches me pitan, y cuando llego a la plaza y veo la puerta de mi casa, la siento más lejos que nunca. Como si supiera que mis piernas, por muy veloces que fueran, ya no llegarían a tiempo.

Entro en casa como un huracán y corro hasta el salón. Y entonces, me paro en seco cuando la veo.

Está tumbada, con los ojos cerrados, las manos cruzadas sobre las piernas y una expresión pacífica en el rostro. Hoy lleva el pelo blanco suelto, como si quisiera ser libre.

Arrastro los pies hasta el sofá.

—¿Yaya? —pregunto sollozando.

La manta que ella misma hizo sigue cubriendo la parte inferior de su cuerpo, pero su pecho no se mueve, su caja torácica no se expande. La claridad que entra del jardín recorta su perfil y la hace parecer serena, como una dama.

—¿Yaya? Por favor, contesta. —Cuando llego hasta ella, me arrodillo en el suelo y poso mis manos sobre las suyas.

No voy a preguntarle nada más. No voy a obligarla a responderme porque nadie contestaría desde el más allá.

Mi abuela acaba de morir, y ha sido tan buena que no ha dejado que yo lo viera. En su lugar, me ha echado de casa con la excusa de ir a comprarle medicinas.

Ella siempre ha sabido las cosas mucho antes que los demás. Probablemente se lo dirían sus cartas o habrá interpretado cualquier otro mensaje del viento. Siempre nos dijo que, cuando se supiera muy malita y entendiera que era momento de irse, lo haría sin hacer ruido. Sin molestar. Con tantos ingresos como había tenido últimamente, ella decía que no quería morir en un hospital, que lo quería hacer en la calma de su hogar.

Y así ha sido. Nos ha engañado y ha sabido ocultar su malestar para que no nos movilizáramos y la sacáramos de casa para meterla en una habitación de urgencias.

Pero que ella se haya ido así, sin decir nada, abrazando su final en su último aliento consciente, no mitiga el dolor y la pena.

Nada va a mitigar mi aflicción ni mi sorpresa.

Mi abuela se ha ido y me ha hecho prometerle que iba a asumir mi responsabilidad acerca de quién soy y lo que tengo que hacer. Que debía hacerlo por ellas.

Ha debido ser la única mujer en el mundo que ha podido controlar las embestidas del toro de la muerte para fallecer en el ruedo, cuando ella ha querido.

Y no se ha ido sin más, lo ha hecho a lo grande. Yendo a ver a su hija incrédula y escéptica a su Luces Sacras, para que comprenda que, aunque no crea en leyendas de demonios, fantasmas, dioses o maldiciones familiares sin haber visto nada de eso y sin tener intuición ni una sensibilidad especial, cuando se presencia algo sin explicación, como el fantasma de su madre despidiéndose de ella con mensajes subliminales, entonces es momento de empezar a creer y de abrazar la posibilidad de que siempre habrá algo de verdad en el pasado, en las leyendas y en las palabras de su madre.

Esa ha sido, es y será mi abuela Clara. Genio y figura hasta la sepultura.

Nada va a ocupar el vacío que me deja ni el cachito de corazón que me ha arrancado con su adiós.

Por eso hundo mi rostro en su torso, abrazo su cuerpo, todavía muy caliente, y dejo que mis lágrimas empapen su ropa.

—Hasta siempre, yaya.

Susurro dejándome arrasar por la pena.

Su partida deja nuestra mesa coja y tambaleante.

XVI

Cuando alguien a quien has querido mucho se va, se crea un agujero en el centro del pecho. Porque ahí, ahí es donde todas esas personas que amamos y que se han vinculado a nosotras dejan su candado en forma de corazón anclado a nuestro puente. Un puente que cruzamos para verlos, para hablarles, para saludarles y tocarlos todos los días. El candado es el señuelo que nos dejan para que pensemos en ellos en vida. Pero cuando se van, este se cae, y solo queda la marca perenne que dejó al agarrarse durante tanto tiempo a nosotros. Mi puente hoy está más vacío porque he perdido un candado: el que le di a mi abuela incondicionalmente por quererme y ayudarme a ser la mujer que hoy soy.

No tenemos mucha familia, solo conocidos y allegados que se han acercado a despedir a «la Clara». Vecinos de Dalt la Vila que están presentes, en silencio, mientras cierran apropiadamente el nicho de mi abuela con cemento, donde ya se ha dejado su caja fúnebre, en un columbario repleto de Parisi a los que jamás conocí.

Ya nos han dado el pésame muchos a los que solo he tratado de vista, o de haber cruzado unas palabras con ellos. No hay tíos, no hay abuelos lejanos… Nada. Solo mi madre, mi hija y yo como familiares más cercanos. Y ya es suficiente.

Lu y Hugo han venido al entierro. Están detrás de mí, como apoyo moral y emocional. Agradezco el detalle, el gesto y la compañía.

Seguro que se pondrá a llover en cualquier momento. Típico de abril, y típico de un día triste, porque los ángeles lloran.

De ayer a hoy han pasado muchas cosas y no solo que mi abuela, uno de los pilares de mi vida, ha trascendido. Todo fue un drama desde que llamé a mi madre para decirle que había muerto hasta que vino la ambulancia para llevarse el cuerpo y cuando fui a recoger a Venus a la guardería, por la tarde, para hacerme cargo de todo y ayudar a mi madre con cualquier preparativo. Al pasar a recoger a Venus, ella me miró con sus ojos enormes y casi ámbar y me dijo:

—Mami, ¿ya se ha ido la yayita?

La pregunta me tomó tan desprevenida que la cogí en brazos, la abracé fuerte y me eché a llorar. Lloré con ella todo el camino hasta llegar a casa, incapaz de preguntarle cómo sabía que la abuela se había ido. Cuando me armé de valor y se lo pregunté al llegar a casa, me contestó:

—Me lo ha dicho en el sofá. Me ha dicho que se iría al *celo*.

Así que entendí que eso era lo que mi abuela le había dicho al oído a mi hija antes de que la llevase a la guardería. La había preparado y se había despedido.

Cuando mi madre nos vio en la entrada de la casa, abrió los brazos y se fundió en un abrazo con las dos, formando una piña.

No ha hablado casi nada desde entonces.

Ha sido un robot, como cuando tiene mucho trabajo y se concentra en hacerlo todo lo mejor posible.

Ahora, en el cementerio, la miro de reojo y la veo llorando, en silencio, haciendo pucheros... Pero se mantiene digna, estoica y lejanamente bella, tal y como es. Sin embargo, también capto la corriente de decepción y arrepentimiento que la corroe, como si le hubiese faltado decirle muchas cosas.

Y entonces, pienso que ha perdido a su madre.

Yo no querría perderla a ella y pensar que nunca le dije todo lo que la quería, que no hablé con ella lo que hubiese querido solo por miedo a discutir o a nuestra predisposición actual a estar en corrientes opuestas. La relación de mi abuela y de mi madre ha sido poderosa, fuerte, llena de amor, pero también de encontronazos, porque las Parisi tenemos carácter. Somos así.

Dicen que es porque también tenemos sangre italiana y por eso somos temperamentales. Pero empiezo a creer que el fuego también viene por quiénes somos, no por el lugar donde nacemos.

Tengo a Venus en brazos, que no entiende por qué tanta tristeza. Ella ha llorado a la yayita, pero aún no es consciente de que no la volverá a ver. O eso creo, porque a veces Venus me da unos bofetones de realidad y de madurez con solo tres mocosos años que me dejan sin palabras.

Me he vestido de negro, con unas botas de agua, un vestido de falda ajustada que me llega por encima de las rodillas y mi chaqueta de cuero. No he querido que Venus venga de oscuro porque no sabe lo que significa. Y porque mi abuela jamás querría verla así.

Mi madre lleva un traje de chaqueta y pantalón negro que resalta su figura, todavía esbelta. Así será hasta los noventa. No tengo ninguna duda. Se ha recogido el pelo en un moño alto que favorece su perfil y las líneas elegantes de su cara.

El velatorio fue a las diez. El entierro ha sido a las doce.

La gente se está yendo. La ceremonia ha acabado y todo ha pasado volando.

Ayer mi abuela estaba hablando conmigo de las vestales en el sofá. Hoy está en su tumba, tras su nicho, durmiendo el sueño eterno.

Hugo se ha mostrado muy solícito y cariñoso con nosotras, y se lo agradezco de corazón. Pero tengo la sensación de que está ahí porque sigue creyendo que, en el fondo, seguimos juntos, y eso me hace estar muy incómoda.

Lu tenía que irse a trabajar para ayudar a seleccionar más objetos de los yacimientos. Y Hugo quería estar ahí, solemnemente, cuadrado, como mi pareja. Como el hombre. No solo como amigo. Advertirlo me ha puesto nerviosa.

—Vete, Hugo. Te llamaré después. Vamos a estar solas las tres un rato —le digo con suavidad—. Necesitamos estar juntas.

—¿Os espero en el coche y os llevo después?

—No, hemos venido con el mío. Tranquilo.

—Está bien. Cualquier cosa que necesites, Ares, lo que sea, me lo pides.

—Sí, no te preocupes. Vamos a estar bien.

—Te llamaré más tarde para ver qué tal estás.

—De acuerdo.

Hugo asiente, me da un beso en la mejilla y se despide educadamente de mi madre, que le dice adiós y le agradece su presencia.

Por fin nos quedamos las tres solas.

Venus no tiene mucho interés en ver nichos ni en estar ahí, como es normal. Pero mi madre está poniéndole las flores bien a la yaya, para que luzcan.

—Tu abuela era muy quisquillosa con las flores —dice mi madre sorbiendo por la nariz—. Le gustaba que estuvieran todas perfectas.

Sonrío sin quitarle razón. La he visto muchas veces arreglando el jardín. Es duro saber que no la veré nunca más.

—Perdóname, mamá —dice posando la mano sobre el nicho de piedra—. Perdóname por tantas cosas... Pero, sobre todo, por haberte negado y haber dado la espalda al mundo que me ofrecías, a toda tu sabiduría. Perdóname por haberte dado tan poco... —Está llorando como nunca la he visto llorar.

Me acongojo al oírla hablar así y apoyo mi mano en su hombro.

—Mamá, no digas eso. La abuela tuvo una vida muy feliz y estaba muy contenta contigo. Te quería mucho.

—Yo sé lo que me digo —susurra apenada—. Voy a tener que... que revisar mis credos y mis convicciones porque, posiblemente, no han sido los adecuados. —Coloca su mano sobre la mía y me la aprieta con cariño. Como si lamentase también las cosas que han pasado entre nosotras.

Está empezando a llover.

—Llueve —anuncia Venus feliz.

Pero ni mi madre ni yo osamos movernos de ahí.

Noto el frescor de las gotas humedeciendo mi pelo, mis manos y todo lo que esté al descubierto. No he traído paraguas y mi madre tampoco. No hemos pensado en ello.

—Mamá, nos vamos a empapar —indico con los ojos llenos de lágrimas.

Y entonces, la lluvia cesa de golpe y nos resguarda una tenue oscuridad.

Cuando me doy cuenta, siento la presencia de alguien a mi espalda. Me doy la vuelta, extrañada, y tengo que alzar la mirada para ver quién es, aunque ya lo he descubierto solo por su olor. Como siempre.

Es Adonis. Va vestido con una chaqueta negra tres cuartos, unos pantalones oscuros y un jersey azul oscuro de cachemir. Me mira intensamente y en silencio, y nos cubre a las tres con su enorme paraguas negro.

Venus lo mira con muchísima curiosidad y actúa como

no ha hecho con ningún hombre, medio sonriendo como una princesita.

Mi madre no tiene ojos para nadie ahora mismo, pero sí le ha hecho un repaso disimulado.

—Lo lamento mucho. —Adonis da el pésame como es él. Con una educación y un respeto que parece mucho más real que cualquier otro «te acompaño en el sentimiento».

Sabe lo que ha pasado porque se lo conté ayer por la noche. Me llamó porque tenía información que darme, pero no estaba preparada para hablar con nadie y no se lo cogí. Así que le expliqué lo que había pasado por Whats-App y reconocí que necesitaba un par de días para recomponerme y seguir con el tema, porque no estaba bien. Sé que mi abuela querría que continuase con lo que tengo entre manos y que no lo detuviese por ella, pero el dolor se me hace insoportable y no quiero estar llorando cada dos por tres en presencia de nadie, y menos de Adonis. No quiero mostrarme vulnerable ante él, es demasiada información para alguien acostumbrado a leer a las personas.

—Gracias —digo de pie ante él, mirándolo de frente—. ¿Cómo has sabido...?

—He ido al tanatorio.

—Ah... —Observo de soslayo a mi madre, que continúa hablándole en silencio a mi abuela—. No puedo hablar ahora...

Adonis sacude la cabeza. Ese comentario no le ha gustado.

—No he venido a hablar. He estado en la ceremonia. He visto que no llevabais paraguas y sabía que iba a llover. Quedaos con este. Yo ya me voy.

Este hombre me tiene descolocada. No comprendo sus detalles. No comprendo cómo aparece de la nada para hacer tambalear mi mundo. No entiendo por qué me besa en sueños. No entiendo nada, porque no concuerda lo que hace con lo que parece que es. No olvido que me mintió y que hace dos días me dijo que no iba a verse con Tania y sí lo hicieron.

Pero no tengo derecho a enfadarme. No tengo derecho a nada, excepto a saber la verdad.

—Pero ¿y tú, Adonis?

—Ya me lo devolverás. No te preocupes. Tengo el coche aquí mismo.

Sus ojos amarillos no aceptan un no por respuesta. Me obligan a tomar la ofrenda.

—Está bien. —Tomo el paraguas y me muerdo el labio inferior—. Gracias.

Adonis toma aire por la nariz. Parece que quiera decirme muchas cosas, pero sabe que no es ni el momento ni el lugar. Sin embargo, sí se ve impaciente.

—¿Te puedo llamar esta noche?

Asiento lentamente, porque no me importa hablar con él y sé que debo hacerlo.

Él levanta la mano y no me espero el gesto. Tengo a mi hija en brazos, que continúa observándolo como si fuera un príncipe de cuento de hadas. Y entonces, con el pulgar, me retira una lágrima de la mejilla. Esa leve caricia, tan sutil, tan insignificante, reverbera en todo mi cuerpo y me expone de un modo que no me gusta.

Como no sé cómo reaccionar y esto me ha tomado de sopetón, me quedo inmóvil.

Él inclina la cabeza hacia un lado, sus mechones negros le acarician la cara y parte del cuello de la chaqueta. Tiene una mandíbula tan dura y unos rasgos tan felinos que parece no ser humano del todo.

—Me retiro. Adiós.

Mira a Venus como si fuera una especie en extinción, entre maravillado y curioso, y la niña le dice:

—Llueve. —Señala al cielo.

Venus jamás habla con nadie que no conozca hasta que pasa un buen rato y toma confianza. Y va y se pone a hablar con el menos indicado de todos. Menuda es mi monito.

Adonis le sonríe con vergüenza, y ese gesto provoca una sensación azucarada en mí.

Vamos mal.

Él se va, dejándome con su paraguas en la mano y con la palabra en la boca. Observo cómo se aleja por el camino lateral de los nichos y pienso en lo que sea que me tiene que contar.

Camina sin demasiada prisa, como si no le importara mojarse.

No sé de qué está hecho aún, si de hielo o de fuego; pero la lluvia afecta a ambos por igual.

Al llegar a casa, mi madre y yo nos hemos puesto a limpiar.

Ella quiere recoger la habitación de la yaya y quiere guardarlo todo en cajas. No ha aceptado mi ayuda porque dice que quiere reconciliarse bien, entre sus cosas, hablándole en caso de que ella siguiese ahí.

Después de un rato, Venus y yo hemos merendado bajo el porche del jardín. Son las seis de la tarde de este viernes triste y el cielo luce encapotado, un poco como el corazón central de mi familia.

La niña es como Campanilla, andando de un lado para el otro con su pulsera de cascabel. Mi abuela se la puso porque dijo que ahuyentaba a la oscuridad, viniese en forma de enfermedad, de mala suerte o de malas influencias. Y no pienso quitársela jamás. Porque, para mí, desde hace un tiempo, lo que decía mi abuela iba a misa.

Venus desperdiga todos sus juguetes por el suelo de madera del porche. Es un trasto inquieto. Mi abuela ha sido mi única confidente y mi único apoyo en toda esta trama de asesinatos, demonios, secretos y vestales en la que me he metido sin quererlo. Ella era mi brújula y, ahora que no está, voy a tener que hacer caso de mi intuición o buscar otros apoyos. Tendré que buscarme la vida.

—Ares.

Levanto la mirada y me encuentro a mi madre en el porche.

Tiene los ojos hinchados de llorar, pero parece más serena. Por encima de los hombros, se ha colocado el chal de mi yaya. Es lila oscuro con ribetes dorados. Verla es captar a mi abuela de joven en el cuerpo maduro de mi madre. Como si ella quisiera tomar ahora el testigo. De su hombro cuelga una bolsita de tela de color beige.

—Dime, mamá.

—¿Me ayudas?

—Claro, ¿a qué?

—A encender la llama del altar del jardín. Con un gesto de la barbilla, señala el fondo de la pared de nuestro patio, sepultado tras hermosas enredaderas que se prodigan desde el suelo del muro hasta la parte superior y que ocultan no solo el fresco que hay pintado en ella, sino también el hermoso *lararium* al que nunca prestamos atención y que decidimos mantener allí porque era historia antigua y romana de las demás generaciones Parisi—. Mi madre defendía que una llama en casa protegía el hogar de las malas influencias. Y me pidió que la mantuviese prendida. Quiero empezar a hacer todo lo que no he hecho hasta ahora.

Sonrío, porque es justo lo que me dijo mi abuela antes de dejarla en el sofá.

—¿A qué te refieres con hacer lo que no has hecho hasta ahora?

—A creer en todo, a respetar el pasado y a darle su lugar.

—Mamá... —Me levanto y la miro de frente. Soy casi

igual de alta que ella ahora que está un escalón por encima—. ¿La viste? ¿Viste el espíritu de la abuela?

Se le llenan los ojos de lágrimas y asiente, mordiéndose el labio inferior.

—La yaya vino a despedirse y dejó un olor afrutado en la tienda, como a naranjas. Fíjate cómo era de fuerte y consistente su aparición, que creí que había estado ahí de verdad. Noté hasta su beso en la mejilla.

—Vaya... —digo asombrada—. Le encantaban las naranjas —musito frotando la espalda de mi madre—. Antes de irse, me pidió que le fuera a comprar una bolsa para hacer zumo.

Ella suelta el aire por la nariz.

—Muy típico de la yaya: enredar para salirse con la suya, aunque, fuera para morir sola y en paz, sin provocar dolor.

—Sí.

—Nunca me había pasado nada parecido, al menos, no así, tan evidente e irrefutable. Solo cuando era pequeña... —me explica abrigándose más con el chal—, pero me afané en borrarlo de mi cabeza, porque todo me daba miedo. Las intuiciones, los presagios, las percepciones... La yaya decía que podía llegar a ser como ella; de hecho, lo creía firmemente. Sin embargo, yo no quería ser así. Decía que era una *sagae* —asiento de acuerdo con ella. A mí también me lo dijo—. Quería una vida normal, un marido vivo, una familia sin estigmas y gente a mi alrededor que no se pensase que era una bruja... Por eso quería despreocuparme de maldiciones o antepasadas extrañas a las que jamás comprendería. Pensé que, si le daba la espalda a todo eso —reconoce muy afectada—, entonces, nada sería verdad. A mí no me pasaría. Me cerré en banda, me prohibí a mí misma advertir nada... Pero supongo que lo que es no se puede negar. Pasa igualmente, lo creas o no. Y me ha costado mucho comprenderlo. Posiblemente —tuerce la cabeza morena para mirarme con arrepentimiento—, también me haya costado comprenderte a ti en muchas ocasiones. Prometo hacerlo mucho mejor, Ares. —Enlaza su mano con la mía—. Me va a costar remontar y entender todo lo que ha pasado y cómo he vivido todo este tiempo sin fustigarme y sin culparme. Pero te prometo que voy a remediarlo.

—No tienes que culparte por nada. —Agacho la cabeza, afectada por su sinceridad.

Ella me sonríe con calidez y me alza la barbilla para mirarme como hace mucho que no sentía que me miraba. Sin decepción. Solo viéndome a mí.

—Tengo mucho por lo que culparme, Ares —asegura—. Os resarciré, lo prometo.

Quiero creerla con todas mis fuerzas y también me gustaría poder consolarla para que deje de sentirse tan mal. Pero sé que no lo voy a conseguir, porque todos tenemos nuestros procesos de sanación y ahora mi madre necesita reaccionar y arar la tierra para arrancar las malas hierbas.

—Ayúdame con el larario —me pide. Mete la mano en la bolsa—. Tú llevarás la lucerna.

Observo el objeto y me recuerda mucho al que me enseñó Lu. Pero esta vez, tiene forma de falo con testículos, sin cortarse y sin escatimar en detalles. Es obsceno, pero sé que también es protector. En Roma, en Baetulo, en Pompeya y en todas las ciudades romanas excavadas se encuentran objetos así, salpicando las capas de tierra más profundas.

—Tu abuela tiene un montón de objetos antiguos y reliquias en el baúl de su habitación. Hay de todo tipo.

Cruzamos el jardín y Venus me sigue con curiosidad.

—¿*Onde* vas, mamá?

—Vamos a ayudar a la yaya —le digo agarrando su manita.

Mi madre introduce la mano en la bolsa de nuevo y le da un platito.

—Esto es para ti, cariño. Tú vas a llevar la patera. El plato para las ofrendas.

Vamos las tres juntas, como en una procesión: la madre, la hija y la nieta, como una tríada perfecta de generaciones.

El larario romano que tenemos en el jardín es de hace muchos siglos. Estos se hallaban en los *domus*, las antiguas viviendas romanas. Eran atrios no muy grandes donde las familias oraban y hacían ofrendas a sus dioses y espíritus protectores del hogar.

Cuando lo miro detenidamente, soy consciente de todos los detalles que pasé por alto antes, cuando lo estudiaba sin ningún interés, como si fuera un trasto viejo sin utilidad.

Es como un templo pequeñito, pero tapiaron su interior con puertecitas de madera. Mi madre sostiene la llave que las abre. Mi falta de curiosidad me avergüenza, por no advertir jamás que teníamos algo histórico en nuestra casa, por no querer saber de qué se trataba ni qué había en su interior.

Cuando mi madre introduce la llave metálica, negra y pesada en la cerradura y las puertas se abren, no puedo evitar detectar el olor a incienso. Y mis ojos se quedan grabados en la excelsa figura incrustada en la pared, tan grande como el larario, que mide casi un metro. Parece que el atrio se haya construido alrededor de ella.

—Vesta —dice en un susurro—. La virgen protectora del hogar y de la llama sagrada. La protectora de la familia, la vida doméstica, el orden, el Estado… —enumera de memoria mirándome de reojo—. Aunque no quisiera creer las historias de la abuela, no quiere decir que no le prestase atención cuando me las explicaba. Era difícil no escucharla, porque lo contaba todo demasiado bien. Te envolvía, te hechizaba… —admite, sus palabras cargadas de admiración—. Por eso me las aprendí de memoria.

—La abuela era un poco como Netflix —admito provocando una risita en mi madre.

—Más o menos.

Vesta es una figura de alabastro, con un pie en el que está escrito ESTIA. Está frente a un altar particular que le llega hasta la cintura. En él hay una llama. Vesta sujeta una lucerna como si echase aceite o si avivase el fuego con ella.

—Aún hay cenizas de la quema de las ofrendas de hace siglos —murmura mi madre fascinada.

—Me parece increíble que sigan ahí...

—Todo sigue ahí. Donde hubo fuego, siempre quedarán cenizas.

—Supongo. Las cenizas de Baetulo —murmuro para mí misma, como si fuera el título de una novela.

Mi madre empieza a sacar los objetos de la bolsa.

—Lucerna —la toma de mis manos—, el *turibilum* para quemar, el incienso, la patera —se agacha y toma el plato de las manos de Venus—, el contenedor de la sal, la *acerra* para el incienso y el *gutus* para el vino o la leche.

Ella lo dispone todo como si supiera cómo hacerlo bien. Y, al final, toma un marco del interior de la bolsa. En él hay una foto de mi abuela.

—Y nuestra guardiana. —Coloca la foto en su interior—. La yaya. —Acaricia la imagen con la punta de los dedos.

Venus pide que la coja en brazos, y eso hago. Parece que capta que es un momento de introspección, reverencia y recuerdo. Apoya su carita en la mía para mirar el lararios.

—Es una casita de muñecas... —me dice al oído.

—No... —le contesto en voz baja—. Pero se parece.

—La yaya *muerme* ahí —dice satisfecha. Venus nos sorprende cuando, del bolsillo delantero de su peto tejano, saca una camita de Pin y Pon de unos cuatro centímetros de largo, de color rosa y blanco. Y se la da a mi madre para que la coloque en el altar.

Ella sonríe enternecida y la coloca justo al lado del plato de ofrendas.

—Es la mejor camita del mundo, para que pueda descansar. —Besa la frente de Venus y coloca su brazo por encima de mis hombros, observando la llama que prende e ilumina el larario, jugando a hacer sombras y luces en la figura de Vesta—. He mandado el reloj a arreglar. Se había estropeado, como si no tuviera más vida que dar. Le van a poner un circuito nuevo, como si empezase también una época renovada en nuestro hogar. Como dijo la yaya. Y también —añade muy predispuesta— voy a arrancar todas estas hortensias trepaderas de la pared, que atraen muchos bichos, y voy a dejar que se vea el mosaico del muro. Nunca lo vi —asegura—. La abuela siempre decía que una no debía sentirse avergonzada de su historia ni de sus raíces, porque para saber quiénes somos, debíamos conocer de dónde veníamos. Y yo he sentido tanta vergüenza, tanta negación y tanta rabia por haber nacido en una familia así... que pensé que, si las cosas estaban ocultas, era mejor dejarlas así. Ella quería quitar las hortensias trepadoras, pero yo no porque me parecían bonitas. Luego pensé que suficiente teníamos con el larario histórico que manteníamos en secreto como para que, además, tuviéramos un mosaico romano en la pared. Si era algo de interés histórico para la ciudad, deberíamos avisar al Museo de Badalona y, no sé, me dio por hacer conjeturas... Cuando, en realidad, lo que me pasaba era que no quería saber nada más. Así que optamos por no hacer nada con ellas y permitimos que las hortensias trepadoras siguiesen ahí, creciendo y ocultándolo todo, como la hiedra. Todo por mi problema de aceptación.

—Mamá, deja de castigarte. —No me gusta que se mortifique así. No está diciendo ninguna mentira, pero no ha matado a nadie.

—Me va a llevar un tiempo dejar de hacerlo y empezar a sentirme bien conmigo misma —asume afligida—. He decidido que voy a cerrar la tienda una temporada —espeta.

—¿En serio? No te veo dejando el trabajo así como así.

Ella se encoge de hombros.

—No pasa nada por no cobrar un mes. Tengo dinero ahorrado y la paga de tu padre siempre ha sido considerable. Trabajé tanto para no pensar demasiado, para no echar de menos, para no temer... porque con la mente ocupada, nada preocupa. Me refugié entre lámparas y luces, pero dejé de alumbrarme a mí misma. Ahora... necesito estar de luto por mi madre. Necesito hacerlo bien y poner en orden todas mis ideas. Y quiero estar aquí, en casa. Estar con Venus y también —dice con algo de timidez— ayudarte en todo lo que necesites, Ares. Si... si me dejas. Lo necesito —reconoce.

Rodeo a mi madre por la cintura con mi brazo libre. Jamás le diría que no, y menos cuando la veo necesitada de estar con nosotras y de recuperar su lugar emocional conmigo. Yo también lo necesito.

—Yo nunca te he alejado —le digo en voz muy baja, admitiendo que sí hay un océano entre nosotras, aunque yo no lo nadé.

—Lo sé, cariño. Lo arreglaré —asevera con sus ojos negros, fijos en la figura de Vesta—. ¿Sabes por qué tu abuela quiso irse en esta casa? ¿Sabes por qué no dijo nada de que se encontraba tan mal y no nos permitió llevarla al hospital? —me pregunta mi madre.

—¿Por qué? —pregunto tragando saliva, emocionada de nuevo.

—Cuando se creó el muro de Baetulo, se prohibió enterrar a los muertos en los *domus*. Sin embargo, algunas familias desafiaron las reglas y continuaron haciéndolo, a pesar de que eso conllevase el paso de la vida y la muerte a la ciudad. Para ellos, tener muertos dentro de los muros era también tener fantasmas, y les daba miedo, porque no todos los espíritus eran buenos. Con el tiempo, eso dejó de hacerse, se crearon las necrópolis en el exterior y empezaron los entierros cristianos... Pero, los baetulianos sabían que, si uno moría en su hogar, se convertía en el espíritu guardián de la familia y de la casa. Por eso tu abuela ha querido asegurarse de morir aquí. Por eso no dijo nada y aguantó los días que le quedaban de la manera más digna. Su corazón fallaba, tenía dolores, y lo sobrellevó hasta que se le detuvo. Quiso morir aquí para protegernos y quedarse con nosotras. Si eso no es amor infinito y eterno, dime entonces qué lo es.

Mi barbilla tiembla acongojada y me quedo mirando la expresión feliz e inteligente de mi abuela en su fotografía. Sé que no tengo dones, que no tengo habilidades extrasensoriales, que no veré a mi abuela nunca.

Tampoco sé si mi madre volverá a verla alguna vez.

Lo que sí sé es que, en mi casa, ni la oscuridad ni el Demonio van a entrar. No solo porque aquí no son bien recibidos, sino porque «la Clara» los va a reventar a escobazos si se atreven a cruzar sus puertas.

XVII

Es curioso porque, aunque siento la pérdida, también percibo la paz. Como si mi abuela hubiese dejado en todo lo que nos rodea su estela y, ahora, gracias al lararió, también su bendición y protección.

Estoy ayudando a revisar todo lo que tenía en uno de sus baúles antiguos de la habitación. Lo separamos todo por objetos. No sé ni para qué sirven la mitad de ellos, pero sí sé que hay bastantes lucernas y *fascinus*. Incluso tiene collares, relicarios con abalorios diminutos de falos alados, otros con delfines y algunos más con cascabeles parecidos a los de Venus.

He decidido colgarme uno con cascabel del cuello. Y mi madre también. Ahora las tres llevamos el mismo. Me hace gracia que se llene la casa de ese tintineo, porque no es molesto en absoluto. Así siempre sabremos dónde estamos y nos veremos venir.

—Dios mío..., son tantas cosas... —dice mi madre sacando un atrapasueños romano—. Y deben de ser tan antiguos. Reliquias de Parisi de otras épocas —musita con una ensoñación patente.

Venus casi está metida dentro del baúl, con lo menuda que es. Entonces, se incorpora, y saca la mano con un rótulo metálico.

—¡Oh! ¿Qué es?

—¡El escudo de armas de la familia! —exclama mi madre muy feliz—. El original. Me lo enseñó la abuela una vez —arguye pasando los dedos por el fuego en el centro del blasón y las dos serpientes a cada lado de la llama.

«¿Cómo no?», pienso sintiéndome inútil. Todo es muy evidente, el fuego está por todos los lados. Me da vergüenza descubrir nuestra historia a los veintisiete años. Me da reparo ver que las evidencias siempre han estado ahí, pero yo nunca las vi ni las entendí. Pero mejor tarde que nunca.

—¿Crees que a Lu le gustaría revisar algo de todo esto? Por si se lo quiere llevar al museo —sugiere revisando las cajas que está llenando—. No nos lo vamos a poder quedar todo, a no ser que reservemos una parte de la casa para hacer nuestra pequeña colección privada.

—No sería mala idea... ¿Qué son estas cosas? —pregunto tomando un muñeco de barro con clavos por todas partes. Parece vudú.

Mi madre lo coge, lo observa sin demasiada gracia y lo deja en una de las cajas.

—Pues no me gustan, pero a saber para qué los usarían. Físicamente asustan.

—Un poco sí.

—La abuela parecía una coleccionista guardando todas estas cosas así. Estos van aquí. Los pondremos todos juntos.

—Vale.

Ding dong.

El timbre de casa suena y voy yo a ver quién es. La habitación de mi abuela estaba en la planta de abajo porque ya hacía mucho que no podía subir escaleras. Así que estoy ante la puerta en unos segundos.

Cuando abro, es Hugo quien está al otro lado. No parece muy contento, más bien luce nervioso y contrariado. Su pelo rubio y muy corto está mojado por la lluvia que cae tímidamente, y sus ojos parecen turbulentos.

—¿Hugo?

—Quería verte para saber cómo estás —dice sin más—. ¿Quieres que tomemos un café?

—No, Hugo. Gracias por preocuparte, pero no me apetece. Estoy ayudando a mi madre a empacar cosas de mi abuela.

Él asiente, como si lo comprendiese. Pero, de repente, se frota la nuca y hace un mohín incómodo.

—¿Te puedo hacer una pregunta?

—Claro. —Lo veo nervioso.

—Estaba en el cementerio. Me quedé un rato hablando con Lu... Y después estuve esperando a que salierais, solo para asegurarme de que estuvierais bien.

—Hugo, siempre tan protector —sonrío con agradecimiento.

—No. En serio. Vi a un hombre salir de la zona de los nichos Parisi. ¿Qué tienes que ver tú con él?

—¿Con él? —digo sin entender la pregunta. ¿Me ha estado espiando?—. ¿A qué viene esa pregunta?

—No sé, dímelo tú —parece ofendido.

—Hugo..., solo es un conocido que vino a darme el pésame.

—¿Es que tienes relación con ese tipo de personas, Ares? ¿Sabes quién es?

—¿Por qué parece que tú sí lo sepas? —replico.

—Ese tío estaba en la puja de arte de la Masía del Demonio. Fue el que pagó la suma más grande por ese cuadro tan cutre... Forma parte de esa panda de friquis elitistas con ínfulas de grandeza.

—Friquis que tú conoces —señalo—. Y a los que has hecho favores, como al señor Masdeu.

Esa respuesta lo deja descolocado, pero sabe salir rápido del apuro.

—¿Y eso qué tiene que ver?

—No lo sé, Hugo, dímelo tú —le imito.

—¿Qué insinúas? ¿Y qué haces tú codeándote con alguien así, Ares? Sabía que en la puja pasó algo. Estabas rara. ¿Fue por él? ¿Te viste con él?

—No me gusta el tono con el que me lo estás diciendo. Ni este interrogatorio. ¿Cómo que si me vi con él? ¿Qué tipo de pregunta es esa? Se ha muerto mi abuela y estás haciendo que me sienta muy incómoda.

—Ares. —Hugo da un paso adelante y me sujeta del antebrazo con bastante fuerza. Sus dedos son muy exigentes—. Por tu bien, hazme caso. Te vas a mantener alejada de ese tipo, ¿me has oído?

Hugo nunca ha sido así conmigo. Jamás. Nunca pensé que pudiera actuar de este modo y lo único que me viene a la cabeza es que pueda estar celoso, pero nada de lo que haya podido ver entre Adonis y yo en el cementerio puede hacerle sentir así, por eso no comprendo su actitud.

—¿Qué haces? —le digo entre dientes apartando el brazo con fuerza, pero él no me suelta.

—Ares, no es broma. Ese tío es peligroso. No te puedo decir por qué lo sé, pero es así. Jamás te he mentido. —Me mira suplicante—. No te vas a acercar a él otra vez.

—Hugo, lo que me estás diciendo está fuera de lugar. ¿Me puedes soltar?

—Después no digas que no te he avisado —musita entre dientes.

—Si quieres decirme algo, háblame claro y no a medias tintas. Si sabes algo de él, dímelo, aunque no me importa —disimulo—, porque entre él y yo no hay ninguna relación como la que imaginas.

—Sí, la hay. ¿Te lo estás tirando? —pregunta amenazadoramente.

—¡¿Qué?!

—¿Sabes lo que hace? ¿Sabes lo que es y lo que mueve? ¿Tienes idea del monstruo con el que estás?

—No lo sé. —Levanto la barbilla para demostrarle que no me achanto ante eso—. ¿Lo sabes tú? Parece que a ti te importe más que a mí. Solo hablo con él por trabajo.

—¿Qué tipo de trabajo?

—Pero ¿y a ti qué te importa? Hugo, te he dicho que me sueltes.

—Pregúntale, Ares. Pregúntale por el Abismo, a ver qué te dice. Es la peor calaña que te puedas encontrar —me advierte—. Un puto depravado. El mismísimo demonio.

Se sorprendería si le dijera que el Demonio y yo nos hablamos desde hace unos días.

—¿Has acabado ya?

—No me estás escuchando —dice, rojo y enfurecido—. ¿Te gusta ese tío? ¿Y ese rollo te gusta?

La puerta de mi casa se abre; mi madre nos encuentra en esa situación incómoda. Tengo la sensación de que ha estado escuchando detrás de la puerta todo el rato.

—Hola, Hugo. ¿Pasa algo, querido? —pregunta con falsa amabilidad y sus ojos negros clavados en su mano, que sujeta con rabia mi antebrazo.

Hugo me libera como si el simple contacto le hubiese quemado, pero porque no quiere quedar mal ante mi madre, no porque yo se lo haya pedido. Me froto el brazo y lo miro como si no le conociera. Porque así es. Jamás lo había visto en ese estado, tan posesivo, tan dominante y celoso. Hablándome así. Lo veo mal.

—No, está todo bien —contesta él atribulado.

Bueno, eso tendría que decirlo yo.

—¿Entras, Ares? —me pregunta mi madre, aún con su

atención plena en Hugo. Y está muy lejos de mirarlo bien o con consideración. Esta vez no. No parece tener buenos ojos hacia lo que él representa en ese instante.

—Sí. —Mi madre mantiene la puerta abierta hasta que paso al interior de la casa. Miro hacia atrás, sorprendida con la beligerancia de Hugo.

—¿Querías algo más, Hugo? —Tamborilea las uñas contra el marco de la puerta.

—Solo deciros que siento lo de la abuela. —Y seguro que hasta parece arrepentido.

A mi madre no le acaba de convencer, pero asiente como la señora educada que es, y le devuelve una sonrisa que no le llega a los ojos.

—Gracias, querido. Buenas noches.

Cuando mi madre cierra la puerta, sus ojos oscuros buscan los míos de color violeta y me preguntan muchas cosas, pero, sobre todo, quieren advertirme de algo:

—No vas a poder ser su amiga. Lo sabes, ¿verdad?

Hasta este momento, pensaba que sí podríamos serlo. Pero empiezo a dudarlo mucho.

—No sé qué mosca le ha picado.

—Una muy mala. Una con testosterona, posesividad y celos malos. No puede ser tu amigo porque quiere que seas suya, Ares. Y no sabe mantenerse al margen. Cuidado con este tipo de personas.

Toma mi antebrazo y me mira la piel.

—¿Te ha hecho daño?

—No ha sido nada —la tranquilizo.

—Dale espacio y tiempo. Y no hables con él en una larga temporada —me pide. Cuando se cerciora de que solo ha sido un agarrón, añade—: Otra cosa. ¿Quién era el hombre del cementerio? ¿El que nos ha dado el paraguas?

—Me está ayudando a averiguar mis cosas, mamá…

Ella exhala y mira al techo.

—Debí suponer que no ibas a parar.

—Claro que no.

—¿Me lo quieres contar?

Sacudo la cabeza de un lado al otro.

—Mejor no. Aún no, hasta que atisbe las conexiones posibles.

Ella asume la respuesta con deportividad.

—De acuerdo. ¿Y crees que puedes confiar en él?

—No lo sé. Eso espero.

Mi madre se cruza de brazos y me estudia mientras levanta su ceja derecha de manera inquisitiva.

—¿Aceptas un consejo?

—Conozco tus consejos —musito.

—Esta vez es solo una advertencia. Ese hombre tiene ojos de lobo y de fuego. Deberías tener cuidado.

—No va a pasar nada en absoluto.

—Eso es lo que tú te crees. Piensas que puedes jugar con fuego —me da un golpecito en la nariz—, hasta que, un día, te acabas quemando.

El viernes pasado estábamos cenando las cuatro con Lu, celebrando nuestra noche de chicas. Hoy no hay ganas ni humor para mucho, aunque mi madre me ha asegurado que no debemos dejar de hacer lo que hacíamos, porque la abuela se enfadaría con nosotras.

Mi madre y Venus están en el salón. Vamos a pedir algo para cenar.

Voy a encargarlo por Glovo, pero recibo una llamada.

Es del móvil de Adonis.

Me froto la cara porque aún sigo agitada por el encontronazo que he tenido con Hugo y lo que me ha dicho de Adonis, como si lo conociera.

Estoy en un momento de mi vida en el que dudo de muchas cosas y desconfío de otras, y a lo único que me agarro como a un clavo ardiendo es a lo que me dijo mi abuela sobre lo que tenía que hacer. No debo dar un paso atrás.

—¿Ares?

—Hola —digo un poco nerviosa.

—Tenemos que hablar. Tengo información y es importante que la sepas cuanto antes. Supongo que no es buen momento para ti por la pérdida de tu abuela, pero es urgente. ¿Quieres que nos veamos?

Me humedezco los labios y miro a mi madre y a mi hija, que están entretenidas jugando en el sofá. Sí, tengo necesidad de saber y de empezar a atar cabos, y lo hago por mi abuela, por todo lo que me dijo, pero también por ellas, porque cuanto antes entienda lo que pasa, antes podré regresar a mi vida con más tranquilidad.

—De acuerdo.

—¿Te paso a recoger?

—No sabes dónde vivo.

—Dame la dirección.

Está bien. Es una indiscreción. Seguramente no debería, pero se la acabo dando porque no me apetece coger ningún coche. Y porque ha tenido muchas oportunidades de matarme si hubiese querido, y no lo ha hecho.

—¿Puedes estar lista en veinte minutos?

—Sí.

—Bien. ¿Has cenado?

—¿Qué?

—Que si has cenado.

—No.

—Entonces cenaremos. Hasta ahora.

Carraspeo y me coloco el pelo detrás de la oreja.

—Hasta ahora. —Cuando cuelgo, mi madre me mira por encima de la cabecita de Venus, que está sentada encima de ella.

—Te tienes que ir —asume.

—Sí. ¿Puedes quedarte con…?

—Ni me lo preguntes. La yaya te ha ayudado a veces con Venus, pero yo no podía porque necesitaba estar en Luces Sacras. Aun así, ambas hablábamos de lo responsable que has sido con ella y de la poca vida social que tenías porque preferías encargarte de su educación y de pasar tu tiempo a su lado. Has sido una madre trabajadora admirable. No eres una persona acostumbrada a pedir favores, y menos a mí porque he sido dura… —Agacha la cabeza al reconocer lo que he sufrido estos años con ella—. Quiero ayudarte como sea, Ares, y si eso significa quedarme con Venus cuando tú no puedas, pues que así sea.

—Gracias, mamá. —Ni se imagina el bien que me hace oírla hablar así.

Ella asiente feliz de poder echarme una mano.

—Supongo que es mejor para las dos que no sepa demasiado sobre lo que sea en lo que andas metida. Pero dime una cosa: ¿la yaya estaba de acuerdo con lo que te traes entre manos?

Sonrío, un poco más desahogada.

—La yaya fue quien me animó. Si lo hago, es por ella.

—Siempre fue tu *hooligan*.

—Sí. —Me echo a reír por la palabra que ha usado para definirla.

—Prométeme que, te hayas metido donde te hayas metido, tendrás cuidado. Sé todo lo que ella decía que podías ser, que éramos todas, y estaba muy intranquila porque afirmaba que si el Demonio te rondaba, era porque podías ser peligrosa para él. «Quiere algo de la niña», repetía. Tú eras su niña. No tengo los dones de ella, no los quise —reconoce un poco apologética—. Pero ella… ella no solía errar. Y la única vez que no acertó, lo celebré como una loca, porque tú, gracias a Dios, seguías viva. Fue la noche de la carrera de la Endemoniada. Espero que un día me cuentes todo lo que está sucediéndote, hasta donde me puedas contar. Me gustaría ayudarte, no como una bruja o como una *sagae*, como ella se proclamaba, pero sí como tu madre —admite con ojos vidriosos.

Asiento y sonrío, agradecida por sus palabras. Ojalá ese día llegue pronto.

No he querido arreglarme demasiado para ver a Adonis. Lo nuestro es una relación laboral. Es mi informador. Sin embargo, me he puesto un vestido negro de manga larga y falda corta, unas botas negras de puntera afilada, plataforma oculta y tacón de aguja no demasiado alto, y mi chaquetita tejana oscura.

Podría ir muchísimo más sexy, pero también mucho más dejada. De este modo, transmito que quiero estar cómoda; no para estar por casa, pero tampoco para ir a ningún lugar en especial.

Pensaba que vendría él a buscarme. Pero, en vez de eso, ha venido un Mercedes negro, un Cabify, a por mí.

No me lo esperaba.

El Cabify me ha dejado en un restaurante italiano diminuto con solo cuatro mesas para pocos comensales, perdido en algún punto de Sant Fost de Campsentelles.

Parece que lo haya reservado solo para nosotros.

Es una casita pequeña tipo masía, con un solo salón muy acogedor y vistas a las montañas de la Conreria.

Al menos, ya no va a llover más y han salido las estrellas.

Entro en el restaurante y Adonis está sentado, de frente a mí, como si se creyera el rey del mundo.

Me escanea con la mirada y no reacciona excepto por sus pupilas, que se dilatan un poco. Es verdad, es como un animal.

He asumido que, se ponga lo que se ponga este hombre, la percha es él y todo le queda bien.

Me gusta más así. Cuando va como un motero que, en el fondo, no lo es. ¿O sí? No lo sé. No lo conozco tanto. Aunque, si tuviese una moto, con toda seguridad sería una de las mejores.

El lugar es como una casa italiana. La luz tenue ayuda a que el ambiente sea más íntimo. Es un lugar perfecto para traer a una pareja, a una amante, para que tenga lugar una cena de la camorra o para revelar secretos. Tanto da.

—Buenas noches, señorita Parisi. —Se levanta y me retira la silla.

La mesita en la que estamos es cuadrada. Hay una vela dentro de un vaso de cristal rojo. El mantel es delicado, de color violeta, y la cubertería y las copas se ven caras, además de que están dispuestas de un modo exquisito.

No estoy acostumbrada a estos detalles. La última vez que un hombre me retiró la silla fue… nunca. Por otro lado, soy bastante procaballeros, pero sin ser petulantes.

—Buenas noches. No conocía este restaurante. No hay gente —observo.

Adonis sonríe y abre una botella de vino tinto.

—No hay gente porque yo no quiero. Este restaurante es mío. Me he tomado la libertad de reservarlo todo para mí.

Vaya, información de más y sin preguntar.

—¿Y te va bien?

No le da importancia al hecho de si gana dinero o no, pero responde:

—No me va mal. —Me mira compasivo—. ¿Cómo estás?

—Estoy triste —contesto con honestidad.

—¿Estabas muy unida a tu abuela?

Asiento y me incomodo porque no quiero emocionarme, pero cuando pienso conscientemente en ella, me abraza el amor y el dolor a partes iguales. Es la herida del echar de menos y de saber que no volverás a ver a alguien.

—¿Estaba enferma?

—Sí, bueno —carraspeo y me remuevo en la silla—, habíamos estado unos meses de hospitales y hemos tenido bastantes sustos este último año. Sabía que le quedaba poco tiempo, no se encontraba bien..., pero no nos dijo nada porque quería estar en casa. No respiraba bien, tenía líquido en los pulmones y... sencillamente, se le paró el corazón; se murió de una angina.

Adonis escucha con una liturgia subyacente, con generosidad, con educación... Y tengo la sensación de que podría hablar con él toda la vida, solo por ser escuchada así.

—Lo que llevas en el cuello ¿era de ella?

Asombrada, me llevo la mano a la campanita que suena como un cascabel. Me la he puesto en una cadena fina de oro porque la cuerda de la que colgaba no me gustaba. La llevo con orgullo.

—¿Por qué haces eso? —lo reprendo.

—¿El qué?

—Advertir detalles tan pequeños en los que nadie se fija.

—Soy observador, ya lo sabes. Suele pasar que, cuando hay una pérdida, la persona que se queda aquí necesita llevar algo de la que se ha ido solo para sentirla más cerca. Y esa campana que portas no la llevabas antes. Es muy antigua. Mucho... —Estira el brazo como si quisiera observarla bien—. ¿Puedo?

—S-sí —contesto.

Los dedos de Adonis rozan mi piel desnuda, pero sujetan la campana con delicadeza.

—¿Era de ella o no? —me pregunta para reafirmarse.

—Sí.

—¿Sabes lo que es?

—Sí. Es un protector contra las malas influencias y contra el Demonio.

—Muy romano.

Ah, que también sabe de Roma.

—Toda mi familia tiene raíces romanas.

Eso interesa mucho a Adonis. Lo sé por cómo le brillan los ojos, que se ven dorados bajo el fulgor de la vela. Y por el modo que tiene de mover la cabeza como cuando un perro escucha. Su mirada se imanta a la mía.

—Amuleto y talismán —susurra—. ¿Sabía tu abuela de brujería antigua?

—Algo, sí.

—¿Sabe que te has metido en líos?

Resoplo y abro y cierro los dedos de las manos. Es como si no pudiese ocultarle nada.

—Era una mujer muy intuitiva. Sabía de muchas cosas. Y sí, estaba informada de lo que pretendía con tu contratación.

—Me hubiese gustado conocerla. Parece que hayamos estado alineados.

Lo peor es que tengo la sensación de que a ella también le habría encantado conocerle.

—¿Qué quieres decir con alineados?

—Que hayamos pensado en lo mismo. Te he traído algo. Es solo un detalle y creo —suelta la campanita y sonríe cuando el cascabel de su interior suena— que te complementará muy bien.

—¿A mí? ¿Me has traído algo?

—Sí —contesta sacando una cajita del bolsillo de su cazadora.

—¿Por qué? —No entiendo por qué me regala nada.

—Porque te ayudará.

Tomo la caja de terciopelo y la abro con mucha expectación. Es un anillo de oro con un ojo blanco en el centro y el iris con un brillante grande y rojizo.

—Para los envidiosos, lo que ves. El bien para los buenos. —Toma mi mano con suavidad y me obliga a extender los dedos—. El mal para los malos. —Me coloca el anillo en el dedo anular de la mano derecha—. Es una frase que hay en un mosaico apotropaico en Túnez con un ojo parecido a este. En la antigüedad, estaban obsesionados con la protección contra la envidia, el mal de ojo, los fascinadores…

Retiro la mano suavemente y trago saliva. Es demasiado íntimo. Y demasiado caro. No sé mucho de joyas, pero esto es oro de verdad.

—No puedo aceptarlo. —Me lo quiero quitar.

Adonis se niega y posa su mano sobre la mía, contra la mesa.

—Quédatelo. No supone nada para mí. Ni tampoco para ti. No te asustes. Solo acéptalo. Estos detalles son más poderosos cuando los recibes de otra persona.

—¿Tú crees en eso?

—Soy demonólogo, no lo olvides —sonríe, y sus dientes destellan de un modo que me obliga a mirarle ensimismada la boca. Tiene unos labios increíbles y una dentadura envidiable—. ¿Qué tipo de demonólogo sería si no creo en energías, hechizos, sortilegios, amuletos, brujería…? —menciona soltándome la mano poco a poco—. Y ahora, hagamos lo que hemos venido a hacer. El motivo por el que te he citado aquí.

—¿Tienes información?

Adonis me llena la copa y, esta vez, no le digo que no. Porque un día es un día y, aunque no disfruto demasiado del vino, me apetece.

—Tienes un problema, Ares.

—¿Ah, sí?

—Sí.

—¿Qué problema es?

—Hugo.

—Vaya…, él me ha dicho lo mismo de ti.

Aquello no sorprende a Adonis, es como si ya lo supiera.

—He estado investigando. —En la silla de la mesa de al lado hay un sobre. Adonis lo toma y lo deja frente a mí.

—¿Qué es esto? —pregunto.

—Las conexiones que tengo hasta ahora.

Lo abro como puedo, porque los nervios me vuelven torpe, y Adonis empieza a hablarme.

—La semana pasada, el jueves, denunciaron un posible homicidio en Tiana. —Me explica mientras me peleo con el sobre—. La llamada entró en una comisaría de los Mossos, ubicada en la Morera. Una vecina había visto a un hombre sacar a una chica de su casa, inconsciente. La mujer dijo que la chica tenía los ojos cerrados, el pelo negro y las manos atadas a la espalda. Que la metieron en el maletero de un Audi Q4 negro.

Dentro del sobre hay un informe sobre eso, sobre la entrada de la llamada, la transcripción y el número de teléfono desde la que se realizó. Lo miro todo con atención.

—El número de teléfono pertenece a Marina Born. Cincuenta años, vecina de Tiana. Era una mujer normal y corriente que denunció algo que había visto con sus propios ojos, pero, repentinamente, la policía la trató como una esquizofrénica.

—¿Por qué hablas de ella en pasado?

—Porque está muerta. Se suicidó el sábado.

—Dios mío… Adonis… —Sacudo la cabeza angustiada—. No sé qué es todo esto. Y no sé cómo has podido conseguir toda esta información.

—Puedo conseguir muchas cosas. Espera. Déjame que te cuente cómo se hila todo. El agente al cargo de tomar la denuncia a Marina Born fue Hugo Simó. Tu amigo. Y, aunque fue a verla, la desestimó porque, de repente, atribuyó a Marina problemas mentales. Así, sin más, cuando los archivos médicos de la mujer nunca presentaron este tipo de patologías ni comportamientos suicidas. Excepto estrés laboral.

Frunzo el ceño. Tengo la sensación de que no hay suelo bajo mis pies, es muy desasosegador.

—Continúa —le pido.

—Marina vio algo desde su casa. Me han dado la ubicación de la llamada y es en este lugar. —Aparta una hoja y me enseña la siguiente, con una vista desde el aire de la zona montañosa de Tiana y sus complejos—. Esta es la casa de Marina —señala—. Y la única que tiene cerca es esta otra de aquí. —Apunta otra casa de diseño en forma cúbica—. ¿Sabes a quién pertenece?

Digo que no con la cabeza.

—Al propietario de las galerías de Arte Masdeu. Al señor Masdeu. —Sus ojos son tan intensos y vehementes que no puedo no creer lo que me dice.

—No me jodas... —susurro cubriéndome la boca con las manos—. ¿Cómo has recopilado...?

—Eso no importa. Como te digo, puedo conseguir cualquier cosa. Pero no es trascendente para lo que nos concierne. Y eso me lleva a la identidad del cadáver. El viernes, ese amigo tuyo corredor le hizo una foto en el río, mucho antes de que llegara Hugo al lugar de los hechos. Es obvio que el cadáver fue manipulado para hacer creer que era solo una yonqui sin nadie que se preocupara por ella. Una muerte por sobredosis fácil de archivar. Pero tú y yo sabemos que no fue así. El señor Masdeu forma parte de este grupo de élite, de esta sociedad de vires, que te mencioné el otro día. Es, en realidad, una Corte especial.

—La misma Corte a la que tú perteneces —le increpo con algo de inquina.

—Sí, es cierto. Las mujeres que eligen estar con los vires, esas que ellos se adjudican para que les sirvan en todo, para que los complazcan...

—Esto me empieza a dar mucho asco... —espeto interrumpiéndolo.

—No. Escúchame. Hay una lista donde están registrados los vires y sus mujeres. Es difícil acceder a ella, pero no para mí. Conozco a muchas de esas parejas.

—¿Por qué las conoces? ¿Por qué tienes tú esa información? —lo miro de frente. No le voy a ocultar que tampoco confío en él—. ¿Qué eres? ¿Del CNI? ¿Infiltrado? ¿O solo un millonario altruista y filantrópico que adora desentramar misterios y los juegos sexuales?

—No soy ni una cosa ni la otra. Pero sí soy un vir —sentencia. Es como si me lo quisiera dejar muy claro.

—¿Y qué es eso?

—Significa varón. Un hombre con poder sobre el placer, el cuerpo y el deseo de la mujer. Así se nos define en la Corte.

—¿Y por qué lo eres? ¿Por placer? ¿Qué les hacéis a las chicas? ¿Las matáis? —gruño desquiciada. Me viene a la cabeza lo que me pasó y pienso en atrocidades que me debilitan y me humillan. Nunca sabré qué me hicieron. Se me llenan los ojos de lágrimas—. ¿Entiendes que no me puedo fiar de ti porque resulta que tú estás relacionado con los vires y toda esa parafernalia sectaria? ¿Eres como ellos? ¿Por qué estás metido en esa Corte? ¿Por vanidad? ¿Ninfomanía?

—Por placer, por responsabilidad o por lo que me dé la gana. Podría contestarte cualquier cosa y ni siquiera me acercaría a la verdad, y es mucho mejor que no la sepas.

—¿Por qué?

—Porque no me vas a poner en compromisos, Ares. Ya veo que puedes ser incendiaria y no quiero preocuparme de más. Pero tiene que quedarte claro que para ti soy un vir.

Y te estoy ayudando con algo que jamás debería haberse filtrado. A mí no me gustan los abusos de ningún tipo y sea lo que sea lo que le pasó a esa chica no ha estado bien. La mujer que acompañaba al señor Masdeu en las noches de la Corte, se llamaba Fanke Lius. No era española. —Detrás de las hojas hay un pasaporte rumano con la identidad de la joven y una fotografía suya—. Y no puedo decirte nada más hasta que no acabe de atarlo todo bien.

Miro la foto y me seco las lágrimas de los ojos. Estoy desquiciada, hecha un manojo de nervios, pero verla a ella, ver que existe y que no me lo inventé, me hace sentir mejor en medio del mar de mierda y sospechas que se está tejiendo a mi alrededor.

—¿Qué le hicieron? ¿Lo sabes?

—Está claro que fue víctima de un ritual. Fue una ofrenda.

Mi abuela tenía razón. La hiedra forma parte de los rituales.

—¿Por qué lo sabes? ¿Por qué fue un ritual?

Levanto la mirada y mis ojos oscilan por todo su rostro. Tomo la copa de vino y hago lo que jamás he hecho antes. Me la bebo de golpe, por sentir algo que no sea el entumecimiento supino de quien ha sido abrazada por el terror.

—¿Ares? No hagas eso.

—¿Qué más sabes?

—Por ahora, nada más.

—¿Qué más sabes, Adonis? —Estiro la mano y lo sujeto por la muñeca. Soy atrevida, nadie querría tocar a un lobo peligroso, menos yo, que soy una incauta y corro con demonios—. Llevas ocultándome cosas desde el principio y has aparecido en mi vida de una forma cuando menos inesperada. Sé que me estás ayudando, pero... me ocultas información. Tú no estás aquí solo por placer ni por dinero. Ya te lo dije. Estás aquí y formas parte de esto por algo más. Dime todo lo que sabes.

Adonis estudia mi mano, que lleva su anillo, sobre su muñeca. Es tan ancha y gruesa que no puedo abarcarla con los dedos.

—No puedo. Debes mantenerte al margen —contesta zanjando la conversación—. Tú, sobre todo. Porque es posible que el caso de Fanke no sea el único. Podría haber alguno más.

—Maldita sea… Sabes mucho. —Tomo la botella de vino antes de que él me la quite y me lleno la copa de nuevo—. Es muy sospechoso por tu parte. ¿Y si me diera por creer que has tenido que ver con su muerte?

—Saber de rituales no implica ser un asesino. Saber de demonios no significa vivir en el Infierno. Solo sé que Fanke ha sido la primera. Pero no la última.

Le suelto la muñeca suavemente, en shock por esa información.

—¿Qué?

—Habrá más. Porque las ofrendas deben ser varias. Nunca es solo una, y menos en estas fechas.

—¿Por qué? —¡Fiu! Segundo hidalgo que hago con la copa de vino. No me gusta, no siento placer al beberlo…, pero si lo hace la gente es por algo—. ¿Qué pasa con estas fechas? ¿Y cómo se puede demostrar que ha sido el señor Masdeu?

—Por ahora no se puede. Hay que esperar. Y tú deberías guardar las distancias con Hugo.

—Hugo dice lo mismo de ti, Adonis. Tal vez él no tenga nada que ver con lo que dices y solo se limita a hacer su trabajo. Si vio a la mujer desquiciada y loca, probablemente lo tendría en cuenta para no tomarse la declaración en serio. Y si llegó más tarde para ver el cadáver de Fanke, se la encontraría ya con todos los elementos distractores.

—¿Quieres creer eso? ¿Te sientes mejor así?

—No me siento bien con nada. Él me dijo que eras el

mismísimo demonio, un depravado, y me pidió que te preguntase sobre el Abismo para que yo supiera el tipo de calaña que eras.

Eso no le gusta nada. Se inclina hacia delante y musita amenazadoramente:

—¿Le has dicho lo que hacemos tú y yo?

—No. ¿Por quién me has tomado?

—Si se lo dices, vas a ponerme en una tesitura muy delicada. Nadie puede saber que estoy investigando esto. Nadie puede enterarse de lo que sé.

—No diré nada. Excepto si, en algún momento, esa información me pone en peligro.

—Ares, no eres consciente, pero tú ya estás en peligro. Tienes al lobo más cerca de lo que crees.

XVIII

—Me estás asustando adrede.

—No te asusto. Es la realidad. Desde que te borraron el vídeo de Instagram hasta el momento en el que formaste parte de la puja de arte... La Corte no olvida las caras bonitas y sexis, y resulta que tú la tienes. No todos los hombres que forman parte de la Corte son depravados y malignos, pero hay algunos que sí lo son, y mucho. Nunca debiste participar en esto —murmura contrariado—. Nunca debiste interesarte por esa chica. Te lo has tomado como algo personal y quiero saber por qué. Si tú no me dices la verdad, tendré que descubrirla.

—¿Por qué no me dices la verdad tú a mí? ¿Por qué pides que confíe en ti, pero no me cuentas todo lo que sabes? Está claro que eres millonario, que tienes poder y que te mueves en los círculos de esas personas. Pero quieres hacerme creer que estás al margen y que no formas parte de nada de eso. Y, sin embargo, me das toda esta información, con la que se podría abrir una investigación sin problemas y con la que podría hacer lo que quisiera.

—Pero no lo harás —sentencia—. Porque eso supondría admitir que no me crees y que me tienes miedo y si te equivocases, estarías vendida, no solo de cara a los que no les interesa que nada de esto se sepa, sino de cara a mí. No

299

quieres arriesgarte. Porque, si me traicionas, no tendrás bosque suficiente para correr. Seré yo el peligro.

—No me hables así. Me estás coartando.

—Te lo he dicho. Te ayudo mientras no pongas en riesgo mi papel.

—Dame algo más. Háblame del ritual que dices que le hicieron a Fanke.

—¿Por qué?

—Porque quiero saber qué le hicieron.

Adonis entorna la mirada. Intenta comprender como sea de dónde viene mi curiosidad.

—Es un ritual sexual que acaba con la muerte. Murió, en realidad, la noche del jueves al viernes.

—Es decir, ¿seguía viva cuando la vecina denunció el avistamiento?

Adonis asiente.

—Mis contactos forenses me han dicho que tenía estramonio en el interior de la vagina y en el ano. Marcas en las muñecas de haber sido atada con un tipo de planta trepadora, probablemente hiedra. Había consumido vino y también sangre. Fanke tenía al menos dos muestras distintas de semen tanto en el útero como en el recto anal. Murió ahogada, por asfixia posiblemente, mientras abusaban de ella.

—No puedo con esto —digo agachando la cabeza, sintiéndome confundida—. ¿Estramonio en el ano y en la vagina? ¿La violaron dos hombres?

—Sí. Al menos, dos.

—¿Por qué estramonio?

—Es una planta asociada al Demonio —me explica con voz monótona—. En la antigüedad, se decía que las brujas untaban un ungüento con estramonio en el palo de su escoba y luego se lo introducían en la vagina. Y era así como decían que volaban sobre el palo de la escoba, porque las alejaba de la realidad. Actualmente, se dice que esa planta crece allí donde el Demonio ha tenido hombres para trabajar en su nombre, sin ningún testimonio.

—¿Por qué le harían algo así a esa chica?

—Para dársela como ofrenda a un demonio. Todo, en ese ritual, tiene que ver con él. Hay algunos que van de dioses y otorgan deseos. Si los veneras y haces lo que piden, te dan muchas cosas a cambio. Salud, dinero, poder. —Alza el meñique, el anular y el corazón—. Lo que quieras. Hay gente que cree en eso.

—Hiedra —murmuro sin parpadear.

—¿Cómo?

Me viene un flash de las dos hojas de hiedra que encontré entre mis dedos, al abrir los ojos después de la agresión. Sentía el cuerpo extraño y tenía marcas en las muñecas. Y no solo eso...

—Por favor —pido con el rostro inclinado hacia abajo, cubierto por los mechones de mi melena oscura—. ¿Puedes llenarme la copa otra vez?

—Es mejor que no bebas más.

—Llénamela, anda. Hace mucho que no tengo padre.

Adonis asiente y hace lo que le pido.

—Hugo no es ajeno a la Corte, Ares. Eso ya te lo puedo verificar. Me ha estado investigando, claro. Y a ti te ha estado siguiendo. Sabe que tenemos una relación. Está nervioso y celoso. Ese policía no es protector, es controlador. Nunca lo olvides. Y sabe casi tanto como yo. Y ya no te puedo contar más. No te fíes de él.

—¿Y tú de qué lado estás? ¿En el suyo o en cuál, Adonis? —le recrimino.

—Estoy solo en el mío —responde—. Y, de momento, soy la única persona que te puede ayudar. Hasta ahora. —Su rostro se torna serio y decidido—. Por lo que a mí respecta, ya no tienes nada que hacer en este caso. Te he dicho lo que hay, lo que ha pasado, pero tienes que dejarlo aquí.

—¿Y si no quiero?

—Tendrás que hacerlo. ¿No te das cuenta de que esto va más allá de ti o de lo que tú quieras? ¿Que es muy serio? Han asesinado a una mujer en un ritual de ofrenda, ahí hay más de una mano metida. Dos chicas que, extrañamente, no se acuerdan de que han trabajado con la víctima y, además, su panadería ha cerrado de manera inesperada. Hay una mujer que hizo una denuncia y se ha suicidado de la noche a la mañana. El vir que tenía a Fanke de pareja está en el ajo y ahora está buscando a una nueva mujer. Eso seguro. Porque va a querer otra.

—¿Por qué?

—Porque se acerca algo muy grande para la Corte. Algo que se celebra cada cuatro años. El señor Masdeu se fijó en ti en la puja gracias a tu amiguito Hugo, que te llevó para presumir, porque es un quiero y no puedo. El galerista es un hombre poderoso y tiene contacto directo con Hugo porque le hizo un favor. ¿Qué tipo de favor crees que le hizo? ¿Por qué Hugo? ¿Cuántos más le habrá hecho? Cuanto más te metas, más te expondrás. Tienes que estar ciega para no ver lo que está pasando.

—No estoy ciega. Lo veo, pero quiero tirar de la manta todo lo que pueda.

—Aún no.

—No me quedo tranquila sabiendo que Fanke ha sido la primera y que podría haber más. Si eso es así, hay chicas que podrían estar en peligro ahora mismo. Hay que detenerlos.

—No, tú tienes que detenerte aquí. Ahora —me ordena—. Hasta este momento, quienes sean, no se imaginan todo lo que sabes, todo lo que sabemos. Pero si lo descubren… No será bueno para ti y no podré cuidarte. Tienes que desentenderte.

—Vete a la mierda, Adonis. No quiero que me cuides.

¡Quiero que lo denuncies! Tienes medios, dinero y poder para que te tomen en cuenta. ¿Cómo puedes quedarte tan tranquilo sabiendo que puede haber más chicas como Fanke por no sé qué evento que sucede cada cuatro años y no hacer nada para evitarlo?

—Porque no puedo hacer nada. No me hables como si estuvieras enfadada conmigo. El malo no soy yo —dice muy calmado. Odio el autocontrol que tiene cuando yo estoy tan frustrada que volaría este restaurante por los aires—. Si fuera el malo y estuviera involucrado en esto tan turbio, podría haberte quitado de en medio de mil maneras diferentes, y lo único que estoy haciendo es guardarte las espaldas.

—¿Por qué? ¿Por qué te preocupas por mí así?

No me va a contestar. Fija sus ojos en el cascabel que llevo al cuello y después en el escote de mi vestido.

—Porque me recuerdas a alguien —dijo sin más.

—¿A quién?

—Eso no importa. He decidido que voy a cerrar nuestro convenio aquí.

—No hablas en serio.

—Sí. Ya no voy a trabajar para ti. Tienes que dejar de meterte en todo esto, al menos hasta que me digas por qué tienes tanto interés. Te dije que no te cobraría y no lo haré. Es por tu bien. Se acabó. Todo acaba aquí, esta noche. No podemos seguir.

—¿Se acabó? —Me cruzo de brazos, ofendida por que sea tan tajante—. ¿Así? ¿Sin más? ¿Porque tú lo dices?

—Sí, porque es lo mejor. Mantén otro perfil, uno más bajo, Ares. Si continúas removiendo más mierda, lo vas a echar todo a perder.

—¿Qué voy a echar a perder?

—Nada. Te he dicho que no voy a seguir más con esto. Me sienta muy mal. ¿Cómo puede saber qué es bueno y qué no? ¿Por qué se cree con el derecho de prohibirme seguir adelante con todo esto?

—¿Te puedo invitar a cenar, al menos? —Toma la servilleta de tela, la abre y se la pone sobre las piernas—. Aquí hacen los mejores fetuccini a la trufa que vas a comer en tu vida.

—No quiero cenar —espeto con rabia. No me cabría nada en el estómago. Estoy furiosa. No puede dejarme a medias. No puede apartarme así de golpe cuando ya ha descubierto tantas cosas. ¿Por qué?

—¿Seguro? —Alza una ceja negra, que se arquea de manera perfecta y demoniaca.

—¿Quieres dejarlo aquí, Adonis?

—Sí. Ya te lo he dicho. No nos vamos a ver más. Al menos, hasta que pase un tiempo prudencial y todo esto se enfríe. Estás bien, tienes una vida buena, tranquila, has perdido a tu abuela hace un día y tienes que centrarte en ti y en tu familia. En esa hija tan pequeña que tienes.

—Ni se te ocurra nombrarla —le advierto escupiendo las palabras como puñales—. A Venus la dejas al margen. Y a mi familia también. Esto va solo de mí.

—No. Eso es lo que tú te crees. Pero cuando uno está metido en problemas, al final, salpica a todos los que le quieren. Estoy tomando la decisión más responsable para ti. Alguien tiene que hacerlo.

Asumo su respuesta con una deportividad fingida que estoy muy lejos de sentir.

—Está bien. Ya que no vas a cumplir con el contrato, me gustaría que, al menos, me llevases a un sitio. Y, si me dices que no, Adonis, te juro que denuncio esto donde sea. Hablo de la gente del Abismo, de los vires, de la sociedad secreta de varones y enfermos que jugáis a adiestrar chicas para no sé qué, y de los rituales de mierda que os rodean y que provocan asesinatos.

—Esos rituales no nos rodean. Los conozco por lo que soy. Pero no forma parte de quiénes somos ni de lo que hacemos. Lo que haya hecho el señor Masdeu no va conmigo. Además, no tienes nada y no lo puedes demostrar. Eso te pondría en peligro a ti y a tu familia. Nunca harías eso.

—No me pongas a prueba —advierto.

Adonis se cruza de brazos y apoya su ancha espalda en el respaldo de la silla de modelo italiano. Los dos estamos ahora en la misma posición. Está muy enfadado conmigo, pero también consigo mismo. Me da igual. Al menos, el enfado es una emoción y lo hace parecer más humano.

—¿Adónde quieres ir? —pregunta con interés.

Me bebo lo poco que me queda de la tercera copa de vino y contesto:

—Llévame al Abismo. Quiero saber por qué Hugo habla así de ti y de ese lugar, y decidir yo misma el tipo de demonio que eres.

No voy borracha. Pero sí muy achispada y relajada a pesar del cóctel informativo que golpea mi cabeza. De estar sobria, todo me parecería más terrorífico. Pero prefiero sentirme así para no evidenciar en mi carne el pavor de convencerme por fin de que mi pasado sí tiene que ver con este presente. De que mi incidente sí tiene que ver con el hallazgo del cadáver de esa chica.

Hay cosas íntimas que nunca comprobaron en mi cuerpo, porque si vas al hospital diciendo que me he dado un golpe en la cabeza y he perdido el conocimiento, no suelen mirarte la vagina ni el útero.

Pero sí noté esas diferencias en casa. No me hicieron ningún tipo de exploración en el hospital más allá de las radiografías en la cabeza. Pero al ducharme, percibí una sustancia verde que me encontré en el flujo, como si alguien me hubiese triturado una planta en el interior. También advertí el dolor en las muñecas y en partes íntimas de mi cuerpo, propias de un mal uso o un sobreesfuerzo. Son evidencias y reminiscencias de una experiencia que pudo ser muy traumática de haber estado consciente. Pero tengo el total convencimiento de que, hace cuatro años, a mí me intentaron hacer lo mismo que a Fanke. Debía morir, como dijo mi abuela. Lo decían las cartas. Lo decía su intuición. Pero fuera quien fuese quien lo intentó, lo hizo mal y me dejaron viva, con una contusión importante en el cráneo, una amnesia absoluta sobre lo sucedido y migrañas que duraron meses.

Hasta que descubrí que estaba embarazada.

Me lo hicieron. Me hicieron lo mismo. Pensar en eso hace que mis manos se pongan a temblar, que el pulso se vuelva inestable. Me lleno de rabia, de rencor, de frustración…

Adonis me lleva en su coche, en el Rubicon. Estoy sentada donde hace unos días vi a Tania llorando. Cuando pienso en ella, observo el perfil perfecto y viril de Adonis y vuelvo a sentirme inestable.

No sé por qué le creo cuando sé que me ha mentido en otras cosas.

—Me dijiste que no ibas a ver a Tania… —El vino ha provocado que sienta un calor gustoso en la parte inferior del cuerpo y debilidad en las piernas.

—¿Qué?

Adonis conduce serio y siempre perfecto. Es como si estuviese hecho de hielo o de piedra. A veces, tengo la sensación de que ni siente ni padece.

—El otro día, cuando salí de tu castillo tenebroso —bromeo—, vi a Tania en su coche. Iba a tu casa. Me mentiste.

Si me mientes en esas cosas, ¿por qué no me ibas a mentir en otras?

Adonis tuerce la cabeza para dedicarme una mirada velada y peligrosa.

—Tania se presentó por sorpresa. No contaba con ello.

—Ya... —Miro a través de la ventanilla, ubicando el camino entre la montaña que me va a llevar a un lugar apto solo para círculos secretos llamado Abismo—. ¿Hicisteis las paces?

Adonis mira por el retrovisor un instante y después contesta:

—¿Por qué no me preguntas lo que quieres saber realmente, señorita Parisi? No sueles ir tan de puntillas. ¿Quieres preguntarme si me acosté con ella? ¿Es eso?

Su respuesta es más directa de lo que me esperaba. Sé que, a raíz de nuestro interludio en el restaurante, algo ha cambiado entre nosotros. Podría decirse que, al despedirse a sí mismo para, supuestamente, ayudarme y mantenerme alejada de todo este embrollo de novela negra, ya no hay formalismos ni vínculo profesional. Entonces ¿qué hay?

—En realidad, no quiero saberlo. Me da igual. —En verdad, miento. Porque descubro que me importa más de lo que me gustaría. Eso me tiene descolocada.

—Dejé a Tania la noche de la puja. Vino sin avisar el día que viniste a mi casa. Intentó convencerme para que volviera con ella, pero no lo logró.

Ah. Vaya, así que ha dejado a la pelirroja guapa. No me voy a preguntar por qué me sienta bien. Pero es así.

—¿Por qué la dejaste?

—Como vir, no puedo permitirme numeritos ni llamar la atención más de la cuenta. Además, su actitud iba a hacer que tú te expusieses más, porque no le habría importado señalarte públicamente y eso no me interesa, ni a ti tampoco —me explica con una mano relajada sobre el volante. Se le flexionan los músculos de los antebrazos y se le ven a través de la tela. Tiene volumen, pero también una definición estética exquisita. De repente, lo veo como uno de mis personajes y pienso que disfrutaría mucho dibujándolo.

—Ya, ¿así que la dejaste para protegerme? —me burlo un poco.

—No. La dejé porque no era una buena compañera para mí. Poseo el Abismo, un lugar frecuentado por los miembros de la Corte. La compañera del vir tiene que ser virtuosa, una mujer ejemplar, digna de adoración. Y la actitud de Tania me enerva porque ha mezclado las emociones en todo lo nuestro. Se ha convertido en una mujer celosa, insegura, posesiva, malcriada… Obsesiva y adicta.

—¿Adicta? ¿Adicta… a qué? —me burlo un poco—. ¿A ti?

—Adicta a lo que le hacía sentir —explica sin poder decirme mucho más—. Lo mejor que podía hacer, por su bien, era liberarla y romper nuestra relación.

Vuelvo el rostro hacia él.

—Estaba enamorada de ti y eso te molestaba.

—Sí.

—¿Y tú no sentías nada por ella?

—No. Solo responsabilidad.

—¿Por qué? ¿Es que no puede existir el amor entre una pareja de virtuosos? —hago un juego de palabras muy malo. Es el vino.

—Sí puede. Pero conmigo no. No es la compañera de quien me enamoraría. Soy un vir estricto, metódico, inflexible…

—Solo es sexo para ti —entiendo impactada—. Nada de amor. Solo sexo.

—En la relación de un vir y su compañera, no tiene por

qué haber amor. Es sexo como nunca lo has experimentado, pero lo utilizamos con otro objetivo. Es difícil de explicar, Ares. Y eso es lo que se practica en el Abismo.

—¿El señor Masdeu mató a Fanke practicando ese sexo?

—No mezcles las cosas. El señor Masdeu trajo a Fanke algunas veces al Abismo para hacer lo que hacen todos: copular, adiestrar y experimentar. Por eso supe quién era. Nunca la vi antes, sin embargo, tengo una lista de admisiones y cámaras que graban a las parejas y a los grupos que hacen uso del templo.

—¿Tienes un vídeo del señor Masdeu y de Fanke entrando en el Abismo? ¿Follando?

—Sí. Pero lo tengo bajo sumario.

—¿Grabas los encuentros íntimos? ¿Eres un mirón?

—Los grabo por seguridad. No pienso permitir que suceda nada malo en mi local.

—Es que no lo entiendo… —susurro—. ¡Pero si lo tienes todo a mano! ¿Por qué no denuncias tú al señor Masdeu y que lo investiguen para que todo se destape?

—Porque eso no va a pasar —asegura—. No sé cómo tienes tanta fe en la policía si sabes que Hugo ha podido ayudar a cubrir los flecos sueltos… —Me mira con condescendencia—. No sabes hasta dónde puede llegar esta gente para silenciar sus asuntos. Hay vires muy duros, algunos agresivos que llevan al límite a sus compañeras, pero todo está firmado bajo consenso previo. En mi templo, nunca permitiría que ningún hombre o mujer sufriese algún dolor. Pero que el señor Masdeu sea, probablemente, un psicópata fuera del Abismo no nos hace a todos abusones y asesinos. No tiene nada que ver.

Entreabro los labios. Entiendo lo que me dice. Pero las sociedades secretas y elitistas me despiertan mucha desconfianza. Para mí, en todas se hacen cosas malas. Si no, no serían secretas.

—¿Te puedo hacer otra pregunta?

—Hazla.

—¿Nunca te has enamorado de una virtuosa?

Él mira al frente, concentrado en el trayecto.

—El amor está sobrevalorado. He aprendido a vivir sin necesidades. —Las luces de las farolas que alumbran la carretera juegan a acariciar el rostro de Adonis.

No me puedo creer lo que me está contando. Que él diga que ha aprendido a vivir sin necesidades cuando tiene todo lo que quiere…

—¿Y qué hacéis exactamente los varones con vuestras chicas? Necesito que me quede claro. ¿Qué son ellas para vosotros? ¿Putas con las que encontrar un placer físico?

—No hables así. La compañera del vir es lo más sagrado para él. En el Abismo no hay putas. Puede que en otro lugar sí, pero allí no.

—Claro, por eso Fanke ha muerto. Por ser sagrada.

—Guárdate la ironía para otro momento, señorita Parisi. A mí no me sienta bien. Ya te he dicho que no todos los vires son violentos o tienen tendencias psicopáticas. Es como todo. Hay vires buenos a quienes les gusta la ética, la cultura y filosofía que practican, y hay otros malos. Exactamente como en todo. Punto final.

La respuesta me ha dejado como un baño de agua templada.

—¿Y qué voy a ver ahí adentro? —digo cruzándome de brazos para sentir un poco de calor—. ¿Sodoma y Gomorra? ¿Voy a ver un juego de rol entre hombres y mujeres? ¿Sado? ¿Gang bang? ¿Intercambios de parejas?

Adonis me dirige una mirada provocativa de soslayo.

—Dependerá de cómo de abierta tengas la mente. ¿Eres atrevida en el sexo, señorita Parisi? ¿Entiendes el sexo más allá de la penetración?

Parpadeo un par de veces, porque tengo la sensación de

que me ha hipnotizado sin querer. Nunca fui vergonzosa o cortada. Siempre tomé de los hombres lo que quería y nunca me dio miedo probar nada nuevo. Hasta el incidente. Desde entonces, no me he vuelto a acostar con nadie. De eso ya hace cuatro años. Son muchos para una mujer joven como yo. No obstante, nadie me despertó el interés suficiente como para querer ir más allá. Antes sí disfrutaba del sexo, sí me calentaba y sentía deseo... Ahora me cuesta. Pensé que podía conseguirlo con Hugo. Pero nada más lejos de la realidad.

—Puedo entender muchas cosas. Pero debo verlas y que me las expliquen.

La comisura del labio derecho de Adonis se eleva, y me imagino un colmillo asomar entre sus labios, como un depredador o un vampiro, que no lo es.

—Las verás. Yo te lo explicaré. Pero no juzgues a la ligera. Nadie sufre, nadie siente dolor. Todo es consentido. Todo forma parte de la pareja.

—¿Y por qué un hombre como tú tiene un lugar como el Abismo? ¿Cómo fuiste a parar ahí?

—El Abismo es solo un negocio más. Un medio. No tengo ganas de contarte una historia que no es —reconoce.

—Un medio para qué.

—Para conseguir mi propósito. Para mi fin.

Su propósito..., ni siquiera intuyo cuál es. No sé si es bueno o malo y eso me pone en el lugar de una equilibrista.

Sin embargo, la emoción que palpita en cada una de mis células, la anticipación, es nueva para mí. Parece que va a ser una noche de emociones fuertes.

—¿Cuál es tu fin?

—Si lo digo, no se va a cumplir. Es mucho mejor que no lo sepas.

—¿Por qué no?

—Porque no quiero distracciones. No quiero que nadie

me desvíe del objetivo. Y me temo, señorita Parisi —desacelera y entra en un recinto, muy en el interior de la montaña, iluminado por luces leds ancladas al suelo—, que puedes ser la mayor distracción de todas.

—Vaya, señor Russo —lo señalo y achico los ojos en una línea delgada escudriñadora—, ¿me lo parece o te preocupas auténticamente por mí? —Tengo el tono burlón de las piripis. Qué mal.

—Me preocupa porque me siento responsable. Jamás debí involucrarme en tu caso. Y me preocupa lo que pueda pasar si te asomas más al abismo.

—¿A este? —Señalo el poderoso edificio que tengo enfrente, muy parecido a un templo romano, de forma rectangular.

—No. A otro muy diferente. De este Abismo se sale. —Apaga el motor y pone el freno de mano—. Del de verdad, no.

Me bajo del coche antes de que Adonis me abra la puerta y por poco me abro la cabeza. No recordaba que el coche fuera tan alto.

Menos mal que él me sujeta del codo para que no me vaya al suelo.

—Ostras, qué torpe... —digo en voz alta.

Sin embargo, no tengo tiempo para lamentarme. ¿Para qué? Cuando tengo ante mí un ejemplo del hedonismo y la megalomanía a lo grande.

El Abismo es un templo romano y desconozco a qué dioses oran, pero lo que sí sé es que todo el mármol blanco que lo viste tiene mosaicos de hojas de vid, griales de vino y panteras.

—¿Cómo puede existir un lugar así en Badalona?

—Del mismo modo que hay una ciudad enterrada bajo tierra, hay muchos otros lugares ocultos sobre ella.

Es un edificio magnánimo y sobrecoge verlo con esa

iluminación tan delicada que hace resaltar los relieves de las columnas del pórtico delantero y amaga las sombras de las caras demoniacas que copan la parte superior de cada una de las columnas. Caras de hombres con barba, orejas puntiagudas y algunos, incluso, tienen cuernos.

—¿Son demonios? —los señalo.

—Sí.

Subimos los peldaños de las escaleras hasta llegar a la entrada.

—Pensaba que en los templos se oraba a las divinidades.

—Hay demonios que se hacen pasar por dioses, ¿no lo sabías? —me pregunta casi al oído.

Me estremezco al estar ahí.

El frontón en forma de triángulo del edificio es liso, pero tiene inscripciones que no atino a leer. También observo las pilastras que se reparten entre los espacios. Es un templo de corte romano perfecto. Lu se volvería loca si lo viera.

El Abismo es silencioso por fuera, solo se oye a los grillos. Y estoy a punto de descubrir qué se cuece dentro.

Adonis tiene una especie de llave magnética. La pasa por el lector y las puertas se abren de par en par, como si entrásemos en un lugar secreto.

Y en cierto modo lo es. Porque muy pocos pueden acceder a él.

El interior me deja sin palabras.

Hay antorchas de verdad encendidas y ancladas a la pared. El fuego titila y baila sobre las figuras de las panteras acomodadas sobre sus altares, todas ellas en diferentes posturas. Sentadas, recostadas, boca arriba, en actitud perezosa, altivas...

Pasamos lentamente entre ellas y observo las puertas cerradas a mano derecha e izquierda. Cuento unas diez salas. Oigo gemidos, rugidos, bramidos, sollozos y gritos de hombres y de mujeres que salen de su interior. En el centro del pasillo hay una sala circular con sofás blancos y cojines dorados y, en medio, un jacuzzi redondo en el que puede caber muchísima gente.

—¿Aquí hacéis BDSM? ¿Es eso?

—No —dice muy seguro y sabedor de lo que significan esas siglas—. Hay más variantes en el sexo, además del BDSM —murmura desilusionado—. Te lo mostraré.

—¿Qué? —Me detengo en seco.

—Te mostraré lo que se hace en el interior de las salas —me explica—. Para eso, tenemos que entrar en una.

—Una sala vacía, supongo.

—No. Una ocupada.

—¿Estás de coña? ¿Vamos a ver cómo folla una pareja?

—Por ahora sí. Es lo que quieres, ¿no? Me has dicho que necesitas verlo y que te lo expliquen para comprenderlo. Quieres ver lo que se hace en el Abismo, ¿no?

—Sí, pero...

—Pues vamos. —Adonis me toma de la mano y no sé ni cómo reaccionar. Lo único que pienso es que la tiene caliente y que es enorme—. Yo también tengo ganas de que veas que aquí no se hace daño a nadie, a no ser que lo pidan expresamente.

—No me lo puedo creer... —digo. Siento mucha vergüenza y estupor.

—No creo que seas tan mojigata —musita, divirtiéndose por primera vez lanzándome una puya.

—Ah, que ahora no ser voyerista es lo mismo que ser mojigata.

—No me refiero a eso. Eres atrevida, irreverente, no aguantas las órdenes ni las privaciones, eres inconsciente, intrépida, audaz y arrogante. No me creo que algo de esto te vaya a desequilibrar.

—¿Todo eso soy? ¿Te ha faltado algo más?

—Sí. A veces, eres impertinente y tienes incontinencia verbal. Y eso es un problema para alguien que, como yo, no suele hablar mucho.

Adonis y yo nos detenemos frente a la última puerta al final del muro del interior del Abismo. Mentiría si dijera que no estoy excitada, que no me puede la curiosidad y que los nervios y el vino no son una malísima combinación.

Adonis tiene la llave maestra para cada una de esas salas privadas. Y cuando la abre y ambos entramos, lo primero que advierto es que también hay fuego en las paredes. Desde luego, la inmersión la hacen excelente.

Hay un altar de piedra en el centro de la sala y, en la pared, hay una escultura grabada de unos dos metros de alto o puede que más. Es medio hombre y medio animal. Tiene la cabeza de una pantera, el cuerpo es musculoso y lo que me deja en shock es el miembro dorado, que sobresale de la pared, grueso y ancho; es lo único de la escultura que tiene otra rugosidad y otro color. Hay un olor extraño alrededor, como a cardamomo. Mi mente registra muchísimos detalles que para otros no tendrían importancia, dado que lo más importante de ese lugar está pasando ante mis ojos, en movimiento, gimen y gritan, y el sonido de la carne contra la carne y la humedad de la excitación retumba en las paredes como unas castañuelas.

Entreabro los labios y mis ojos se quedan imantados en ellos. Ambos tienen los ojos tapados por una cinta de cuero.

Se trata de un hombre y de una mujer. Son jóvenes. Están desnudos. Y estoy convencida de que saben que alguien los está mirando, pero les da igual.

Ella está de cara a la escultura, a cuatro patas sobre el

altar. Pienso que debe estar incómoda y que le deben de doler las rodillas, pero su compañero también está de rodillas, detrás de ella, empalándola con su miembro de un modo que me deja atónita. Me acabo de dar cuenta de algo. Debajo del altar hay un hueco donde parece que hay algo listo para prenderse. Como si allí se pudiera hacer fuego.

Pero entonces, todo se desdibuja ante mí al ser demasiado consciente de Adonis. Me ha movido no sé cómo y nos ha retirado a ambos a la esquina de esa sala.

Se ha apoyado en la pared y yo, sin comerlo ni beberlo, estoy delante de él, de espaldas, apoyada en su pecho ancho, tan duro como el hierro, pero más caliente.

Intento apartarme, porque me parece demasiado intenso e íntimo, pero él me toma de las caderas y vuelve a acercarme a su torso.

—No digas nada. No los interrumpas —me susurra al oído—. Están ejercitándose.

Pestañeo un par de veces, absorta por la escena sexual y descarnada que veo ante mí. La chica está húmeda entre las piernas. Él impulsa las caderas hacia delante y los músculos de sus glúteos se contraen salvajemente. Gimen y gritan, como si sufrieran.

¿Dónde demonios estoy?

—¿Qué es esto? —susurro temblorosamente.

—El Abismo. Mi templo —dice suavemente en mi oído. Juraría que me ha rozado el lóbulo con los labios. Dios, cómo huele su colonia. Me narcotiza.

—Están follando —señalo. Como si él fuera un potro y ella, una yegua.

—No es solo follar —me explica él y me ejerce presión en las caderas con los dedos—. En este templo se dan las condiciones perfectas para practicar mucho más que sexo.

Oh, Dios mío…

316

—¿Mucho más? Yo veo solo sexo ahí, perdona.

—Para nosotros es algo más.

—¿Qué pasa, que el sexo mundano no os va? —digo mirándole de reojo.

Me ha llamado intrépida, impertinente y desafiante. Y sí lo soy. Con él me doy cuenta de que esos rasgos afloran con más naturalidad. También soy así con mis ilustraciones. Tal vez esos rasgos despiertan con las cosas que más me atraen.

Y Adonis… Bueno, Adonis.

Me encuentro desquiciada a su lado.

Con miedo, pero con una curiosidad que va más allá del instinto y del saberse frente a algo igual de hermoso como peligroso.

—No me entiendas mal —me dice él—. Me gusta el sexo de cualquier manera. En público, sucio, rudo, permisivo, dominante —sus dedos acarician la carne por encima de mis caderas, a través del vestido— sumiso, dulce, tierno… Pero aquí, en el templo, todos entendemos que el sexo es una iniciación. No se viene solo a follar. Para eso, tienes otros lugares de *swingers*, o de BDSM, puticlubes, tu casa o la habitación demasiado usada y mugrienta de un hotel de carretera… Lo que quieras. En el Abismo el sexo no es el fin, es el medio, porque todo está preparado para que se convierta en algo más.

—Eso se parece mucho a lo que me has dicho sobre por qué estabas en la Corte. Era tu medio para un fin —digo inclinando la oreja a su boca, como si la buscase a propósito. Cierro los ojos al sentir su aliento entrando hasta el tímpano—. ¿Qué fin? ¿Por qué tienes en propiedad un lugar como este y te codeas con…? —Señalo con un gesto de la barbilla a la pareja que está fornicando ante nosotros—. ¿Con ellos? Será porque también compartes sus ideales, ¿no?

Él calla unos segundos y atrae mi trasero a la parte superior de sus muslos. Creo que noto algo más que sus cuádriceps. Me parece que su ingle está muy próxima al inicio de mi rabadilla. Se me ponen los nervios de punta.

—Comparto muchas cosas con la Corte, con su modo de ver el sexo y de llevar las cosas hasta el final... —contesta. No lo comprendo, pero esa ha sido su respuesta—. Yo también llevo las cosas hasta el final, Ares. Compartir el cuerpo es sagrado —continúa explicándome—. Para nosotros no solo es un polvo, no solo es un orgasmo. Nos gusta practicar el sexo con consciencia... sabiendo que liberamos energía y no una cualquiera, sino la energía de la creación, de la vida... Es mágica, por eso no se puede malgastar a la ligera. Porque si la entiendes y la dominas, puedes acceder al nirvana.

Su voz me mece, me subyuga y entre el olor a especia, a sexo y la escena tan erótica que tengo ante mí, me encuentro atraída, enredada en su tela de araña.

—Venimos aquí a ofrecernos como instrumentos, a aprender de nuestro cuerpo, de nuestro placer, de nuestra energía sexual para conseguir algo más juntos. —Sus manos empiezan a bailotear por mi vientre, a deslizarse como si fueran alas de mariposas prendidas en fuego. Me humedezco los labios y se me dispara el corazón—. La confianza con nuestra compañera, la total libertad de pedir, de obtener, de desear, de empujar cuando no se pueda más... Todo está permitido. Porque queremos mucho más, queremos sentir el poder de follar y sentirnos, tocar nuestra propia energía. Y no podemos hacerlo solos. Necesitamos a nuestra compañera, a nuestra virtuosa para alcanzar nuestra mejor versión. Y ella también nos necesita a nosotros. ¿Te has corrido alguna vez con tanta fuerza, *bambina*, que hayas perdido hasta la conciencia?

¿*Bambina*? Adonis me ha llamado *bambina*, y mi útero se ha contraído. ¿Qué tipo de brujería es esta? ¿Es que habla italiano?

—Adonis... —susurro muy nerviosa al sentir cómo sus manos descienden hasta la parte de debajo de mi vestido negro. Me está subiendo la falda y ni siquiera soy capaz de decirle que no, porque es que no quiero.

Hace tanto que no siento esa sensación. Hace tanto que no tengo deseo, que no me burbujea el corazón ni se me agita la piel por nadie... Hace tanto que no he tenido necesidades de ser tocada o incluso colmada...

Porque la verdad es que he vivido demasiado tiempo con miedo. Con inseguridad. Pero bajo las manos de este hombre, las dudas se disipan, la cohibición se esfuma y parece que todo haya sido una broma de mal gusto, que nada de eso hubiese existido. Porque me siento como un volcán en erupción. Mi cerebro está sufriendo un chute de endorfinas y oxitocina como nunca ha recibido.

Me muerdo el labio inferior y Adonis apoya su barbilla en mi sien.

Me está mirando.

—¿Te gusta lo que ves? ¿Te gusta ver cómo la penetra y ella lo recibe?

—No me gusta mirar a nadie —digo con la voz muy débil.

—¿Te sientes mal por mirar?

Sacudo la cabeza y digo que no.

—No sé si ellos se sienten bien con que les estemos mirando...

—Hace tiempo que no sienten nada, solo se dejan llevar, se concentran en el bombeo, en la penetración, en dar y recibir... Algunos logran focalizarse y evadirse mejor que otros. Ya no están aquí. Están en un lugar ellos dos solos, más allá de estas paredes. Conectando con un espacio de poder, clarividencia..., éxtasis, ese es el objetivo. Dime, Ares, ¿te asusta? ¿Te da miedo el sexo? ¿Ves qué salvajes son?

—No es eso...

—Nos encanta el sexo —su voz suena ronca—. Me encanta el sexo, Ares.

—Creo... creo que esto está fuera de lugar... —digo abrumada.

—Hay tantas cosas que están fuera de lugar en el hecho de que tú y yo hayamos coincidido. Pero no voy a negar lo evidente. No es que me preocupe por ti, es que siento una atracción descarnada hacia ti —sus susurros me erizan la piel—, y ya ni siquiera me cuestiono por qué, dado que saberlo no va a hacer que lo que siento y lo que me perturba desaparezca.

—Adonis... —Dejo caer las pestañas al mirar hacia abajo. Su mano izquierda me ha subido la falda y los dedos de la derecha se están colando por la parte delantera de mis braguitas oscuras.

—¿Quieres que pare? —me pregunta sujetándome con posesividad por la cadera—. Si quieres que pare, dímelo. Te sacaré de aquí, te devolveré a tu casa y haremos como si nada de esto hubiese tenido lugar aquí. Y nunca más volveremos a tener contacto. Ya no podemos volver a vernos, Ares. Esta será la última vez.

Me muerdo el labio inferior porque oírle hablar así me entristece. No sé por qué me sienta mal, por qué me molesta. Lo que me ha dicho en la cena iba en serio. Quiere que dejemos cualquier tipo de relación aquí. Quiere que acabemos aquí.

Algo en mi interior se rebela ante la idea de apartarme. No quiero.

—Pero podemos tener aquí, en este momento, algo que atesorar... Un secreto compartido entre tú y yo. Solo de los dos. Así que dime, ¿paro o, de lo contrario, quieres que nos quitemos esta tensión de encima? —Inhala profundamente—. Solo una vez. Solo por hoy, que el vino te ha relajado lo suficiente como para bajar la guardia y dejarte llevar.

Tienes que contestarme, Ares. —Exhala. Sé que le duele la erección, que aprieta contra mi sacro. Y es bastante considerable y dura. Lo debí suponer, Adonis sería todo un Adonis—. Tienes que hablarme claro.

Yo continúo en silencio, porque tengo la sensación de que si hago o digo lo que quiero decir, firmaré un pacto invisible con el Diablo.

—Yo...

«Hazlo, hazlo», dice mi diosa interior. «No tienes nada más que perder».

—Hace mucho que yo no...

—Te cuesta hablar, ¿eh? —Su ternura me derrite—. Hablaré claro yo primero. —Inhala mi pelo—. Te doy mi palabra de que te follaría aquí mismo si supiera que estás lista para mí, para asumir lo que eso conlleva con alguien como yo. Pero no te lo voy a preguntar siquiera —sus labios presionan el lóbulo de mi oreja y su lengua me acaricia el antihélix. Se me ponen los pezones de punta hasta que me duelen—. No es justo para ninguno de los dos, sobre todo cuando te he dicho que ya no volveremos a tener contacto. Pero quiero tocarte, Ares... Ahora —gruñe suavemente—. Quiero tocarte ahí abajo, en tu parte más íntima. No llevas medias, joder. Tienes unas piernas increíbles —asegura como si diera las gracias—. Y estás tan suave aquí... —Su mano me cubre todo el pubis—. ¿Qué hago? ¿Puedo tocarte? —Su dedo corazón se posa sobre el inicio de mi vagina y se cuela un poco entre los labios exteriores.

Me tenso como una vara y le sujeto la muñeca con fuerza.

—Dios... —Cierro los ojos y ruego por darle la respuesta correcta. Pero mi cuerpo me está diciendo que me quite esto de encima, que debe haber una primera vez después del incidente, y que me parta un rayo si alguna vez sentí tanto deseo hacia alguien como el que siento hacia este hombre al que apenas conozco.

—¿Qué hago, Ares? —me apremia provocándome, haciendo bailar el dedo arriba y abajo—. ¿Sigo?

Si hay un momento para mí, para volver a sentirme capaz de abrazar el sexo otra vez, por ganas, por tensión y por necesidad, es este. Y no me lo voy a negar. Sea por el vino y porque debe ser él, voy a lanzarme al abismo.

Ya lloraré mañana. Hoy no.

—No pares —le pido en voz baja, sin soltar su muñeca.

XIX

Ese «no pares» es justo lo que él quiere oír y lo que yo necesito decir.

Desde el principio, Adonis ha sido un misterio para mí. Hay algo entre nosotros, un magnetismo físico y también una atracción mental que siento a pesar de la distancia. Cada vez que cruzo la mirada con él, cada vez que me mira mientras hablo, con esa atención que me pone nerviosa.

Y tengo derecho a abrumarme, a respetarlo, a tener mis reparos, pero como mujer, también siento que debo abrazar ya esa parte de mí y que puedo sentir ese anhelo y deseo por ser tocada por alguien como él sin necesidad de sentirme culpable. Sé que es un hombre de quien no sé ni sabré si me puedo fiar completamente. Pero luego pienso que la mayoría de las personas, hombres y mujeres, se enrollan con desconocidos por las noches, en discotecas, en fiestas, porque confían en ellos sin conocerlos y porque nadie quiere vivir sabiéndose rodeado de psicópatas. Porque, si hubiese tanto miedo, al final, se perdería la magia, el instinto y el juego de la atracción espontánea.

Llevo muchos años con una inseguridad en mi interior y, ahora que florece mi necesidad de vivirla, aunque sea en este lugar de pecado, de sexo, de fuego y de un hedonismo sin parangón, quiero experimentarlo.

Adonis dice que él y yo ya no vamos a tener más contacto. Que no vamos a tener más relación, porque es lo mejor para los dos. Puede que no nos veamos más si él así lo quiere, porque es evidente que tiene el poder para desaparecer y no permitirme ahondar más en este mundo que yo sí quiero destapar. Pero lo que no sabe es que, aunque esto se acabe, tendrá continuidad en mis sueños, como la noche anterior. Adonis siempre podrá visitarme y besarme como hizo en el mundo astral y siempre podrá advertirme.

—Abre las piernas, *bambina* —me ordena suavemente.

Esa orden me calienta en un periquete. Estoy nerviosa, excitada y no quiero que se detenga.

—Eres tan sexy —me dice al oído— que ni siquiera eres consciente del poder que tienes... —Su mano sujeta mi sexo, lo cubre por completo y le sobra, porque tiene las manos grandes. Hay admiración en sus palabras, respeto y también ternura. Su dedo corazón empieza a hacer círculos hasta que se introduce en mi hendidura—. Oh..., joder —murmura con aprobación—. Mira cómo estás. Estás húmeda...

Cuando empieza acariciarme el clítoris, cierro los ojos y me acabo relajando contra su torso. Mi mano continúa sujetando su muñeca y la otra está tensa, a un lado, pegada a mi cadera.

—No te voy a hacer daño —me dice—. Míralos, Ares. No cierres los ojos —me pide deslizando el dedo hasta mi entrada.

No sé qué tipo de imagen estoy ofreciendo, pero la veo claramente en mi cabeza. Mi mano libre se levanta y sale disparada hacia su nuca, colgándose de su cuello.

—Eso es. Sujétate a mí. —Cuando su dedo corazón entra en la parte interna de mi vagina, no lo hace fácilmente—. Estás muy apretada —dice con cuidado y muy sorprendido—. Eres muy estrecha.

—Adonis —murmuro incómoda con esas descripciones. Él no sabe que no he tenido relaciones sexuales desde el incidente.

—¿Cuánto hace que no estás con nadie? Casi parece que… que seas virgen.

—No te importa —gruño clavándole los dedos en la nuca.

—Es verdad —asegura él mordiéndome la parte superior de la oreja con delicadeza—. No me importa, porque ahora estás conmigo. Abre más las piernas y relájate.

Uy, cómo le gusta mandar.

Pero lo hago, porque quiero.

Cuando abro más las piernas, Adonis introduce el dedo corazón hasta la segunda falange. Sus manos son elegantes, pero son dedos masculinos y gruesos.

Gimo y me muerdo el labio, porque estoy muy excitada.

Él sonríe contra mi sien y desciende los labios por mi cara hasta el lateral de mi garganta.

—Eso es —dice felicitándome. Y entonces vuelve a la carga e introduce el dedo mucho más, hasta el nudillo.

Entreabro los labios y me quedo sin aliento, sorprendida por la invasión. Pero empieza a mover el dedo lentamente, arriba y abajo, lo rota con delicadeza, lo curva… Y su palma me roza el clítoris y empiezo a sentir mucho calor entre las piernas.

—He querido hacerte esto desde que te caíste de la moto.

—Me… me tiraste —le recuerdo, perdida entre las sensaciones. No sé ni cómo puedo hablar, porque ese dedo me está licuando el cerebro.

Él vuelve a sonreír y me pasa la lengua por la piel.

—Ah… —se me escapa.

—Ah…, sí —celebra Adonis como un conquistador—. Es difícil acercarse a mujeres como tú. Intimidas mucho, y a más de uno le debes de encoger los huevos. Eres una mujer solo para valientes. Pero a mí no me intimidas.

No, claro que no. A él no hay nada que lo intimide. Si supiera que no lo hago a propósito... Que esa barrera se crea sola, tal vez por mi aspecto o por lo que sea, pero no la propago a mi alrededor. Aunque para alguien como yo, es mejor mantener las distancias, así te ahorras muchos disgustos.

—Dios... —musito empezando a mover las caderas contra su mano.

Adonis me muerde la carne de la garganta y después la succiona con suavidad. Madre mía, si tuviera el pelo rizado, se me habría alisado en un momento.

Él introduce más el dedo con maestría y roza esa parte de mi interior que manda pinchazos eléctricos y llenos de placer por todo mi vientre hasta mi columna vertebral.

—Voy a hacer que te corras. ¿Quieres correrte?

—S-sí.

—Míralos.

Mis ojos se entreabren para mirar cómo la pareja está entregada a ese acto carnal y sexual. Él la posee, la penetra con fuerza, los testículos chocan con su sexo con virulencia. Ella parece que se va a correr, no aguanta más.

El dedo de Adonis está causando estragos en mi interior. Mi cuerpo empieza a temblar. Él deja de sujetarme la cadera con la otra mano y asciende por mi torso hasta posarse sobre uno de mis pechos, que cubre en su totalidad.

—¿Te molesta que te toque aquí?

Digo que no con la cabeza. ¿Cómo me va a molestar que me manosee un seno si tiene el dedo en mi vagina? Por favor, si toda mi mente se concentra en lo que me está pasando ahí abajo.

—Un poco más, Ares —dice introduciendo más el dedo—. Déjame entrar un poco más y te gustará más.

No sé qué hace con él, pero parece que me expanda toda la vagina, que llegue a todos los recovecos... Le clavo las uñas en la muñeca y él deja de tocarme el pecho para subir la mano hasta mi garganta, donde la posa suavemente, pero no deja que me mueva, me mantiene ahí, con el rostro un poco elevado hacia el techo, donde veo una escena romana de una mujer poseída por un hombre con un falo gigante.

Están obsesionados con esa parte de la anatomía. Jamás me imaginé que iba a ver tantos penes en Badalona y, en pocos días, he visto un montón: de piedra, de metal, en mosaicos, con alas, gigantes, dorados, apuntando a los ojos...

Él abre los labios y me muerde de nuevo el cuello, propagando cientos de alfileres de placer en todas las direcciones que se arremolinan en mis pezones y se concentran en mi útero.

Entonces... exploto. Me empiezo a correr y no me atrevo ni a gritar, porque no quiero molestar a los del altar, pero tengo la sensación de que me voy a caer al suelo. Sin embargo, su mano, con el dedo insertado en mi sexo como un gancho, no deja que me caiga. Las sensaciones son muy intensas y el orgasmo se alarga... se alarga, me barre de arriba abajo y me abandono a la liberación.

Cuando el placer cesa, es como una ola que se aleja y vuelve a la orilla, lentamente, apacible, dejando marcas tangibles en mi cuerpo, que luego desaparecerán como si jamás hubiesen existido.

Eso ha sido esta experiencia para mí. Eso ha sido esta entrega inconsciente, espoleada por la sobredosis de vino que no estoy acostumbrada a ingerir y por las pizcas de arrojo y deseo que desconocía que aún me sazonaban.

Despacio, saca el dedo de mi interior y lo miro hipnotizada, porque se lo lleva a la boca y lo chupa. Ni siquiera soy capaz de parpadear ante ese gesto. Me parece erótico, pero, además, lleno de aceptación y de admisión, como si ese hombre fuese capaz de tomarlo todo de mí. Quiero besarle. Espero, al menos, recibir un beso, que nuestros labios se unan, pero él no hace nada a pesar de que me mira la boca muchas veces, como si lo deseease.

—Esencia de *bambina* —susurra dándome un beso en la sien, después me mira el rostro con atención y añade—: Estás guapa con las mejillas sonrojadas. Eres guapa, mujer, con esos ojos, tus lunares, la forma de tus cejas..., tu boca —gruñe dándome otro beso en el cuello—. ¿Estás bien?

Estoy apoyada en el cuerpo de Adonis. Asiento; aún respiro entrecortadamente.

Él me recoloca bien las braguitas y me baja la falda del vestido. Todavía no sé ni qué decir. ¿He hecho esto? ¿Yo?

¿Cómo me las apaño ahora para mirarlo a la cara como si nada? Cuando mi interior aún se estremece por la explosión, por el orgasmo que solo él me ha provocado.

Ha dejado las otras veces que me he corrido en solo meras anécdotas.

Estoy tan nerviosa y me siento tan descompensada ahora mismo que creo que solo tengo ganas de que me lleve a casa.

—Oye..., ¿estás bien? —me pregunta preocupado.

Vuelvo a asentir. Me aparto de él con dignidad y finjo que controlo la situación, me echo el pelo hacia atrás y suspiro. Cuando me doy la vuelta para encararlo, él está apoyado contra la pared, observándome como un animal al acecho, con las manos en los bolsillos y una erección obscena y enorme que empuja a través de la bragueta de su pantalón.

La miro y trago saliva.

—No te preocupes —me asegura—. Se relajará. No he

querido tocarte con la intención de que luego tú me lo devuelvas.

Exhalo, pero no me tranquiliza. Creo que podría hacer algo más con Adonis. Muchísimo más, de hecho, pero tengo la sensación de que la que tiene mucho que perder soy yo. Él ha hecho que me corra sin despeinarse, y yo estoy ahora como mantequilla líquida. Tiene muchísimas tablas.

—Tenía muchas ganas de darte un orgasmo, Ares —dice sin más, reconociéndolo abiertamente—. Eres muy atrayente para mí. Pero no me extraña —se encoge de hombros y se aparta de la pared—, porque lo eres para cualquiera.

—Creo que exageras.

—No.

En ese momento escucho una bofetada. Una palmada fuerte de carne contra carne.

—¡No, nena, no! Aguanta... —gime el hombre del altar.

—No puedo más —contesta la mujer de pelo negro recogido en un moño, que se está deshaciendo. Aprieta los dientes con mucha frustración.

—Tienes que aguantar. Resiste, joder. —Apenas le salen las palabras.

Si fuera un dibujo de anime, ahora mismo tendría la cabeza gigante, una sombra azul sobre los ojos y un moco colgando. Me he olvidado por completo de ellos dos, de esa pareja que sigue follando como si no hubiera un mañana.

¡Plas! Le vuelve a dar en el culo, con la mano abierta, hasta dejarle la marca de los dedos.

Abro los ojos como platos. ¿Le acaba de dar una bofetada? ¡Eso tiene que doler!

Adonis me agarra del codo y en un par de segundos, nos saca de ahí a los dos. Una vez fuera, aún estoy consternada por lo que acabo de ver.

—¿Qué ha sido eso? ¡La estaba riñendo! ¡Le ha pegado!

—Eso no es pegar a nadie, por Dios. Una cachetada sexual no es violencia, haz el favor.

—Pero...

Él sonríe y sus ojos brillan un poco como los de un borracho, pero me miran a mí.

—Te he dicho que el sexo que se practica aquí es para instruirse. Se instruyen los dos.

—Pero... ¿eso es... legal? —Frunzo el ceño.

Y es en ese momento cuando Adonis, por fin, sonríe de verdad. Me regala una sonrisa de oreja a oreja con hoyuelos, y me deja noqueada, con las rodillas temblando y con la cabeza en una playa, creando castillos de arena en los que pudiésemos vivir él y yo.

Es ridículo. Soy una mujer adulta, con responsabilidades. La vida me ha enseñado que las historias de amor de novela, las románticas, no existen, y menos en ámbitos tan oscuros como en el que estamos metidos él y yo.

Pero no lo he podido evitar. Además, aún siento su dedo en mi interior. Dios..., quiero volver a casa.

—Todo está permitido. ¿Crees que a ella eso le ha dolido? Son estrategias que acuerdan entre los dos...

—Pero es que parece que no se quieran correr —apunto sin entenderlo.

Adonis se acerca a mí, me toma de la mano y finalmente dice:

—Enhorabuena, señorita Parisi. Has entendido lo que se hace en el Abismo.

—¿Eh?

—No se quieren correr. Y si lo hacen, quieren hacerlo bien, de un modo que ni imaginas. Se asoman al abismo del orgasmo y se mantienen ahí.

—Entonces... ¿es este un lugar para tener sexo sin correrse?

—No. —Me recoloca la chaqueta sobre los hombros de un modo muy paternal y protector—. Es un lugar para aprender lo que es el orgasmo, para usar tu cuerpo y canalizarlo, para instruirte en las artes sexuales y tener dominio sobre ti, tu energía y tus necesidades. —Me alza la barbilla con dos dedos e inclina su rostro de adonis hacia el mío—. ¿Te parece obsceno?

Él sí me lo parece.

—No lo sé... Muy común no es. ¿Por qué... por qué retrasar lo inevitable?

—Porque hay una lección detrás del sexo, una puerta que se abre ante lo que se intuye... —Pasa los dedos por mi mejilla—. Un final en el túnel que es mucho más luminoso que lo que nos rodea.

Sí. Ya sé lo que me está sucediendo. Me enreda con su voz, con su oscuridad y con el fuego de sus ojos... Es una serpiente del Edén.

No sé por qué Adonis Russo regenta este lugar. No sé cuándo empezó a sentir curiosidad sobre este tipo de actos sexuales, no sé cuál es su fin para estar involucrado con la Corte... Tal vez no haya nada que saber y está aquí porque él es la Corte, pertenece a ellos. Sin embargo, insiste en alejarme. Es él quien quiere romper el vínculo.

Y si lo hace, me va a dejar a medias. Necesito saber qué me pasó y por qué me hicieron eso. Necesito saber si forma parte de algo más, porque ahora entiendo que no es algo de una sola vez... Me ha abierto la puerta de un mundo en el que es mejor no entrar. Me ha dejado que me asome para ahora echarme y cerrarme la puerta en las narices.

Y para colmo, es evidente que respondo ante él de muchas otras maneras que aún no me atrevo ni a analizar ni a ponerles nombre.

No es justo para mí. Nada es justo.

—Te llevaré a casa. Es demasiado para ti. —Adonis me toma de la barbilla de nuevo con una mano y parece que me va a besar en la boca. Pero se lo piensa, cambia de opinión y me da un beso en la frente—. Y no quiero hacer algo de lo que los dos nos podamos arrepentir.

Ah, claro, porque que me haya masturbado y haya provocado que me encienda así es algo sin importancia para él… Algo liviano, común, que, seguramente, hace a diario. Debe estar acostumbrado.

Pero yo no. Esto es algo excepcional para mí y me da rabia que piense o sienta que no ha significado nada.

—¿Y si ya es demasiado tarde para eso? —pregunto apretando los puños. Estoy frustrada y acongojada. ¿Cómo puede ser?

—No, señorita Parisi. —Habla como si algo de esas palabras le dolieran—. Nunca es tarde para huir del fuego. —Adonis me agarra de la mano, pero yo me suelto rápidamente. No sé por qué, pero no quiero que me toque ahora.

Lo sigo a través del templo y me dispongo a salir viva del Abismo.

Mi abuela, en una de sus lecciones magistrales de *sagae*, o visionaria, me dijo hace poco todo lo contrario: «No huyas del fuego».

Pero Adonis no quiere darme la oportunidad de seguir. Él podría ayudarme, podría acompañarme en toda esta aventura. Pero, en vez de eso, es él quien huye y me da la espalda.

Sé que esta noche no voy a descubrir por qué.

Pero nadie me va a quitar el derecho de desenmascarar al individuo o a los individuos que abusaron de mí en abril de hace cuatro años. Porque no soy tonta y me he quedado con lo que me ha dicho Adonis en la cena. Escucho y no pierdo detalle, aunque él me despiste con esa apariencia varonil y sexy que tiene.

Me ha dicho que cada cuatro años pasa algo. Que habrá más mujeres.

Justo los años que han pasado después de mi incidente.

—Sí, llévame a casa —digo, secamente, mirando al suelo.

El trayecto al salir del Abismo podría haber sido más distendido. Pero no ha sido así, porque estoy cabreada, porque no quiero dejar de verle, porque necesito que me siga informando. Porque ahora, no solo es algo que me incumbe a mí, también debería incumbirle a él, también debería preocuparle saber que un miembro de la Corte que, además, usa su Abismo, haya podido quitarse de en medio a su compañera, así como así. Debería tener ganas de denunciarlo y de desenmascararlo, y me asusta pensar por qué no quiere hacerlo. Me aterra creerlo cuando dice que lo hace por mí, para no levantar sospechas y para protegerme, como dice, de esa gente que puede ser muy peligrosa. Porque si no es cierto y lo hace porque no le interesa destaparlo, dado que él también tiene que ver con la trama, entonces me derrumbaré y me castigaré por mi estupidez una y mil veces. Y ahora no quiero saber nada de Hugo, entre otras cosas, por la influencia que ha ejercido Adonis en mí.

¿Y si, en realidad, solo hace su trabajo? ¿Y si él no sabe nada más allá de lo que le dicen las pruebas? ¿Y si me advierte de Adonis con razón?

Estamos bajando por Martí Pujol con el coche. Dentro de poco, entraremos en la plaza de la Font. Allí me dejará, y allí, en un principio, se acabará todo.

Y creo que estoy congelada.

—¿Puedo preguntarte algo sin que te moleste?

Lo miro de reojo.

—Claro. En las despedidas se puede preguntar todo lo que no hayas tenido tiempo de preguntar antes. Total, es la última vez que nos vemos, ¿no? —Ojalá me sintiera tan despreocupada como desenfadado suena mi tono.

—¿Dónde está el padre de Venus?

Joder..., pienso agotada.

—Fue un error. Alguien de una noche que no volveré a ver en la vida. Se desentendió y yo lo preferí así.

—¿Y decidiste tener a Venus? —Sé que no le cuadra la historia con la imagen que tiene de mí.

—Me di cuenta tarde de que estaba embarazada... Mi cuerpo jugó al despiste.

—¿Eso puede pasar? —pregunta sin creer mi versión, mirándome como si dijera tonterías.

—Sí. A mí me pasó y no quiero hablar más del tema.

—Pues no hablaremos —asume tenso. Si por él fuera, indagaría más en mi vida, pero ya no tiene derecho porque ahora es él quien se está desentendiendo de mí—. ¿Por qué has estado tan callada todo el camino? —me pregunta muy fríamente.

Exhalo y me paso la mano por el pelo.

—Porque me cuesta creer que hayas decidido pararlo todo y que quieras dejarme a medias con todo lo que te he contado. Me cuesta creer que puedas echarte la manta a la cabeza y seguir adelante. Eso se acerca mucho a ser indiferente.

—No soy indiferente.

—Si tú lo dices... Siempre creí que los malos no ganan porque sean malos, sino por la indiferencia que muestran los buenos ante sus actos. Y eso convierte a los buenos en cómplices.

Él niega varias veces con la cabeza. Se muestra inflexible con su decisión.

—Me da igual que me acuses o me culpes, Ares. Para

mí no hay vuelta atrás. Mi relación contigo se acaba aquí. Tienes que alejarte un tiempo. No sabes qué tipo de ojos pueden estar vigilándote. Los círculos en los que me muevo son pequeños, pero controlan muchísimas cosas. Y son individuos, hombres y mujeres, coleccionistas. Si ven algo que les atrae, hacen lo que sea para tenerlo. Por eso debes permanecer oculta. Nunca debiste aparecer en la puja.

—Ya, bueno…, eso ya no lo puedo deshacer.

—Esperemos que solo se haya quedado en una anécdota y no haya nada más detrás de tu asistencia.

—¿Qué quieres decir? Yo no hice nada por…

—No lo digo por ti. Lo digo por quien te invitó.

—Bueno, Hugo por ahora solo me ha demostrado que es un amigo, excepto estos últimos días que está más celoso porque le he hecho daño al cortar nuestra relación.

Adonis no está de acuerdo.

—No lo justifiques. Acepta mi consejo: aléjate de mí, de todo esto, pero también de él. Concéntrate en las cosas buenas que tienes en la vida. Seguro que es amable y llena de bondad. Una vida exitosa con tus ilustraciones.

—No estés tan seguro. A mí también me pasan cosas malas sin tener que estar en Cortes de ningún tipo —le recrimino—. A las personas buenas les pasan cosas malas, Adonis. No sé en qué mundo has vivido tú, pero mi vida no es ni ha sido de color de rosa. Tu preocupación y tus advertencias llegan tarde.

El coche se detiene en una de las esquinas que dan a la plaza. Hay mucho silencio porque es la una y media de la madrugada. Las luces de las casas que la rodean están apagadas y los vecinos duermen.

—¿Qué quieres decir con eso? —Adonis impide que salga del coche, aunque ya tenga la puerta abierta—. ¿Qué te pasó?

No quiero echar toda mi mierda sobre él. Y menos estando decepcionada y enfadada. Ni tampoco quiero desvelarle mi pasado a Adonis; no me apetece que sepa que pasé por algo así, porque la verdad es que no confío en él como me gustaría.

Ojalá lo hiciera, pero estoy confundida porque me está apartando.

—¿No nos veremos nunca más? —le digo antes de bajarme del coche—. Ya sabes dónde vivo. Y yo sé dónde vives tú. ¿De verdad vas a hacer como si nada hubiese pasado entre nosotros, como si no estuviese pasando nada raro en mi ciudad ni hubiera muertos dentro de tu círculo?

—Sí, al menos por un tiempo.

—¿Qué tiempo? ¿El que tú decidas hasta volver a tener contacto conmigo?

—Es posible.

—¿Y mientras qué? Dices que crees que Fanke no será la primera, que puede haber más. ¿Qué va a pasar? ¿Por qué lo sabes? ¿Porque las ofrendas nunca vienen solas? ¿Es por eso? ¿En serio? —Lo miro como a un mentiroso—. No, tú sabes algo más. Pero prefieres callarlo.

—No es nada que te haya ocultado. Te he dicho que sé cosas que es mejor que tú no conozcas. Y que lo que hago es un medio para un fin, no es lo que soy. Tal vez, más adelante, retomemos el contacto, pero no ahora. Y aquí nos despedimos. Buenas noches, señorita Parisi.

—Que te den, Adonis. —Cierro la puerta del coche con fuerza y me voy andando hasta mi casa con pasos poderosos y furiosos. Evidentemente, Adonis no ha dejado que me lleve el sobre con todos los documentos que ha recopilado. No quiere que tenga nada con lo que pueda ir a la policía.

Me ha dado mucho estos días, sobre todo, un hilo que poder conectar con lo que me pasó, pero en un arrebato premeditado, me lo ha quitado todo.

No quiero sentirme así.

Y no sé si es porque me acaban de excluir de una investigación que me ayudaría a cerrar heridas y a meter a quien tenga que meter en la cárcel o porque, después de todo, no quiero dejar de ver a Adonis.

¿Y qué dice eso de mí, cuando no puedo afirmar que él sea inocente en todo esto?

¿Por qué tengo esta lucha interior tan intensa por creerle?

XX

La gran noticia es que he dormido bien. Muy bien. No recuerdo haber soñado nada y tengo la sensación de que mi abuela, o lo que sea que ha quedado de ella, está haciéndose cargo de nuestra vigilia. Creo firmemente que ella nos protegerá y se asegurará de que ningún demonio de los sueños se aproxime a las suyas, ni a su casa, porque será nuestra guardiana para siempre.

Mi madre también ha dicho que ha dormido muy a gusto y Venus se ha levantado con muchísima energía, con su campanita haciendo tilín por cada rincón por el que pasa y más que dispuesta a desayunar churros, como casi cada sábado.

La mala noticia es que me siento extraña, como si me hubiesen reconectado después de mucho tiempo viviendo de forma disfuncional. Tengo ese tipo de percepción sobre mí misma que afirma que ya no soy la misma de ayer.

Y lo peor es que sé a qué es debido.

Adonis desbloqueó mi protección y reactivó mi cuerpo, mis necesidades. Si he sido un juego para él, ya ha pasado una de mis pantallas.

Según Adonis, debería estar tranquila, centrarme en todas esas cosas que valen la pena de mi vida y fingir que no sé nada para no llamar la atención, porque esto se ha vuelto peligroso.

Sin embargo, no me siento así. Venus me ayuda a disfrutar más del día: damos un largo paseo bajo el sol que hoy sí hace y llegamos hasta el Puente del Petróleo, hasta su mirador, para quedarnos embobadas con el fondo del mar y con lo bonita que se ve la playa de Badalona y su Rambla desde allí. Mi pequeña siempre me distrae y me hace reír, como cuando ha visto al mono que espera sentado pacientemente en la entrada del puente con una botella de anís —Anís del Mono, claro—. Se ha sentado a su lado y ha dicho:

—*Poble* señor mono, está solito.

Después de eso, la he llevado un ratito a los columpios de Pompeu, donde hemos comprado los churros en una caravana que se suele poner por allí los fines de semana, sobre todo cuando hay feria gastronómica.

Sin embargo, aunque Venus es mi distracción, no dejo de pensar en Adonis. ¿Cómo voy a hacerlo? Todo lo que me explicó, todo lo que experimenté con él en el Abismo, resuena en mi cabeza como una canción fijada, de esas que repites en bucle y que no puedes dejar de tararear mentalmente.

Al llegar del paseo, traigo, además de los churros, un par de turnemis para mi madre.

Está trabajando en el jardín, limpiando la pared del fondo y eliminando las hortensias trepadoras para que se vea el mural, el mosaico que rodea al larario y que ha estado ahí desde que esa casa existe, incluso mucho antes.

Cuando Venus y yo vemos lo que escondían las hortensias, nos quedamos las dos mirando el increíble mosaico, asombradas. Porque intimida pero, al mismo tiempo, es como si aquello fuese a cuidarnos; incluso podría dar miedo a quienes quisieran hacernos daño.

—Mira, mamá. —La niña señala lo que vemos—. ¡Son *persientes*!

Hay un ojo, muy parecido al de mi anillo, y a cada lado, dos serpientes extrañas, rojizas y negras…, muy grandes, pero no parecen amenazantes, aunque su aspecto lo sea. Me siento bien al mirar el mosaico porque tengo la sensación de que el dibujo es sanador y protector. De eso no tengo ninguna duda. El fuego del lararido sigue encendido y sonrío al pensar que el espíritu de mi abuela, que jamás veré, cuida del fuego de nuestro hogar, tal y como prometió.

—Niñas, ayudadme —dice mi madre cargando con dos bolsas de basura industriales llenas de las trepadoras que ha quitado.

Agarro las bolsas y las saco inmediatamente a la calle para dejarlas en los contenedores.

Cuando vuelvo a entrar en casa, mi madre está sentada en el sofá, descansando, con la frente perlada de sudor. Lleva un pañuelo en la cabeza, se ha quitado los guantes de podar y los ha dejado sobre la mesita del salón.

—¿Te traigo algo de beber, mamá? Debes de estar agotada de tanta planta.

—Uf, ha costado —asegura—, pero mira qué espectáculo. Está en muy buen estado, ¿verdad?

Desde el interior de nuestro salón podemos ver el mosaico romano. Y queda muy bien como paisaje entre el porche, el verde del jardín y el lararido encendido y con olor a incienso de naranja, en honor a la abuela.

La gran mayoría de los mosaicos romanos que se han descubierto al excavar suelen tener zonas levantadas o picadas, pero el nuestro no. El nuestro está muy bien.

Me quedo mirando el mural y pienso que todo en nuestra familia habla de quiénes somos y de dónde venimos, pero le he prestado tan poca atención que nunca curioseé. Como el blasón de armas familiar. Es evidente que habla de un apellido ligado al fuego y, además, con el mismo tipo de serpientes a cada lado de la llama. Me gustaría saber qué significan.

Preparo todo para desayunar en el porche. Llevo el zumo de naranja recién exprimido, los churros, los turnemis, la leche, los cereales…, todo para una buena primera comida del día. Sí, es verdad. Somos una familia de dulces. Todo por culpa de la yaya y de mi madre, que adoran las pastitas y los pastelitos y que han hecho que nosotras también las comamos, pero sin abusar.

Cuando suena el timbre de la puerta, mi madre ya sabe quién es, y yo también. Hoy viene a desayunar Lu con nosotras. La niña está muy contenta de verla, así que da saltitos, feliz, porque su tía favorita, y la única, ha venido a casa.

Nos damos un fuerte abrazo en el recibidor. Como siempre, lleva una camisa con tirantes y unos pantalones abombados con estampado de colores. Dice que es como va más cómoda, que no le aprieta nada. Yo digo que esa combinación solo la puede llevar ella.

—¿Cómo estás? —me pregunta al oído.

—Bien —contesto—. Asumiendo.

Lu me acaricia el pelo suelto y asiente, porque lo entiende a la perfección. Ella perdió a su abuela hace un par de años y también estaba muy unida a ella.

—Vaya…, ¡cómo huele a naranja! —exclama dibujando una sonrisa en sus labios—. Parece que la abuela Clara esté por aquí.

Cuando Lu entra en el salón, la niña sale disparada del porche y corre a los brazos de su tía.

—Hola, melón. —Lu la coge en brazos para darle un fuerte achuchón—. Uy, cómo pesas ya…

Venus se ríe y señala el porche.

—¡Mira, Lu! ¡Son *persientes*!

—¿*Persientes*? ¡¿Dónde?! —grita fingiendo estar asustada.

Lo que no finge es su cara de sorpresa cuando ve a lo que se refiere Venus.

Camina lentamente, con mi hija en brazos, sin parpadear hasta el porche. No puede apartar la mirada del mural de la pared de fondo que delimita nuestro jardín.

—No es posible… —susurra dejando a Venus en su silla y acercándose a abrazar a mi madre—. Nieves —le dice con ternura—, ¿cómo estás, cariño?

—Estoy, que ya es mucho.

Lu besa en la mejilla a mi madre, pero acto seguido vuelve a quedarse embobada mirando la pared. Nos ignora por completo, como si no existiéramos, y apoya las manos en las caderas y se queda como un pasmarote, frente al lararario, levantando la cabeza para ver el mosaico al completo.

—Te dije que iba a pasar de nosotras —le recuerdo a mi madre.

Ella asiente y sonríe mientras muerde un churro.

—¡Que tenéis un lararario auténtico y un mosaico romano en el jardín! ¡¿Cómo coño yo no sé esto?! —exclama dándose la vuelta hacia nosotras y señalando la pared con el pulgar—. ¡¿Cómo puede ser?!

—La vida —me encojo de hombros—, que es un misterio —bromeo.

—¡¿Sabéis qué tipo de mosaico tenéis?! ¡¿Sabéis lo que es eso?!

—Lu, ven. —Mi madre aparta la silla vacía a su lado, para que se siente entre ella y yo—. Come y nos lo explicas.

—Es… es… —Se pasa las manos por el pelo, fascinada con lo que está viendo. Se sienta con nosotras en la mesa, pero no puede dejar de otear el muro—. Es un agatodemon.

—¿Qué es un agatodemon? —pregunto con mucha curiosidad.

—Joder…, es… No son serpientes como tal. Míralas, parece que tengan pelo y barba. Los romanos oraban a divinidades, a sus lares del hogar y también a un tipo de demonios: los buenos y protectores. Sabían que existían los demon, los malos e infernales, y creían que podían protegerse de ellos, invocando a los buenos. Los representaban así, como si fueran serpientes. Lo que tenéis en esa pared —dice emocionada— es un símbolo de protección brutal y, además, sugiere que quien fuera que residió sobre estos cimientos pedía protección a los agatodemon. Esos eran sus lares. Posiblemente, porque se sentían muy amenazados por los demon reales.

Mi madre y yo nos miramos y nos hablamos sin necesidad de pronunciar palabra. Tengo la sensación de que Lu acaba de resumir nuestro legado familiar, nuestra leyenda. Nuestro apellido, Parisi, está ligado a las vestales, y estas protegían a la ciudad del mal, ¿cómo? Cuidando la llama sagrada y procurando que no se apagase.

—¿En serio? —finjo ignorancia, como si me acabase de caer de un peral—. ¿Qué tipo de demonios?

—Pues a los que ellos considerasen. Se parece mucho al que hay en el altar de la casa del jardín encantado de Pompeya. Mucho —repite entusiasmada—. Es increíble. Los romanos podían orar también a los demonios, y está visto que aquí, en Baetulo, también. Qué impresionante. —Lu toma el vaso de zumo de naranja que le ha dado mi madre y se lo bebe como si fuera cerveza. Después ataca a los churros y, señalando a los agatodemon con uno de ellos, espeta—: Y encima tenéis un larario con base, pero incrustado en la pared… Deberíais dejar que lo documentase para llevarlo al museo. Esto debería reportarse y…

—No. Es nuestra intimidad, cielo —contesta mi madre tajante—. Es algo que pertenece a las raíces familiares y no lo quiero exponer.

—Pero, Nieves —intenta convencerla Lu—, esto es historia. Es pura arqueología y, además, sin necesidad de haber excavado. Míralo, ¡está perfecto! —exclama escupiendo un trozo de churro por la boca.

Venus la señala con una carcajada.

—Perdón —se disculpa y recoge el tropezón para llevárselo a la boca otra vez—, es la euforia. Tenéis la suerte de que el jardín de vuestra casa está en un nivel inferior al del suelo de la calle, por eso, el muro emerge tan bien y no se ha cubierto por la tierra. Además, los que antes vivían aquí han trabajado mucho para mantener esa obra de arte intacta y a flote. ¿Por qué la habéis mantenido vosotras tras todas esas trepaderas?

Lu no para de hablar y divagar con mi madre, que frena su entusiasmo cuando cree conveniente.

Yo, en cambio, no puedo apartar las palabras de mi abuela del pensamiento.

«Solo un demonio puede vencer a otro».

«Solo un demonio puede quemar a otro fuera del Infierno».

Ella lo sabía.

Maldita sea, mi abuela sabía que, en algún momento, los demonios llegarían a Baetulo en sus múltiples formas. Sabía que yo tendría que ver con ellos y que, sin lugar a dudas, iba a necesitar la ayuda de otro demonio para enfrentarme a ellos. Un agatodemon.

El problema es que quiero hacerlo, pero el único hombre que me puede ayudar, el único en quien me estaba apoyando, me ha sacado de la carrera y ya no me deja competir.

Así, ¿cómo voy a hacer lo que se supone que debo hacer como Parisi?

Así, ¿cómo voy a hacer justicia? Quiero justicia para mí, para Fanke..., para otras que puedan pasar por lo mismo.

Sé que ya estoy en el mapa, que ya existo para quienes sean esos demonios, adopten la forma que adopten.

Pero ¿qué debo hacer?

¿Apartarme? ¿Ocultarme?

Me llamo Ares. Y si obedezco a Adonis, no haré honor a mi nombre.

Soy el dios de la guerra, no del escondite.

En ese momento de divagación, llaman a Lu al teléfono. Ella lo coge enseguida y contesta haciendo burlas a Venus, que se parte de la risa.

—¿Sí...? Ah, hola, Mar... —El rostro de Lu palidece y me mira con gesto asustado—. No puede ser... —susurra—. No puede ser, Mar... ¿Dónde? ¿Cuándo? Si ayer hablamos... No puede ser... —Le tiemblan las manos. Está muy afectada por lo que sea que le están contando—. ¿Hoy? Sí, sí, claro. —Sus ojos se llenan de lágrimas y se cubre el rostro con la mano—. Lo siento mucho, Mar. Muchísimo... No me lo puedo creer. Adiós...

Cuando cuelga, mi madre y yo sabemos que hay una mala noticia al caer.

—Ares... —gime Lu.

—¿Qué? ¿Qué pasa? Me estás asustando.

—Es Ramón. Han encontrado su cuerpo en... en las vías del tren de Sant Adrià. Ha muerto.

Mi corazón se detiene y se crea un vacío en el estómago que me provoca hasta vértigo. Él lo empezó todo al enviar esa foto oscura y repleta de muerte a Lu, y ella me la reenvió a mí. Ahora, Ramón, está muerto. ¿Casualidad o consecuencia?

—¿Cómo puede ser?

—No sé... —contesta con la voz rota—. Su madre me ha dicho que se fue a correr, como cada día, y que no entiende cómo ha acabado ahí así... La mujer está en shock. —Lu se seca las lágrimas, incrédula ante lo que acaba de oír—. Dios…, pero si ayer por la noche estuve hablando con él por teléfono.

—Pero… ¿ha sido un accidente? ¿Cómo ha sido?

—No lo sé. Su madre no me ha sabido decir nada. El velatorio está programado para esta tarde a las seis. Por Dios. —Lu se levanta de la silla y se cubre la cara con las manos—. Qué fuerte… No lo entiendo.

—¿Lu? —Yo no tenía relación con Ramón. Lu, sí. No lo conozco, así que no siento nada más allá de la tristeza de saber que alguien joven ha perdido la vida.

—Me voy a ir… —anuncia nerviosa—. Me voy a ir a casa y después iré al velatorio.

Yo asiento y la abrazo fuertemente, como también hace mi madre.

Después la acompaño y, cuando está en la puerta de la entrada, no puedo evitar pedirle que se cuide.

—Lu, cuando sepas algo más, me lo cuentas.

Ella vuelve a asentir, se seca las lágrimas y se va.

Cuando cierro la puerta tras de mí, me apoyo en ella para pensar que me gustaría explicárselo a Adonis, pero él no quiere que insista y ha cortado la comunicación conmigo. Así que soy un mar de dudas, con muchas sospechas e ideas retorcidas sobre lo que le ha podido suceder a Ramón.

Y ahora estoy todavía más asustada, porque el único que sabía lo de Ramón, por otro lado, es Adonis. Porque se lo he contado yo.

¿Y ahora qué?

¿Y si…? ¿Cómo ha podido descubrir quién era Ramón? ¿Cómo…? ¿Y si no ha sido él? ¿Quién ha sido? ¿Ha muerto porque se ha caído a las vías del tren? ¿Así de golpe? No me lo creo. Ramón era un corredor experto, competía en maratones, según me contó Lu. ¿No va a saber que hay una vía del tren cerca?

Sé que es mucho sospechar, que no tengo pruebas, pero no lo puedo evitar. Juego con el anillo del ojo que me regaló Adonis ayer noche, que supuestamente es otro protector para mí.

Creo que debería ir a verle, explicarle lo que acaba de pasar y mirarle a la cara para cerciorarme de que estoy confiando en la persona correcta.

Pero, por otro lado, una sombra inunda una esquina de mi mente a la que no quiero ir, porque es la que me dice que, tal vez, de quien siempre he debido protegerme es de él.

No puedo mentirme más a mí misma.

Necesito hablar con Adonis, pero me he llevado una sorpresa muy desagradable al intentar ponerme en contacto con él. Me ha bloqueado. No quiere que le escriba ni quiere que le llame.

Mi madre, mientras tanto, ha puesto el canal de Badalona. Quiere saber si dicen algo de Ramón para enterarse de lo sucedido.

Me siento a su lado sin poder esconder mi agitación interna.

—Ese anillo que llevas —me habla mirando a la pantalla—. ¿De dónde lo has sacado? Nunca te lo había visto. Parece una joya cara.

Me quedo mirando el ojo.

—Me lo regaló ayer el hombre del cementerio. Fuimos a cenar porque tenía que contarme algunas cosas —explico con incomodidad.

—Es él, ¿verdad? —murmura—. Él es quien te está ayudando con lo de la chica muerta y...

—Sí. Es él —contesto sin más.

—¿Y está valiendo la pena? Te lo digo porque esa cara que traes no te la he visto nunca.

Carraspeo, me cruzo de brazos y me acomodo en el sofá.

Venus está dibujando en la mesita de centro. Y dibuja serpientes, a su manera. Agatodemon.

¿Si vale la pena? No lo sé. Puede haber sido mi mejor decisión o la peor de todas y aún no estoy segura.

—No lo tengo claro.

Mi madre me mira de reojo. Está tan preocupada como yo.

En la televisión aparece una nueva noticia. Sale en la pantalla una imagen de una chica que reconozco de inmediato. Siento que la sangre se me va del cuerpo.

Es Tania.

—Sube la voz, mamá —le ordeno.

Ella obedece inmediatamente. La voz del informativo anuncia:

—Se sigue sin tener noticias de Tania Soler, hija de los propietarios de las viñas Soler. Tania lleva cuarenta y ocho horas desaparecida, vive sola en un ático de Masnou y lo último que se sabe de ella era que tenía que asistir a la presentación de Satir, el vino nuevo que saca la franquicia, en El Celler. La esperaban ayer y no apareció. Su móvil está desconectado, sus padres están desesperados y han pedido a la ciudadanía que les ayuden a…

Me inclino hacia delante, consternada.

La nuca me hormiguea y se me cubre de un sudor frío. Oigo en la lejanía al periodista que da la información como si se fuera perdiendo el sonido gradualmente. Me pita el oído y el corazón se me acelera.

Tania era la compañera de Adonis en sus jueguecitos extraños de vir, su compañera en esa Corte de excesos y sexo. Adonis me dijo que la dejó, que acabó la relación que lo unía a ella el miércoles, pero que no le sentó nada bien. Y ahora está desaparecida.

Todo… todo, absolutamente todo, tiene que ver con Adonis y mis dudas crecen, pero mis esperanzas de continuar creyendo en él menguan.

Me levanto del sofá y me seco el sudor de las palmas en el tejano.

¿Y si… y si Adonis es malo? Una voz aguerrida en mí exige su cabeza, la otra me dice que si me quisiera muerta, ya lo estaría, y un rincón muy oculto y egoísta en mí susurra que no importa si es malo, sino que tiene respuestas sobre lo que me pasó.

«Vas a tener que elegir», recuerdo que me dijo mi abuela. Y entiendo que se refiere a que tendré que elegir a quién creer. Esa es mi elección. O a Adonis o a Hugo. Hay un zorro entre los dos y debo averiguar cuál de los dos miente.

Cojo a Venus en brazos y la abrazo con fuerza. Ella sonríe y me devuelve el abrazo feliz.

—Te quiero mucho, Venus.

Ella une su mejilla a la mía y responde:

—Y yo a ti, mami.

Normalmente, esas palabras me hacen sentir mejor y me alejan de los pensamientos oscuros. Pero esta vez… no se van.

Y me quedo en una habitación sin luz, sin saber ni qué hacer ni hacia dónde ir.

Después de comer, Venus se ha quedado dormidita conmigo en el sofá. Y mi madre se ha quedado frita en la *chaise longue* tapada con la manta de mi abuela.

El día está siendo nefasto y los acontecimientos me están poniendo los pelos de punta. Dos personas que conozco han desaparecido. Una ha muerto y la otra lleva casi cuarenta y ocho horas desaparecida.

Tania es otra compañera de vir, como lo era Fanke. Pero esta vez de Adonis. ¿Otra mujer de esa Corte envuelta en un nuevo peligro? Adonis lo dijo: «Fanke no será la primera». Sigo sin saber por qué sabe todas esas cosas, como si fuera un paso o dos por delante del resto o peor, como si él mismo lo planease todo y fuese el que orquestase... las desapariciones y los asesinatos.

Ding dong.

El timbre ha despertado a mi madre, pero Venus sigue durmiendo a mi lado.

Me levanto con cuidado de no molestarla y le digo a mi madre:

—Voy yo. No te muevas.

Salgo hasta el recibidor, abro la puerta y me encuentro a Hugo con aspecto serio. Tras él hay un compañero con el mismo rictus. Ambos me miran y me siento bastante juzgada.

—Hola, Ares —me saluda Hugo. Lleva puestas unas gafas de sol y va vestido de calle—. Siento molestarte un sábado a estas horas. Seguro que estabas descansando.

—Sí, lo estaba. —Hugo conoce mis rituales porque él no ha sido ajeno a esta casa. Lo es desde hace unos días, por todo lo que ha estado pasando entre nosotros. Nunca ha sido un extraño para mí.

Hugo se quita las gafas y me enseña la placa por primera vez desde que nos conocemos. La lleva en el interior de su cartera negra de piel.

—Me entristece tener que pedírtelo así, pero me gustaría que nos ayudaras.

—Pues no me lo pidas así —le contesto—. ¿Qué necesitáis?

—¿Sabes dónde vive Adonis?

Mis cejas se elevan con sorpresa.

—¿Tú no?

—Aunque no lo creas, Ares, yo no he tenido contacto con ese hombre. Solo sé cosas, pero desconozco muchas otras. Nos gustaría ir a su casa a hacerle una visita. Tania

Soler y él tenían una relación. No sé si lo sabes, pero los padres de Tania han denunciado su desaparición. Quisiera ir a interrogarlo.

Mierda. Claro, es obvio que quieran hacer su trabajo. Las palabras de Hugo son como un despertador para mí. De repente, es como si fuera consciente del peligro real que hay alrededor de Adonis. Y yo he estado bailando con él, como quien nada en un río lleno de cocodrilos.

Carraspeo y asiento con nerviosismo.

—Sí, sé dónde vive. En el interior de la montaña —contesto—. Es en una calle sin número.

Hugo asiente, confundido y también preocupado por mí.

—¿Es fácil de acceder? ¿Sabes la dirección?

Pienso que no. El castillito de Adonis es como una minifortaleza en el lugar más inesperado y no es fácil de encontrarla.

—No hay dirección ni número.

—Entiendo —cavila y me mira de arriba abajo—. ¿Nos puedes acompañar?

Bato las pestañas, sorprendida por la invitación. Podría pasarle directamente la localización que me envió, pero no solo me ha bloqueado, sino que ha eliminado todas nuestras conversaciones. Como si nunca hubiesen existido.

—Sí, claro. Déjame que vaya a coger mis cosas y salgo en un par de minutos.

—Te esperamos en el coche. —Señala el vehículo del trabajo que suele llevar, que ha dejado aparcado sobre la acera, detrás del hospital. Un Seat Ibiza negro.

—Vale.

Me meto en casa, cojo las llaves, el móvil, beso a mi pequeña en la frente y miro a mi madre, que ya no está dormida, sino de pie, frente al sofá. Es como si tuviera un sexto sentido e intuyera los problemas antes de que se presenten.

—¿Qué pasa, Ares? ¿Ese es Hugo?

—Sí —contesto.

—¿Qué quiere ahora? ¿Ya os habláis?

—No exactamente. Me ha pedido que vaya con él un momento. Necesita que lo acompañe a un lugar. Está relacionado con una… investigación.

Mi madre se retuerce las manos. Su expresión lo dice todo. No quiere que me vaya.

—¿En qué lío estás metida? ¿Tiene algo que ver el hombre del cementerio? —Está afilando la intuición.

—Más o menos —admito, nada convencida—. No va a pasar nada. Solo necesitan orientación para ir a un lugar que no es de fácil acceso.

—¿Y tú sí sabes cómo ir?

—Sí. Estuve el otro día. —Me encojo de hombros, sin darle más explicaciones.

—¿Volverás pronto?

—Eso espero —murmuro—. Es solo un momento. Te llamaré cuando esté de camino a casa, ¿vale?

—Sí. —Me da un beso en la mejilla—. No sé por qué, pero estoy intranquila…

Sujeto a mi madre por los hombros y la obligo a serenarse.

—No es nada. Voy con la policía. No me va a pasar nada malo.

—Lo sé, pero ten cuidado igualmente.

—Sí, mamá.

Le doy un abrazo, miro una última vez a Venus y salgo de casa sin el convencimiento de que lo que voy a hacer sea lo correcto. Pero no me queda otra. Hugo me ha hablado como policía, no como amigo ni como exnovio celoso. No tengo pruebas para sospechar de él porque, ciertamente, no las tengo. Y si tengo que ayudar a la justicia, es evidente que no me voy a negar. Hay una chica desaparecida en juego y debo ayudar en lo que pueda.

Voy en la parte de atrás del coche. Es el vehículo que usan para hacer seguimientos. Hugo ha abierto una botellita de agua y me ha ofrecido otra a mí.

—¿Quieres?

—Sí. —La tomo y la abro para dar largos sorbos. Estoy ansiosa y tengo la boca seca. Ayer, el hombre al que la policía quiere ir a buscar tuvo un acercamiento muy íntimo conmigo en su Abismo. Hoy lo quieren interrogar por la desaparición de la excompañera con la que practicaba esas actividades sexuales en su local.

¿Y si hubiese sido yo? ¿Y si estaba quemándome en el fuego y no me daba cuenta?

—Por ahora solo son unas preguntas, nada más, Ares.

Los ojos marrones claros de Hugo me miran por el retrovisor. Ese es el Hugo que conozco, el empático, el tranquilizador, el que sabe cómo me siento y no necesita preguntarme nada porque me conoce. Hacía días que no lo veía.

—Estoy esperando a que me digas: «Te lo dije». —Hago un mohín de disgusto.

Él me dirige una mirada comprensiva y amable y niega con la cabeza.

—Es pronto para decírtelo. Mi intuición dice unas cosas, pero tengo que demostrarlas. Y no va a ser fácil. Esto es algo rutinario. Y lo estamos haciendo con todos los que han tenido que ver con la desaparecida. Pero, es evidente que no has estado en la mejor compañía últimamente.

Miro a través de la ventanilla y me intento concentrar en algo que no sea la incertidumbre que siento al respecto y la posibilidad de que Hugo siempre haya tenido razón, aunque haya lagunas a su alrededor que también me hagan dudar.

—¿Su casa está en dirección Canyet? —quiere cerciorarse Hugo.

—Sí —contesto.

Su compañero permanece serio, mirando al frente, más tenso que una vara de hierro.

—Sí. Muy en el interior —le explico—. Hay que pasar de largo Sant Jeroni e incluso el restaurante de Els Castanyers.

—¿Colindando con Sant Fost?

—Más o menos —digo—. No sé si llega a ser Sant Fost, pero sí, por ahí.

Hugo toma la dirección correcta con el coche y su compañero empieza a escribir algo en el móvil.

—Este es Rafa —me lo presenta—. Hace poco que está en la comisaría.

Observo a Rafa. Encaja en el mismo perfil de Hugo, a excepción de que parece un poco más estirado y no tiene cuerpo de policía. Sé que lo que pienso es demasiado superficial y que hay de todo en la casa del Señor y en todos los colectivos. Rafa sería un fofisano muy fino. Me fijo en sus zapatos, que puedo ver desde donde estoy sentada. Lleva mocasines. En mi vida he visto a un poli de guardia en mocasines. Tiene la sirena pegada a su pie izquierdo, conectada a un cable, por si deben encenderla.

—Es por ahí... —le digo a Hugo.

Sin embargo, Hugo toma otra dirección.

—Si es por los Castanyers —me dice—, hay otro modo de llegar antes y no dar tantas vueltas.

—Ah... —Me parece extraño, pero asumo que tiene razón, porque él conoce mejor la zona—. Bueno, como veas.

Me quedo mirando la botella de agua, que apoyo sobre

la rodilla. La abro y le doy otro sorbo. Es extraño porque ya no me siento tan agitada como al principio.

—¿Cómo es que estás de guardia este fin de semana también? Nunca os ponen dos seguidos —digo mirándolo a través del retrovisor mientras cojo el móvil.

—El subinspector que debía estar trabajando está de baja, así que lo he suplido yo.

—Ah... —murmuro volviendo a mirar a Rafa—. Y tú estás en el mismo grupo que Hugo.

—Sí —contesta sin más.

Vaya... qué explícito.

Entonces me fijo en mi pierna. La siento húmeda, justo donde he dejado la botella apoyada. La levanto y veo un cerco muy pronunciado. ¿Cómo me he mojado? Frunzo el ceño y le doy la vuelta. Mierda, pierde agua.

—Hugo... me has dado una botella que está ro...

Me doy cuenta de que algo empieza a ir mal en mí cuando no me sale la palabra que quiero pronunciar. Se me duerme la boca, la lengua y siento las extremidades completamente laxas.

Agarro el móvil con fuerza y presiono como puedo para apagarlo porque no doy para más. Está pasando algo muy malo, lo sé.

Tengo la energía suficiente como para buscar los ojos de Hugo a través del retrovisor, los cuales me miran con expectación y un brillo maléfico e inesperado en su expresión. Mi cerebro aún cavila para comprender lo que me está sucediendo.

La botella estaba agujereada. El agua no era solo agua. Y lo que fuera que había dentro me está afectando, mareando y narcotizando.

—¿Hugo? —¿En serio me está haciendo esto? ¿Por qué?—. ¿Qué has he... cho?

Segundos después, caigo de lado en el asiento trasero y

la botella se vuelca sobre el suelo. Todo se vuelve negro y oscuro y me encuentro en un abismo del que sé que no voy a poder salir.

Acabo de descubrir quién es el zorro que mencionaba mi abuela. El zorro taimado de las máscaras.

Es él.

El subinspector Hugo Simó.

XXI

Debo reconocer que no tenía fe en volver a abrir los ojos.

Que la sorpresa de saberme drogada me ha dejado desencantada, decepcionada y muy cabreada con Hugo, con quienes estén detrás de estos rituales por el motivo que sea y con la vida en general.

Pero los abro y veo a través de la diminuta rejilla que forman mis pestañas. Espero unos segundos hasta sentir de nuevo mi respiración, mi cuerpo, mis manos, que están atadas a mi espalda. Estoy sentada en el suelo y noto que mi columna reposa sobre algo frío y duro. Es una reja.

Por fin, abro los ojos. Hay una luz sobre mi cabeza. Estoy dentro de una jaula, en lo que parece ser una furgoneta.

Mierda. Mierda.

Me remuevo e intento hacer algo para liberarme, pero no soy capaz, así que me pongo a gritar.

—¡Socorro! ¡Socorro! ¡Que alguien me saque de aquí! ¡Socorro! —grito tantas veces como puedo hasta que me quedo sin resuello, sin aire y sin demasiadas esperanzas.

No sé cuánto he estado gritando. Han podido ser tanto treinta segundos como diez minutos, porque tengo la percepción del tiempo y del espacio aún muy distorsionada. Desconozco qué droga me han dado.

Entonces, las puertas de la furgoneta se abren de par en par y me encuentro a Hugo entrando en ella con el gesto más serio y lúgubre que nunca. Y me pongo a pensar en si, tal vez, siempre miró así y yo nunca me di cuenta. Sea como sea, él me ha hecho esto y le odio con todas mis fuerzas.

—¡Hugo! ¡Hijo de puta! ¡Suéltame!

—De nada te sirve gritar, Ares —me dice tranquilamente.

Se coloca delante de mí, al otro lado de la reja y se acuclilla para mirarme bien. El mango de la pistola se le clava en la cadera y su cuerpo grácil se curva a la perfección sobre esa jaula para perros en la que me han metido.

—¡Hijo de puta! ¡Suéltame! ¡¿Qué crees que estás haciendo?! —grito, dando una patada como puedo a la reja, a la altura de su cara.

—No gastes fuerzas, las vas a necesitar —me asegura colando los dedos entre los barrotes. Chasquea la lengua y cierra los ojos consternado—. Ares, Ares, Ares... No esperaba esto para ti.

—Hugo, para, por favor... —le ruego. Se me llenan los ojos de lágrimas—. No sé qué es esto, no sé por qué lo haces, pero... por favor, suéltame.

Él niega con vehemencia y exhala cansado.

—No puedo soltarte. Ya no. Ya no puedo... He intentado alejarte de todo, Ares. Llevo años protegiéndote, encubriéndote... Pero creo que no debí hacerlo. Porque, por haberte cuidado, por haberme enamorado de ti, sabes cosas que no debes. Creo que tienes que seguir tu proceso natural, el que deberías haber seguido hace un tiempo. Ellos lo ignoran. Nunca permití que te siguieran el rastro, pero yo sí sé quién eres.

Frunzo el ceño, ahogándome con mi congoja.

—¿Qué? ¿Qué estás diciendo? —No entiendo nada.

—No lo comprendes, ¿verdad? No lo ves venir, Ares, porque es impensable, porque los hilos y los tentáculos a nuestro alrededor están tan enterrados y ocultos como las ruinas y los credos de esta ciudad. Pero todo esto es más grande que tú y yo. Ni te lo imaginas.

Alguna vez lo vi guapo. Siempre pensé que era un hombre agraciado y que no tenía problemas en gustar. Ahora lo veo artificial y maquiavélico.

—Hugo, por favor… ¡Por favor! —Golpeo la reja con el pie, con fuerza, como un caballo cabreado—. ¡Sácame de aquí! ¡¿Qué me vas a hacer?! ¡¿Por qué hablas así?! Tengo una niña de tres años, no puedes…

De repente, Hugo deja ir una risotada que me duele en lo más profundo, en el amor que una madre le tiene a su hija, y le odio todavía más.

—Ah, sí, tu niña… —dice con desprecio—. No le gusto a Venus —asiente.

—Y ahora entiendo por qué —contesto elocuentemente—. Mi hija es mucho más intuitiva que yo. Tal vez ella vio la oscuridad en ti que yo no supe ver.

—Gracias a ella te conocí. Eso es lo único bueno de Venus. Que tu embarazo te trajo hasta mí. Y lo peor —se encoge de hombros— es que me enamoré. Me enamoré de ti casi inmediatamente, como por arte de magia —añade incrédulo—. Mi madre ya me lo decía, que era romanticón y un poco obsesivo. Pero por amarte, Ares, te he mantenido oculta todo este tiempo. Te he protegido pensando que me podrías corresponder en algún momento, que verías que, a mi lado, nada malo te sucedería. Yo cuidaría de ti y de la mocosa.

—Cabrón resentido —espeto.

—Pero he visto el cambio en pocos días… No me habría importado tener competencia con Adonis —sugiere, creyendo que podría ganar una contienda de ese calibre—. Te llevé a la puja pensando que a lo mejor podría impresionarte, como él os impresiona a todas. Que podía estar ahí, pertenecer a la Corte. Adonis, El Príncipe del Abismo, así se hace llamar —se burla—. Pero ya me ha aclarado que el contacto que tenéis es profesional. Le gustan tus dibujos y te ha encargado un cuadro de Mefisto y la Bruja Escarlata..., ¿es así?

¿Cómo ha dicho? ¡¿Qué?! ¿Que Adonis es el señor Landon? ¿Él es el supuesto millonario americano que me ha pedido el último caprichito? Pero ¡qué cabrón manipulador! Al menos, eso me sirve para no mentirle. Si él es Adonis, puedo decirle perfectamente a Hugo que sí, que nos une solo una relación profesional, y no lo que de verdad tenemos, que me está ayudando a investigar todo lo que acontece con el cadáver de Fanke.

—Te lo dije. Solo es trabajo. Le gusta Marvel —respondo.

—Y le gustas tú. Le gustas a varios de la Corte que se fijaron en ti en la puja. Pero ninguno te tendrá.

—¿Tú y Adonis tenéis trato? —No entiendo nada—. ¿Cuándo habéis hablado?

—No lo tenemos. Sé quién es y conozco su Abismo porque algunos miembros de la Corte hablan mucho de él. Pero hoy sí hemos tenido una charla.

—¿Cuándo?

—Esta mañana. He ido a su casa. Solo para asegurarme y preguntarle también por Tania, que también nos preocupa.

Entorno los ojos. Está mintiendo. Se ha reído al hablar de Tania. Además, Hugo no tiene ni idea de que Adonis sospechaba de él y de sus maniobras.

Lo que me lleva a la única conclusión posible: Adonis tenía razón sobre Hugo.

—Así que lo de venir a buscarme para que os lleve a donde él vive... ¿ha sido una artimaña para poder secuestrarme?

—Sí. Lo lamento mucho. Como digo —repite como si

realmente estuviera afligido—, no quería esto para nosotros, Ares. Siempre me imaginé otra vida. Siempre he querido cuidar de ti. Desde el día que llegaste a la comisaría, hace tres años y medio, para denunciar algo que dices que te pasó durante una carrera. Con tu gesto orgulloso y desafiando a cualquiera que insinuara que decías tonterías... Yo apenas hacía un mes que estaba en el cargo...

—¿Qué es esto? —lo interrumpo medio riéndome de él—. ¿Una declaración de culpabilidad para limpiar tu conciencia, Hugo?

—No. Pero no soy tan malo como crees. Solo quiero que entiendas lo que he hecho. Es lo justo para ti. Cuando llegué al cargo solo tenía ganas de hacerlo lo mejor posible, de dar ejemplo a los míos y de ayudar. Por eso nos hacemos policías..., ¿no?

—¿Me lo preguntas a mí?

—Venía a suplir el puesto del subinspector anterior, que había quedado libre. De hecho, lo mataron por haber hecho mal su trabajo. Aunque eso lo supe más tarde.

Me tenso por completo. «Ellos lo mataron». ¿Quiénes?

—Cuando sus intermediarios vinieron a mí para ofrecerme la labor del anterior subinspector, no lo dudé. El sueldo no es gran cosa, al menos para mí, que siempre he querido algo más. Me ofrecieron un sobresueldo por trabajar para ellos que triplicaba el que ganaba en los Mossos. No me lo pensé. Solo tenía que estar ahí cuando la camarilla me necesitara.

¿La camarilla? ¿Quiénes eran? ¿También eran miembros de la Corte?

—Para limpiar los trapos sucios y los delitos, ¿verdad, Hugo? —apuntillo con rabia.

—He conseguido ahorrar mucho dinero, Ares —asegura orgulloso—. Lo he hecho pensando que algún día tú y yo podríamos tener una vida tranquila. Juntos.

—Estás loco, Hugo.

—¡No me llames loco, joder! —exclama mutando la expresión a una totalmente ida—. ¡No sabes todo lo que he hecho por ti!

—¿Ah, sí? ¿El qué?

—¡Te he ocultado de ellos! —Sacude los barrotes como un salvaje—. He tenido que borrar tantas cosas y eliminar archivos y... Ni te lo imaginas. Hace cuatro años dejaron un cabo suelto, tú, y yo procuré que nadie lo supiera. Viniste a mi comisaría, pusiste una denuncia cinco meses después de lo ocurrido. En ese momento yo no sabía nada de castas, camarillas ni de Cortes. Pero me enamoré de ti, sin más. Esos ojos tuyos... son cautivadores. Inolvidables. Ya debes saberlo. Cuando vinieron a mí, me ofrecieron formar parte de esto y me explicaron qué era lo que hacían y qué debía hacer yo, entendí que tu relato, tu denuncia, formaba parte de una acción mal ejecutada por su parte. Por eso mataron al subinspector anterior, por no haber podido encontrarte ni haber acabado bien la faena. Tu denuncia tenía sentido, posiblemente sí te pasó lo que intuías, pero tu final debió ser otro. Algo hicieron mal y tú habías sido el error.

Tal y como dijo mi abuela: «Debiste haber muerto esa noche. Lo decían las cartas».

—Entonces... ¿todo este tiempo has sabido que yo tenía razón? ¿Que sí me había pasado algo?

Hugo se encoge de hombros.

—Sí. Como no quería que ellos supieran que te había encontrado y que tú eras el cabo suelto, me limité a borrar tus denuncias y a hacer como si nada de lo que me hubieras contado tuviera importancia.

—¿Las borraste? —Por eso no había investigación—. Eres un farsante, un mentiroso... Me has tenido engañada durante años, haciéndote pasar por mi amigo, convenciéndome para que hiciese terapia, ignorando el delito y el abuso que habían cometido contra mí. —La voz se me rompe y apoyo la frente sobre las rodillas encogidas—. Hijo de puta... Lo sabías. Tú lo sabías.

—Sí. Me encargué de hacer todo lo que estuviera en mis manos para que nunca llamases la atención, para que no supieran que existías. No tenían nada, no sabían quién había sido la chica que sobrevivió. Me aseguré de que jamás te encontraran. Pero... tuviste que meter las narices en el cadáver de Sant Adrià, así, de la noche a la mañana, y lo aceleraste todo. Enviaste a la mierda todos estos años de trabajo cuando subiste ese vídeo a Instagram.

Levanto la cabeza de golpe y lo miro horrorizada.

—¿Qué? ¿Cómo... cómo sabes?

—Sé que subiste un vídeo de la panadería Forn Maria donde salía la víctima del río y tuve que eliminártelo.

Abro los ojos y parpadeo para limpiarlos de mis propias lágrimas.

—Fuiste tú... Tú denunciaste el vídeo.

—Sí. —Se acuclilla de nuevo y me vuelve a mirar de ese modo diabólico que elimina cualquier brizna de bondad en él. ¿Este es Hugo de verdad? Dios, ¿cómo he sido tan poco observadora? Y yo que me consideraba buena haciendo perfiles de personajes—. Pero no sabía que sabías más cosas hasta que el otro día, en el entierro de tu abuela, me quedé charlando con Lu. Hablamos del trabajo sobre todo. Pero la notaba nerviosa, como si supiera que había hecho algo malo y que no podía mentirle a la policía. Y ya sabes cómo es..., cuando se pone nerviosa, habla más de la cuenta.

Frunzo el ceño y se me congela el pecho. No quiero que hable de Lu, no quiero que le haga nada.

—Me dijo que tenía un amigo corredor de maratones, Ramón Saplana. Que había hecho la maldad de fotografiar el cadáver de la chica del río porque le gustaban esas cosas, al parecer. Le pasó la foto y ella te la pasó a ti. En cuanto me lo dijo, supe que no podía dejarlo pasar por alto. Porque eres expeditiva. He tenido mucho tiempo para conocerte en estos años y sabía que no ibas a ignorar esa imagen, y más con lo que te había pasado.

—No he hecho nada con esa foto.

—No me mientas, Ares. Sé que la tienes y que esa imagen desmiente todo lo que te conté acerca del cadáver de esa chica. Me he tenido que encargar de Ramón, pero antes le obligué a que borrase los archivos. Me aseguró que lo había subido a su nube personal, a la que pude acceder a través de su móvil. Pero después de eso, tuve que silenciarlo. Lo maté y lo dejé en las vías, en una zona de poca visibilidad para que el tren no pudiese frenar y no tuviera tiempo de maniobrar.

Por Dios…, tengo ganas de vomitar. Lo ha matado él. ¡Que lo ha matado él!

—Estás enfermo, Hugo… —contesto abatida.

—No. No confundas enfermedad con saber lo que tengo que hacer para vivir mejor. Me pagan muchísimo como para dejar cabos sueltos, eso sí que no puedo hacerlo. Pero si te sientes mejor creyendo que los que hacemos maldades estamos enfermos, pues piénsalo. Ahora entiendo por qué me hacías tantas preguntas sobre el cadáver del río…, tenías información. Eres demasiado curiosa y eso es peligroso para ti.

—No soy demasiado curiosa, quiero justicia —replico—. Y si tú no hacías tu trabajo y nadie movió un dedo por mi causa, al final tuve que hacerlo yo.

Hugo sacude la cabeza. Está en desacuerdo.

—Siempre tan apasionada… Tengo tu móvil. —Se lo saca del bolsillo y me lo enseña—. Está apagado. —Lo sacude ante mis ojos—. Dame la contraseña.

—No —digo.

—Ares… ya sabes que no te voy a dejar salir viva de aquí.

Oírlo hace que me derrumbe y que piense solo en Venus y en mi madre.

—Hugo, no puedes hacer esto…

—Claro que puedo. Puedo hacer lo que quiera. No te imaginas el tipo de gente que vela por mí y que me cubrirá las espaldas. Son… invencibles. Apagaste el móvil en el coche, ¿verdad? Dame la contraseña —exige— y haré que tu madre y Venus no sufran. Había pensado en dejarlas tranquilas, pero sin que piensen en ti… Que no te recuerden.

—¿Que tú harás que no me recuerden? ¿De qué hablas?

—Sé lo que digo. Si no colaboras, tal vez ni siquiera las deje con vida. Eso es lo que hago con los que no colaboran. Los elimino.

—¿Como Ramón? ¿Como la vecina del Masnou que hizo la denuncia sobre el señor Masdeu y que se suicidó repentinamente? ¿Por qué las chicas de la panadería donde trabajaba Fanke no la recuerdan? Has insinuado que podrías hacer lo mismo con mi hija y mi madre… ¿Qué coño hacéis? ¿Quiénes os habéis creído que sois?

—Hostia… —susurra enmudecido de repente—. ¿Cómo sabes todas esas cosas? ¿Quién coño te está ayudando? ¡¿Quién más sabe todo esto?! —Hugo abre la jaula y me saca agarrándome del pelo—. ¡Es imposible que tú sola hayas conseguido toda esa información! ¡¿A quién más se lo has dicho?!

Los aguijonazos en el cuero cabelludo me duelen tanto que se me saltan las lágrimas. Me levanta y me obliga a ponerme de puntillas.

—No me pongas esto más difícil… ¡Dime quién te está ayudando!

Estoy literalmente temblando por el shock, incapaz de controlar los espasmos de mi cuerpo, todavía dentro de la furgoneta. Mi amigo —o quien creía que era mi amigo—

será mi verdugo. Y, además, habla de hacerles daño a mi hija y a mi madre.

Estoy vendida. Y no puedo defender a quienes más quiero. Sé que tengo que pensar rápido porque es lo único que puedo hacer, ya que no soy capaz de moverme con las manos atadas a la espalda.

Entonces tomo una decisión: si no salgo viva de aquí, mi madre y mi hija estarán expuestas. Hugo les hará daño igualmente, lo sé. Pero nunca sabrá todo lo que sabe Adonis. Al menos, alguien intuirá lo que ha pasado. No sé si hará algo al respecto, todavía desconozco a qué está jugando, pero ahora sé que no está con Hugo y por eso no pienso delatarlo. Adonis podría haberle contado la verdad cuando lo visitó por la mañana, pero se guardaba el as de la ilustración en la manga para hacer nuestra relación más creíble y menos inquisitiva de lo que era. Debería haberme dicho que el señor Landon era él.

Sí. Como suponía, es inteligente y lo tiene todo preparado. Va siempre un paso por delante.

—Nadie me está ayudando —aseguro—. Solo hay que informarse bien y buscar en los sitios correctos.

—Y una mierda, Ares. ¿Quién es tu informador? ¿Es un hacker? ¿Quién es? Dame el nombre o tus últimos instantes de vida serán una tortura para ti. No tendré clemencia contigo porque te juro que pienso participar en el juego de hoy. Nunca lo he hecho, pero te tengo ganas… —Me sujeta las mejillas con fuerza—. Y si lo hago, además, podré entrar en la Corte, como Masdeu. Puta. —Me lame la mejilla y me da tanto asco que quiero vomitar—. Te juro que vas a pedirme a gritos que te mate.

Estoy asustada. Muerta de miedo. Todo se ha vuelto en mi contra, pero hay otra emoción que también me recorre con igual o más fuerza que el terror: el odio hacia él.

Así que le escupo y espeto:

—Estás asustado. —Hugo tiene los ojos cerrados por culpa de la saliva—. Estás acojonado porque sabes que tú también has dejado cabos sueltos y que te han descubierto... Y si haces las cosas mal, a ellos, a los que te contratan, tampoco les sirves. No puedes decirles nada de lo que está pasando porque cavarás tu propia tumba. —Sonrío a sabiendas de que eso es lo único que le puede hacer daño—. Y vas a tener que darte mucha prisa para eliminar las pruebas, Hugo. Hay vídeos, denuncias, fotografías... y, sobre todo, estoy yo. ¿Cómo les vas a decir a tus jefes que llevas callando que soy yo el cabo suelto de hace cuatro años y que no has dicho nada porque querías acostarte conmigo y que yo te quisiera? ¿Ves lo patético que eres?

Hugo abre los ojos y veo el brillo cruel y asesino en ellos. Entonces siento su puño golpearme el estómago con fuerza y caigo al suelo, sin respiración.

Hugo empieza a maltratarme. Me arranca la camiseta que llevo, me quita el calzado y los pantalones, y me deja solo en braguitas y en sujetador.

—No me amenaces, porque no te sirve de nada. Ellos pueden conseguir cualquier cosa y saben bien cómo hacerlo, cómo eliminar pruebas, testigos, o teorías de la conspiración como las tuyas. Estás perdida y en nuestras manos. Asúmelo. —Se pasa la lengua por el labio inferior y me sonríe—. Vas a ser mía. Voy a disfrutar cazándote, brujita. —Me acaricia las mejillas con el dorso de los dedos—. No llores. Conseguiré encender el móvil y veré con quién has tenido contacto. Te prometo que cogeré a la persona que te está ayudando. Lo que no te puedo prometer es que no haga daño a Venus y Nieves. Y a Lu, ella también me molesta. Igual hasta me lo paso bien con ellas.

—No conseguirás nada. Sé lo de Fanke, lo de su relación con Masdeu... Sé que él la mató. Sé que puede haber otras chicas... Lo sé todo, Hugo. Y esa persona también. Si les pasa algo a mi madre y a mi hija —miento—, lo destapará todo. Así que piénsate bien si quieres ponerles un dedo encima.

Él me repasa con desdén.

—Claro que sabes que puede haber otras chicas. Hoy es la noche. Esto tiene que pasar sí o sí. ¿Y sabes qué? Tú eres una de ellas.

No puedo ni hablar. Me levanta por el pelo de nuevo, me amordaza y me coloca un pasamontañas negro de licra en la cabeza que ni siquiera tiene buena visibilidad por los ojos porque parece que tenga una extraña rejilla. Abre las puertas de la furgoneta y me obliga a salir de ella a trompicones.

Sé que es de noche por el frío y la humedad. Estoy en medio de la montaña porque mis pies tocan tierra y hierba.

Pienso en mi madre, que debe estar muy preocupada. Pienso en Venus, en si volveré a verla…

Hugo me empuja para que camine. Oigo ruido a mi alrededor. Parece que estamos en llano. Un búho ulula en la lejanía y siento su cantar como si me animase a escapar de allí.

—Colocadlas aquí —oigo que dice una voz.

La reconozco, la he oído antes. En la puja. Es el señor Masdeu.

Ha hablado en plural, así que asumo que hay más chicas conmigo. Se me seca la garganta y el corazón está a punto de salirse de mi pecho.

Oigo más pasos tras de mí. Como mínimo, debe haber un hombre más junto a Hugo y al señor Masdeu.

—Adelante, Edmundo —ordena este último.

Siento un pinchazo en el cuello. Es repentino, pero no doloroso.

—Esto os pondrá a tono a las tres —sugiere Masdeu.

Oigo un par de gemidos más. Acaban de pinchar a las otras chicas. Confirmo que hay dos más, aparte de mí.

—Habéis sido elegidas. Lo que os pase esta noche será un honor para vosotras y para vuestras familias. La caza os permite huir. Os dejamos dos minutos de ventaja. Veremos si podéis escapar.

No sé en qué mundo vive este tío. Para mí, honor, ninguno. Y dos minutos..., ¡qué hijos de puta! Con las manos atadas y sin poder ver bien con estos pasamontañas... no vamos a poder escapar. Y ellos lo saben.

—¡Cazadores! —clama el señor Masdeu—. Prepárense.

Se oye el sonido de una corneta de aire. Y a continuación, dice:

—Que empiece la caza de brujas.

—¡Corred! ¡Corred! —nos urge Hugo.

—¡Que empiece la caza! —grita el otro. Ya sé quién es. Es el supuesto compañero de Hugo, que nunca se llamó Rafa. Obviamente era mentira. Y es el que nos ha pinchado.

No sé qué nos ha inyectado, pero el corazón me va a mil por hora. A una velocidad que no creo que sea sana en absoluto, pero eso me impulsa a correr a ciegas. Intento ver a través de las rejillas, pero todo está muy oscuro. Hay muchos árboles. Sin embargo, mis piernas corren y tengo la sensación de que vuelo. No sé si a Hugo se le ha olvidado que me encanta correr. Pero con las manos a la espalda es más complicado moverse con agilidad, esquivar troncos y saltar escollos. Así que pienso que lo mejor es detenerme unos segundos. Me oculto tras una roca y me tumbo en el suelo para pasarme las manos atadas por el trasero. Me hago un ovillo todo lo que puedo para llevarlas por detrás de las rodillas. No respiro bien porque tengo la boca tapada, pero hace tiempo que aprendí a correr y a respirar por la nariz. No sé cómo estarán las demás chicas.

Cuando consigo pasar un pie por el interior de mis brazos, me siento eufórica, porque inmediatamente seguido al primero, viene el segundo. Joder, lo he conseguido.

En nada tendrán que venir a por nosotras. Me quito el pasamontañas y me arranco el esparadrapo de los labios. Siento la boca dormida y el cuerpo excesivamente despierto. No sé qué me han inyectado, pero es muy extraño.

Me ha sujetado las muñecas con el esparadrapo plateado, el mismo que me había puesto en la boca. Así que me limito a morderlo mientras arranco a correr de nuevo. Convierto mis dientes en una sierra hasta que corto el apósito y, por fin, libero las manos. Ahora la mecánica de correr es más perfecta.

A mí no me van a cazar, esa es la única certeza que tengo.

«Corre, Ares, corre todo lo que puedas...», esas fueron las últimas palabras que me dijo mi abuela antes de irse para siempre. Y las repito en mi cabeza como un mantra.

Pero vuelvo a oír la corneta de nuevo y sé que vienen a por nosotras. Empieza la carrera para darnos caza.

Vislumbro un cuerpo pálido a través de los árboles, a mi derecha. Es una de esas chicas que, como yo, se han convertido en presas.

Puedo escapar. Sé que puedo conseguirlo y que estoy acostumbrada a correr por montaña, pero eso no hará que pueda huir definitivamente de ellos. Hugo irá a por mí. A por mi familia.

Y después están esas chicas. Al menos, veo a una. Tal vez pueda ayudarla. Pero si no lo hago, ¿en qué me convierte eso?

Corro a través de la espesa arboleda hasta que la intercepto. Ella grita, pero sus voz queda amortiguada por el esparadrapo que seguro que tiene en la boca.

—Chist... —le digo en voz muy baja, sujetándola por los hombros y obligándola a acuclillarse—. Soy una de vosotras. Me he liberado. No grites, por favor, no grites.

La chica se queda inmóvil, temblando como tiemblo yo

por la adrenalina y no porque sintamos el frío nocturno de las montañas de Badalona.

La corneta vuelve a sonar, esta vez un poco más cerca.

La obligo a que se dé la vuelta y me agacho para morderle el esparadrapo que le sujeta las muñecas.

Cuando la libero, le quito el pasamontañas y, a continuación, un espeso pelo rojo y rizado cae a través de su espalda desnuda. También está en ropa interior de color blanca.

Tiene la piel pecosa y una silueta hermosa.

Se quita el esparadrapo de la boca y se da la vuelta para mirarme.

Me quedo tan bloqueada como ella se queda al verme a mí.

Es Tania Soler. Y no está desaparecida.

Y están a punto de cazarnos a las dos.

XXII

—¿Tania?

—Joder... —dice ella con las pupilas dilatadas—. ¿Tú? ¿Qué haces tú...?

—No hay tiempo para hablar.

—Eres la chica nueva de Adonis, ¿verdad? Me ha dejado por ti.

¿De qué habla esta mujer? ¿Y por qué piensa en Adonis cuando su vida está en peligro? ¿Tan enamorada está?

—No soy la chica nueva de nadie. Tenemos que escapar de aquí, venga.

—Nos van a matar —dice haciendo pucheros—. No se puede escapar de ellos. Es imposible.

Estamos las dos agachadas.

—Escaparemos. ¿Y la otra chica? ¿Sabes quién es? —le pregunto—. Éramos tres.

Ella me dice que no con la cabeza.

—Está bien. —Ellos aún no están cerca, pero ya veo el haz de sus linternas barrer la superficie del bosque—. Hay que correr mucho —le advierto—. Sígueme el ritmo. ¿Estás lista?

—S-sí.

—Vamos —la agarro de la mano y arranco a correr con ella.

Sé que voy deprisa y que ella no tiene mi condición física. Pero me da igual. No es momento para tener consideración. No me importa que no pueda seguir mis zancadas, como si me la llevo volando, pero si puedo salvarle la vida, lo haré.

Volvemos a avanzar unos metros, creo que tomamos distancia, hasta que ella se detiene abruptamente y deja ir un grito de dolor que me hiela el alma.

Me la quedo mirando horrorizada porque, si la oyen, sabrán ubicarnos mejor. Pero cuando le miro el pie, me doy cuenta de que ha gritado con razón. Se le ha quedado el tobillo atrapado en una trampa metálica de inmovilización, de esas que muerden con sus púas la carne y apresan a las bestias provocándoles muchísimo dolor.

No me lo puedo creer. Parece nueva...

No me jodas. Barro la superficie con la poca visibilidad que tengo de noche y me pongo en lo peor. Han colocado trampas para animales, para cazarnos a nosotras. No solo nos han querido drogadas y en inferioridad de condiciones. Además, nos quieren humillar y herir de maneras deleznables.

—Dios mío... —murmuro. Busco algo alrededor para hacer palanca, pero no encuentro nada que pueda abrir unas púas de ese calibre. Se le han clavado en el hueso y la sangre sale a borbotones. La herida me impresiona.

Tania cae al suelo, mareada por el dolor y se sujeta la pierna como puede.

—Voy a intentar cargarte —le digo. Hasta que me doy cuenta de que no puedo hacerlo. La trampa está sujeta a una cadena que, a su vez, tiene su amarre clavado en el suelo. No puedo sacarla. No puedo liberarla.

Me cubro la cara y me pongo a llorar por la desesperación. ¿Qué puedo hacer?

—No sé cómo sacarte, Tania... No sé qué hacer.

—No me dejes, por favor —me suplica con el rostro pálido—. No me dejes. Me matarán.

—No quiero dejarte, pero no sé cómo puedo liberarte —le digo entre hipidos.

Ella se pone a llorar y sigue gritando porque no aguanta el dolor.

—¡Me duele!

—Lo sé..., lo sé... Baja la voz —le pido. No sé de qué va a servir que la baje, seguro que ellos ya saben dónde han colocado cada trampa y solo tendrán que revisarlas para ver si han cazado a alguien.

—¡Joder! —gruñe asimilando su realidad—. Mierda... —No puede hablar bien. Le castañetean los dientes—. Diles a mis padres que lo he hecho lo mejor que he podido. Díselo...

—¿A tus padres?

—Sí. Si escapas, diles que he sido la mejor hija posible para ellos y que espero que se sientan orgullosos de mí. Que no tienen culpa de lo que me ha... ha pasado.

No, no...

Entonces los oigo llegar. Han sido muy rápidos y yo me he entretenido demasiado intentando liberar a Tania.

—¿Se lo dirás? —insiste.

—Sí. Sí. Lo... lo siento —le digo alejándome.

Camino a cuatro patas por el suelo para buscar cobijo detrás de algún árbol o de algún refugio inesperado que me ofrezca la naturaleza.

La zona en la que estoy es frondosa, verde y húmeda... Pinares y madroñales se alzan ante mí y conforman una espesura que me priva de ver más allá y de ubicar una salida por la que escapar airosa. Esto me recuerda mucho a Sant Fost, y si lo es, forma parte de La Conreria. Lo sé porque de pequeña iba muchas veces a comer a Els Castanyers con mi madre y mi abuela y antes hacíamos caminatas por los alrededores, pero la zona ha cambiado mucho y de noche todo es más complicado.

Siento las luces de las linternas casi encima de mí, así que repto como puedo hasta el saliente de una roca y me imanto a ella, ocultando todo mi cuerpo por completo.

Los escucho llegar hasta Tania, están ahí mismo, y yo debo de estar a unos veinte metros retirada de ellos.

Me asomo un poco solo para verlos. Son tres, como intuía. Y llevan máscaras de lobos.

—Ya tenemos a la primera —dice el señor Masdeu—. Levantadla y quitadle la trampa del pie —ordena—. Yo me encargo de ella. Separaos e id a por las otras dos. Hugo, encárgate de la chica que has traído, quiero saber quién es y verle la cara.

Reconozco el cuerpo de Hugo. Están los tres vestidos de negro, como si fueran uniformados.

—Te gustará —asume Hugo.

¿Cómo? Pienso entumecida y muy confundida. ¿Que no sabe que soy yo? ¿Qué soy? ¿Una sorpresa?

—Tenemos a Tania Soler —anuncia el maestro de ceremonias—. ¿Quién te ha liberado, Tania? ¿Lo has hecho solita? Qué aguerrida…

Ella cierra los ojos muy afectada y dolorida y no hace nada para impedir que ese hombre la coloque y la manipule como quiera. La ha puesto a cuatro patas sobre el suelo y ahora, de una bolsita negra de tela que lleva colgada a la espalda, ha extraído un cordel de hojas de hiedra, un frasco con algo verde en su interior y una cámara. La coloca delante de su cara para grabarla en primer plano.

—¿Te han instruido bien? —pregunta ese individuo repugnante bajándose los pantalones y sacándose el miembro—. ¡Id a por las chicas! —ordena iracundo a Hugo y al tal Edmundo—. ¡¿Qué coño hacéis aquí mirando?! ¡Id a por vuestra bruja, joder!

Edmundo, que es más alto pero está menos en forma que Hugo, se va en la dirección opuesta a este. Sé lo que me dijo Adonis. Sé lo que es ese frasquito verde. Es estramonio y compruebo con horror cómo el señor Masdeu le arranca las braguitas a Tania, que está en shock, se unta los dedos con esa crema verdosa y la empieza a penetrar con ellos, como si quisiera vaciar el tarro en su interior.

Después, le ata las manos a Tania a la espalda con el cordel de hiedra y la obliga a pegar los hombros y la mejilla derecha en el suelo. A continuación, la agarra bien de las caderas y le levanta más el trasero desnudo.

Aunque sé que debo protegerme y mirar por mí, aunque sé que no soy capaz de enfrentarme a esos hombres y salir vencedora, me siento miserable y mezquina por no defender a Tania. Por no salvarla. Pero si pudiera... ¿y si pudiese? ¿Y si lo ataco por la espalda, por sorpresa? No me veo capaz de no hacer nada.

Hugo me está buscando y yo tengo que escapar, pero ahora debo poner todos mis sentidos en el terreno y en intentar que ninguna trampa me muerda el tobillo. Palpo el suelo hasta encontrar una piedra que pueda cumplir mi función.

Cuando la encuentro, camino acuclillada y me acerco al lugar donde el hombre está violando a esa chica indefensa y herida. La está penetrando con el miembro mientras mira al cielo y habla en latín... No sé lo que dice, pero juraría que no tardará mucho en correrse.

Esquivo los helechos que me cortan el paso y estudio el terreno con cautela.

Ahora está ahogando a Tania. La está asfixiando. Y siento que a mí también me falta el aire. Mierda, tengo que darme prisa.

Estoy casi a cinco metros de donde está él.

Maldito violador asqueroso. No puedo ir más veloz sin que él me vea, no puedo hacer mucho ruido.

Me acerco sigilosamente comprobando que no haya trampas escondidas en la tierra; me parece que pasa una eternidad hasta que llego junto a él, pero lo consigo. Me he ocultado detrás del árbol frondoso que tiene a la espalda. Tomo aire, salgo de mi escondite y doy cinco pasos hasta tenerlo a mano. Sujeto la piedra con tanta fuerza como puedo y entonces, alzando el brazo, le doy con toda mi rabia en la cabeza. Sé krav magá, podría hacer algo más, pero no quiero que él emita ningún ruido de alerta a los demás porque eso provocaría que vinieran a buscarme.

El sonido es atroz, hueco, y también ha sonado a hueso roto.

Suelto la piedra cuando veo que el señor Masdeu cae hacia delante como peso muerto y tira la cámara al suelo. Sepulta a Tania bajo su cuerpo. Creo que le he interrumpido el orgasmo.

Temblando y completamente al borde de una crisis nerviosa, si no la tengo ya, intento apartarlo para salvar a Tania. Pero cuando la miro a la cara, el gesto de horror de su rostro me dice que es tarde para ella. El señor Masdeu la ha asfixiado. Le busco el pulso en el cuello y no lo encuentro, no noto el corazón.

Ha muerto.

Acabo de presenciar una persecución, una caza, una violación y un asesinato.

Sin embargo, yo sigo aquí. Debo vivir por Venus y por mi madre. No quiero que a ellas les pase nada. Ni yo correr el mismo destino que Tania.

Me aparto de los dos cuerpos que tengo ante mí y me levanto con las rodillas temblorosas y el espíritu quebrado.

Y pienso en Adonis. De saber lo que me iban a hacer, ¿me habría ayudado? ¿Habría venido a por mí? Es mi único cómplice, el único aliado que he tenido.

Pero cuando me incorporo por completo y miro al frente, lo veo.

Al lobo que me persigue.

Hugo está a unos cincuenta metros de donde yo estoy con el rostro enmascarado fijo en mí. Es como la imagen de una película de terror, como *La purga* o *Scream*. Puedo verlo todo con absoluto detalle. Estudia la situación, intentando comprender por qué el señor Masdeu está inconsciente.

Entonces, cuando parece comprender lo que ha sucedido, arranca a correr como un animal desatado tras de mí, y yo hago lo mismo, bajando por el bosque, esperando que, en mi carrera, en algún momento, como en las películas, llegue a una carretera y un coche me encuentre para ayudarme, aunque tenga que frenar en seco para no atropellarme.

Pero nada de eso va a pasar. Me he metido yo sola en la boca del lobo. A pesar de las advertencias y de las señales de alarma, no he sabido alejarme de todo esto y ahora puedo acabar muerta en el juego macabro de estos desalmados.

Mis piernas corren tanto como puede bombear mi corazón. Sé que la droga que me han dado es un estimulante, pero no sé de qué tipo.

El miedo puede ser un paralizador o un motor. Depende de qué lo motive.

Me pongo a correr, no por miedo a que Hugo me haga nada a mí, sino por miedo a que, en un futuro, a Venus le pueda pasar lo mismo. Temo que se quede sin protección, porque no quiero dejarla sola en un mundo como este, donde hay hombres que pueden hacer lo que quieran y no pagar por sus pecados y en el que las élites juegan con las personas porque tienen muchísimo más poder que los demás.

Por eso corro, porque me gustaría poder decirle que no todo el mundo es bueno. Quisiera abrazarla con fuerza y decirle al oído que deberá desconfiar incluso de los más amables, porque no todos tendrán buenas intenciones.

Pero para eso, tengo que escapar.

—¡Ven aquí, zorra! —grita Hugo a tan solo unos metros detrás de mí.

Debí suponer que Hugo sería buen corredor, porque es alto y tiene buenas piernas. Este es un policía de verdad, corrupto, lamentablemente, pero con buenas facultades. No es un caimán ni un funcionario de oficina. Asumo que no podré mantener mucho tiempo más las distancias. Pero si quiere detenerme, va a tener que alcanzarme y placarme, porque no pienso resbalar, ni tropezar ni tampoco caer en una trampa por la falta de visibilidad.

—¡No puedes escapar de mí!

Mierda, lo tengo pegado a la espalda.

El placaje llega antes de lo esperado. Hugo se tira a por mis piernas y las alcanza.

Caigo hacia delante y me golpeo el cuerpo contra el suelo.

Hugo repta por encima de mí, me agarra de los hombros, me da la vuelta, se sienta encima de mi vientre y, aunque intento quitármelo de encima, me abofetea.

—¡¿Qué coño le has hecho a Masdeu, insensata?! ¡Hija de puta, me vas a arruinar la vida! —Me abofetea una segunda vez y esta me duele más que la primera. Noto el sabor de la sangre en la boca. En defensa propia, alzo la rodilla y le doy en los testículos. Sé que le he hecho daño porque se ha encogido, pero vuelve a inmovilizarme las manos por encima de mi cabeza.

—¡Para, joder! —¡Bum! Otro puñetazo entre las costillas. Me ha dejado débil, sin aire y muy mareada—. ¿Sabes lo que te ha inyectado Edmundo? —me dice riéndose como un monstruo—. ¿No? ¿No lo notas en cómo tiemblas, en cómo te humedeces entre las piernas y en el dolor de los pezones? Estás estimulada, no por la adrenalina —dice cerca de mi lóbulo izquierdo, mordiéndome hasta hacerme sangre. Grito por el dolor—. Estás cachonda por el afrodisíaco. La adrenalina y el estar en peligro aumentan tu libido y te disparan el corazón. Necesitas que algo te llene entre las piernas y correrte tantas veces como puedas. Así que o te mueres por lo que te voy a hacer o te mueres de sobredosis. Voy a follarte, Ares, voy a violarte como me dé la gana y vas a ser mía. Y lo voy a grabar. Después, como te he dicho, me encargaré de tu madre y de tu hija. Y también de Lu. Tú vas a ser mi primera ofrenda y voy a entrar en la Corte por la puerta grande al ofrecerles a quien se les escapó cuatro años atrás y arreglando todo lo que salió mal entonces.

Grito por la impotencia y aunque lloro, continúo luchando.

—Eres una corredora excelente. Pero soy un hombre. Más fuerte que tú. Pelea lo que quieras, que para mí es mejor, se me pone dura solo de ver cómo te contoneas. Vamos a empezar —indica antes de darme la vuelta sobre el suelo lleno de agujas de pinos, hierba, tierra y musgo—. A ver..., tengo que hacerlo como Masdeu me dijo... —murmura descolgándose la bolsa de tela negra que lleva colgada a la espalda—. Primero te ato las manos con la hiedra, después te lleno el útero de estramonio y a metértela hasta que te mueras. Hay algunos que las matan al primer orgasmo, como le ha pasado a Masdeu. Pero sé que otros hacen que dure lo impensable, porque así la ofrenda y el sacrificio es mayor. Me he aprendido hasta el discurso en latín... —Me agarra del pelo y tira de mi cabeza hacia atrás—. Y después de esto, la gloria y el poder para mí —se felicita—. A ti no te lo voy a poner nada fácil, Ares Parisi. ¿Entiendes que nuestra vida juntos ya no puede ser? ¡Y todo por tu culpa! ¡Por meterte donde no te llaman! Esto ya te pasó una vez, pero estabas inconsciente. Quien te lo hizo, creyó que te había matado. Yo me voy a asegurar de que estés viva hasta que me harte de eyacular dentro de ti, perra.

Me quiero morir ahí mismo. Estoy débil por los golpes y no tengo fuerzas para pelear en esa posición. Hugo me dobla los brazos a la espalda y me hace daño en el codo izquierdo. Vuelvo a gritar por el aguijonazo.

Sujeta mis muñecas con una de sus manos y me las pega en la parte superior del trasero. No puedo culebrear como quiero porque me duele el cuerpo de los golpes. Si consigue atarme, ya no habrá esperanzas para mí. Ni para mi madre ni para Venus. Y mucho menos para las que vengan, si es que hay más.

Entonces Hugo se coloca bien detrás de mí y me levanta las caderas, obligándome a quedarme de rodillas, con los hombros y la cara sobre el suelo, tal y como vi que le hicieron a Tania, y saca el cordel de hiedra para empezar a atarme las muñecas.

Y, de repente, se oye un grito de hombre en el bosque. No el de una mujer. El de un hombre. Es un gemido ronco y desgarrado.

Me quedo mirando al frente, con los ojos abiertos como platos, sin pestañear.

Hugo se paraliza y mira hacia atrás, como si pudiese ver a través de la espesura.

¿Ese ha sido Edmundo?, pienso.

Y entonces se escucha un aullido. El aullido de un animal de la noche, de uno de verdad, no de esos sucedáneos que no llegan a hombres y que van de carnaval con sus máscaras lobunas.

El silencio del bosque ha sido ocupado por el sonido de una bestia real. Una a la que los hombres deberían temer. Cuando, de repente, escucho un gruñido salvaje entre los matorrales de alrededor. No me lo puedo creer... Parece que, sea lo que sea, lo tengamos encima.

—Mierda —dice Hugo. Reconozco su voz y sus movimientos. Está asustado y tuerce el tronco y la cabeza a un lado y al otro para encontrar lo que sea que se esconde en el bosque con nosotros.

Siento cómo se lleva la mano a la cintura y saca la pistola. Nos rodea la niebla, que se desliza por el suelo como si de una arboleda norteña se tratase; parece que el mismo bosque quisiera ocultar lo que acontece en sus entrañas.

Hugo me coloca el cañón de la pistola en la cabeza. Quita el seguro.

Y me dice:

—Tal vez no te folle. Pero te voy a matar igual.

Cierro los ojos con fuerza y rezo para que el espíritu de mi abuela, si es verdad que está en nuestra casa, en el larario, invoque a los agatodemon y protejan a mi madre y a mi hija. Porque está claro que a mí no me van a poder salvar.

Pero los giros inesperados se dan en las situaciones más inverosímiles. Creo que inspiro por última vez en la vida, las lágrimas se deslizan por las comisuras de mis ojos hasta el suelo y, entonces, el gruñido se hace ensordecedor y dejo de sentir a Hugo detrás de mí, aunque percibo que algo ha sobrevolado por encima de mi espalda.

Lo que ven mis ojos parece fruto de una alucinación. Tengo ante mí a un lobo gigante, enorme, de color blanco y ojos amarillos. Un lobo que es más grande que Hugo y cuya cabeza es cuatro veces mayor. Ha clavado las fauces en la parte inferior de la mandíbula y en la parte superior del cráneo del policía y está ejerciendo presión. No soy capaz de dejar de mirar.

Hugo parece un muñeco de trapo mientras el lobo lo sacude de lado a lado; tiene un propósito claro y lo consigue cuando sus fauces superiores e inferiores se unen en un bocado perfecto que le extirpa la cara a Hugo y parte de su estructura ósea.

La sangre del acto visceral y gore salpica mi rostro. Mis ojos se cierran por un mero reflejo, pero depués vuelven a buscar esa escena con ahínco.

Hugo está muerto, sin cara, y parte del cerebro le asoma por la frente que ya no tiene. Puedo verle el interior sin ninguna complicación, porque el mordisco ha sido perfecto y limpio, como suele ser todo lo que hace un depredador.

De repente, el lobo se pasa la lengua por el hocico y se acerca a mí.

No soy capaz de mover un solo músculo de mi cuerpo. ¿Esto es real? Se agacha, por completo y se estira, como una esfinge frente a mí. Estoy paralizada por la impresión, por el miedo, por el shock… y, sin embargo, sigo sacudiéndome y temblando como una hoja.

El lobo repta poco a poco y percibo que no quiere asustarme, que lo hace para no intimidarme, pero eso es imposible porque le chorrea sangre de los dientes.

Y entonces, une su nariz a la mía, cierro los ojos pensando que va a morderme o hacerme algo como lo que le ha hecho a Hugo, pero en vez de agredirme, me pasa la lengua por la cara una vez. Dos veces, hasta tres…

—Remo, aquí.

Conozco esa voz autoritaria. Y oírla hace que me libere de la tensión.

Es Adonis. Adonis está aquí. No sé cómo me ha encontrado, no sé por qué ni tampoco de dónde ha salido ese animal propio de *Animales fantásticos,* de Rowling.

—Deja a Ares —le dice con ternura al animal, que no deja de lavarme—. Ya está bien la nena. Ven.

¿La nena? ¿La nena soy yo?

Siento las manos de Adonis sobre mis caderas y son tan distintas a las de Hugo… que quiero gemir de agradecimiento. Las suyas las siento como fuego, cálidas, dominantes, inflexibles pero bondadosas.

Y cuando comprendo que ha venido a protegerme, que me ha salvado, que no me quiere herir, una oleada de fuego me baña por dentro, como si yo misma quisiera dejar de sentir frío, y entonces me desmorono.

Lloro desconsoladamente. Mis hombros se estremecen y me falta el aire.

—Está bien, Ares... —Adonis me desata las muñecas y, a continuación, me coge en brazos sin ningún esfuerzo.

Me duele el cuerpo y el corazón me va demasiado deprisa. La melena me cubre el rostro parcialmente, pero consigo mirarlo por entre mis largas hebras oscuras. Me cuesta admirarlo a través de las lágrimas, aunque percibo que está serio y muy cabreado. Y está así por mí. Por haberme encontrado en ese estado. Está enfadado, pero no conmigo, sino con ellos. Con el mundo. Yo también estoy disgustada y muy decepcionada con el mundo.

No puedo hablar. No sé qué decirle. Mi mente no piensa con claridad y siento el cuerpo extraño. Me agarro a su cuello y oculto el rostro en su hombro porque necesito desahogarme. Solo quiero llorar y quedarme callada.

—Vamos, *bambina* —susurra él apoyando su mejilla sobre mi cabeza—. Estás a salvo. Nadie te va a hacer daño otra vez. Tranquila —me pide con la voz rota—. Tranquila, *bambina*...

Es atento y dulce. Me sujeta contra su cuerpo con fuerza para transmitirme su cercanía y su calor. Adonis mira al frente, como si buscase a alguien más. Me quedo mirando su perfil poderoso y pienso que es y será el hombre más increíble que he visto y veré en mi vida. Me deja sin aliento.

Entonces, sus labios se unen y emiten un silbido.

Y se queda muy quieto, esperando unos segundos, hasta que aparece un segundo lobo gigantesco de pelaje pardo con las fauces igualmente manchadas de sangre, la cual gotea a través de su cuello anchísimo.

—Vamos, Rómulo. Al coche —ordena.

Es subyugante ver a un hombre como Adonis, vestido de negro, con botas militares, una chaqueta oscura de tres cuartos y el pelo negro y suelto al viento, caminar escoltado por dos lobos que deben de pesar unos doscientos kilos cada uno, sin exagerar. Es que no parecen reales, ni siquiera de este mundo. Sabía que Adonis tenía un cachorro de perro lobo checoslovaco llamado Lobo. Lo que no sabía era que tenía dos más que eran sus propios vengadores. Rómulo y Remo. Los fundadores de Roma, hijos de la vestal violada, Rea Silvia. Como la del cuadro de casa y sus animales. Los animales son iguales, del mismo color, pero ambos tienen los mismos ojos de Adonis. Como el cachorro.

Es de locos... Parece que todo forme parte de un juego maquiavélico del destino en el que nada, ni siquiera los nombres, se elige al azar. Donde la fantasía, la leyenda y la cruda realidad se entremezclan hasta hacerme dudar de lo que es y de lo que no es.

—Hay que hacer algo con esos temblores, Ares... —me dice al oído—. Te voy a ayudar a que te encuentres mejor, pero tenemos que ir a mi casa. En este estado, es mejor que no te lleve a la tuya.

Tomo aire por la nariz, entre hipidos... Me cuesta incluso respirar por lo sobrecogida que me hallo. Y lo peor es que me duele el cuerpo, la entrepierna, los pechos, el útero..., me duele de un modo que no soporto y que me obliga a cerrar las piernas con fuerza.

Caminamos por el bosque, con calma y con cuidado.

—Las trampas... —atino a decir—. Los lobos..., que tengan cuidado —sugiero.

—No te preocupes, ellos nos guían. Están adiestrados para localizarlas.

Exhalo y vuelvo a sucumbir al temblor súbito e involuntario de mi cuerpo.

—Me duele, Adonis —digo desesperada, haciéndome un ovillo entre sus brazos. No sé ni qué tocarme porque, sencillamente, todo me molesta—. Me duele mucho. Ayúdame.

—Lo sé —lamenta como si le doliese a él—. Yo me encargo de ti. Vas a estar bien.

Sé que no debería, pero me siento a salvo en sus brazos, como si supiera que va a cuidar de mí.

Cruzar el bosque de noche, con media luna en el cielo y agarrada al cuello de un príncipe del Abismo, sería el sueño de cualquier lectora de novela romántica y gótica. O, sencillamente, sería el sueño oculto de muchas mujeres.

Lo mío no es un sueño. Es real.

Llegamos a un claro en el que hay un Jeep Gladiator de color negro y un Land Rover Defender de color gris plateado. De este último salen dos hombres, uno mulato y el otro tan blanco y rubio que parece ruso. Ambos vestidos de negro y muy discretos. Tienen aspecto de militares y llevan guantes de látex oscuros.

Adonis los mira y les dice:

—Hay tres hombres y dos mujeres. Encargaos de todo. Tenéis bastante trabajo. Registrad que las cámaras no hayan grabado ni transmitido nada en *streaming*...

—No es posible —asegura el mulato—. No hay nada de cobertura.

—Recogedlo todo y no dejéis ni una prueba que puedan rastrear. Ubicad los vehículos en los que han venido y haceos cargo.

—Sí —asume el rubio.

—¿Solo hay dos chicas? —pregunta el mulato, como si esperase una respuesta afirmativa. Tiene los ojos negros y las ojeras muy marcadas.

—Sí.

—¿Hay alguna viva?

Adonis dice que no con la cabeza, lamentándolo profundamente.

—Limpiad la zona, no dejéis huellas y preparad un relato que se pueda oficializar.

—Descuida. Va a quedar todo limpio. Mejor de lo que ellos lo hacen —responde el rubio.

—Bien. Cuando lo hayáis cerrado todo, llamadme.

Los dos hombres asienten sin más y se internan en el bosque para llegar a esa zona maldita de la que nosotros huimos, donde el horror, la violencia y la tragedia sesgan la vida y donde esta se hace pasar por ofrenda.

No sé quién es Adonis. No lo conozco y no sé si llegaré a hacerlo algún día, pero tengo claro que no es como ellos. Y no sé si eso lo convierte en bueno o no, pero sí que a mí me basta para dejar de temer por mi vida.

Sé que hay muertos tras de mí, que ha habido asesinatos, que creo que he matado a un hombre y que me han intentado violar y matar a mí. Pero no es lo mismo matar por defender a otros que están siendo injustamente agredidos que matar, agredir y herir por el puro placer de hacerlo.

No entraré a valorar las muertes de Hugo o del señor Masdeu ni de ese tal Edmundo. Por mí, que ardan en el Infierno. No merecían vivir. Y encuentro satisfacción en el hecho de que hayan pagado por sus pecados.

Rómulo y Remo se suben de un salto a la parte trasera del Gladiator. Es evidente que están acostumbrados a ir en ese lugar. Siguen relamiéndose la sangre de los colmillos y a mí todo me parece bizarro.

Adonis abre la puerta del copiloto y me deja en el asiento. Me retuerzo porque tengo la sensación de que mis pechos y mi útero están en llamas, sufren espasmos involuntarios que no puedo controlar.

Siento que estoy ardiendo.

Adonis me pone la mano en la frente y gruñe algo que

no entiendo. Después, sube corriendo al coche y arranca a gran velocidad.

—Vámonos. Hay que cuidar de ti —dice en voz baja, más furioso de lo que él mismo querría transmitir, pero no lo suficiente como para que me asuste.

No voy a tener miedo de Adonis nunca más.

XXIII

Nunca me había encontrado tan mal y tan intranquila. Tengo taquicardias cada poco tiempo, no dejo de temblar, la temperatura de mi cuerpo sube y baja a su antojo y me duele la piel, los ovarios y el útero de una manera que nunca había sentido. Es un sufrimiento que me arrasa la cordura.

No lo sé explicar.

Adonis me ha traído a su casa. Los perros han salido corriendo por el jardín y ni siquiera sé hacia dónde han ido, pero Lobo ha venido a recibirme, juguetón y cariñoso, como si supiera que necesito ayuda. No quiero salir de los brazos de ese hombre, me siento bien en ellos.

Estoy tan mal que ni siquiera he advertido que estaba dentro de su castillo, ni he mirado para curiosear, más que nada porque no he despegado la nariz de su cuello en todo el trayecto porque su aroma, el olor de su piel, hace que me sienta cuidada, que me alimenta.

Y es como si estuviera borracha, pero sin estarlo; como si hubiese fumado marihuana, pero sin fumarla; como si me hubiese metido una raya sin haberla consumido.

Y no sé si lo voy a aguantar mucho más tiempo. Puede que se me pare el corazón.

Adonis me ha dejado tumbada en una cama de grandísimas dimensiones, con colchas tan suaves como una caricia, oscuras y brillantes. Es una habitación masculina, sin demasiadas virguerías, pero con mucho espacio y una alfombra grande en el suelo de pelo marrón oscuro frente a los pies de la cama. En la pared hay un cabezal empotrado que parece de yeso y que simula unas puertas cerradas cuyo pomo es la cara gigantesca de un demonio, pero no parece cruel ni maléfico. Tiene cuernos y es tan hermoso como Adonis. Es más, si pudiera concentrarme mejor, creo que podría decir que se parece a él. Pero los retortijones no me dejan centrarme en nada que no sea la opresión que siento en la vagina y el útero. Estoy sudando, mojada, como si acabase de salir de la ducha.

—Ares.

Tomo una bocanada de aire porque siento que me falta. Levanto la cabeza lo que puedo y veo a Adonis solo con un pantalón negro holgado y el torso descubierto.

Por el amor de Dios..., ¿qué hechicería es esta?

Ese torso es perfecto para dibujarlo, para delinearlo, para lamerlo... ¿Qué me pasa? ¿Por qué solo puedo pensar en algo sexual cuando acabo de vivir una experiencia al borde de la muerte?

El brillo de sus ojos amarillos es tan puro que me paraliza y creo que podría obligarme a hacer lo que quisiera. A nada le diría que no.

—Te han inyectado una cantidad de afrodisíaco en el cuerpo que puede matarte y te está colapsando. No la puedo bloquear con nada porque es una sustancia de diseño complicada de rebajar y difícil de eliminar si no es a través del sudor y liberando otro tipo de hormonas para contrarrestarla. Te han metido rush líquido y te está causando estragos en la circulación y en las hormonas. Es la droga del sexo, una variación del popper mucho más peligrosa. Te la han metido porque querían abusar de ti durante horas y para que dilataras para ellos. Ese es su procedimiento.

Me humedezco los labios y trago saliva; me cuesta respirar.

—Me imagino… Ayúdame a… a encontrarme bien —le pido—. Creo que me voy a volver loca.

—Es lo que voy a hacer. Pero tienes que confiar en mí. —Se acerca a la cama hasta que sus rodillas chocan contra la parte más alta del colchón—. Tienes que sudarla. Y la única manera de contrarrestar lo que te han inoculado es liberar hormonas como la oxitocina, la endorfina y también adrenalina. Son vasodilatadores y te ayudarán a que la sangre circule mejor y empieces a drenar la droga correctamente.

Cierro los ojos porque necesito concentrarme en lo que me dice.

—No soy tonta, Adonis. Sé a lo que te… te estás refiriendo —gimo de nuevo, encogiéndome hacia un lado y sujetándome el vientre como buenamente puedo, apretando las piernas buscando un alivio que no encuentro.

—No voy a forzarte —me aclara—. Ni voy a penetrarte ni a tener sexo contigo. Pero te ayudaré igualmente.

—No te sigo.

—Me voy a hacer cargo de ti, Ares. No quiero que te pongas nerviosa. Has pasado por algo traumático y no quiero que tu mente te juegue una mala pasada ni que me mires como los has mirado a ellos. Tiene que quedarte claro que no soy como ellos.

Asiento para tranquilizarlo y también para sosegar mi corazón, que corre desbocado hacia ningún lugar en concreto.

—¿Sabes que no soy como ellos?

Afirmo con un movimiento de la barbilla.

—Dímelo.

—Sé... sé que no eres como ellos.

—Bien. —Alza el mentón duro y su nuez se mueve arriba y abajo, mirándome de soslayo. Está tenso. Lo sé por los puños cerrados—. Voy a darte placer y a darte los orgasmos que necesites para eliminar todo el rush de diseño de tu torrente sanguíneo. Te tienes que dejar en mis manos. Jamás te haría daño.

Abro la boca levemente, porque ni siquiera tengo los reflejos suficientes como para contestar de manera apropiada.

—Pero..., Adonis —me obligo a retomar el hilo en la cabeza, a pensar con algo de claridad, aunque poca—. Necesito comprender cosas... —Me tiembla la voz y estoy a punto de echarme a llorar otra vez—. Necesito saber cómo supiste dónde estaba, cómo me has encontrado y... y...

En dos segundos lo tengo encima de mí, con todo su cuerpo presionando el mío, inmovilizándome contra el colchón, tan distinto a la actitud de Hugo. ¿Cómo he podido compararlos alguna vez? Su pelo negro cae sobre mi rostro y sus ojos están fijos en mi boca. Sus caderas han abierto mis piernas sin problemas y ahora tengo su miembro grande, grueso y duro presionando contra mi sexo, drogado de rush.

—Te prometo que te lo explicaré todo. Pero antes, deja que te ayude a que te encuentres mejor.

—Estás... estás con una erección...

Mueve la cabeza en una negativa y sus ojos parece que sonrían ante la observación.

—No. Aún no —asegura—. Pero, como te he dicho, no soy yo quien necesita ayuda. Eres tú. Y voy a hacer que te sientas bien. Después, ya hablaremos. Ahora... —Se apoya en las manos y se levanta sobre mi cuerpo, colocándose a cuatro patas, enmarcando mi silueta con rodillas y manos. Es muy sexy y muy grande, como sus lobos..., es irresistible, maldito sea. Y no le pienso decir que no.

Si no se lo dije en el Abismo, y entonces no estaba en riesgo de sufrir un paro cardiaco, no se lo pienso decir ahora, que mi salud está en juego.

—Hazlo —le digo—. Por favor —corrijo de golpe—, hazme lo que me tengas que hacer.

—No quiero que te asustes.

—No voy a asustarme. —Pfff, menuda trola.

Él considera que se puede fiar de mi palabra y, acto seguido, se baja de la cama, se coloca de rodillas a los pies de la estructura y estira los brazos para agarrarme los muslos como un gancho y tironear de ellos de golpe hasta llevar mi trasero al límite del colchón.

Su rostro está a la altura de mi sexo, cubierto por mis braguitas negras. Me retira la ropa interior, concentrado en su labor, y lanza la prenda al suelo.

—Yo... no... no hago estas cosas nunca —aseguro cubriéndome los ojos con el antebrazo—. No es algo que...

—Chist —me dice mordiéndome suavemente el interior del muslo derecho—. No te he pedido explicaciones. No tienes que dármelas. Solo soy yo haciendo que te sientas mejor. Solo eso —susurra contra mi piel, con los ojos hambrientos clavados en mi vagina expuesta.

Se me eriza la piel y tengo la sensación de que podría correrme solo con eso.

Después me abre bien los muslos y me inspecciona.

—Ares...

—¿Sí?

—¿Te puedes quitar el sujetador?

Estar completamente desnuda ante él, después de estar tantísimo tiempo sin intimar con un hombre, después de vivir una experiencia cercana a la muerte, debería extrañarme y repelerme. Pero con Adonis no me sucede. No experimenté rechazo en el Abismo y tampoco lo experimento ahora, en su cama, ni en su castillo.

Me retiro el antebrazo de los ojos, me llevo las manos a la espalda y desabrocho el sostén. Mis pechos se liberan y parece que agradezcan el aire frío de la habitación, como si los besara.

Él levanta el rostro para mirarme.

Yo lo miro a él, respirando agitadamente.

Sus ojos se deslizan por mi torso desnudo, por mis caderas, por mis pechos, mis clavículas, mi vagina..., por todas partes hasta detenerse en mi cara.

—Eres tan hermosa —asegura. Sin embargo, su gesto se tuerce y se llena de dolor al vislumbrar las heridas de mis rodillas, del labio y la mejilla—. Está bien..., va a estar bien, tranquilo. —Esto último se lo dice a sí mismo, como si él también necesitase tranquilizarse, y su efecto es un abrazo para mi alma.

En el fondo, sé que está haciendo esto para salvarme la vida, aunque su expresión esconde una promesa. Me temo que también lo va a disfrutar y se va a recrear en mí y en lo que me hace.

Adonis se recoge el pelo con una goma que lleva en la muñeca. Los mechones largos de delante le caen por la cara y por los ojos, pero no le molestan. Ni a mí tampoco, porque le hace parecer más salvaje de lo que es. Tiene los hombros anchos y musculosos, un pecho perfectamente bien delineado y trabajado y los abdominales con volumen y muy marcados, eso sin hablar de los oblicuos. No es carne de culturista, porque no tiene el volumen bestial de los toros, pero su forma es excelsa, armónica y tan fuerte que intimida.

Me abre las piernas mejor con las manos y, antes de posar su boca sobre mi vagina, sonríe como un asaltador.

Esto está fuera de toda ética, de toda razón; mi comportamiento podría ser incluso libertino y depravado, pero no me puedo culpar porque estoy bajo los efectos de una droga potente que... ¡joder!

Me quedo sin aire en cuanto noto su boca justo ahí y su lengua me abre los labios exteriores para pasearse por todo mi interior, dibujar y reseguir mis pliegues más íntimos.

Me agarro a la colcha porque estoy segura de que puedo salir de ahí levitando… y me doy cuenta de que, a cada lametazo, el dolor mengua…, mengua y se arremolina, todo a la vez. Podría volverme loca.

Adonis succiona el clítoris unos segundos y después vuelve a pasar la lengua entre mis labios interiores. Creo que está siguiendo un circuito, memorizándolo con la lengua para encontrar mi sabor y mi textura… Hace una ruta que me enciende una vez tras otra y que no me da la posibilidad de explotar, aunque me está preparando para ello. Y entonces, dice:

—Estas ardiendo aquí abajo, *piccola*… ¿Te duele mi lengua?

Por Dios. Que me hable así me pone cardiaca perdida. No me consideré nunca una mujer muy sexual. Es decir, me ha gustado el sexo. Supongo que como a todos. Pero, ahora mismo, mi cerebro es un pozo de perversión…

—Sí —susurro.

—Es porque estás hiperestimulada.

Y vuelve otra vez a poner su boca en mi vagina y a azotar mi clítoris con la punta de la lengua hasta que estoy tan hinchada que no lo aguanto. Y sin esperarlo, mi primer orgasmo explota contra su lengua y él lo recoge encantado, saboreándolo y celebrándolo, acompañándolo hasta la última oleada.

—Este es el primero…, va a ser una noche larga —dice soplando contra mi sexo para enfriarlo de nuevo.

Tengo el pecho y la frente perlados de sudor y soy incapaz de cerrar las piernas. Incapaz, porque los hombros y la cabeza de Adonis me impiden hacerlo.

—¿Quieres dedos, Ares? ¿O prefieres que te lo haga con

la lengua? —Apoya la mejilla contra el interior de mi muslo y me quiero morir porque me parece tan íntimo y al mismo tiempo tan impersonal que parezco una bipolar perfecta y encantada de la vida.

Menuda mierda.

—Adonis...

—Estás sonrojada. Eres puro pecado así.

—Para. No digas esas cosas... Estoy drogada. —Me muerdo el labio inferior porque vuelve el dolor y necesito que me coma—. No te rías.

—¿Reírme? ¿Crees que algo de esta noche me parece divertido? —Su tono se vuelve arisco—. Nada me lo parece. Te han drogado y te han preparado para que otro te viole y te mate. Y por eso, porque estás en inferioridad de condiciones, no puedo hacerte todo lo que quiero. Porque no es justo para ti. Y no pienso abusar de tu situación. Así que dime: ¿qué quieres que haga? Porque no quiero hacer nada que te tense o te haga sentir demasiado mal. Quiero que disfrutes y que te lleves algo bueno de esta noche.

¿Algo bueno de esta noche? Me llevo lo mejor, pienso: la vida.

—Sigue haciendo lo que me haces —le pido volviendo a agarrarme el vientre por otro espasmo duro del útero.

Adonis reacciona rápido al ver mi dolor, me aparta las manos de la barriga y me las sujeta a cada lado de mis caderas.

—Relájate. Así. Yo te cuido —me asegura.

Y vuelve a lamerme como antes. Me pasa la lengua de arriba abajo, la introduce en mi interior y la noto larga y ágil. Y cuando vuelve a sacarla, la desplaza de arriba abajo, chupándome como a un helado.

—Sabes tan bien...

Siento su voz reverberando en mi interior. Me libera las muñecas y me sujeta por las caderas con posesión hasta que su lengua vuelve a azotarme y provoca un segundo orgasmo. Él aprovecha para introducírmela y mecer mis estremecimientos, moldeándome por dentro.

Estoy gimiendo, agarrada a la colcha negra, que siento mojada por el sudor y también por el placer.

No sé qué me está diciendo. Solo sé que la colcha ya no es suficiente, así que mis dedos se agarran a su pelo que, aunque está recogido, me sirve para anclarme.

Y siento cómo su dedo corazón grueso entra en mí al tiempo que su lengua vuelve a dibujarme, a aprenderme, a beberme... Sé que estoy inflamada y que ese tratamiento que me está dando me va a irritar, pero me da igual. El único modo de que desaparezca el dolor es con el placer que me otorgan su boca y sus dedos, que actúan como un analgésico y un antiinflamatorio.

Así que me abandono a él, a lo que me tenga que dar y ofrecer, y mañana... Bueno, mañana ya veré.

Pero ahora solo quiero su dedo entrando en mí, curvándose, frotándome por dentro y empapándose de mí, y su lengua cuidándome tal y como me había prometido.

No es hacer el amor. Esto no es hacer el amor. Lo sé.

Pero es abrirme al sexo con un hombre como nunca lo he hecho. Sí, por culpa del rush. También lo he entendido. Pero no puedo negar que Adonis no es cualquier hombre, es quien me ha salvado y también el hombre por el que me estoy interesando más de lo que me gustaría admitir. Y el verbo «interesar» se queda corto.

Me siento atraída hacia él como la mariposa que va hacia la luz de una lámpara y que olvida que su fuego le puede quemar las alas.

No estoy preparada para el amanecer, no estoy preparada para él ni para sus explicaciones, ni siquiera para darlas yo, pero lo único para lo que mi cuerpo sí está listo es para esto.

Esto es fácil. Un intercambio, un favor... y me gustaría que no implicase nada más allá de lo que es. Ambos lo hemos aceptado. Él se ha ofrecido a dármelo y yo a recibirlo.

Estoy lista para que me salve del afrodisíaco que ha estado a punto de matarme.

De lo que no estoy tan segura es de poder asumir las consecuencias de todo lo que esta noche va a conllevar.

En eso estoy pensando cuando mi espalda se curva dibujando un arco perfecto al sentir el tercer orgasmo provocado por su dedo muy dentro de mí y su lengua en mi clítoris.

Nuestras miradas se cruzan, solo por unos segundos, se fijan, y somos conscientes de quiénes somos y de lo que está sucediendo.

Pero esa fijación no dura porque Adonis prefiere cerrar los ojos mientras yo le sujeto el pelo y me come como lo hace. Y yo también prefiero cerrarlos y dejarme abrazar por la oscuridad.

Sé que esta dulce tortura está muy lejos de finalizar y, antes de que se me licue la mente por completo, pienso que, de poder elegir, elegiría morir así.

Convulsionando de placer.

Bajo las atenciones de un domador de lobos.

Es confuso.

Es terrorífico.

Y también es descorazonador.

Mis ojos abiertos están clavados en el techo de la amplia alcoba de Adonis, muy sobria y adecuada a su castillo. No hay ni un gramo de droga en mi cuerpo, me duelen las ingles de haber tenido las piernas abiertas toda la noche. Me escuece el sexo, irritado de tantas atenciones, inserciones de dedos y succiones.

El sol se cuela a través de las puertas del balcón de la habitación y me alumbra, me da los buenos días y noto los rayos calurosos de abril en el rostro.

No obstante, me siento vacía de miedos. Como si Adonis, con todo lo que me ha hecho esta noche, los hubiera absorbido y borrado.

Sé que están ahí, porque no me olvido absolutamente de nada. Pero la sensación que ahora me recorre es la de estar tan consumida que no tengo tiempo ni para sentir mi propia devastación. Ha sido como el comecocos. Se ha comido mis fobias, mis miedos y los ha limado, suavizándolos hasta el punto de que puedo pensar en lo sucedido sin querer tirarme por el balcón.

Huelo a él. Mis manos huelen a su pelo: el único amarre viable al que tenía acceso durante la noche, durante la tortura, durante el tratamiento que me ha brindado para curarme. Ha sometido y sosegado toda la ansiedad y el dolor.

No es fácil para mí asumir cómo me siento. En otro momento, habría pedido pastillas al médico y habría ido corriendo a hablar con Margarita. Pero ahora nada de eso tiene sentido porque he comprendido que nunca estuve loca, que no me inventé nada y que todo lo que sospechaba no solo es verdad, es que además parece ser la punta del iceberg de algo que estoy muy lejos de comprender, pero que existe.

Toc toc.

—¿Sí? —Me cubro con la colcha, sí, ahora me va a dar por ser tímida cuando es muy posible que Adonis me conozca mejor que mi ginecóloga.

—¿Señorita?

Es la voz de un hombre mayor. Me convierto en gárgola al instante. ¿Cómo que hay un hombre ahí? ¿Quién es?

—¿Sí? —repito.

—¿Puedo entrar? El señor Russo me ha pedido que le traiga unas toallas y ropa.

¿En serio? ¿El señor Russo? Bueno, también debí suponerlo. Es el típico hombre que tendría mayordomo, como Batman. Porque también es un poco héroe de la noche. Ya estoy divagando...

Necesito urgentemente ver a Venus y a mi madre. Pero tengo que salir de esa cama.

—Sí, entre —le pido.

El hombre no lleva uniforme. Va vestido con un pantalón gris, una camisa blanca, un chaleco gris oscuro encima y mocasines negros. Tiene el pelo rizado y blanco y los ojos azules. Tal vez ronde los sesenta.

Cuando abre las puertas correderas de color gris envejecidas, entra y no me echa ni un solo vistazo.

—Le está esperando abajo, en el salón. Espera que desayune con él.

—Muy bien, muchas gracias.

No salgo de mi asombro. Actúa con mucha discreción. Deja la ropa y las toallas sobre la silla de corte clásico que hay apoyada junto a la pared y se va, pero antes añade:

—Con su permiso, señorita.

Me levanto de la cama con la colcha rodeándome el cuerpo y arrastro los pies por el parqué hasta que noto que me duelen. Ayer corrí descalza por el bosque y seguro que tengo alguna herida.

Cojeo un poco, tomo la ropa y me doy cuenta de que la habitación es una suite con su propia chimenea, un televisor de plasma gigante en la pared y un baño en el que se podría celebrar una comunión.

Sigo diciendo que es espartana, porque no tiene más elementos visibles. No hay armarios ni cómodas. Supongo que Adonis debe tener una habitación igual o más grande que le sirva de vestidor. Me lo puedo imaginar.

En fin, me doy prisa y me meto en el baño. El lavamanos es blanco, como el mueble largo y rectangular que lo sostiene. La ducha es gigantesca, a ras de suelo, y tiene una parte de piedra antideslizante blanca y otra que está fuera con láminas de madera tipo paneles. Las paredes son de un color gris oscuro. Sí, todo muy elegante y masculino. Es obvio que en su vida no hay ninguna mujer. Aunque a mí no me desagrada su estilo en absoluto.

Como sea, hoy tengo que reaccionar, debo ducharme, obtener todas las explicaciones posibles y saber qué debo hacer a partir de hoy, porque Hugo ha hecho que tema no solo por mí, sino por mi familia, y no pienso ponerlas a ellas en peligro.

Por eso, cuanto antes salga del castillo y entienda las consecuencias de lo sucedido, mucho mejor para poder hacer una toma de decisiones correcta.

El agua caliente y el jabón pueden llevarse muchas cosas del cuerpo, pero no del alma. Me ha sucedido algo en la ducha. Me he vuelto a desmoronar, a echarme a llorar desconsolada, como si hubiese tenido un pequeño cuadro de depresión. Ayer pudo haber sido el final para mí y agradezco estar viva, pero he revivido algunas secuencias de lo sucedido, de la charla con Hugo, de la caza…, de Tania… Y me han entrado hasta ganas de vomitar.

Sin embargo, no sé cómo, he logrado recomponerme.

Me he secado el pelo un poco y me he puesto la ropa que me ha traído Adonis. Desde luego, ha clavado mis medidas y también mi estilo. Llevo un tejano agujereado por los muslos, una camiseta gris de manga larga que se ajusta a mi cuerpo sin apresarlo y unas deportivas blancas.

Bajo las escaleras y deslizo los dedos por el pasamanos. El aire de esta casa es presumido, pero sin ser pedante. Exclusivista, pero sin llegar a emitir ondas presuntuosas. No hay lámparas de araña que evoquen tiempos antiguos ni que hablen de un linaje aristocrático y petulante. No hay estatuas metálicas de caballeros con armaduras guardando entradas ni esquinas, ni blasones prepotentes que saquen pecho por su origen en lo más alto de las paredes. Tampoco hay obras de arte tétricas y oscuras que pendan de los muros de piedra, exquisitamente pulidos. Todo está colocado en su lugar con armonía, sin decoraciones de más ostentosas ni esnobs. Es bello y hermoso por dentro tal y como está.

Los espacios son muy anchos, al igual que la escalera curva, y entiendo que la habitación de Adonis está en una torreta. En el techo, hay una ventana a través de la cual se filtra la luz. Mi abuela decía que todo tiene un espíritu y que todo habla. Si escucho el interior de ese castillo, me dice que tiene poder, pero que no quiere hacerme sentir incómoda.

Cuando llego a la planta inferior, me doy cuenta de que en la entrada hay una vidriera policromada circular que representa una escena de caza. Son lobos, como Rómulo, Remo y Lobo, que rodean un fuego.

Por Dios…, tantos simbolismos, tantos mensajes velados, me vuelven loca.

Continúo caminando sin saber muy bien hacia dónde dirigirme porque el castillito, de «-ito» tiene poco.

—Señorita —oigo al mayordomo tras de mí y después carraspea suavemente—. ¿La acompaño hasta el señor Russo?

—Por favor —pido educadamente con una sonrisa de disculpa—. ¿Cómo se llama? —le pregunto a riesgo de parecer indiscreta.

—Soy Antón, para servirla.

—Encantada, Antón. Me llamo Ares —contesto.

Él camina delante de mí, se vuelve para mirarme y asiente agradecido por la presentación.

—Encantado de conocerla.

Antón me guía por una pasarela llena de luz debido a los pequeños vitrales de la pared.

—Es vidrio grabado al ácido —me explica Antón al ver mi interés por sus dibujos y sus colores.

—Es precioso.

—Lo es.

Huele bien. Huele a cruasán. Llegamos a un arco abierto con columnas de doble giro que me recuerdan a las del interior de la Sagrada Familia. De hecho, ahora que lo pienso, el interior de ese edificio tiene un aire al estilo de Gaudí, sin dragones ni salamandras. Pero sí con lobos, fuegos y... demonios.

Cuando cruzo el arco para entrar en el salón, Antón no me acompaña y advierto que es porque Adonis está esperándome frente a la ventana que da a una parte del bosque y del jardín, de espaldas a mí. Tiene las manos cruzadas apoyadas sobre el coxis.

Lleva el pelo suelto, una camiseta de algodón gris oscuro, unos tejanos azul claros muy desgastados y unas Jeezy de color gris y negro.

Aquí es donde debe desayunar y leer el periódico como un lord.

La sala es ancha, luminosa, también tiene su propia chimenea, estanterías empotradas llenas de incunables, un rincón decorado con sofás Chester de color rojo donde tomar whisky y charlar de negocios, un televisor en otra esquina, igualmente sujeto a la pared.

En la esquina de la mesa rectangular hay un café y, al lado, un portátil MacBook Pro negro, el más grande, abierto, como si lo hubiese estado ojeando. Además, hay zumo de naranja, cruasanes, pan, mantequilla, mermelada y leche…, supongo que para mí. La mesa está plantada frente al único cuadro que hay justo sobre la chimenea. El que él compró por la barbaridad de tres millones de dólares: *El hijo del Demonio.*

Miro la obra de arte con cierto recelo y no olvido que, de un modo que no comprendo, forma parte de esa Corte. Aunque asumo que Adonis entiende que me sienta así.

Porque, después de todo lo que sé y de lo que he vivido en estos diez días, es para dudar de todo y de todos.

—Gracias, Antón. —Adonis no necesita decirle nada más para que el mayordomo se vaya.

Visto así, con esa pose, me intimida más si cabe, porque me demuestra que controla muchas cosas, que medita sus movimientos y que es, posiblemente, más poderoso de lo que imaginaba. Y es un hombre cuyos lobos son máquinas de cazar y matar.

Sé que tengo que decirle algo, pero no sé ni por dónde empezar. Tengo tantas cosas en la cabeza… Aun así, lo primero es lo primero. En el coche, de camino a su castillo y a pesar de la droga que tenía en el cuerpo, le rogué que le escribiese a mi madre con su teléfono para decirle que todo estaba bien y que volvería por la mañana.

—¿Te contestó mi madre al mensaje?

—Sí. Quiere que la llames por la mañana. —Adonis sigue sin darse la vuelta.

—¿Pusiste lo que te dije?

—Sí. También recuperé tu móvil. Está encima de la mesa. Hugo no tuvo tiempo de manipularlo ni de hacerle nada, así que está limpio. Puedes usarlo.

—Ah… —murmuro. ¿Cómo sabe todo eso? Bueno, ¿cómo sabe tantas cosas?—. ¿Dónde lo encontraste?

—Estaba en la furgoneta en la que te tenía secuestrada.

Me humedezco los labios con la lengua y me acerco lentamente hacia él.

—Gracias… —Es lo primero que me sale—. Gracias por salvarme, Adonis. Dos veces —añado—. Por liberarme de Hugo y después…, bueno. —Muevo las manos con nerviosismo—. Por hacerme todo lo que… Esto es violento —confieso pasándome las manos por el pelo.

Él se da la vuelta y sus ojos, de ese color tan animal, refulgen un poco al mirarme. Y pienso que ha estado toda la noche comiéndome, satisfaciéndome.

—¿Ayudándote a eliminar la droga? —Su ceja diabólica se levanta y sonríe como si le divirtiese mi agitación.

—Sí. Eso. —Me paso la mano por la cara—. Gracias.

—¿Quieres que te mienta y te diga que no lo he disfrutado?

—No. No quiero más mentiras —carraspeo.

—Perfecto. Porque ha sido un placer. —Me mira de arriba abajo—. ¿Cómo te encuentras ahora? —Se acerca a mí hasta eliminar la distancia que nos separa—. ¿Estás mejor?

—Sí. —Alzo la barbilla para mirarlo.

—Me gusta cómo huele mi champú en tu pelo.

Parpadeo un poco, impactada por ese reconocimiento. Me parece bonito y desubicado. Adonis es tan impredecible…

—Gracias. A mí también me gusta cómo huele.

—¿Cómo tienes los pies?

—¿Qué? —¿Qué pies?

Él esconde una sonrisa picarona.

—Los pies. ¿Te duelen?

—Ah, no… Bueno, un poco —corrijo—. Pero no mucho. La ducha me ha ido muy bien. En fin, que… gracias por todo. No sé cómo voy a poder devolverte to…

—No me tienes que devolver nada. Volvería a hacerlo, *piccola*.

Cuando me llama así, por ese mote, se me contrae el pecho.

Bambina y *piccola*. Resoplo y me presiono el puente de la nariz, porque estar con él me sobrepasa. ¿Cómo puede estar tan sereno y yo tan histérica?

—Adonis..., tal vez tú estés acostumbrado a estas cosas, pero yo no.

—No sé a qué te refieres.

Vaya que no. Su cara me lo dice todo. Sin embargo, si prefiere hacerse el inocente, perfecto. Yo tengo que centrarme en lo mío.

—Necesito respuestas. Necesito comprender tantas cosas...

—Lo sé. Siéntate y desayuna mientras te cuento todo lo que...

—¡No, Adonis! —exclamo un poco alterada—. No... —Me obligo a tranquilizarme y a respirar, porque siempre acaba distrayéndome—. Ya he esperado mucho. Quiero saberlas ya. Por ejemplo, ¿cómo me encontraste? ¿Cómo sabías dónde estaba?

Adonis me sujeta la mano y me muestra el anillo con el ojo, el que me regaló y que no me quité.

—Tiene un sistema GPS en su interior. Emite una señal en cualquier latitud y longitud y se puede hacer un seguimiento en directo a través del móvil. Es un diseño de un amigo mío. Corté la comunicación contigo, pero no pensaba dejarte sin protección, y menos sabiendo todo lo que acabé por descubrir.

Mi boca se abre lentamente. Mis ojos se achican y le dirigen una mirada entornada.

—¿Me estás diciendo que me pusiste un localizador?

—Sí.

—¿Por qué?

—Porque todavía no me fiaba de ti y me daba miedo que estuvieras de parte de Hugo. Yo también tengo mis incertidumbres y mis sospechas, Ares. Lo que estoy haciendo aquí no me da margen para confiar en nadie. Sin embargo, ahora sí confío en ti.

—¿Y qué estás haciendo aquí exactamente, Adonis? ¿Por qué dices que ahora confías en mí? —insisto ansiosa por obtener una respuesta clarificadora.

—Lo que te voy a explicar no va a ser fácil de comprender para ti, ni de asumir.

—Me da igual. Me han sucedido cosas demasiado fuertes estos últimos días y sigo estando todo lo cuerda que puedo estar. Así que voy a intentarlo. Pero dime la verdad. —Lo miro con una súplica abierta en mi rostro—. Quiero creer en ti. Quiero confiar. Y necesito una explicación a todo esto. A ti, a tu castillo, a que hables italiano, a que sepas tantas cosas de la Corte y formes parte de ella, a tu Abismo, a los medios de los que dispones y que hace que vayas siempre por delante del resto, a tus criaturas fantásticas y a tus pactos con el Diablo. Quiero que me lo cuentes todo. ¿Quién... quién eres, Adonis Russo?

XXIV

—Me llamo Adonis Russo —empieza él, muy sosegado y tranquilo, como si no tuviera nada que ocultar. Toma asiento en su lugar de la mesa y, con el pie, retira la silla que hay a su lado para que yo me siente. Acepto la invitación silenciosa y ocupo mi lugar—. Nací en Badalona hace treinta años, aunque nunca me censaron aquí. —Toma la jarra de zumo de naranja y me llena el vaso vacío—. Porque, nada más nacer, mi madre, Evelina, me llevó a Italia. —Ahora entiendo sus palabras en italiano—. Mi padre biológico murió mientras mi madre estaba embarazada de mí. Se quedó sola y decidió irse a vivir con parte de su familia que tenía en la Toscana. Allí podrían cuidar de ella y de mí, podría labrarse un nuevo futuro y se buscaría un porvenir. Y así fue. En la Toscana se enamoró de mi padre adoptivo, Umberto. Dos años después, se casó con él y un año más tarde mi madre murió. Yo tenía tres años.

La edad de Venus, pienso con tristeza.

—Lo siento. ¿Puedo... puedo preguntarte qué le pasó?

—Se suicidó —contesta con los ojos fijos en la pantalla del portátil. Evita mirarme a mí, porque es algo que le duele mucho y que le llena de rabia.

Debió de ser durísimo para Umberto y para él. Al ser un

niño de tres años, ya era muy consciente y dependiente de la figura de una madre.

—Lo lamento.

—Pasó hace mucho —contesta él—. Mi padre tuvo que criarnos y ocuparse de nosotros desde bien pequeños.

—¿De vosotros? ¿De quiénes?

—Mi padre tenía una hija de dos años cuando conoció a mi madre. Mi hermana, Alana. Nadie se esperaba la muerte tan repentina de mi madre, pero lo cierto es que dejó a mi padre con un niño de tres años y una niña de cinco a los que debía educar y cuidar, más allá de sentir el dolor de la pérdida de la mujer de su vida. Mi padre estaba muy enamorado de mi madre —explica con ternura—. Jamás se volvió a casar, nunca tuvo una amante y dedicó su vida en cuerpo y alma a nosotros. Por suerte, no era un hombre cualquiera, era un italiano poderoso e influyente, hijo de una española y un italiano, con muchas propiedades y tierras que se había comprado su propio título nobiliario en Italia, un magnate de los negocios, un gran productor de vino y, además, erudito en mitología, historia, rituales paganos y cultos al Demonio. Tenía medios para salir adelante y darnos lo mejor. —Se detiene y mira mis manos vacías—. Desayuna, Ares, por favor —me pide con una educación que me deshace—. Tienes que comer.

Miro lo que tengo delante. La verdad es que no tengo hambre, aún siento el estómago cerrado por los nervios, pero no pienso quedarme a medias en esa historia que me está contando, así que agarro un cruasán recién hecho de la bandeja y empiezo a comérmelo rompiendo los cuernos. Y, para que se quede contento, le doy un sorbo largo al zumo natural que, por cierto, está delicioso.

—Así que nos pagó los mejores colegios, las mejores universidades y nos dio todo lo que estaba en su mano para que no nos faltase de nada. Siempre cuidó de nosotros, siempre nos protegió. Fue él quien estimuló mi gusto por los negocios y mi interés abierto hacia el Demonio y sus cultos. Y, por consiguiente, hacia la criminología.

—Lo he supuesto.

—Nunca he practicado cultos de ese estilo ni él tampoco —me asegura—, pero los conozco y estoy familiarizado con ellos porque es lo que he estudiado. Él perteneció a la élite italiana por méritos propios. De joven lo consideraban parte de esa sociedad de los nuevos ricos que no llegaban a lo más alto por sangre, sino por golpes de suerte o por sus propios talentos. Así que, al adquirir su altísima posición económica, conoció los círculos más poderosos de Italia. Además, siempre tuvo don de gentes. Él siempre me hablaba de hermandades, grupos secretos que iban muy lejos en su adoración a los demonios y que obtenían poderes y favores gracias a lo que hacían en nombre de ellos. Me dijo, me advirtió, que el mundo estaba controlado por seres muy oscuros que tenían poco de humanos. —Adonis tuerce el rostro hacia el cuadro del niño con cuernos y cola—. Gobiernos invisibles que jamás saldrían a la luz, que jamás serían reconocidos, pero que ejecutaban y ordenaban todo lo que acontecía en la sociedad. Sabían cómo manipularla, cuándo crear tendencia con algo, cuándo empezar una guerra, cuándo acabarla, cuándo dejar ir una enfermedad o crear una pandemia… Me enseñó a creer, advirtiéndome sobre ellos, porque esos demonios siempre acababan captando a la gente con más dinero. Y me educó para que les tuviese respeto, que supiese cómo identificarlos y vislumbrar su *modus operandi*, orbitando y moviéndome siempre a su alrededor, pero siempre manteniéndolos bien lejos mental y materialmente. Me decía: «Ten cerca a tu amigo, pero más aún a tu enemigo» —parafrasea, alzando un dedo sin mucho énfasis—. «Mantente lo suficientemente cerca como para verlos y para hacerte pasar por ellos, pero nunca te conviertas en uno de ellos». Me dijo que entre esos poderosos también había clases y niveles, que conformaban una oligarquía bien estructurada y definida pero que todos, sin excepción, desde el primero hasta el último, oraban a la oscuridad. Ninguno había llegado hasta allí por creer en dioses benévolos o en ángeles. Todos, de manera directa o indirecta, habían vendido su alma. Todos rendían culto a entidades que se inclinaban más a hacer el mal para sacar beneficios.

Sin darme cuenta, ya llevo medio cruasán y la mitad del zumo. Debí imaginarme que, con ese aspecto de príncipe de la oscuridad, sería un orador excelente y magnético. Y lo es, mucho.

—Crecí sabiendo todo eso. Creyendo en todo eso. Y comprobé que era verdad. Mi padre puso mucho interés en mi formación demonológica. Pero también debía cursar la carrera, así que mi hermana y yo estudiamos fuera de Italia, en Inglaterra, y nos graduamos. Ambos éramos muy distintos. Al volver a Italia, mi hermana adoraba la vida social y salir con mi padre en las fotos de eventos sociales y demás. Pero yo no. De mí no hay una sola foto en internet, en ninguna cena benéfica, ni siquiera frente a las empresas de mi padre. Tenía una relación excelente con él, adoraba sus enseñanzas y nuestras charlas y caminatas largas entre los viñedos, pero me desentendí de sus negocios. Me he limitado a vivir en el anonimato y lo he hecho siempre casi inconscientemente. Él nunca me presionó y me dio facilidades para que continuase permaneciendo oculto. Soy un auténtico desconocido para la alta sociedad italiana, Ares. Como tú bien dijiste el otro día, no existo en Google.

—Me sorprende mucho, la verdad —murmuro, mirándolo de hito en hito. Si supieran quién es, si le reconocieran, coparía las revistas de sociedad como un soltero de oro, rebelde y sin causa. Perfecto para estimular las fantasías románticas de la mayoría de las mujeres.

—Pero así es. Me limité a estudiar, a viajar, a formarme y a centrarme en otras cosas que no tuvieran que ver con socializar ni con la vida de alto *standing* que mi hermana adoraba y mi padre debía seguir manteniendo por el bien de todo su patrimonio y relaciones. De hecho, en Italia, todavía creen que soy una leyenda porque nadie me ha visto jamás. Mi padre insistió alguna vez en llevarme con él a sus empresas para que me hiciera cargo de todo cuando él faltase, pero me negué porque sabía que esa vida no sería la adecuada para mí. Y como sabía que sería un heredero nefasto porque no me interesaba su patrimonio y no prolongaría la continuidad de sus negocios, decidí emprender por mí mismo. Con veinte años, aún cursando criminología, hice mis propias inversiones en monedas y en desarrolladores *peer to peer* y conseguí ganar mucho dinero. Metí miles de dólares en Bitcoin cuando tenía un valor de 0,01 dólares. —Se mira la correa de su reloj para asegurarse de que la hebilla está bien colocada. Es un Bvulgari Octo de color negro.

No estoy muy al día de las criptomonedas, pero sí sé que el Bitcoin está a unos 44.000 dólares. Tampoco soy muy buena con los números, pero asumo que la cantidad que ha ganado, como mínimo, supera las nueve cifras.

—¿Cuánto llegaste a invertir?

Adonis se encoge de hombros y dice:

—Mucho para lo que valía entonces. Además, animé a mi hermana y a mi padre a invertir también. Y bueno, ellos no invirtieron tanto como yo, pero ganaron muchísimo.

—Madre mía... —susurro—. ¿Eres... billonario? ¿Eres una de esas... orcas, ballenas? —pregunto—. Se hacen llamar ballenas, ¿verdad? Esas a las que odian los pequeños inversores.

Adonis se echa a reír.

—No. Yo no juego así. En fin, el dinero es lo de menos,

pero abre puertas y, como la comida, atrae a las moscas. Creé mi propia fortuna sin ayuda de mi padre. Sin embargo, si la vida se tratase solo de tener dinero, no estaría aquí —espeta, viviendo, por unos segundos, más dentro de su cabeza que fuera. Lo que daría por estar ahí y ver lo mismo que él—. En Italia, el apellido de mi familia tiene mucho poder, no te voy a mentir. Pero también está atado a la tragedia.

—¿Por qué?

—Hace ocho años, cuando Alana tenía veintisiete, se enamoró de un hombre al que nunca conoció en persona. Un hombre con el que contactó por medio de una red social de personas de élite con mucho poder adquisitivo. Decía que era productor de vino. Mi padre también poseía tierras con vid y pensó que sería un buen partido para mi hermana. La cuestión es que nosotros nunca lo conocimos. Le dije a mi hermana que, antes de ir a verle, le invitase a nuestra casa para que nosotros pudiéramos verle la cara, tener trato con él, que no me parecía correcto que fuese a la aventura de ese modo. Pero no me hizo caso —añade con un gesto expresivo muy decepcionado—. Desapareció hace ocho años, después del viaje que hizo para conocer a ese vinicultor desconocido del que nunca más se supo. Y de ella tampoco. Nunca más volvimos a verla. Mi padre enloqueció porque no podía dejar de pensar en todo lo malo que podría estar sucediéndole a Alana. Creía que se la habían llevado, que la habían secuestrado para extorsionarnos. Pero cuando pasaron los meses, nos dimos cuenta de que nadie llamaba para pedir dinero por liberarla, así que empezó a asumir que o estaba muerta o la habían vendido en algún mercado para prostituirla, porque es lo que pasa con las mujeres desaparecidas.

—¿Tu hermana desapareció? —repito, sorprendida pero muy afectada por su relato.

—Sí. Intenté mantener cuerdo a mi padre, apoyándolo para que investigase los pasos de mi hermana, pagando a mucha gente para que nos ayudaran a encontrarla. Pero él se había sumido en una depresión enorme. No había pistas que seguir y ya habían pasado seis meses desde su desaparición. Un día de principios de noviembre, mi padre recibió una llamada que aseguraba que la habían visto en el sur de Francia. No tenían pruebas, no mandaron imágenes, pero fuera quien fuese quien lo llamó, a mi padre le dio la confianza suficiente como para ir a su encuentro. Sin embargo, nunca llegó allí. Su jet privado se estrelló al cruzar la frontera francoitaliana. —Hace una pausa y vuelve a tomar café con la mirada perdida, pero el pulso muy firme.

—Dios mío…, Adonis. —Mi mano se posa sobre la suya, que descansa sobre la mesa formando un puño—. Es terrible lo que me estás contando.

—Durante un tiempo —prosigue—, perdí el rumbo. No sabía lo que debía hacer. Mi padre era quien había dirigido toda la investigación para encontrar a mi hermana y él, con toda su influencia, no encontró nada. Y eso nos frustró. Le frustró a él y también a mí. Recuerdo que me dijo: «Se la han llevado. Se la han llevado, Adonis. Los demonios la querían y la tienen». —Suspira y baja la mirada, porque siente dolor y pesar por esas conversaciones—. Siempre creyó que Alana había formado parte de uno de los juegos macabros de estas sociedades… Pero no lo pudimos demostrar. Después de su muerte, yo era el único heredero, pero no estaba listo para heredar ni para aparecer en sociedad como mi padre esperaba. No quería hacerme cargo de sus cosas ni tomar un lugar que sentía que no era el mío. Otras empresas ocupaban mi mente, como la desaparición de Alana y el extraño accidente de su jet privado que acabó con la vida de mi padre después de haber recibido una llamada anónima que ubicaba a mi hermana desaparecida en Francia.

Asumí que todas las personas que quería se habían ido. Me las habían quitado —reconoce. Es en ese momento cuando veo que no es indiferente, pero sí ha aceptado su sino, como si aquello hubiera ocurrido porque se trataba de él y se lo mereciera—. Así que decidí que quería comprender por qué. Por eso tomé la decisión de continuar con la investigación de mi padre para encontrar a mi hermana, pero, esta vez, con mis propios métodos. Si por el camino legal, mi padre no encontró nada, yo lo haría por el ilegal, porque no tendría reparo alguno en desviarme si con ello encontraba la justicia que no le habían dado ni a ella ni a mi padre. Si él nunca quiso mezclarse con los demonios que aseguraba que se la habían llevado, yo no tendría miedo de hacerlo. Yo sí era capaz de meterme. Por ese motivo, empecé a tener contacto con hackers que se pasaban el día en la Deep Web. ¿Sabes lo que es?

—Sí. —Retiro la mano de su puño, que continúa cerrado con fuerza. No se va a relajar hablando de este tema, por mucho que intente modular su voz y parecer calmo.

—Ahí contacté con dos hombres que habían desarrollado un programa de identificación. Eran los mejores rastreadores que podía encontrar. Ellos me aseguraban que mediante una imagen 3D del rostro de mi hermana, podían hacer una búsqueda en la red para ver si había similitudes y encontrar archivos donde una cara parecida a la de ella estuviese interactuando, ya fuera como imagen fija o en movimiento. —Ya me he comido el cruasán, pero no me entra nada más. No sé por qué, pero el relato de Adonis, aunque sigue siendo magnético, empieza a parecerme aterrador. Intuyo que lo que viene a continuación no me va a gustar nada—. Si salía una coincidencia en los archivos, sería muy malo —asegura—. Con el programa activo se localizó una web que presentaba una interacción en movimiento, o sea, un vídeo, de una mujer que se parecía a mi hermana en un noventa y ocho por ciento. Me aseguraron que, entre el noventa y el cien, el programa nunca fallaba. —Adonis da un sorbo a su café y aprieta la mandíbula con rabia—. El dominio se llamaba Palabra de Bacus, y parecía una web donde ofrecían vinos, los más caros del mundo y los más raros que puedas imaginar. Vinos con nombres de mujer y descripciones de ellas y de cómo sabían. Pero para poder comprarlos y verlos, tenías que estar registrado y, para ello, te obligaban a pagar suscripciones muy caras. Entré con una cuenta e identidad falsas que mis hackers me facilitaron porque me sugirieron que sería lo mejor. Pagué cien mil euros a modo de suscripción semanal. Una vez dentro, mis contactos, a través del código y los datos que facilitaba su aplicación, localizaron el vídeo que tenía la coincidencia. —Hace una pausa larga y bastante dramática—. Abrirlo me cambió la vida. Me... me hizo algo por dentro, Ares —me explica mirándome con los ojos de color oro helados—. Porque tú puedes saber que tu hermana ha desaparecido o intuir que le ha pasado algo terrible, pero lo que nunca deberías ver es cómo murió ni quiénes la mataron.

La sentencia me paraliza.

—Dios... —Se me seca la garganta y trago con aire compungido—. ¿Qué había en ese vídeo?

—Ahí encontré la violación y el asesinato de tres mujeres. Las tres con las manos atadas a la espalda con cuerdas de hojas de hiedra y con esa pulserita plateada distintiva con hojas de vid. Las tres fueron drogadas, se les vació un frasco entero de estramonio en el interior de la vagina y murieron por asfixia mientras las violaban una y otra vez. Eran muertes rituales. Ellas eran los sacrificios.

—Dios mío...

—Los tres hombres llevaban máscaras de lobos y pronunciaban un juramento en latín, una ofrenda al Dios que veneraban. Una de ellas murió en el río. Las otras dos, en la montaña; una entre viñedos y la otra en el interior del bosque. La de los viñedos era mi hermana.

—Joder... —Estoy empezando a hiperventilar.

—Y sí, efectivamente, eran viñedos en el sur de Francia. Quien fuera que llamó a mi padre le dijo la verdad. Pero no les interesaba que continuase metiendo las narices en sus asuntos, así que lo atrajeron hasta ellos para quitárselo de en medio.

—¿De verdad crees que a tu padre también lo mataron? ¿Que no fue un accidente?

—No tengo ninguna duda. Descubrí que, en esa web, cada cuatro años se subían vídeos de ese tipo, grabados en varias partes de Europa, en la misma fecha, a principios de abril. Se trata de un comportamiento sectario, de la celebración de una organización creyente y seguidora de un demonio muy especial. Uno que concede deseos si le oras, que exige ofrendas, que se hace pasar por Dios benevolente, pero no hay dioses buenos cuya corte esté conformada de sátiros —añade muy incrédulo—. Solo los demonios y los sátiros se entienden porque su naturaleza es muy parecida. Así que identifiqué los rituales, las ofrendas, las festividades... Y di con la sociedad secreta que estaba detrás del asesinato de mi hermana.

—¿Y cuál es? —Noto la voz estrangulada por la impresión.

—La Corte de Bacus. Mi padre me habló de ella como si fuera una leyenda y me dio todo tipo de información que había recopilado en esas charlas clandestinas entre millonarios italianos. Está formada por setenta y dos miembros de todo el mundo, ocultos tras el nombre de un demonio.

—¿Cómo dices? —digo anonadada. Demonios, cómo no.

—Así me lo contó mi padre, y yo lo he comprobado. Él

me explicó que, al parecer, esa Corte tiene dos vertientes: una guardia nueva y una vieja guardia, más purista y estricta con los ritos. En principio, la guardia nueva se centra en la adoración a Bacus como el dios sexual de las bacanales y del vino, no como un demonio. Están interesados en la adoración a sus cultos, la práctica de sus rituales sexuales, la participación en sus festividades y la celebración de su deidad y sus favores. Sin embargo, hay otra vertiente, la vieja guardia, que se tomaba muy en serio los sacrificios y las ofrendas y que, de la Corte, eran los que más favores de poder, salud y dinero recibían y adquirían en poco tiempo. Dicen que el mismísimo demonio elige a los miembros de esta para representarlo a él en la tierra. Y que, si le honran bien y le dan lo que pide, él los recompensa.

Me quedo en silencio porque intento asimilar lo que me está diciendo. A su hermana la mataron en el mismo ritual en el que me han intentado matar a mí. En el mismo en el que me intentaron matar hace cuatro años. A principios de abril.

—La Corte de Bacus —repito anonadada—. En el museo de Badalona tienen una exposición especial dedicada a él. No dicen que sea un demonio.

—Es un dios taimado de la diversión, las fiestas, las bacanales, las orgías, la violencia, los deseos, el vino, el sexo… Piénsalo. No por nada dicen que es el dios de las violaciones y los borrachos. Para mí, Bacus es un demonio, no un dios. Y para ellos, para la Corte, también. De hecho, hay tratados demonológicos que dicen que Bacus fue expulsado del Olimpo por su afición a las bacanales, perdió su condición de Dios y quedó condenado a vagar por la tierra, perdido, hasta que desapareció con sus sátiros, donde espera a los que le veneren entre las tierras de las hojas de la vid.

—Qué bonito… —musito con ironía.

—Sabía cosas de la Corte, sabía que esa mano dura estaba detrás del asesinato de mi hermana Alana, pero necesitaba saber todavía mucho más para llegar hasta ellos. Tenía dos opciones —prosigue inhalando profundamente—. La primera, que era denunciar, no me iba a servir de nada, excepto para que esa web se disolviera y los asesinos huyeran y se les perdiera el rastro. O, con todo el conocimiento que tenía sobre rituales paganos y demonología, podía continuar investigando e infiltrarme en ella hasta llegar a donde quería llegar. Podía ser parte de la Corte. Porque, a esas alturas, no me quedaría a gusto si solo le ponía las manos encima al asesino de mi hermana. Lo que quería de verdad era llegar al origen y joderles desde dentro. Porque era capaz, tenía medios, dinero, poder y conocimientos. Y podía hacerme pasar por uno de ellos. Así que contraté de forma permanente a los hackers que me ayudaron con la Deep Web para que me echaran una mano para infiltrarme con la identidad que me habían dado al registrarme en Palabra de Bacus. Ellos me ayudaron a crear mi historia, parecida a mi vida real, pero desarraigada de mi apellido familiar. Lo único que me llevé de casa de mi padre fueron los libros y a su mayordomo, Antón, leal a la familia. Él me acompaña desde entonces y vive conmigo. —Ese dato me gusta. Adonis tiene poca gente en la que puede confiar, pero se aferra a Antón porque no quiere que nadie se lo lleve—. John y Nicolaus, de la Deep Web, son ahora parte de mi equipo, como mi familia. Ellos son quienes se encargaron de todo en el bosque ayer por la noche.

—¿El rubio ruso y el mulato?

—Sí. Estuve años investigando a la Corte, viendo los vídeos que habían colgado en la web… y metiéndome en foros ocultos e incluso en la Deep Web, donde se compartían secretos de esta sociedad y donde yo hablaba con los usuarios que moderaban las conversaciones. Conozco la estructura que tienen y sé cuál es su hoja de ruta. Sé cómo es la Corte desde dentro, su oligarquía y también sé todo lo que tienen pensado hacer. ¿Quieres más zumo?

—No, gracias.

Adonis asiente y se levanta de la silla, como si fuera incapaz de seguir sentado y quieto.

—Pero para llegar hasta aquí, debía formar parte de ellos, no solo hablar en el foro. Debía poder estar ahí, en el meollo. Ya sabía que, cada cuatro años, del 1 de abril al 10 de mayo, la Corte opera con todo su poderío. Es cuando hacen el circuito de Bacus en una ciudad romana elegida, donde, durante esas semanas se reúnen guardia nueva y vieja a venerar a Bacus, programar todo tipo de celebraciones y ejecutar distintos rituales. Esta época se conoce como el Sabbath, durante el que la vieja guardia invita a los elegidos a sus eventos particulares y acepta a nuevos integrantes, pero solo a quienes se lo merezcan. Sin embargo, yo ya estoy dentro gracias a que me gané la confianza de uno de los moderadores de la Deep Web que era un captador real de la Corte —señala entre comillas—. Su nombre es Drugia. Y la primera vez que nos vamos a ver las caras, será en este Sabbath. El Abismo ha atraído a la Corte, a la nueva guardia, pero también los usuarios de la vieja han hecho uso de mis instalaciones. Mi Abismo me ha dado identidad y reconocimiento. Soy un claro aspirante a conocer el círculo de la vieja guardia, a entrar en él. Y, si lo consigo, por fin podré encontrar al asesino de mi hermana y detonar la secta desde dentro. Y más ahora que ha habido una baja entre uno de sus demonios.

—Entiendo que es el señor Masdeu…

—Sí.

—¿Conocías su nombre de demonio?

—Sí. Se hacía llamar Gresil, así es como se registró en mi Abismo. El Demonio de la impureza. Hugo y ese tal Edmundo no estaban en la Corte, pero querían entrar esta misma noche. Por eso querían participar en la caza de brujas. Masdeu los invitó y los promocionó como posibles miembros de la vieja guardia de la Corte de Bacus.

Tomo aire profundamente y me humedezco los labios.

—Pero... ¿cuándo se reúnen? ¿Cómo sabes cuándo empieza todo?

—Porque hoy es 10 de abril y ya ha empezado con la muerte de esas tres mujeres.

—Sí, ya —murmuro un tanto descolocada—, pero ellos, digo...

—Lo tengo todo controlado y marcado en el calendario. De eso ya me encargo yo.

—Y ¿qué tienes pensado hacer cuando estés entre ellos celebrando el Sabbath?

—Llegar hasta el final. Y acabar con todos ellos —sentencia con voz de acero—. Sin embargo, no puedo dejar pasar algo por alto: tú, Ares. —Se da la vuelta y camina de nuevo hacia la ventana. Allí, mirando al exterior, vuelve a meterse las manos en los bolsillos delanteros—. Has estado a punto de joderme la tapadera que he construido durante años. No contaba contigo.

—No sabía nada, lo siento —me apresuro a decir.

—Llevo tres años viviendo en este lugar, la tierra en la que nací, pero no es mi hogar. Estoy aquí para afianzar mi personaje en todo este juego demoniaco de venganza. Y... —sacude la cabeza, contrariado— he estado a punto de echarlo todo a perder por ti. El trabajo de hace años casi se evapora entre mis dedos por ti. Y no quiero hacerlo más. No quiero estar pendiente de nadie. Por eso corté toda la comunicación contigo, porque cuanto más te involucrabas, más responsable me sentía de ti.

«Me recuerdas a ella». Me dijo la noche del viernes. Tengo la sensación de que estoy molestando a Adonis en más de un sentido. Que le estoy impidiendo hacer las cosas como él quiere. Pero no me puede culpar. Yo tampoco tenía planeado encontrarme a nadie como él en mi vida.

—¿Te recuerdo a tu hermana, Adonis? ¿Por eso te sientes responsable?

Veo cómo los músculos de la barbilla le tiemblan.

—No te pareces a ella en nada. Pero sí, inevitablemente, te miro y pienso en lo que le pasó a ella. Porque le advertí que se alejara, que no se fuera con ese hombre y no me hizo caso. Y contigo he hecho lo mismo y tampoco me has escuchado. —Deja caer la cabeza hacia atrás y su pelo negro le acaricia el centro de los omóplatos—. Encontrarte ayer noche en esa tesitura con Hugo me ha hecho revivir toda esa mierda, Ares. Ha sido como ver el vídeo de mi hermana. Y aún me siento convulso. Te juro que no tenía planeado volver a verte ni a contactar contigo.

—Lo sé. Créeme que he notado cómo me has apartado en pocas horas. —Se lo recrimino porque, para mi sorpresa, me afecta emocionalmente. Esto me coloca en una situación comprometida con él—. Me bloqueaste y borraste todos los mensajes que compartimos.

—Te dije que lo haría —replica muy serio.

—Sí. Me lo dijiste. Pero, al mismo tiempo, buscaste la coartada perfecta con Hugo y te hiciste pasar por un comprador de uno de mis cuadros, señor Landon —le increpo levemente.

—Necesitaba una tapadera por si el malnacido chupapollas de Hugo se entrometía. Ese hombre estaba loco por ti. Me hice pasar por el señor Landon para que se creyera el ardid. Pero no comprendía por qué una mujer que tenía una vida exitosa por delante y una hija de la que cuidar estaba decidida a inmiscuirse en algo que se intuía muy peligroso desde bien lejos. Hasta que lo descubrí.

Aguanto la respiración unos segundos y espero a que continúe.

—¿Qué descubriste?

—El viernes por la noche, cuando saliste del coche, entendí por qué no podías dejar pasar todo esto. Lo comprendí cuando me dijiste que ya era tarde. Hasta entonces, había pensado que me estabas tomando el pelo. Llegué a creer que tú y Hugo sabíais quién era yo y que me estabais tendiendo una trampa. Pero, al mismo tiempo, no lo quería creer.

—¿Y cuándo pensaste eso? —pregunto un poco decepcionada—. ¿Mientras dejaba que me tocaras de ese modo en tu Abismo, Adonis? —Estoy triste—. ¿Cómo pudiste creer que...?

—Ya no sabía ni qué pensar —admite—. Pero, no podía creer que me estuvieras engañando. —Me mira por encima del hombro y sus ojos, que hacía un rato estaban helados, vuelven a emitir calor—. Una mujer que miente no se entrega como tú te entregaste en el Abismo.

¿Me quiere avergonzar? ¿Me quiere hacer sentir mal? ¿Con qué tono lo está diciendo?

—No te estoy diciendo nada malo. —Ah, claro, que también lee mentes—. Te estoy diciendo que me gustó mucho, tanto como a ti. Y que te creí. Ahí sí. Y eso me hizo sentir mejor porque yo también quería confiar en ti. Y entonces, cuando nos despedimos y te dejé en tu casa, lo hilé todo.

—¿Qué hilaste? —Me tiembla la voz.

Exhala y mira al suelo.

Me acerco a él por la espalda y me coloco a un palmo de su cuerpo. No quiere continuar hablando, pero ni loca me voy a quedar a medias, no con todo lo que ahora sé. Mirar a Adonis es como presenciar una escena de una película de suspense en directo. Así que me siento a su lado desde que ha empezado con su narración.

—Adonis..., ¿qué hilaste? No me dejes así porque te prometo que yo no he hecho nada, ni me he inventado nada ni...

—No eres tú —sentencia—. Es lo que te han hecho.

Me quedo callada y tan cortada que no sé ni qué expresión estoy poniendo. ¿A qué se refiere? ¿A lo que me pasó anoche o a qué?

—Como te he dicho, cada cuatro años la Corte de Bacus celebra el Sabbath. Unas olimpiadas del sexo, la lujuria y la perversión tan macabras y bizarras como la naturaleza de su dios. Hace ocho años fue en Arles, Francia. Ahí murió mi hermana —señala con tacto—. Cuatro años atrás, la ciudad de Baetulo fue la elegida. Porque para la Corte, es importante que las ciudades tengan nombres romanos. El Sabbath —explica detenidamente dándose la vuelta para mirarme y quedarse a solo un palmo de mi torso— tiene un pistoletazo de salida. Y es un ritual. Se trata del sacrificio de tres mujeres, con todo su procedimiento macabro y sexualmente abusivo: una mujer virtuosa y respetada de la Corte, una repudiada de la Corte y otra de fuera de la Corte. Mi hermana estaba fuera de la Corte. Este sacrificio abre el velo para que los demonios campen a sus anchas durante todo el Sabbath. Como si tuvieran permiso de su dios demoniaco para que tenga lugar su culto y sus festividades. Cuarenta días, en total. Deben ser tres mujeres porque tiene que ver con el símbolo de Hécate, la bruja más poderosa. Una que represente a una anciana; otra, a una madre y la última, a una doncella. Si esas tres muertes no han podido tener lugar antes del 10 de abril, se celebra la caza de brujas. Ayer viviste la tuya, Ares.

—Pero has dicho que cada cuatro años el Sabbath se celebra en una ciudad romana distinta. Si la vez anterior fue Baetulo, ¿por qué ha vuelto a elegirse este año?

Adonis me dirige una mirada compasiva pero llena de evidencia.

—Porque hace cuatro años a ti te pasó algo, Ares. Y eso provocó que el Sabbath dejase de celebrarse. Lo detuviste tú sola, porque debiste ser una de esas tres mujeres que abrían el velo. Eras la mujer de fuera de la Corte, como lo fue mi hermana. Pero, contra todo pronóstico y por primera vez en la historia de la Corte, el velo no se abrió. Porque sobreviviste y no te pudieron encontrar jamás.

XXV

Es muy duro escuchar esas palabras en boca de Adonis cuando nunca he hablado de ello, excepto con mi psicóloga. También lo fue oírle admitir a Hugo que sabía que mi incidente era real y que yo tenía razón. Habían abusado de mí. Con Hugo me he sentido muy traicionada, muy manipulada, y por su culpa me va a costar volver a confiar en alguien. Pero que Adonis lo sepa hace que me sienta avergonzada y demasiado vulnerable.

Nunca había querido que él conociera el incidente.

—¿Cómo... cómo lo sabes?

—Te dije que me contaras la verdad y no lo hiciste. Lo he tenido que averiguar por pura intuición y sacar mis conclusiones personales. Hasta que lo he podido confirmar.

—¡¿Que cómo sabes lo que me pasó?! —le grito asustada, formando puños con las manos y enmudeciéndolo de golpe—. ¡¿Desde cuándo lo sabes?!

—No lo sabía, hasta que el viernes por la noche, al llegar a mi casa de madrugada, me puse a indagar.

—¡¿Y por qué tengo que creerte?! ¡Hugo también lo sabía y, según él, tuvo que hacer malabares para ocultarme y mantenerme a salvo! —Las lágrimas me humedecen las mejillas. Mis rodillas, inestables, empiezan a temblar—.

¡¿Por qué lo sabes tú si no tenías relación con Hugo y yo no te lo he contado?!

—Ares, tranquilízate… —me pide posando sus manos sobre mis hombros.

—¡No me quiero tranquilizar! ¡Que me digas por qué lo sabes!

Adonis frunce los labios con frustración y vuelve la cabeza hacia el ordenador.

—Hace cuatro años se subieron los vídeos de los tres asesinatos de la caza de brujas de Baetulo a Palabra de Bacus. Los vi y, como siempre, los descargué con ayuda de Nicolaus y los guardé. Sin embargo, había una anomalía. De los tres vídeos, eliminaron uno. Y suspendieron el Sabbath en Baetulo. Se armó un buen conflicto entre los miembros de la Corte y tuvieron que hacer limpieza de la camarilla.

—La camarilla —repito entre dientes—. Hugo me la mencionó.

—Son los agentes externos que no pertenecen la Corte pero ejecutan sus órdenes; está formada por civiles, policías, enfermeros, jueces, psiquiatras, forenses., etc. Mi contacto administrador en la Deep Web, Drugia, me explicó que el Sabbath se había anulado porque, según el Demogorgon, un brujo que representa al genio de la tierra y es una pieza fundamental de la oligarquía interna, Bacus y sus sátiros no tenían el velo abierto, dado que un sacrificio no se había completado. —Mi rostro empieza a palidecer—. De los tres vídeos que subieron, uno era el de una chica a la que nunca se le vio el rostro porque la cámara estaba mal ubicada y el lobo que la violaba no tuvo cuidado como para enfocarla bien. Ciertamente, la mujer parecía que estaba muerta. Pero, además, el individuo tuvo que cortar la grabación porque muchos corredores se aproximaban a su zona para intentar descansar o hacer sus necesidades. Como si fuera un lugar ubicado en el circuito de una carrera. Así que en el vídeo se ve cómo lo recoge todo, limpia la superficie y deja el cuerpo de la chica, vestido, tumbado en el suelo, como si nada le hubiese sucedido antes de salir del lugar. Aunque realizó el ritual completo.

Por supuesto que formaba parte de una carrera. Me tiembla la barbilla y sorbo por la nariz, porque soy incapaz de no sentir dolor ni rabia ante lo que estoy oyendo. Está hablando de mí, joder. ¿Sabe que está hablando de mí?

—El vídeo que eliminaron porque no lo dieron como válido fue el de esa chica. Es algo de lo que se avergüenzan en la Corte, haber fracasado así porque no pudieron rendirle culto a Bacus. Según dice mi informador, el agente al cargo para limpiar el cuerpo y modificar la escena no encontró ningún cadáver.

—El agente al cargo era el subinspector de entonces, al que mataron.

—Sí, y Hugo aceptó su cargo después. No se hizo ninguna denuncia, como si nada de eso hubiese sucedido. Así que le perdieron el rastro a la víctima y el velo que se podía haber abierto por completo el día de la caza de brujas se cerró. Es el fracaso más sonado en la Corte. Algo que nunca había pasado antes. Pero... —teclea el portátil— me ha costado entender que tenía la pieza que faltaba ante mis narices. —Antes de darle la vuelta a la pantalla me observa, pidiéndome permiso en silencio para hacerlo—. Ares, esto va a ser muy duro para ti, pero... tú eres la chica del vídeo. Es tu pelo, es tu cuerpo, ahora lo conozco —asegura—. Por eso Hugo dijo que te había estado protegiendo. Nunca hubo registros de denuncias a tu nombre.

—Sí, denuncié. Cinco meses después, cuando advertí que estaba embarazada. —Me lanza una mirada de no poder creérselo—. No me mires así, es largo de explicar. Pero Hugo eliminó las declaraciones. Además, yo no me acordaba de nada de lo que me había pasado, aunque mi cuerpo no lo olvidaría jamás.

—Vaya... —admite con algo de inquina—. Sí estaba enamorado de ti. Sabía que si les decía que te había encontrado, irían a por ti. Por eso te ocultó.

—Hasta que me metí en su investigación y apareciste tú.

—Y ahí salió su demonio, su verdadera naturaleza, y decidió exponerte. Además, también ha querido joderme a mí; por eso secuestraron a Tania, para que me salpicara por haber sido su vir y haberla rechazado. Cuando un vir rechaza a su compañera debe informar a la Corte. No lo hice y por eso me podían sancionar y pedir explicaciones, y más cuando Tania era muy deseada y popular en la Corte. Hugo lo aceleró todo al secuestrarla por orden del señor Masdeu. Lo tenía todo pensado para que tú desaparecieras y que a mí me sacaran de la Corte, porque quería matar a Tania y que pareciese que todo había sido culpa mía. Pero lo que no sabe Hugo es que eres una auténtica rareza y una amenaza para la Corte.

—¿Por qué dices eso?

—Porque nadie escapa de las garras del Demonio, Ares. Tú lo hiciste esa vez. Y anoche lo hiciste de nuevo. Ya van dos veces. Ayer pudieron grabarte de nuevo y no fue así. John y Nicolaus requisaron las cámaras de *streaming* que llevaban, pero no había cobertura para emitir nada. Además, tampoco pudieron grabar.

—Pero entonces la Corte sabrá que han vuelto a fracasar, volverán a detener el Sabbath y...

—No. No lo sabrán. No me lo puedo permitir —niega con vehemencia—. Nada puede detener mi propósito. Hemos preparado nuestros propios vídeos e imágenes para que parezca que la caza de brujas se llevó a cabo. Tenemos el cuerpo de Tania y el de la otra chica, que aún debemos identificar. En realidad, con el cadáver de Fanke, ya hay tres mujeres muertas. Son suficientes para que el velo se abra según el rito. John sabe cómo subir los montajes a la web y con qué identidades. Hemos requisado el móvil de Masdeu y tenemos sus claves de Palabra de Bacus. Él ya dio los nombres de Hugo y de Edmundo para que participaran en la caza de brujas.

—Pero... ¿y las muertes de Edmundo, del señor Masdeu y de Hugo? ¿Cómo vais a cubrir eso? Si forman parte de la camarilla, supongo que los van a echar de menos.

—Lo dejaremos todo listo y les haremos creer que los tres regresaron juntos en la furgoneta y sufrieron un accidente aparatoso. Todo seguirá adelante. De todas esas cosas ya se están encargando los chicos —me asegura para tranquilizarme—. Esa información y cómo se debe tratar está en buenas manos. Y de ti no sale absolutamente nada, Ares. Puedes quedarte tranquila.

Eso es lo más surrealista de todo.

—¿Que me quede tranquila? Puede que me ayer me salvaras de la violación, pero no de la de hace cuatro años. ¿Cómo voy a tranquilizarme si sé que tienes en tu poder el vídeo de mi violación? —pregunto a punto de romperme. No quiero oír nada más. Para mí está más que claro lo que ha pasado: un cúmulo de mala suerte, rituales mal elaborados, protectores no elegidos, intenciones e intereses desviados, caprichosas casualidades y un destino muy hijo de puta.

—Lo tengo. No he hecho nada con él —contesta con misericordia—. Pero no tienes que verlo.

—Enséñamelo —le ordeno de manera inflexible.

—Ares...

—Adonis, enséñamelo —le vuelvo a ordenar furiosa—. Tengo derecho a verlo con mis propios ojos. Me pasó a mí. Necesito verlo.

Él serena el gesto, su nuez sube y baja y, finalmente, me

muestra el portátil. Abre un archivo mp4 de una carpeta donde hay nombres de mujeres y de vinos. Supongo que esos son los archivos que ha mencionado de la página de Palabra de Bacus.

Hasta que encuentra el mío. Sin nombre.

—¿Estás segura?

—Sí. —Me inclino y me agarro a la mesa con las manos. Mis ojos de color violeta se imantan a la pantalla y cuando le da al play, me quedo hipnotizada por completo.

Es como si saliese de mi cuerpo.

Estoy en el bosque, tumbada, inconsciente, con los pantalones cortos y las braguitas bajadas. Ya había empezado a lloviznar.

Mis ojos me ven, me reconocen y el pecho se me congela hasta que empieza a arderme. Hay un hombre alto, escuálido, que coloca mi cuerpo como si fuera el de una muñeca. Y se tambalea tanto... Es mi agresor. Mi violador. Y va tan borracho que es imposible que pueda recordarme siquiera. Se levanta un poco la máscara de lobo que lleva y bebe de una bota de vino que extrae de una bolsa de tela negra. Mira hacia la cámara, con curiosidad, como si quisiera ofrecer un plano bueno, hasta que lo consigue. Sin embargo, esta se mueve porque el trípode parece estar mal colocado y la perspectiva cambia ligeramente cuando empieza a penetrarme, por atrás, como un potro. No se da cuenta porque el alcohol hace que no tenga los sentidos a pleno rendimiento.

Cuanto más avanza el vídeo, más asco me da. Casi no me veo. Mi cuerpo está absolutamente lacio y el violador, cuya identidad se desconoce porque está oculta por la máscara, hace con él lo que quiere. No me puedo defender mientras él hace conmigo exactamente lo que el señor Masdeu le hizo a Tania y a Fanke. Pero no me estrangula. ¿Para qué, si se supone que estoy muerta? Va tan ebrio que, cuando acaba y sale de mí, vuelve a levantarse un poco la máscara para poder vomitar. Y esta vez vislumbro una pequeña sombra bajo su barbilla, como una mancha en la piel. No es muy grande, pero yo la veo.

Dios, eso ha sido como tener sexo con un cadáver. El cadáver soy yo. Y nunca le di permiso para que me hiciera eso. Es terrible, triste, bochornoso y humillante...

No me doy cuenta de que estoy llorando y de que hiperventilo hasta que arranco a correr sin dirección fija por el salón, porque necesito salir de ahí. Me falta el aire.

XXVI

Quiero huir. Quiero escapar, como si corriendo pudiera dejar atrás esa pesadilla y entrar en un agujero de gusano donde nada malo me hubiera pasado.

Pero no es dolor todo lo que siento, sino también alivio. Sé que es contradictorio y sorprendente, pero mentiría si no dijera que, durante estos años, un gigantesco nudo me oprimía la boca del estómago por la vergüenza, por intentar aceptar que los demás pensaran de mí que era una mentirosa. Ese nudo, al ver el vídeo de mi violación, se ha deshecho de golpe. Sujetaba muchas cosas, hasta mi propio autocontrol, pero ahora todo se ha liberado. La zozobra, las dudas, la inseguridad, incluso la culpabilidad de pensar que ojalá no me hubiera sucedido, porque entonces Venus no existiría… Todo se ha desatado en mí como una tormenta perfecta difícil de capear.

Abro la primera puerta que encuentro y salgo a un jardín que no es el de la fuente de Ariadna. Es otro distinto donde solo hay césped y árboles. Un bosquecito privado perfecto para perderse.

Los lobos gigantescos reposan ocultos entre los árboles, pero en cuanto me ven, se levantan para saludarme. El de pelo negro, Lobo, es un cachorro. Pero el blanco y el pardo, Remo y Rómulo, son adultos. Sin embargo, las tres bestias caminan a mi alrededor y me permiten acariciar su pelaje con los nudillos de las manos, hasta que se tumban a un metro o dos de mi cuerpo. Me siento una domadora de bestias, aunque sé que no los he adiestrado. En todo caso, son benevolentes y no les gusta intimidarme. Son protectores, no tengo ninguna duda.

Los hombres son los malvados. Son los demonios de los que me tengo que cuidar.

Intento robar oxígeno a la vida, absorber aire tantas veces como puedo, pero nada es suficiente. Estoy hiperventilando, me agobio y entonces... Siento unos brazos poderosos a mi alrededor y el cuerpo caliente de Adonis a mi espalda.

Me está abrazando tan fuerte que soy incapaz de liberarme. Y lo comprendo: me está conteniendo, sosegando, calmando las aguas para que su torrente no me arrase por completo.

—Chist..., Ares —me susurra al oído—. Está bien, *piccola*, tranquila.

Sacudo la cabeza negando sus palabras y dejo ir un grito que hace eco en la montaña. Es el grito que no pude dejar ir cuando abusaron de mí, porque no me dieron esa posibilidad. Es el grito de una injusticia, de una invasión, de una decisión que tomaron por mí y que me cambió la vida, como la de ser mamá cuando no estaba entre mis planes serlo, ni siquiera en un futuro. Es el grito de protesta por todo lo que he callado estos cuatro años y por cada vez que no pude defenderme correctamente de las miradas acusatorias y los juicios abiertos por ser madre soltera y sin pareja. Y es el grito en nombre de Venus, porque ella se merecía un papá bueno.

—Déjalo ir..., grita, está bien. —Adonis no me suelta—. Grita lo que necesites. Desahógate. No te voy a soltar. Aquí estoy.

Y no quiero que lo haga. No quiero que me libere. Lo necesito. Lo necesito más de lo que él se imagina y más de lo que es bueno para mí.

Me da la vuelta entre sus brazos y me acuna contra su pecho. Me pierdo en su ternura y empatía inesperadas, en su olor y su calidez. Y pienso que este hombre, que también ha perdido mucho, puede comprenderme, y más cuando su hermana no pudo vivir para contarlo como yo sí puedo hacerlo.

Me agarro a su espalda y hundo mi rostro en su pecho. Permite que me quede en silencio, contra él, un buen rato.

No sabría decir cuánto, pero se me hace eterno y sanador.

—Ares..., eres una superviviente. No tienes nada que achacarte. Nada que recriminarte y nada por lo que culparte.

—Ser una superviviente no hace que me sienta mejor.

—No. Lo que quiero es matarlos a todos. Matarlos de verdad. Ese es mi primer instinto.

Adonis apoya la barbilla en mi cabeza y me dice:

—No sé en qué estás pensando. Pero seguro que tampoco hará que te sientas mejor.

—No pondría la mano en el fuego.

—Ares... Esto debería acabar aquí para ti. Deberías dejar todo atrás. Déjame a mí luchar contra ellos. Déjame desenmascararlos a todos. Vete con Venus y con tu madre y olvídate de toda esta historia. Tu identidad y tu secreto están a salvo. Con Hugo, Edmundo y el señor Masdeu fuera de juego, nadie te va a molestar. Va a ser como si no existieras. Y yo estaré más tranquilo si sé que no estás cerca.

—¿Por qué ibas a estarlo?

—Porque, por algún motivo que no comprendo, me preocupo por ti. —Sus manos me acarician la espalda.

435

Esto es tan íntimo… y se siente tan bien.

—Ojalá pudiese. Pero no puedo olvidarlo. No soy capaz. He visto la malicia en los ojos de esos hombres y sé que son capaces de todo. Hugo llegó a insinuar que era capaz de hacer olvidar a mi madre y a Venus que yo alguna vez existí. No sé qué tienen en mente, no sé cuáles son sus herramientas, pero esa vieja guardia de la Corte… —Niego con la cabeza—. No pueden seguir haciendo esto. No viviría tranquila si huyo y le doy la espalda a mi ciudad y a las mujeres que viven en ella.

—Esto no solo pasa aquí. Ya has visto que van eligiendo distintas ciudades romanas… Pero la Corte nació aquí, eso no te lo puedo negar.

—Hay tantas cosas que no sé…, hay tanto que quiero saber. Y no quiero olvidar nada.

—Debes alejarte —contesta malhumorado—. Es lo mejor para ti.

—¿Como tú? Estás aquí porque no puedes olvidar. Por eso has llegado tan lejos.

—Estoy aquí porque no tengo nada que perder. Me lo han quitado todo. Pero tú sí puedes perder mucho más que yo —me aclara—. Aléjate.

Adonis no me conoce. Incluso puede que yo, hasta ahora, tampoco me haya conocido del todo, pero sí sé que no soy una cobarde y que tengo una necesidad de venganza y de justicia tan imperiosa como la suya.

Adonis no sabe nada de mi legado familiar, no sabe nada de las leyendas de las vestales ni mi relación con el Demonio. Pero no pienso darle la espalda a esto.

Quiero encontrar al hombre que me violó, quiero saber quién fue y acabar con él con mis propias manos.

No voy a permitir que Adonis, en su afán de sobreprotección, me aparte. No ahora que sé que siempre tuve razón y que conozco lo que está pasando. Además, si las tres mujeres muertas son solo el principio, no quiero imaginarme lo que puede pasar a lo largo de todo el Sabbath. No soy capaz de darle la espalda a esto.

—¿Cuál es tu plan? —le pregunto abrazada a él, con la mejilla contra su pecho.

—Seguir adelante con lo que teníamos planeado. Conozco todo lo que tienen pensado hacer estos días, sé cuál es su hoja de ruta y no me pienso desviar. Estaré ahí, me mezclaré sin convertirme en uno de ellos, pero me haré pasar por uno y atacaré en el momento más álgido y de mayor debilidad. No solo quiero al violador y al asesino de mi hermana. Quiero que todos ardan en el Infierno.

Esa es la frase que necesito oír en su boca.

—Pero… eres un vir sin virtuosa. Dijiste que la Corte se tomaba en serio las parejas de virtuosos para sus juegos, sus eventos y demás, y tú te has quedado sin compañera. Lo de Tania te puede pasar factura.

—No. Porque no voy a tener responsabilidad. Lo achacaré a un atrevimiento de Masdeu. Han actuado tan rápido, tan mal y sin pensar que sigo con mi reputación intacta, y ahora más, que seré un vir victimizado por la caza inesperada a su virtuosa. Me ofrecerán otras mujeres y yo tendré que elegir.

Escuchar eso no me gusta nada. Hay algo en mí que se retuerce al pensar que pueda exponerse y jugar con otra mujer. Nunca tuve un lado posesivo o celoso. Y ahora entiendo que nunca me sentí así porque, en el fondo, jamás nadie me interesó lo suficiente como para desarrollar ese tipo de emoción e inseguridad.

—Lo solucionaré. —Parece tenso—. Tengo cinco días para formar a una mujer e instruirla en el mundo de los varones de la Corte. A un hombre como yo se le presupone siempre un as en la manga, y más teniendo en propiedad un lugar como el Abismo.

Yo me aparto de sus brazos, me seco las lágrimas con las puntas de los dedos y exhalo, mirándolo con decisión. Sale de mi cajón donde guardo el arrojo y la valentía.

—Adonis, elígeme a mí.

Frunce el ceño y tensa la mandíbula. No esperaba para nada mi propuesta.

—No.

—Adonis —repito dando un paso al frente—. Elígeme. Quiero hacerlo. Puedo hacerlo.

—¿Estás loca? Te he dicho que no. Vete a tu casa, con tu familia, y olvídate.

—No voy a hacerlo. No quiero ni puedo hacerlo, porque no estaré tranquila. Llévame a mí como tu virtuosa. —Alzo la barbilla—. Quiero ayudarte. Siento que esta también es mi batalla y mi responsabilidad. No quiero dejar a mi ciudad expuesta a esos cabrones. Ni hablar.

—Esto no es un juego, Ares. No sabes lo que dices.

—Adonis, me violaron una vez, me arruinaron la vida —aclaro rabiosamente—. Y han estado a punto de hacerlo una segunda vez, además de que por poco me matan. Llevo años engañada y manipulada por alguien a quien creía mi amigo. Y ha amenazado a mi hija y a mi madre. Hasta a mi mejor amiga. Sé que me aseguras protección y que puedo irme lejos y olvidarme de todo. Pero… —se me rompe la voz—. No quiero hacerlo. Porque le hice una promesa a mi abuela y no pienso dar un paso atrás en nada de esto.

—No me cabrees, no he hecho nada de esto para meterte en el Infierno. —Me está desafiando.

—Ya estamos en él —espeto sin intimidarme—. No quiero vivir en un mundo donde hay demonios y pasan estas cosas. Quiero ayudarte a detenerlos y a vengarme. Me has dicho que no me conocen, que no me vieron… Y el hombre que me violó iba tan borracho que dudo que se acuerde de mí. Además, era una carrera nocturna, apenas se veía nada.

Adonis, no me niegues esto. Si me apartas, te prometo que haré lo posible por volar tu tapadera o por entrar yo misma en la Corte. Y sabes que podré encontrar un modo.

—No te atreverás —aprieta los dientes con frustración.

—Puedo hacerlo. Sabes que soy capaz.

—Ares, joder. —Me agarra de la barbilla para que lo mire bien—. Aquí hay que atreverse, hay que arriesgarse y exponerse. Hay que follar, hay que estudiar, actuar y tomarse el rol en serio. Y no puedes estar dividida pensando en nada que no sea yo, que no seamos nosotros. Tienes una hija y...

—No me des sermones. Amo a mi hija, pero me niego a hacer la vista gorda ante esto. Las mamás también pueden ser superheroínas.

—Sí, y tu hija también puede ser una huérfana.

—No —niego rotundamente—. No vas a permitirlo. Ahora lo sé —sentencio con seguridad.

—Entonces ¿ya confías en mí?

Su intención es intimidarme, pero no lo va a lograr. Confío en él como hasta ahora no lo he hecho.

—Me has hecho cosas que no me han hecho en años, Adonis. Sí, confío. —No le gusta la respuesta porque le pone en un compromiso—. Mañana empieza Semana Santa. Mi madre se ha tomado un mes por el luto de mi abuela. Puedo pedirle que se vaya a la casita de montaña que tenemos en la Cerdaña. Que se vaya a desconectar allí con Venus. Voy a echar de menos a mi hija a morir —aseguro—, pero esto también lo hago por ella. Además, estaré más tranquila si las dos están juntas y a salvo, lejos de aquí, al menos, hasta que finalice el Sabbath.

—Eso es un mes entero. ¿No será demasiado para ti? —quiere que me arrepienta y que me sienta miserable.

—¿Sabes lo que es demasiado para una madre, Adonis? —Me coloco las manos en las caderas—. Saber que mi hija vaya a crecer en un mundo donde pasan estas cosas. Quiero que sepa que, aunque los demonios existen, siempre habrá gente buena que se enfrente a ellos. Como su mamá. Por eso quiero ayudarte a vencerlos.

La mirada de Adonis se ha vuelto muy intensa. Me suelta la barbilla suavemente.

—Más vale que te lo pienses bien —reniega, cada vez menos convencido.

—No hay nada que pensar. Es lo que quiero. Toma la ventaja de lo que te ofrezco, Adonis. A mí ya me conoces, tu tapadera es muy importante para mí, como lo puede ser la mía, y ya sé la verdad. Puedo meterme en el papel y seré muy aplicada en la instrucción. Daré lo mejor de mí para que, juntos, hagamos el papel de nuestras vidas en la Corte.

Él alza el mentón, y tengo la sensación de que se le afilan los colmillos ante la idea. Aunque lo disimule.

—No seas inconsciente, Ares. No soy ningún maestro. Seré tu vir, tu *dominus*, en muchos ámbitos en los que no podremos olvidar jamás la interacción. La mayoría de las virtuosas han sido educadas desde muy pequeñas, antes de ser elegidas o entregadas a un vir.

No sé bien a qué se refiere, pero tendrá tiempo para explicarme todo lo que se avecina y cómo funciona la Corte.

—Aprendo muy rápido —replico.

Adonis da un paso al frente y está tan cerca que necesito echar la cabeza hacia atrás para mirarlo a los ojos.

—Voy a tocarte cuando quiera —suena exigente—, a ordenarte lo que quiera, a follarte cuando y como quiera mientras nos hagamos pasar por miembros de la Corte. ¿Eso lo entiendes?

—No me asusta que me hables así. Si hago todo eso a cambio de vencer a los demonios, habrá merecido la pena.

—No pienso achantarme. Esta es una batalla dialéctica que necesito ganar.

—Vamos a jugar a todo lo que tengamos que jugar y a participar en cualquier actividad para la que nos elijan. Sea la que sea. ¿Estás dispuesta? Porque si dices que sí, hoy mismo te llevaré a tu casa para que hables con tu madre y te despidas de tu hija y de ella. E inmediatamente, te mudas a mi casa.

—¿Aquí? —Miro a los lobos y al castillo.

—Si vas a ser mi compañera —explica—, no pienso arriesgarme contigo. Hay que hacer un intensivo y te vas a quedar bajo mi mismo techo. Necesito tenerte vigilada.

—Está bien. —Asiento—. Puedo aceptarlo.

Él achica su mirada y convierte sus ojos en dos finas líneas amarillas.

—Será irrevocable. Tendremos que estar juntos hasta el 10 de mayo, cuando termine el Sabbath.

—De acuerdo.

—¿De acuerdo? —dice él incrédulo—. ¿Sabes dónde te estás metiendo? —Revisa mi rostro, como si se lo quisiera aprender.

—Sí.

—¿No quieres retractarte?

—No.

—Último aviso. —Tuerce la cabeza hacia un lado.

—No —sentencio.

—Muy bien, entonces, redactaremos nuestro acuerdo y en cuanto estés lista, te llevaré a tu casa para que hables con tu madre y tu pequeña. Si es tu última palabra, que así sea.

Asiento orgullosa y feliz por haber podido convencerle de que yo soy la mejor opción para entrar con él en la Corte. Llevo toda la vida dibujando superhéroes, pero puede que haya llegado el momento de imitarlos.

—Espero convertirme en la fiel escudera del dios Adonis, por el que todas acaban suspirando —me burlo, pero no del todo. Me imagino que, en la Corte, Adonis es el más deseado. Seguro que no voy mal encaminada.

Él sonríe de ese modo que me pone nerviosa y que advierte que tenga cuidado con él.

—Ares... No me llamo Adonis por el dios de la belleza.

Eso sí que me sorprende. Conozco la historia de Afrodita, Venus, Adonis...

—¿Ah, no?

—No, *piccola*. —Alza la mano y sujeta un mechón de mi pelo negro entre los dedos—. Me llamo Adonis porque soy un demonio de la Corte. ¿Y sabes lo que significa?

—¿Qué? —susurro convertida en piedra.

—El que hace arder.

Dicho esto, se da media vuelta y se dirige de nuevo al interior de la casa. Pero se detiene a medio camino y me dice:

—¿Vienes?

Digo que sí, por decir algo.

Aunque mi mente va a tardar en recomponerse por ese último dato que le da sentido a todo.

La voz de mi abuela retumba en mi cabeza, como si la tuviera justo ahí, a mi lado, sonriéndome y diciendo: «Te lo dije. Solo un demonio puede vencer a otro. Solo un demonio puede hacer arder a otro fuera del Infierno».

En el sueño que tuve con Adonis, me dijo que iba que tener que elegir a mi acompañante demonio. Pues es evidente que ya he elegido.

Me quité de encima al zorro y, a cambio, ha aparecido un Adonis.

Mientras le sigo arrastrando los pies, entiendo lo que he tenido todo este tiempo delante de mí y que no había advertido todavía. Maldita sea.

Las vestales necesitan a su agatodemon. A su demonio protector.

Yo acabo de encontrar al mío.

Y juntos estamos a punto de entrar en una Corte que ora a Bacus; para unos, deidad del vino, de la lujuria y de las bacanales. Demonio para muchos otros.

Me debo mentalizar para la instrucción.

La Corte de Bacus nos espera.

Agradecimientos

Una historia así no me hubiera salido jamás de no haber nacido en un lugar como Badalona, con tanta historia antigua en sus entrañas. Un lugar donde un demonio está muy presente y se quema cada año y donde el vino y Bacus están tan arraigados.

Agradezco al museo de Badalona por haberme hecho el tour para explicarme tantos datos importantes, a Montserrat, Clara y Esther por su predisposición.

Agradezco tener tantos lectores exigentes que me animan a superarme y a no estancarme jamás, porque ellos hacen que «me rompa los cuernos» para idear y ofrecer historias como esta.

A Carmen, Ariane y María de Penguin Random House por su trato conmigo y por estar tan o más emocionadas que yo con este proyecto.

Dedico este libro a mi padre y a mi madre, que me han hecho querer a Badalona como si de una persona viva se tratase, una entidad con corazón. ¡Y vaya si la tiene!

Y se lo dedico a todos mis lectores, que las llamas de esta trilogía enciendan vuestro corazón y no lo apaguen nunca.

¡Desde Badalona, *pa'l* mundo!